# HOMENS DE ARMAS

**Livros da série Discworld® publicados no Brasil:**

A COR DA MAGIA

A LUZ FANTÁSTICA

DIREITOS IGUAIS, RITUAIS IGUAIS

O FABULOSO MAURÍCIO E SEUS ROEDORES LETRADOS

O APRENDIZ DE MORTE

O OITAVO MAGO

ESTRANHAS IRMÃS

PIRÂMIDES

GUARDAS! GUARDAS!

ERIC

A MAGIA DE HOLY WOOD

O SENHOR DA FOICE

QUANDO AS BRUXAS VIAJAM

PEQUENOS DEUSES

LORDES E DAMAS

HOMENS DE ARMAS

Série **Tiffany Dolorida:**

OS PEQUENOS HOMENS LIVRES

UM CHAPÉU CHEIO DE CÉU

# TERRY PRATCHETT

# HOMENS DE ARMAS

*Tradução*
Alex Mandarino

1ª edição

Rio de Janeiro | 2017

Copyright © Terry & Lyn Pratchett 1993
Publicado originalmente por Victor Gollancz Ltd, Londres

Título original: *Men at arms*

Capa: Oporto design
Ilustração de capa: Josh Kirby

Texto revisado segundo o novo
Acordo Ortográfico da Língua Portuguesa

2017
Impresso no Brasil
*Printed in Brazil*

---

CIP-BRASIL. CATALOGAÇÃO NA PUBLICAÇÃO
SINDICATO NACIONAL DOS EDITORES DE LIVROS, RJ

Pratchett, Terry, 1948-2015

P923h     Homens de armas / Terry Pratchett; tradução de Alex Mandarino. –
1ª ed. – Rio de Janeiro: Bertrand Brasil, 2017.
23 cm. (Discworld)

Tradução de: Men at arms
ISBN: 978-85-286-1698-9

1. Ficção inglesa. I. Mandarino, Alex. II. Título III. Série.

CDD: 823
17-41456     CDU: 821.111-3

---

Todos os direitos reservados pela:
EDITORA BERTRAND BRASIL LTDA.
Rua Argentina, 171 – 2º andar – São Cristóvão
20921-380 – Rio de Janeiro – RJ
Tel.: (21) 2585-2000 – Fax: (21) 2585-2084

Não é permitida a reprodução total ou parcial desta obra, por
quaisquer meios, sem a prévia autorização por escrito da Editora.

Atendimento e venda direta ao leitor:
mdireto@record.com.br ou (21) 2585-2002

O cabo Cenoura, da Guarda Municipal de Ankh-Morpork (Vigilância Noturna), sentou-se com sua camisa de dormir, pegou o lápis, mordeu a ponta por alguns instantes e escreveu:

"Caríssimos Mamãe e Papai,

"Bom, aqui vai uma Reviravolta digna dos Livros, pois fui feito Cabo!! Isso significa mais Cinco Dólares por mês e eu também tenho um novo gibão, com duas listras nele e tudo. E uma nova medalha de cobre! É uma Grande responsabilidade!! Isso se dá porque temos novos recrutas, pois o Patrício, que já registrei antes como o governante da cidade, concordou que a Vigilância deve refletir a composição étnica da Cidade..."

Cenoura parou e olhou pela pequena janela do quarto empoeirado, para a luz do sol do fim de tarde movendo-se, tímida, do outro lado do rio. Então se debruçou sobre o papel de novo.

"... o que eu não entendi Direito, mas que deve ter alguma coisa a ver com a Fábrica de Cosméticos do anão Pegapote Trovoada. Além disso, o capitão Vimes, sobre o qual muitas vezes escrevi para vocês está, deixando a Vigilância para se casar e Virar um Fino Cavalheiro e, tenho certeza que desejamos Todo o Melhor a ele, ele me ensinou Tudo o que Sei, tirando as coisas que aprendi sozinho. Estamos nos juntando para comprar um Presente Surpresa para ele, pensei em um desses novos Relógios que não precisam de demônios para funcionar e poderíamos inscrever alguma coisa na parte de trás, como 'Um Relógio dos, Seus Velhos Companhieros das Boas Horas', isso é uma troca de dilhos ou Jogo de Palavras. Nós não sabemos quem será o novo Capitão, Sargento Colon diz que vai pedir Exoneração se for ele, o Cabo Nobbs..."

Cenoura olhou pela janela de novo. Sua testa grande e honesta se enrugou de tanto esforço que ele fez para pensar em algo positivo para dizer sobre o cabo Nobbs.

"... é mais adequado em seu Posto atual, e eu não estou na Vigilância por tempo suficiente. Então, vamos ter que esperar para Ver..."

Começou, como muitas coisas, com uma morte. E um enterro, em uma manhã de primavera, com uma neblina rasteira tão densa que adentrou a sepultura, fazendo o caixão ser baixado para dentro de uma nuvem.

Um pequeno vira-latas cinzento, portador de tantas variedades de doenças caninas que vivia rodeado por uma nuvem de poeira, observava impassível de um monte de terra.

Várias parentes idosas choravam, mas Edward d'Eath, não, por três razões. Primeiro, ele era o filho mais velho, o trigésimo sétimo lorde d'Eath, e os d'Eath não tinham sido feitos para chorar; segundo, ele era — e o diploma recente ainda cheirava a tinta fresca — um assassino, e assassinos não choravam por mortes, caso contrário jamais parariam; e terceiro, ele estava irritado. Na verdade, furioso.

Furioso por ter sido forçado a pedir dinheiro emprestado por causa daquele funeral medíocre. Furioso com o tempo, com aquele cemitério desinteressante, com o barulho da cidade ao fundo, que não se alterava de forma alguma, nem em uma ocasião como aquela. Furioso com a história. Não era para ser assim.

Não deveria ter *sido* assim.

Olhou, do outro lado do rio, para a soturna silhueta do Palácio, e sua raiva ganhou foco.

*Homens de Armas* 7

Edward fora enviado para o Grêmio dos Assassinos porque eles tinham a melhor escola para aqueles cuja posição social é bem mais elevada do que a inteligência. Se tivesse sido treinado como um Bobo, teria inventado sátiras e feito piadas perigosas sobre o Patrício. Se tivesse sido treinado como um ladrão,* teria arrombado o Palácio e roubado algo muito valioso do Patrício.

No entanto... ele fora enviado para os assassinos...

Naquela tarde, ele vendeu o que restava das propriedades dos d'Eath e se matriculou novamente na escola do Grêmio.

Para o curso de pós-graduação.

Obteve nota máxima, a primeira pessoa na história do Grêmio a atingir tal feito. Os alunos veteranos o descreviam como um homem que prometia muito, em quem deveriam ficar de olho — e, como havia alguma coisa nele que deixava até os assassinos desconfortáveis, de preferência a distância.

No cemitério, o coveiro solitário preencheu o buraco que seria o local de repouso final do velho d'Eath.

Notou o que pareciam ser pensamentos em sua cabeça. Algo mais ou menos como:

Alguma chance de ganhar um osso? Não, não, desculpe, meio de mau gosto isso, esqueça que pedi. Mas você tem sanduíches de carne nessa sua, qual é o nome, coisinha de lanches. Por que não dá um para o bom cãozinho ali?

O homem apoiou-se na pá e olhou em volta.

O vira-lata cinza o observava atentamente.

Ele disse:

— Au?

Foram necessários cinco meses para Edward d'Eath encontrar o que estava procurando. A busca foi dificultada porque ele não *sabia* o que estava procurando, só saberia quando encontrasse. Edward acreditava muito no Destino. Pessoas como ele muitas vezes acreditam.

---

* Cavalheiro algum sonharia em ser treinado como ladrão, porém.

# 8                    TERRY PRATCHETT

A biblioteca do Grêmio era uma das maiores da cidade. Em certas áreas especializadas era *a* maior. Quase todas essas áreas tinham a ver com a lamentável brevidade da vida humana e os meios de provocá-la.

Edward passava muito tempo por lá, muitas vezes no topo de uma escada, outras rodeado pela poeira.

Leu todas as obras conhecidas sobre armamentos. Não sabia o que estava procurando, mas acabou encontrando em uma nota na margem de um tratado sobre a balística das bestas, que, fora o ponto que procurava, era muito tedioso e impreciso. Copiou aquilo com cuidado.

Edward também passava muito tempo entre os livros de história. O Grêmio dos Assassinos era uma associação de cavalheiros bem-nascidos, e pessoas assim consideravam toda a história registrada uma espécie de livro de inventário. Havia um grande número de livros na biblioteca do Grêmio, e uma galeria inteira de retratos de reis e rainhas,* e Edward d'Eath veio a conhecer seus rostos aristocráticos melhor do que o dele próprio. Passava suas horas de almoço ali.

Foi dito mais tarde que as más influências dele surgiram nesta fase. Porém, o segredo da história de Edward d'Eath era que ele não sofrera influência externa alguma, a menos que contassem todos aqueles reis mortos. Ele foi influenciado tão somente por si mesmo.

É isso que as pessoas entendem errado. Cada indivíduo não é naturalmente um membro da raça humana, exceto em questões biológicas. É necessário que as pessoas sejam jogadas de lá para cá pelo movimento browniano da sociedade, um mecanismo pelo qual os seres humanos constantemente lembram uns aos outros que eles são... bem... seres humanos. Já Edward também estava submetido a um movimento de espiral para dentro, como tende a acontecer em casos como o dele.

Não tinha planos. Apenas se fechou, como as pessoas fazem quando se sentem sob ataque, para uma posição mais defensável — ou seja, no passado —, e então aconteceu algo que teve o mesmo efeito sobre Edward que encontrar um plesiossauro em seu lago de peixes dourados teria sobre um estudante de répteis antigos.

---

\* Muitas vezes, com discretas placas abaixo registrando modestamente o nome da pessoa que os havia matado. Aquela era a galeria de retratos dos *Assassinos*, afinal de contas.

Em uma tarde quente, ele saiu para a luz do sol, piscando, depois de passar o dia na companhia da glória de outrora, e viu o rosto do passado caminhando, assentindo amigavelmente para as pessoas.

Sem conseguir se controlar, disse:

— Ei, você! Quem é v-ocê?

O passado respondeu:

— Cabo Cenoura, senhor. Da Vigilância Noturna. Sr. d'Eath, não é? Posso ajudar?

— O quê? Não! Não. Siga com seus a-fazeres!

O passado assentiu, sorriu para ele, e continuou caminhando — para o futuro.

Cenoura parou de olhar para a parede.

> "Eu gastei três dólares em uma caixa iconógrafa que, é uma coisa com um duende dentro que pinta quadros de coisas, isso é a última Moda esses dias. Envio junto dessa carta retratos do meu quarto e dos meus amigos da Vigilância, Nobby é o que está fazendo o Gesto Cômeco mas ele é Durão como Diamante e uma boa alma na verdade."

Parou de novo. Cenoura escrevia para casa pelo menos uma vez por semana. Anões costumavam fazer isso. Cenoura tinha dois metros de altura, mas fora criado como um anão e mais tarde como um humano. Empreitadas literárias não lhe eram fáceis, mas ele perseverava.

"O tempo", escreveu, muito lentamente e com cuidado, "continua Muito Quente...".

Edward não podia acreditar. Checou os registros. Checou de novo. Fez perguntas e, como eram perguntas bastante inocentes, as pessoas lhe deram respostas. E, enfim, passou um feriado nas Ramtops, onde um questionamento cuidadoso levou-o até as minas dos anões que circundam a Cabeça de Cobre, e daí até uma trilha não muito digna de nota através de uma floresta de faia onde, como ele esperava, alguns poucos minutos de paciente escavação resultaram no desenterro de vestígios de carvão.

Passou o dia inteiro lá. Quando terminou, recolocou cuidadosamente no lugar as folhas e a terra úmida, durante o pôr do sol, e teve quase certeza.

Ankh-Morpork tinha um rei de novo.

E isso era o *certo*. E foi o *Destino* que fizera Edward reconhecê-lo *justo* quando acabara de pensar em um Plano. E era o *certo* ser o *Destino*, e a cidade seria *Salva* de seu presente ignóbil por seu passado *glorioso*. Ele tinha os *Meios* e também tinha o *fim*. E assim por diante... Os pensamentos de Edward muitas vezes seguiam dessa maneira.

Ele podia pensar em *itálico*. Pessoas assim devem ser observadas de perto.

Preferivelmente, não de muito perto.

"Eu fiquei interessado na sua carta, onde disseram que as pessoas têm chegado e perguntado sobre mim, isso é Incrível, eu estive aqui por menos de Cinco Minutos e já sou Famuso.

Fiquei muito satisfeito de ouvir sobre a abertura do túnel nº 7. Não me importo de Contar que embora, esteja muito feliz aqui eu sinto falta dos Bons Tempos de casa. Às vezes no meu dia de Folga eu vou e, sento no porão e bato na cabeça com um cabo de machado mas, Não é a Mesma Coisa.

Espero que esta os encontre em Boa Saúde,

Fielmente seu,

Seu filho amoroso, adotado,

Cenoura."

Dobrou a carta, inseriu os iconógrafos, selou-a com uma bolha de cera de vela pressionada com o polegar e a colocou no bolso da calça. O correio anão nas Ramtops era bastante confiável. Mais e mais anões estavam vindo trabalhar na cidade, e, como os anões são muito escrupulosos, vários deles enviavam dinheiro para casa. Isso tornou o correio anão bastante seguro, já que seus pacotes eram muito bem guardados. Anões são muito apegados ao ouro. Qualquer salteador exigindo "seu dinheiro ou a vida" faria bem em levar com ele uma cadeira dobrável, uma marmita com o almoço e um livro para ler enquanto a discussão prosseguisse.

*Homens de Armas* **11**

Então Cenoura lavou o rosto, vestiu a camisa de couro, as calças e a cota de malha, afivelou seu peitoral e, com o capacete debaixo do braço, saiu alegremente, pronto para encarar o que o futuro lhe trouxesse.

Este era outro quarto, em outro lugar.

Era um quarto pequeno, com paredes de gesso caindo aos pedaços, o teto cedendo como o fundo da cama de um homem gordo. A mobília o deixava ainda mais atulhado.

Era um quarto velho, com bons móveis, mas este não era o lugar para eles. Pertenciam aos altos salões tomados pelo eco. Aqui, ficavam espremidos. Havia cadeiras de carvalho escuro. Havia longos aparadores. Havia até mesmo uma armadura. Mal havia espaço para a meia dúzia de pessoas que se sentavam à mesa enorme. Mal havia espaço para a mesa.

Um relógio tilintava nas sombras.

As pesadas cortinas de veludo estavam cerradas, mesmo que ainda houvesse bastante luz no céu. O ar era abafado, devido ao calor do dia e às velas na lanterna mágica.

A única iluminação vinha da tela que, naquele momento, estava retratando um perfil muito bom do cabo Cenoura Mineraferro.

O público pequeno, mas muito seleto, observava aquilo com o rosto cuidadosamente inexpressivo geralmente exibido por pessoas que estão quase convencidas de que seu anfitrião tem vários parafusos a menos, mas que estão aturando tudo porque acabaram de comer uma refeição e seria rude sair cedo demais.

— Bem? — disse um deles. — Acho que eu o vi caminhando pela cidade. E daí? Ele é só um guarda, Edward.

— Claro. É essencial que ele deva ser. Uma posição humilde na vida. Tudo se encaixa no p-adrão clássico.

Edward d'Eath fez um sinal. Uma outra lâmina de vidro foi encaixada no objeto, com um clique.

— *Este* aqui não foi p-intado ao vivo. Rei P-aragore. Tirado de uma velha p-intura. Este aqui — *clique!* — É o Rei Veltrick III. De um outro r-etrato. Esta é a Rainha Alguinna IV... notam a linha do queixo? Esta

— *clique!* — É uma p-eça de sete vinténs do reinado de Webblethorpe, o Inconsciente, notem mais uma vez o detalhe do q-ueixo e a estrutura óssea em geral, e este — *clique!* — é... um retrato de cabeça para b-aixo de um vaso de flores. D-elphiniums, acredito. Por que isso?

— Er, desculpe, Sr. Edward, eu tinha umas placas de vidro a mais e os demônios não estavam cansados, então...

— Próximo slide, por favor. E então pode nos deixar.

— Sim, Sr. Edward.

— Apresente-se ao torturador de p-lantão.

— Sim, Sr. Edward.

*Clique!*

— E esta é uma imagem bastante boa, bom trabalho, Bl-enkin... É o busto da Rainha Coanna.

— Obrigado, Sr. Edward.

— Contudo, um pouco mais de seu rosto nos teria permitido confirmar a semelhança. Há o suficiente, acredito. Você pode ir, Bl-enkin.

— Sim, Sr. Edward.

— Tire um pouco das orelhas, a-cho.

— Sim, Sr. Edward.

O servo respeitosamente fechou a porta e desceu até a cozinha, balançando a cabeça com tristeza. Os d'Eath não eram capazes de manter um torturador da família fazia anos. Pelo bem do rapaz ele simplesmente teria que fazer o possível com uma faca de cozinha.

Os visitantes esperavam o anfitrião voltar a falar, mas ao que parecia ele não iria fazer isso tão cedo, embora às vezes com Edward fosse difícil saber. Quando ele estava animado, sofria não de um problema de fala, mas de pausas mal colocadas, como se seu cérebro estivesse temporariamente deixando a boca em modo de espera.

Finalmente, um dos convidados disse:

— Muito bem. Mas o que quer nos dizer?

— Vocês viram a semelhança. Não é ób-vio?

— Ora, seja...

Edward d'Eath puxou uma pasta de couro e começou a desenlaçar as tiras.

Homens de Armas

— Mas, mas o menino foi adotado pelos anões do Disco. Encontraram-no ainda bebê nas florestas das montanhas Ramtop. Houve algumas diligências q-ueimadas, cadáveres, esse tipo de coisa. Ataque de b-andidos, parece. Os anões encontraram uma espada em meio aos destroços. Ele está com ela agora. Uma espada muito *antiga*. E sempre afiada.

— E daí? O mundo está cheio de espadas antigas. *E* pedras de afiar.

— Essa foi muito bem escondida em uma das carroças arruinadas. Estranho. Seria de se esperar que ela estivesse pronta para ser empunhada, não? Ser usada? Na terra dos b-andidos? E então o menino cresce e, e... o Destino... conspira para que ele e sua espada venham até Ankh-Morpork, onde ele atualmente é um membro da Vigilância Noturna. Eu não pude acreditar!

— Isso ainda não é...

Edward levantou a mão por um momento, tirando em seguida um pacote da pasta.

— Fiz inv-estigações cuidadosas, como vocês sabem, e consegui encontrar o local onde o ataque ocorreu. Uma pesquisa mais cuidadosa do solo revelou p-regos velhos das carroças, algumas moedas de cobre e, em meio a um punhado de carvão... isto.

Todos se espicharam para ver.

— Parece um anel.

— Sim. É, é, é superficialmente d-escolorado, é claro, caso contrário alguém o teria avis-tado. Provavelmente estava oculto em algum lugar em uma carroça. Eu o limpei em p-arte. Com pouco esforço vocês podem ler a inscrição. Agora, *isto* é um inventário i-lustrado das joias reais de Ankh feito em 907 A.M., no reinado do Rei Tyrril. Posso, por favor, chamar sua a-tenção para o pequeno anel de casamento no canto esquerdo inferior da p-ágina? Vocês verão que o artista feliz-mente desenhou a inscrição.

Vários minutos se passaram para que todos pudessem examinar a imagem. Eram pessoas naturalmente cheias de suspeita. Todos eram descendentes de pessoas para quem suspeita e paranoia tinham sido características primordiais para a sobrevivência.

Porque eram todos aristocratas. Não havia entre eles quem não soubesse o nome de seu tataravô e de que doença constrangedora ele morrera.

Tinham acabado de comer uma refeição não muito boa que havia, no entanto, incluído alguns vinhos antigos e de valor. Haviam comparecido porque todos conheceram o pai de Edward, e os d'Eath eram uma boa família antiga, ainda que agora em circunstâncias muito reduzidas.

— Então vocês veem — disse Edward com orgulho —, a evidência é esmagadora. Temos um rei!

Seus convidados evitaram encarar uns aos outros.

— Pensei que vocês ficariam al-egres — disse Edward.

Por fim, lorde Rust expressou o consenso tácito. Não havia espaço naqueles olhos azuis para a piedade, que não era uma característica necessária para a sobrevivência, mas às vezes era possível arriscar um pouco de bondade.

— Edward — disse ele —, o último rei de Ankh-Morpork morreu séculos atrás.

— Executado por t-raidores!

— Mesmo que um descendente ainda possa ser encontrado, o sangue real estaria um pouco diluído agora, você não acha?

— O s-angue real *não pode* ser di-luído!

Ah, pensou lorde Rust. Então ele é *desses*. O jovem Edward pensa que o toque de um rei pode curar escrófula, como se realeza fosse equivalente a uma pomada de enxofre. O jovem Edward pensa que não há lago de sangue grande o bastante para atravessar quando se trata de colocar um legítimo rei em um trono, nenhum ato pueril demais quando em defesa de uma coroa. Um romântico, de fato.

Lorde Rust não era um romântico. Os Rust tinham se adaptado bem aos séculos pós-monarquia em Ankh-Morpork comprando, vendendo, alugando, fazendo contatos e fazendo o que aristocratas sempre fizeram, que é cortar despesas e sobreviver.

— Bem, talvez — admitiu, no tom suave de alguém que tenta convencer uma pessoa a se afastar de uma beirada —, mas devemos nos perguntar: Ankh-Morpork, neste instante no tempo, *precisa* de um rei?

Edward olhou para ele como se fosse louco.

— Precisa? *Precisa*? Enquanto nossa bela cidade definha sob as botas do ti-rano?

*Homens de Armas*

— Ah. Você quer dizer Vetinari.

— Não veem o que ele fez para esta cidade?

— Ele é um homenzinho muito desagradável e irritadiço — disse lady Selachii —, mas eu não diria que ele realmente *aterroriza* muito. Não dessa forma.

— Você precisa reconhecer — disse o visconde Skater — que a cidade funciona. Mais ou menos. O pessoal faz o seu trabalho, esse tipo de coisa.

— As ruas são mais seguras do que costumavam ser sob o comando do Louco Lorde Snapcase — disse lady Selachii.

— Mais se-gura? Vetinari criou o Grêmio dos Ladrões! — gritou Edward.

— Sim, sim, claro, muito repreensível, certamente. Por outro lado, um modesto pagamento anual e podemos andar em segurança...

— Ele sempre diz que, já que teremos crime, melhor que seja o crime organizado — disse lorde Rust.

— Me parece — disse o visconde Skater — que todos os camaradas do Grêmio o aceitam porque qualquer outra pessoa seria pior, não? Nós certamente tivemos alguns... difíceis. Alguém se lembra do Homicida Lorde Winder?

— Perturbado Lorde Harmoni — comentou lorde Monflathers.

— Gargalhante Lorde Scapula — acrescentou lady Selachii. — Um homem com um senso de humor *muito* afiado.

— Mas, claro, Vetinari... há alguma coisa que não é inteiramente... — começou lorde Rust.

— Eu sei o que você quer dizer — disse o visconde Skater. — Eu não gosto do jeito que ele sempre sabe o que você está pensando antes mesmo de você pensar.

— Todo mundo sabe que os assassinos colocaram o preço *dele* em um milhão de dólares — afirmou lady Selachii. — Isso é o quanto custaria para que o matassem.

— Não se pode deixar de pensar — disse lorde Rust — que custaria muito mais do que isso para ter certeza de que ele continua morto.

— Pelos deuses! O que houve com o orgulho? O que houve com a honra?

Eles perceptivelmente estremeceram quando o último lorde d'Eath levantou-se de sua cadeira.

— Estão ouvindo o que estão dizendo? Por favor? Lembrem-se de quem são. Qual entre vocês não tem visto seu nome de família ser degradado desde os dias dos reis? Não se lembram dos homens que seus antepassados eram?

Ele caminhava depressa em volta da mesa, de modo que tinham que se virar para vê-lo. Apontava um dedo raivoso.

— Você, lorde Rust! Seu antepassado foi fe-ito barão depois de matar 37 klatchianos sozinho e armado apenas com um a-lfinete, não é assim?

— Sim, mas...

— Você, senhor... lorde Monflathers! O primeiro duque liderou seiscentos homens a uma de-rrota gloriosa e épica na Batalha de Quirm! Isso não quer dizer n-ada? E você, lorde Venturii, e você, sir George... sentados em Ankh em suas casas antigas com os seus nomes antigos e seu dinheiro antigo, enquanto Grêmios... *Grêmios!* Ralés de comerciantes e mercadores!... Grêmios, eu digo, têm voz no c-ontrole da cidade!

Alcançou uma estante em dois passos e lançou sobre a mesa um enorme livro com capa de couro, fazendo tremer a taça de lorde Rust.

— *A N-obreza*, de Twurp — gritou. — Todos nós temos páginas nele! Ele é *nosso.* Mas estão fascinados por esse homem! Garanto que ele é de carne e osso, um mero mortal! Ninguém ousa derrubá-lo porque pe-nsam que isso vai tornar as coisas um pouco piores! Pelos de-uses!

Seus convidados pareciam tristes. Era tudo verdade, é claro... quando colocado daquela forma. E não soava melhor vindo de um jovem pomposo de olhos arregalados.

— Sim, sim, os bons e velhos tempos. Torres em espirais e flâmulas e cavalaria e tudo isso — disse o visconde Skater. — Damas com chapéus pontudos. Camaradas de armadura batendo-se uns contra os outros e tudo o mais. Mas, sabe, precisamos acompanhar os novos tempos...

— Foi uma época de ouro — comentou Edward.

Meu deus, pensou lorde Rust. Ele realmente *acredita* nisso.

— Veja, caro rapaz — disse lady Selachii —, algumas semelhanças casuais e uma peça de joalheria; isso na verdade não quer dizer muita coisa, não é?

*Homens de Armas*          17

— Minha enfermeira me disse — contou o visconde Skater — que um *verdadeiro* rei poderia arrancar uma espada de uma pedra.

— Rá, sim, e curar a caspa — disse lorde Rust. — Isso é só uma lenda. Não é *real*. De qualquer forma, sempre fiquei um pouco confuso sobre essa história. É tão difícil assim arrancar uma espada de uma pedra? O trabalho de verdade já foi feito. Se quiserem fazer alguma coisa útil, deveriam encontrar o homem que colocou a espada na pedra primeiro, não acham?

Houve uma gargalhada de alívio. Era disso que Edward se lembrava. Tudo acabava em gargalhadas. Não riam exatamente *dele*, mas ele era o tipo de pessoa que sempre levava a risada para o lado pessoal.

Dez minutos depois, Edward d'Eath estava sozinho.

Eles estão sendo tão *bonzinhos* em relação a isso. Acompanhando os novos tempos! Esperava mais deles. Muito mais. Atrevera-se a esperar que eles pudessem ser inspirados pelo seu exemplo. Imaginara-se à frente de um exército...

Blenkin veio arrastando os pés de forma respeitosa.

— Acompanhei todos até a saída, Sr. Edward — disse ele.

— Obrigado, Blenkin. Pode tirar a mesa.

— Sim, Sr. Edward.

— O que aconteceu com a honra, Blenkin?

— Não sei, senhor. Nunca peguei isso.

— Eles não quiseram ouvir.

— Não, senhor.

— Eles não quiseram o-uvir.

Edward sentou-se perto do fogo minguante, com uma edição cheia de orelhas de *A Sucessão de Ankh-Morpork*, de Thighbiter, aberta no colo. Reis e rainhas mortos olhavam para ele em tom de censura.

E aí tudo poderia ter acabado. Na verdade, em milhões de universos, acabou aí. Edward d'Eath ficou velho, e sua obsessão virou uma espécie de insanidade livresca como as luvas-com-dedos-cortados e os chinelos de carpete, tornando-o um especialista em realeza, embora ninguém ficasse sabendo disso, já que raramente deixava seus aposentos. Cabo Cenoura virou sargento Cenoura e, tendo vivido uma vida plena, morreu de uniforme aos 70 anos em um acidente improvável envolvendo um tamanduá.

Em um milhão de universos, os policiais-lanceiros Porrete e Detritus não caíram no buraco. Em um milhão de universos, Vimes não encontrou os tubos. (Em um estranho, mas teoricamente possível universo, a Sede da Vigilância foi redecorada em tons pastel por um bizarro redemoinho, que também consertou o trinco da porta e fez alguns outros pequenos serviços no local.) Em um milhão de universos, a Vigilância falhou.

Em um milhão de universos, este foi um livro muito curto.

Edward cochilou com o livro nos joelhos e teve um sonho. Sonhou com lutas gloriosas. Glorioso era outra palavra importante em seu vocabulário pessoal, como honra.

Se traidores e homens desonrosos se recusavam a ver a verdade, ele, Edward d'Eath, seria o dedo do Destino.

O problema com o Destino, é claro, é que ele muitas vezes não toma cuidado com onde coloca o dedo.


O capitão Sam Vimes, da Guarda Municipal de Ankh-Morpork (Vigilância Noturna), estava sentado na fria antessala da câmara de audiências do Patrício com seu melhor manto, seu peitoral reluzente e seu capacete pousado nos joelhos.

Ele não tirava os olhos da parede.

Deveria estar feliz, disse para si mesmo. E estava. De certa forma. Definitivamente. Feliz como qualquer outra coisa.

Ele se casaria em poucos dias.

Deixaria de ser um guarda.

Seria um cavalheiro, livre.

Tirou seu distintivo de cobre e pousou-o distraidamente na borda do manto. Então o ergueu para que a luz brilhasse na superfície polida. GCAM No.177. Ele às vezes se perguntava quantos outros guardas tiveram aquele distintivo antes dele.

Bem, agora alguém mais teria depois dele.


Esta é Ankh-Morpork, Cidade das Mil Surpresas (de acordo com o guia do Grêmio dos Mercadores). O que mais precisa ser dito? Um lugar que

*Homens de Armas*

se alastra, lar de um milhão de pessoas, maior das cidades do Discworld, localizada dos dois lados do rio Ankh, uma via navegável tão lamacenta que parece estar correndo de cabeça para baixo.

E os visitantes dizem: como é que uma cidade tão grande existe? O que mantém as coisas funcionando? Como tem um rio que você poderia mastigar, de onde vem a água potável? Qual é, de fato, a base da sua economia? Como, contra todas as probabilidades, ela *funciona*?

Na verdade, os visitantes não costumam dizer isso. Eles dizem coisas como "Para qual direção ficam as, você sabe, as... er... você sabe, as moças?".

Mas, se usassem os cérebros por um instante, seria nisso que estariam pensando.

O Patrício de Ankh-Morpork estava sentado em sua cadeira austera com o súbito sorriso brilhante de uma pessoa muito ocupada que, de repente, no final de um dia cheio, encontra em sua agenda um lembrete dizendo: 7:00-7:05, Ser Alegre e Descontraído e Uma Pessoa Agradável.

— Bem, é claro que fiquei muito triste ao receber a sua carta, capitão...

— Sim, senhor — disse Vimes, ainda imóvel como um depósito de mobília.

— *Por favor*, sente-se, capitão.

— Sim, senhor. — Vimes permaneceu de pé. Era uma questão de orgulho.

— Mas é claro que eu entendo muito bem. As propriedades rurais dos Ramkin são muito extensas, creio eu. Tenho certeza de que lady Ramkin vai apreciar a sua forte mão direita.

— Senhor? — O capitão Vimes, quando na presença do governante da cidade, sempre concentrava seu olhar em um ponto trinta centímetros acima e quinze centímetros à esquerda da cabeça do homem.

— E é claro que você será um homem bastante rico, capitão.

— Sim, senhor.

— Espero que tenha pensado nisso. Você terá novas responsabilidades.

— Sim, senhor.

Ocorreu ao Patrício que ele era responsável pelos dois lados daquela conversa. Remexeu nos papéis na mesa.

— E, claro, terei que promover um novo chefe para a Vigilância Noturna — disse o Patrício. — Você tem alguma sugestão, capitão?

Vimes pareceu descer das nuvens que sua mente vinha ocupando. Isto era *trabalho da Vigilância*.

— Bem, não Fred Colon... Ele é sargento por natureza...

O sargento Colon, da Guarda Municipal de Ankh-Morpork (Vigilância Noturna), perscrutou os rostos reluzentes dos novos recrutas.

Suspirou. Lembrou-se de seu primeiro dia. O velho sargento Wimbler. Que velhaco! A língua parecia uma chicotada! Se o velho tivesse vivido para ver *isso*...

Como se chamava? Ah, sim. Procedimento de ação afirmativa ou algo assim. A Liga Antidifamação de Silício vinha criticando o Patrício, e agora...

— Tente mais uma vez, policial-lanceiro Detritus — disse ele. — O truque é parar sua mão logo acima da orelha. Agora, levante-se do chão e tente bater continência mais uma vez. Agora, então... policial-lanceiro Porrete?

— Aqui!

— Onde?

— Na sua frente, sargento.

Colon olhou para baixo e deu um passo para trás. A curva inchada de sua mais do que presente barriga se afastou para revelar o rosto virado para cima do policial-lanceiro Porrete, com sua expressão inteligente e solícita e um olho de vidro.

— Ah. Certo.

— Sou mais alto do que pareço.

Ah, deuses, pensou o sargento Colon, cansado. Some os dois e divida por dois e você tem dois homens normais, mas homens normais não se alistam na Vigilância. Um troll e um anão. E isso não é o pior de tudo...

*

*Homens de Armas*

Vimes tamborilou com os dedos na mesa.

— Não o Colon, então — disse ele. — Ele não é tão jovem como antes. Que fique na Sede da Vigilância, cuidando da papelada. Além disso, ele já tem coisas demais em seu prato.

— O sargento Colon sempre teve coisas demais em seu prato, devo dizer — disse o Patrício.

— Já tem coisas demais para cuidar com os novos recrutas, quero dizer — disse Vimes, ressaltando. — Lembra, senhor?

Os que você me disse que eu precisava ter?, acrescentou ele na privacidade de sua cabeça. Eles não se encaixariam na Vigilância *Diurna*, é claro. E aqueles desgraçados da Guarda Palaciana não os aceitariam, também. Ah, não. Mande-os para a Vigilância Noturna, que já é uma piada mesmo e onde ninguém vai vê-los. Ninguém importante, pelo menos.

Vimes só concordara porque sabia que não seria problema dele por muito tempo.

Não que fosse especista, disse para si mesmo, mas a Vigilância era um trabalho para homens.

— Que tal o cabo Nobbs? — sugeriu o Patrício.

— Nobby?

Compartilharam uma imagem mental do cabo Nobbs.

— Não.

— Não.

— E também há, é claro, o cabo Cenoura — comentou o Patrício, com um sorriso. — Um bom jovem. Já com certo nome, suponho.

— Isso é... Verdade — disse Vimes.

— Outra oportunidade de promoção, talvez? Eu valorizaria um conselho seu.

Vimes formou uma imagem mental do cabo Cenoura...

— Este — disse o cabo Cenoura — é o Portão do Centro. Leva para a cidade. Que é o que protegemos.

— Do quê? — perguntou a policial-lanceira Angua, a última dos novos recrutas.

— Ah, você sabe. Hordas bárbaras, guerreiros tribais, exércitos de bandidos... esse tipo de coisa.

— O quê? Só *a gente*?

— A gente? Ah, não! — Cenoura riu. — Isso seria idiota, não é? Não, se você vir algo assim, toque o seu sino o mais forte que puder.

— O que acontece depois?

— O sargento Colon e o Nobby e os outros virão correndo assim que possível.

A policial-lanceira Angua esquadrinhou o horizonte nebuloso.

Ela sorriu.

Cenoura enrubesceu.

A policial-lanceira Angua dominara de primeira o ato de bater continência. Ela não teria um uniforme completo ainda, não até que alguém levasse um, bem, é esse o nome, um *peitoral* até o velho Remitt, o armeiro, e pedisse a ele que batesse até afundar bastante *aqui* e *aqui*, e elmo algum no mundo cobriria toda aquela massa de cabelos loiro-acinzentados, mas, ocorreu a Cenoura, a policial Angua não precisaria de nada disso, na verdade. As pessoas fariam fila para serem presas.

— E o que vamos fazer agora? — perguntou ela.

— Proceder de volta para a Sede da Vigilância, acho — respondeu Cenoura. — O sargento Colon vai ler o relatório da noite, imagino.

Ela dominara o "proceder", também. É uma caminhada especial inventada por policiais de ronda ao longo de todo o multiverso: uma elevação suave do peito do pé, um balanço cuidadoso da perna, um ritmo de passeio que pode ser mantido hora após hora, rua após rua. O policial-lanceiro Detritus não estaria preparado para aprender o "proceder" por algum tempo, ou pelo menos até que parasse de cair sempre que batesse continência.

— Sargento Colon — comentou Angua. — Ele é aquele gordo, não?

— Isso.

— Por que ele tem um macaco de estimação?

— Ah — disse Cenoura. — Acho que você quer dizer o cabo Nobbs...

— É humano? O rosto dele parece um jogo de unir os pontinhos!

— Ele tem uma coleção muito boa de furúnculos, pobre homem. Faz truques com eles. Nunca fique entre ele e um espelho.

Não havia muita gente nas ruas. Estava quente demais, mesmo para um verão de Ankh-Morpork. Irradiava calor de cada superfície. O rio corria taciturno em seu leito, como um estudante por volta das onze da manhã. As pessoas que não tinham negócios urgentes fora de casa se escondiam nos porões e só saíam à noite.

Cenoura se movia pelo forno que estavam as ruas com um ar patronal e uma leve pátina de suor honesto, às vezes cumprimentando alguém. Todos conheciam Cenoura. Ele era facilmente reconhecível. Ninguém mais tinha cerca de dois metros de altura e cabelo vermelho cor de fogo. Além disso, ele andava como se fosse o dono da cidade.

— Quem era aquele homem com cara de granito que eu vi na Sede da Vigilância? — perguntou Angua, enquanto procediam pela via Larga.

— Aquele era Detritus, o troll — respondeu Cenoura. — Ele era meio criminoso, mas, agora que está cortejando a Rubi, ela diz que ele precisa...

— Não, aquele *homem* — disse Angua, aprendendo como tantos outros já tinham feito que Cenoura enfrentava certa dificuldade para entender metáforas. — Com uma cara de co... Cara de alguém muito descontente.

— Ah, aquele era o capitão Vimes. Mas ele nunca *foi* contente, acho. Está se aposentando no final da semana e vai se casar.

— Não parece muito feliz com isso — disse Angua.

— Não sei dizer.

— Eu não acho que ele goste dos novos recrutas.

Outra coisa sobre o cabo Cenoura era que ele era incapaz de mentir.

— Bem, ele não gosta muito de trolls — disse ele. — Nós não conseguimos arrancar uma só palavra dele o dia inteiro, quando escutou que precisaríamos fazer propaganda para recrutar um troll. E depois viu-se que precisaríamos de um anão para evitar problemas. Eu sou um anão, também, mas os anões daqui não acreditam nisso.

— Jura? — retrucou Angua, olhando para ele.

— Minha mãe me teve por adoção.

— Ah. Sim, mas eu não sou um troll *nem* um anão — disse Angua gentilmente.

— Não, mas você é uma m...

Angua parou.

— É isso, não é? Pelos deuses! Este é o Século do Morcego de Fruta, sabe. Deuses, ele realmente pensa assim?

— Ele é um pouco preso ao passado.

— Congelado, eu diria.

— O Patrício disse que seria necessário um pouco de representação dos grupos minoritários — explicou Cenoura.

— Grupos minoritários!

— Desculpe. De qualquer forma, ele só tem mais alguns dias...

Veio um barulho de algo se estilhaçando do outro lado da rua. Eles viraram e viram uma figura sair correndo de uma taberna pela rua, seguido de perto por um homem gordo de avental.

— Pega! Pega! Ladrão sem licença!

— Ah — disse Cenoura.

Atravessou a rua, com Angua logo atrás dele, enquanto o homem gordo desacelerou até quase parar.

— Dia, Sr. Flanela — cumprimentou Cenoura. — Problemas?

— Ele levou sete dólares e não vi licença de Ladrão alguma! — respondeu o Sr. Flanela. — O que você vai fazer? Eu pago meus impostos!

— Sairemos em acalorada perseguição a qualquer momento — disse Cenoura com calma, tirando seu bloco de notas. — Sete dólares, foi?

— Pelo menos quatorze.

Sr. Flanela olhou Angua de cima a baixo. Homens raramente perdiam essa oportunidade.

— Por que ela está de elmo?

— Ela é uma nova recruta, Sr. Flanela.

Angua sorriu para o Sr. Flanela. Ele deu um passo para trás.

— Mas ela é uma...

— Temos que evoluir com o tempo, Sr. Flanela — disse Cenoura, guardando seu bloco de notas.

Sr. Flanela voltou a tratar do roubo.

— Nesse meio-tempo, há dezoito dólares meus que não verei de novo — disse ele bruscamente.

— Ah, *nil desperandum*, Sr. Flanela, *nil desperandum* — disse Cenoura alegremente. — Venha, policial-lanceira Angua. Vamos proceder com nossas investigações.

E partiu procedendo, com Flanela olhando boquiaberto para eles.

— Não se esqueça dos meus vinte e cinco dólares! — gritou.

— Você não vai *perseguir* o homem? — perguntou Angua, correndo para acompanhá-lo.

— Não há motivo — respondeu Cenoura, dando um passo para o lado e entrando em um beco tão estreito que era quase invisível.

Caminhou entre as paredes úmidas, cheias de musgo, e pela sombra pesada.

— Coisa interessante — prosseguiu ele. — Aposto que muitas pessoas não sabem que se pode chegar à rua Zéfiro pela via Larga. Pode perguntar a qualquer um. Dirão que não dá para sair pela outra ponta do beco da Camisa. Mas dá, é só subir a rua Mormius e se espremer por estes postes *aqui*, depois sair na travessa do Burburinho... são bons, não, de um ferro muito bom... e aqui estamos no beco de Outrora.

Caminhou até o final do beco e ficou escutando por algum tempo.

— O que estamos esperando? — indagou Angua.

Ouviram o som de pés correndo. Cenoura encostou-se à parede e estendeu um braço para a rua Zéfiro. Ouviram o som de uma pancada. O braço de Cenoura não se moveu nem um centímetro. Deve ter sido como bater em uma viga.

Olharam para a figura inconsciente no chão. Dólares de prata rolavam nos paralelepípedos.

— Ah céus, ah céus, ah céus — disse Cenoura. — O pobre velho Aquieagora. Ele me prometeu que ia parar com isso, também. Ah bem...

Pegou uma perna.

— Quanto dinheiro? — perguntou ele.

— Parece que três dólares — disse Angua.

— Bom trabalho. A quantidade exata.

— Não, o comerciante disse...

— Vamos. De volta para a Sede da Vigilância. Vamos, Aquieagora. É o seu dia de sorte.

— Por que é o dia de sorte dele? Ele foi *pego*, não foi?

— Sim. Por nós. O Grêmio dos Ladrões não o pegou primeiro. Eles não são tão gentis.

A cabeça de Aquieagora ia quicando de paralelepípedo em paralelepípedo.

— Roubando três dólares e correndo direto para casa — disse Cenoura, com um suspiro. — Esse é o velho Aquieagora. Pior ladrão do mundo.

— Mas você disse que o Grêmio dos Ladrões...

— Quando você estiver aqui já há algum tempo, vai entender como tudo funciona — observou Cenoura. A cabeça de Aquieagora bateu no meio-fio. — Uma hora ou outra — acrescentou. — Mas tudo funciona. Você ficaria espantada. Tudo funciona. Gostaria que não fosse assim, mas é.


Enquanto Aquieagora tinha leves concussões pelo caminho até a segurança da cadeia da Vigilância, um palhaço estava sendo morto.

Ele perambulava devagar por uma viela com a segurança de quem está com o pagamento do Grêmio dos Ladrões em dia quando uma figura encapuzada apareceu à sua frente.

— Beano?

— Ah, oi... É o Edward, certo?

A figura hesitou.

— Eu estava voltando para o Grêmio agora mesmo — disse Beano.

A figura encapuzada fez que sim.

— Tudo bem com você? — perguntou Beano.

— Sinto muito sobre is-so — disse o outro. — Mas é para o bem da cidade. Nada p-essoal.

Deu um passo para trás do palhaço. Beano sentiu um apertão, e seu universo pessoal interior foi desligado.

E, então, ele se sentou.

— Au — disse ele. — Isso dói...

Mas não doía.

Edward d'Eath estava olhando para ele, de pé, com uma expressão horrorizada.

— Não... Eu não queria bater em você com tanta força! Eu só queria tirá-lo do caminho!

— Por que precisava me bater, para começo de conversa?

E então Beano foi tomado pela impressão de que Edward não estava exatamente olhando para ele e com certeza não estava falando com ele.

Ao olhar de relance para o chão, Beano experimentou aquela sensação peculiar conhecida apenas pelos recém-falecidos — o horror pelo que se vê caído à sua frente, seguido pela pergunta incômoda: quem está olhando, então?

Toc toc.

Olhou para cima.

— Quem está aí?

Morte.

— Morte quem?

Havia uma frieza no ar. Beano esperou. Edward estava freneticamente dando tapinhas em seu rosto... Bem, no que até recentemente fora o seu rosto.

Hum... Podemos começar de novo? Parece que ainda não peguei o jeito disso.

— Perdão? — disse Beano.

— Sinto m-uito! — gemeu Edward. — Eu tinha a melhor das intenções! Beano observou seu assassino arrastar seu... o... corpo para longe.

— Nada pessoal, ele diz — disse Beano. — Que bom que não era nada pessoal. Eu detestaria achar que acabei de ser morto por algo *pessoal*.

É que já me foi sugerido que eu deveria ser mais sociável.

— Quero dizer, *por quê*? Pensei que estávamos nos dando muito bem. É muito difícil fazer amigos na minha profissão. Na sua também, suponho.

Dar a notícia gentilmente, sempre que possível.

— Num minuto caminhando por aí, e no outro, morto. Por quê?

Encare isso mais como estar... Dimensionalmente pre-judicado.

O espírito de Beano, o palhaço, virou-se para Morte.

— Do que você está *falando*?

Você está morto.

— Sim. Eu sei. — Beano relaxou.

Parou de pensar demais sobre o que estava acontecendo em um mundo cada vez mais irrelevante. Morte descobriu que as pessoas muitas vezes faziam isso, após a confusão inicial. Afinal de contas, o pior já tinha passado. Ao menos... com alguma sorte.

AGORA, SE PUDER ME SEGUIR...

— Haverá tortas de creme de ovos? Narizes vermelhos? *Malabarismo*? Existe a possibilidade de envolver calças largas?

NÃO.

Beano passara quase toda a sua breve vida como um palhaço. Sorriu sombriamente sob a maquiagem.

— *Gostei.*


A audiência de Vimes com o Patrício terminou como todas as audiências como aquela terminavam: com o convidado indo embora na posse de uma vaga porém persistente suspeita de que ele por pouco tinha escapado com vida.

Vimes seguiu para ver sua noiva. Sabia onde ela poderia estar.

A placa rabiscada ao longo dos grandes portões duplos na rua Mórfica dizia: Aqui há Dragõis.

A placa de bronze *ao lado* dos portões dizia: Santuário Brilho do Sol para Dragões Doentes de Ankh-Morpork.

Havia um dragão pequeno, oco e patético feito de papel machê que segurava uma caixa de coleta acorrentada muito fortemente à parede e ostentando uma placa: Não Deixe Minha Chama Se Apagar.

Aquele era o lugar onde lady Sybil Ramkin passava a maior parte de seus dias.

Ela era, tinham dito a Vimes, a mulher mais rica de Ankh-Morpork. Na verdade, era mais rica do que todas as outras mulheres de Ankh--Morpork juntas, se isso fosse possível.

Seria um casamento estranho, diziam as pessoas. Vimes tratava seus superiores sociais com maldisfarçado desgosto, porque as mulheres faziam sua cabeça doer e os homens faziam seus punhos coçarem. E Sybil Ramkin era a última sobrevivente de uma das famílias mais antigas de Ankh. Mas eles, tendo sido jogados juntos como galhos em um roda-moinho, acabaram cedendo ao inevitável...

*Homens de Armas*

Quando era pequeno, Sam Vimes pensava que os muito ricos comiam em pratos de ouro e viviam em casas de mármore.

Havia aprendido algo novo: os muito, muito ricos podiam se dar ao luxo de serem pobres. Sybil Ramkin vivia no tipo de pobreza que estava disponível apenas aos muito ricos, uma pobreza abordada pelo outro lado. Mulheres que eram apenas abastadas economizavam e compravam vestidos de seda entrelaçada com rendas e pérolas, mas Lady Ramkin era tão rica que podia se dar ao luxo de bater perna por aí com botas de borracha e uma saia de tweed que pertencera à mãe. Era tão rica que podia se dar ao luxo de viver de biscoitos e sanduíches de queijo. Era tão rica que vivia em três quartos de uma mansão de 34 cômodos, nos quais o restante dos aposentos estava cheio de móveis muito caros e muito *antigos*, cobertos por lençóis empoeirados.

A razão pela qual os ricos eram tão ricos, raciocinou Vimes, era que eles conseguiam gastar menos dinheiro.

Tome as botas como exemplo. Ele ganhava 38 dólares por mês mais abonos. Um bom par de botas de couro custava cinquenta, mas um par de botas *acessível*, que era meio que razoável para uma ou duas estações e depois deixava entrar litros de água quando o papelão cedia, custava cerca de dez. Era esse segundo tipo que Vimes sempre comprava, usando até as solas estarem tão finas que ele podia saber em que parte de Ankh-Morpork estava numa noite de nevoeiro pela sensação dos paralelepípedos.

Porém, a grande questão era que botas *boas* duravam anos. Um homem que pudesse pagar cinquenta dólares teria um par de botas que manteria seus pés secos por uns bons dez anos, ao passo que um homem pobre que só poderia comprar botas baratas nesse período teria gasto cem dólares em botas *e ainda assim estaria com os pés molhados*.

Esta era a teoria "Botas" de injustiça socioeconômica do capitão Samuel Vimes.

O caso era que Sybil Ramkin quase nunca precisava comprar nada. A mansão estava cheia de mobília de boa qualidade, comprada por seus antepassados. Nunca se desgastava. Ela possuía caixas inteiras cheias de joias que pareciam simplesmente ter se acumulado ao longo dos séculos.

Vimes tinha visto uma adega de vinhos na qual um regimento de espeleólogos poderia ficar tão alegremente bêbado que não se importaria de se perder sem deixar vestígio.

Lady Sybil Ramkin vivia bem confortavelmente gastando, estimava Vimes, cerca de metade do que ele. No entanto, ela gastava muito mais com dragões.

O Santuário Brilho do Sol Para Dragões Doentes havia sido construído com paredes muito, muito grossas e um telhado muito, muito leve, uma idiossincrasia arquitetônica normalmente só encontrada em fábricas de fogos de artifício.

E *isso* acontecia porque a condição natural do dragão do pântano médio é estar cronicamente doente, e o estado natural de um dragão pouco saudável é ficar apoiado nas paredes, piso e teto do cômodo em que se encontra. Um dragão do pântano é uma fábrica de produtos químicos mal gerenciada e perigosamente instável, a um passo do desastre. Um passo bem curto.

Especula-se que seu hábito de explodir violentamente quando está com raiva, animado, assustado ou meramente entediado é uma característica necessária para sua sobrevivência,* desenvolvida para desencorajar predadores. Coma dragões, diz a natureza, e você terá uma indigestão à qual poderá aplicar o termo "diâmetro da explosão".

Por isso, Vimes abriu a porta com cuidado. E foi encoberto pelo cheiro de dragões. Era um odor diferente, mesmo para os padrões de Ankh-Morpork; trazia à mente de Vimes a imagem de uma lagoa que tinha recebido dejetos alquímicos durante vários anos e, em seguida, tinha sido drenada.

Pequenos dragões assobiavam e tagarelavam para ele de currais dos dois lados do caminho. Várias rajadas de fogo animadas tostavam o pelo das suas canelas nuas.

Encontrou Sybil Ramkin com duas das várias mulheres jovens de calças que ajudavam no Santuário; geralmente se chamavam Sara ou Emma e todas pareciam exatamente iguais para Vimes. Estavam lutando com o que parecia uma sacola raivosa. Ela levantou os olhos quando ele se aproximou.

---

\* Do ponto de vista da espécie como um todo. Não do ponto de vista do dragão caindo em pedacinhos.

*Homens de Armas*

— Ah, aí está Sam. Segure isso; tem um cordeirinho.

A sacola foi empurrada para os seus braços. No mesmo instante, uma garra rasgou o fundo do saco e arranhou seu peitoral em uma tentativa espirituosa de estripá-lo. Uma cabeça com orelhas pontudas abriu caminho pela outra extremidade da sacola, dois olhos vermelhos brilhantes focaram-se nele por um segundo, uma boca cheia de dentes serrilhados se abriu, e um jorro de vapor fedorento o rodeou.

Lady Ramkin agarrou a mandíbula inferior, triunfante, e enfiou o outro braço até o cotovelo na garganta do pequeno dragão.

— Te peguei! — Ela se virou para Vimes, que ainda estava paralisado pelo choque. — O diabinho não queria tomar seu tablete de calcário. Engole. *Engole!* Isso! Mas quem é um bom menino, hein? Pode soltá-lo agora.

A sacola escorregou dos braços de Vimes.

— Um caso sério de Cólica Sem Chamas — disse lady Ramkin. — Espero que tenhamos descoberto a tempo...

O dragão rasgou a sacola e saiu, procurando algo em volta para incinerar. Todo mundo tentou sair da frente.

E então seus olhos se fecharam e ele soluçou.

O tablete de calcário quicou na parede oposta.

— *Todo mundo no chão!*

Eles pularam para se proteger atrás de um bebedouro para dragões e uma pilha de pedregulhos.

O dragão soluçou de novo e pareceu perplexo por um instante.

Então, explodiu.

Eles levantaram a cabeça depois que a fumaça se dissipou e olharam para a pequena e triste cratera.

Lady Ramkin tirou um lenço do bolso do avental de couro e assoou o nariz.

— O pobre diabinho — disse ela. — Ah, bem. Como você está, Sam? Você foi encontrar Havelock?

Vimes confirmou. Nunca em sua vida, pensou, se acostumaria com a ideia do Patrício de Ankh-Morpork ter um primeiro nome, ou de que alguém poderia conhecê-lo bem o bastante para chamá-lo dessa maneira.

— Estive pensando sobre o jantar amanhã à noite — disse ele, em tom desesperado. — Sabe, eu acho mesmo que não posso...

— Não seja bobo — disse lady Ramkin. — Você vai gostar. É hora de conhecer as Pessoas Certas. Você sabe disso.

Ele assentiu tristemente.

— Vamos esperá-lo lá em casa às oito horas, então — disse ela. — E não fique com essa cara. Isso vai ajudá-lo *tremendamente*. Você é um homem muito bom para passar as noites perambulando pelas ruas molhadas e escuras. É hora de se lançar no mundo.

Vimes quis dizer que *gostava* de perambular pelas ruas molhadas e escuras, mas seria inútil. Não se tratava de gostar, era só o que sempre tinha feito. Encarava seu distintivo da mesma forma que encarava seu nariz. Não o amava ou odiava. Era só seu distintivo.

— É só você seguir a onda. Vai ser muito divertido. Você tem um lenço?

Vimes entrou em pânico.

— O quê?

— Deixe-me vê-lo. — Ela segurou o lenço perto da boca dele. — Cuspa... — ordenou.

Ela limpou uma mancha na bochecha dele. Uma das Emmas intercambiáveis deu uma risadinha no limite do audível. Lady Ramkin ignorou.

— Pronto — disse ela. — Assim está melhor. Agora vá e mantenha as ruas seguras para todos nós. E se quiser fazer algo *realmente* útil, poderia encontrar Gorducho.

— Gorducho?

— Ele saiu do curral ontem à noite.

— Um dragão?

Vimes resmungou e puxou um charuto barato do bolso. Dragões do pântano estavam se tornando um pequeno incômodo pela cidade. Lady Ramkin vinha ficando muito irritada com isso.

As pessoas compravam dragões quando tinham quinze centímetros de comprimento, como uma forma bonitinha de acender fogueiras, e então, quando eles começavam a queimar a mobília e deixar buracos corrosivos no tapete, no chão e no teto da adega subterrânea, expulsavam-nos e os deixavam à própria sorte.

*Homens de Armas*

— Nós o resgatamos da casa de um ferreiro na rua Fácil — contou lady Ramkin. — Eu disse: "Meu bom homem, você pode usar uma forja como todo mundo." Coitadinho.

— Gorducho — disse Vimes. — Tem fogo?

— Ele tem uma coleira azul — disse lady Ramkin.

— Certo, tá.

— Ele vai segui-lo como um cordeiro se achar que você tem um biscoito de carvão.

— Certo. — Vimes apalpou os bolsos.

— Eles ficam um pouco animados demais com esse calor.

Vimes se inclinou sobre um curral de filhotes e pegou um pequeno, que bateu as asas curtas com animação. Fez jorrar um breve jato de chamas azuis. Vimes tragou depressa.

— Sam, eu gostaria que você não fizesse isso.

— Desculpe.

— Então, se você puder pedir para o jovem Cenoura e aquele *bondoso* cabo Nobbs ficarem de olho por aí...

— Sem problemas.

Por alguma razão, lady Sybil, que tinha uma visão precisa em todos os outros aspectos, insistia em pensar no cabo Nobbs como um malandro adorável. Isso sempre intrigara Sam Vimes. Devia ser a natural atração dos opostos. Os Ramkin tinham mais classe do que um livro de zoologia, enquanto Nobbs fora desqualificado da raça humana.

Conforme ele caminhava pela rua em sua armadura de couro velho e cota de malha enferrujada, com seu elmo preso à cabeça e a sensação dos paralelepípedos através das solas gastas de suas botas informando a ele que estava no beco Acre, ninguém teria acreditado que estava olhando para um homem que muito em breve se casaria com a mulher mais rica de Ankh-Morpork.


Gorducho não era um dragão feliz.

Ele sentia saudades da forja. Gostava bastante da forja. Tinha carvão à vontade para comer, e o ferreiro não era um homem particularmente cruel. Gorducho não exigia muito da vida, e tinha conseguido o que queria.

Então aquela mulher grande o levara para longe e o colocara em um curral. Havia outros dragões por perto. Gorducho não gostava muito de outros dragões. E as pessoas davam a ele carvão desconhecido.

Ele ficou bem satisfeito quando alguém lhe tirou do curral no meio da noite. Tinha achado que ia voltar para o ferreiro.

Agora estava se dando conta de que isso não aconteceria. Estava em uma caixa que sacolejava por aí e começava a ficar com raiva...

O sargento Colon se abanou com a prancheta e olhou para os guardas reunidos.

Tossiu.

— Muito bem, pessoal. Sentem-se.

— Estamos sentados, Fred — disse o cabo Nobbs.

— É "sargento" para você, Nobby — corrigiu o sargento Colon.

— E por que temos que nos sentar, afinal? Nós não estamos acostumados a fazer isso tudo. Eu sinto cãibra na virilha de ficar sentado aqui escutando você falar sobre...

— Temos que fazer as coisas direito, agora que há mais de nós — disse o sargento Colon. — Certo! A-ham. Certo. Tá. Hoje damos as boas-vindas à Vigilância ao policial-lanceiro Detritus... *não bata continência!*... e ao policial-lanceiro Porrete, e também à policial-lanceira Angua. Esperamos que vocês tenham uma longa e... O que é isso que você tem aí, Porrete?

— O quê? — perguntou Porrete, inocentemente.

— Não posso deixar de notar que você ainda tem aí o que parece um machado arremessável de duas lâminas, policial-lanceiro, apesar do que eu disse a você antes sobre as regras da Vigilância.

— Arma cultural, sargento? — disse Porrete, esperançosamente.

— Você pode deixá-lo em seu armário. Guardas portam uma espada, curta, e um cassetete.

Com a exceção de Detritus, acrescentou mentalmente. Em primeiro lugar, porque até mesmo a espada mais longa parecia um palito na mão enorme do troll, e, em segundo, porque enquanto eles não resolvessem aquele negócio com a continência, ele não gostaria de ver um membro da Vigilância pregar sua mão à própria orelha. Ele teria um cassetete e que ficasse satisfeito com isso. Mesmo assim, ele provavelmente bateria em si mesmo até morrer.

Trolls e anões! Anões e trolls! Ele não merecia isso, não nessa vida. E aquilo nem era a pior parte.

Tossiu de novo. Quando leu o texto que estava em sua prancheta, foi com a voz cantante de alguém que aprendeu a falar em público na escola.

— Certo — enunciou outra vez, um pouco hesitante. — Enfim. Diz aqui...

— Sargento?

— Agora qu... Ah, é você, cabo Cenoura. Sim?

— Você não está esquecendo alguma coisa, sargento?

— Eu não sei — disse Colon, com cautela. — Estou?

— Sobre os recrutas, sarja. Algo que eles precisem fazer? — sugeriu Cenoura.

O sargento Colon esfregou o nariz. Vamos ver... Eles tinham, como ordem oficial, assinado pelo recebimento de uma camisa (de cota de malha metálica), um elmo, de ferro e cobre, um peitoral, de ferro (exceto no caso da policial-lanceira Angua, que precisaria de equipamento especial, e do policial-lanceiro Detritus, que recebera uma peça de armadura de um elefante de guerra adaptada às pressas), um cassetete, de carvalho, uma maça ou alabarda de emergência, uma besta, uma ampulheta, uma espada curta (exceto o policial-lanceiro Detritus) e um distintivo, oficial, de Vigilante Noturno, de cobre.

— Acho que eles têm tudo, Cenoura — disse ele. — Tudo recebido e assinado. Até Detritus conseguiu alguém para fazer um X para ele.

— Eles têm que fazer o juramento, sarja.

— Ah. Er. Têm?

— Sim, sarja. É a lei.

O sargento Colon parecia embaraçado. Provavelmente era a lei, claro. Cenoura era muito melhor nesse tipo de coisa. Ele sabia de cor as leis de Ankh-Morpork. Era a única pessoa que sabia. Tudo o que Colon sabia era que *ele* não tinha feito um juramento ao se juntar à Vigilância, e quanto a Nobby, o melhor que ele tinha feito em termos de um juramento fora algo como "dane-se esse joguinho de soldados".

— Certo, então — disse ele. — Vocês todos, er, têm que fazer o juramento... er... e o cabo Cenoura vai mostrar como é. Você fez o, er, juramento quando se juntou a nós, Cenoura?

— Ah, sim, sarja. Só que ninguém me pediu, então eu jurei sozinho, em silêncio.

— Ah, é? Certo. Siga em frente, então.

Cenoura se levantou e tirou o elmo. Ajeitou o cabelo. E então levantou a mão direita.

— Levantem suas mãos direitas, também — disse ele. — Er... É a mão mais próxima da policial-lanceira Angua, policial-lanceiro Detritus. E repitam comigo... — Fechou os olhos e seus lábios se moveram por um momento, como se estivesse lendo mentalmente.

— Eu vírgula colchete nome do recruta colchete vírgula...

Assentiu na direção deles.

— Digam também.

Eles repetiram em coro. Angua tentou não rir.

— ...juro solenemente pela colchete divindade de escolha do recruta colchete...

Angua não se permitia olhar para o rosto de Cenoura.

— ... defender as Leis e os Decretos de Ankh-Morpork, servir a fé pública vírgula e defender os súditos do rei barra da rainha colchete apagar o que for inadequado colchete colchete nome do monarca reinante colchete...

Angua tentou olhar para um ponto atrás da orelha de Cenoura. Além de tudo, a voz monótona de Detritus estava várias dezenas de palavras atrás de todos os outros.

— ... sem medo vírgula favorecimentos vírgula ou privilegiar a segurança pessoal ponto e vírgula perseguir malfeitores e proteger o inocente vírgula dispondo de minha vida se necessário na causa do referido dever vírgula assim juro por colchete acima mencionada divindade colchete ponto final Deuses Salvem o Rei barra Rainha colchete apagar o que for inadequado colchete ponto-final.

Angua concluiu com gratidão, e então *de fato* olhou para o rosto de Cenoura. Havia, inconfundivelmente, lágrimas escorrendo.

— Er... Certo... é isso, então, obrigado — disse o sargento Colon, depois de algum tempo.

— ... *pro-te-ger o i-no-cen-te vír-gu-la...*

— Vá com calma, policial-lanceiro Detritus. — O sargento pigarreou e consultou a prancheta outra vez.

— Agora, Ávido Hoskins foi libertado da prisão de novo, então fiquem de olho. Vocês sabem como ele é quando bebe para comemorar, e o maldito Cara de Carvão, o troll, bateu em quatro homens ontem à noite...

— ... *na causa do referido de-ver vír-gu-la...*

— Onde está o capitão Vimes? — perguntou Nobby. — Ele deveria estar fazendo isso.

— Capitão Vimes está... resolvendo umas coisas — disse sargento Colon. — Não é fácil aprender a ser civil. Certo. — Olhou para sua prancheta de novo e então para seus homens. Homens... hah.

Seus lábios se moveram enquanto ele contava. Ali, sentado entre Nobby e o policial Porrete, estava um sujeito maltrapilho muito pequeno, cuja barba e cabelos eram tão crescidos e emaranhados que ele parecia um furão espreitando de dentro de um arbusto.

— ...*col-che-te a-ci-ma men-ci-o-na-da di-vin-da-de col-che-te ponto--final...*

— Ah, não — disse ele. — O que você está fazendo aqui, Aquieagora? Obrigado, Detritus... *sem continência...* pode se sentar agora.

— O Sr. Cenoura me trouxe — contou Aquieagora.

— Custódia protetora, sarja — disse Cenoura.

— *De novo?* — Colon tirou as chaves das celas de seu suporte sobre a escrivaninha e as atirou para o ladrão. — Está bem. Cela Três. Deixe as chaves com você lá dentro, nós gritaremos se precisarmos delas de volta.

— Você é um fidalgo, Sr. Colon — disse Aquieagora, descendo a escada para as celas.

Colon sacudiu a cabeça.

— Pior ladrão do mundo — comentou.

— Ele não parece tão habilidoso — disse Angua.

— Não, eu disse o *pior* — retrucou Colon. — No sentido de "não é bom nisso".

# 38 TERRY PRATCHETT

— Lembra quando ele estava para viajar até Dunmanifestin para roubar o Segredo do Fogo dos deuses? — indagou Nobby.

— E eu disse "mas nós já *temos* isso, Aquieagora, já faz milhares de anos" — recordou Cenoura. — E *ele* disse, "é isso aí, então deve ter valor de antiguidade".*

— Pobre sujeito — disse o sargento Colon. — Certo. O que mais nós temos... sim, Cenoura?

— Agora eles precisam receber os Xelins do Rei — disse Cenoura.

— Certo. Sim. Ok. — Colon enfiou a mão no bolso e tirou três dólares de Ankh-Morpork do tamanho de lantejoulas, com mais ou menos o mesmo teor de ouro que a água do mar. Atirou-os um de cada vez para os recrutas.

— Esses são os Xelins do Rei — disse ele, olhando de relance para Cenoura. — Sei lá por quê. Vocês precisam ganhar quando se juntam à Vigilância. Regulamentos, sabem. Mostra que vocês se juntaram a nós. — Ele pareceu embaraçado por um momento, então tossiu. — Certo. Ah, sim. Um monte de roch... alguns trolls — corrigiu-se ele — estão fazendo um tipo de marcha descendo a rua Curta. Policial-lanceiro Detritus... *Não deixem que ele bata continência!*... Certo. Que história é essa?

— É Ano-Novo de troll — disse Detritus.

— É? Acho que temos que aprender sobre esse tipo de coisa agora. E diz aqui que tem essa bobaja... essa passeata de anões ou coisa assim...

— O Dia da Batalha do Vale Koom — disse o Policial Porrete. — Famosa vitória sobre os trolls. — Ele parecia presunçoso, pelo pouco que dava para ver através da barba.

— Ah, é? Com emboscada — grunhiu Detritus, encarando o anão.

— O quê? Foram os trolls que... — começou Porrete.

— Calem a boca — disse Colon. — Olhe, aqui diz... aqui diz que eles estão marchando... Aqui diz que eles estão marchando *subindo* a rua Curta. — Baixou o papel. — Isso está certo?

— Trolls indo por um lado, anões pelo outro? — perguntou Cenoura.

---

\* Dedos-Mazda, o primeiro ladrão do mundo, roubou o fogo dos deuses, mas não foi capaz de vendê-lo. Era um artigo quente demais.
Ele acabou se queimando com esse negócio.

— Tá aí um desfile que você *não* quer perder — comentou Nobby.

— Qual é o problema? — indagou Angua.

Cenoura gesticulou de forma vaga.

— Nossa. Vai ser terrível. Temos que fazer alguma coisa.

— Anões e trolls se dão bem como um incêndio doméstico — disse Nobby. — Já esteve em um incêndio, senhorita?

O rosto normalmente vermelho do sargento Colon ficou de um cor-de-rosa pálido. Ele afivelou o cinto da espada e pegou o cassetete.

— Lembrem-se — disse ele —, vamos ter cuidado lá fora.

— Sim — disse Nobby —, vamos ter o cuidado de ficar aqui.

Para entender por que anões e trolls não gostam um do outro, é preciso voltar bastante no tempo.

Eles se dão como giz e queijo. Bem como giz e queijo, na verdade. Um é orgânico, o outro não, e também fede um pouco como queijo. Anões ganham a vida esmagando rochas com minerais valiosos, e a forma de vida baseada em silício conhecida como trolls é, basicamente, composta de rochas com minerais valiosos. No ermo, eles também passam a maior parte do dia adormecidos, e esta não é uma situação na qual uma rocha que contém minerais valiosos gostaria de estar quando há anões por perto. E anões odeiam trolls porque, geralmente quando alguém encontra um veio interessante de minerais valiosos, não gosta que as rochas subitamente se levantem e arranquem seu braço fora só porque esse alguém acabou de enfiar uma picareta no ouvido delas.

Era um estado permanente de vendeta interespécies e, como todas as boas vendetas, já não precisava mais mesmo de um motivo. Bastava que tivesse sempre existido.* Anões odiavam trolls porque trolls odiavam anões, e vice-versa.

A Vigilância estava à espreita no beco das Três Lâmpadas, que ficava a meio caminho da rua Curta. Ouviu-se um crepitar distante de fogos

---

* A Batalha do Vale Koom é o único confronto na história em que os dois lados emboscaram um ao outro.

de artifício. Os anões os soltavam para afastar os espíritos malignos das minas. Os trolls os soltavam porque o gosto era bom.

— Não vejo por que não podemos deixá-los brigar entre si e depois prender os perdedores — sugeriu o cabo Nobbs. — Sempre fizemos assim.

— O Patrício fica realmente descontente com problemas étnicos — retrucou o sargento Colon sombriamente. — Ele fica bem sarcástico.

Um pensamento lhe ocorreu. Ele se animou um pouco.

— Tem alguma ideia, Cenoura?

Um segundo pensamento lhe ocorreu. Cenoura era um rapaz simples.

— Cabo Cenoura?

— Sarja?

— Dê um jeito nesse bando, está bem?

Cenoura espiou pela esquina as paredes de trolls e anões que avançavam. Já tinham se visto.

— Você está certo, sargento — disse ele. — Policiais-Lanceiros Porrete e Detritus (*sem continência!*), vocês vêm comigo.

— Não pode deixar que ele vá até lá! — protestou Angua. — É morte na certa!

— Tem um belo senso do dever, esse menino — disse o cabo Nobbs. Pegou uma guimba de cigarro da orelha e riscou um fósforo na sola da bota.

— Não se preocupe, senhorita — disse Colon. — Ele...

— Policial-lanceira — disse Angua.

— O quê?

— Policial-lanceira — repetiu ela. — Não senhorita. Cenoura diz que eu não tenho sexo algum quando estou de serviço.

Com a tosse frenética de Nobby ao fundo, Colon disse, muito rapidamente:

— O que eu quero dizer *é*, policial-lanceira, o jovem Cenoura tem krisma. Montes de krisma.

— Krisma?

— Montes.

Os solavancos tinham parado. Gorducho estava realmente irritado agora. Realmente, realmente irritado.

Houve um ruído de algo sendo arrastado. Um grande saco foi movido para o lado; ali, olhando para Gorducho, estava outro dragão macho.

Que parecia irritado.

Gorducho reagiu da única maneira que sabia.

Cenoura parou no meio da rua, de braços cruzados, os dois novos recrutas de pé logo atrás dele e tentando ficar de olho nas duas marchas que se aproximavam simultaneamente.

Colon achava que Cenoura era simples. As pessoas frequentemente achavam isso. E ele era mesmo.

O erro delas era pensar que simples significava estúpido.

Cenoura não era estúpido. Era direto e honesto, bem-humorado e honrado em todas as relações que tinha. Em Ankh-Morpork isso normalmente soaria como "estúpido" mesmo e lhe teria rendido a expectativa de sobrevivência de uma água-viva em um forno de metalurgia, mas havia alguns outros fatores em jogo. Um deles era um soco que até os trolls tinham aprendido a respeitar. O outro era que Cenoura era genuína e quase sobrenaturalmente simpático. Ele se dava bem com as pessoas, mesmo para prendê-las. Tinha uma memória excepcional para nomes.

Durante maior parte da sua jovem vida, vivera em uma pequena colônia de anões, onde não havia praticamente nenhuma outra pessoa para conhecer. Então, de repente, ele se viu em uma cidade enorme, e foi como se um talento estivesse esperando para se manifestar. E ainda se manifestava.

Ele acenou alegremente para os anões que se aproximavam.

— 'Dia, Sr. Coxadefarelo! 'Dia, Sr. Braçoforte!

Depois se virou e acenou para o líder troll. Houve um estouro abafado quando um dos fogos de artifício explodiu.

— 'Dia, Sr. Bauxita!

Então, fechou as mãos em concha.

— Se vocês pudessem simplesmente parar e me ouvir... — gritou.

As duas marchas *pararam*, com certa hesitação e um empilhamento geral das pessoas mais ao fundo. Era isso ou passar por cima de Cenoura.

Se Cenoura tinha uma pequena falha, consistia em não prestar atenção aos detalhes à sua volta quando sua mente estava ocupada com outras coisas. Assim, a conversa sussurrada às suas costas lhe escapava.

— ... *rá! Também foi uma emboscada! E sua mãe era uma pepita de...*

— Calma, senhores — disse Cenoura, em um tom repleto de bom senso e amabilidade —, tenho certeza de que não há necessidade para este comportamento agressivo...

— ... *vocês nos emboscaram também! Meu tatataravô estava no Vale Koom e me contou!*

— ... em nossa bela cidade em um dia tão bonito. Devo lhes pedir que, como bons cidadãos de Ankh-Morpork...

— ... *é? Você nem sabe quem é o seu pai, não é?*

— ... ainda que vocês certamente devam celebrar seus orgulhosos costumes étnicos, para lucrar com o exemplo dos meus colegas oficiais aqui, que derrubaram suas antigas diferenças...

— *Eu esmago suas cabeças, seus anões traiçoeiros!*

— ... em prol de um benefício maior para...

— *Eu posso lidar com você com uma das mãos amarrada nas costas!*

— ... a cidade, cujo distintivo eles têm...

— *Você vai ter a oportunidade! Vou amarrar as suas DUAS mãos atrás das costas!*

— ... o orgulho e o privilégio de usar.

— Aargh!

— Aaau!

Ocorreu a Cenoura que quase ninguém estava prestando atenção. Então, ele se virou.

O policial-lanceiro Porrete estava de cabeça para baixo, porque o policial-lanceiro Detritus estava tentando fazer seu elmo ser arrastado nos paralelepípedos, embora o policial-lanceiro Porrete estivesse usando bem essa posição para agarrar o policial-lanceiro Detritus pelo joelho e tentar afundar os dentes em seu tornozelo.

Os manifestantes opostos observavam com fascínio.

— Devemos fazer alguma coisa! — disse Angua, do esconderijo dos guardas no beco.

— Beeem — disse o sargento Colon, lentamente —, é algo sempre muito complicado, esse lance étnico.

— A gente pode errar a mão bem fácil — avisou Nobby. — É bem delicado, esse negócio étnico em geral.

— Delicado? Eles estão tentando se *matar*!

— É cultural — disse o sargento Colon, miseravelmente. — Não faz sentido que a gente tente forçar nossa cultura sobre eles, não é? Isso é especismo.

Na rua, o cabo Cenoura estava com o rosto muito vermelho.

— Se ele encostar um dedo em qualquer um deles, com todos os amigos dos dois assistindo — disse Nobby —, o plano é: fugir como se houvesse demônios atrás de nós...

As veias saltaram no poderoso pescoço de Cenoura. Ele colocou as mãos na cintura e berrou:

— *Policial-lanceiro Detritus! Continência!*

Eles tinham passado horas tentando ensinar aquilo. O cérebro de Detritus levava algum tempo para agarrar-se a uma ideia, mas, uma vez que chegava lá, não soltava depressa.

Ele bateu continência.

Sua mão estava cheia de anão.

Assim, ele bateu continência enquanto segurava o policial-lanceiro Porrete, brandindo-o pelo céu como uma clava pequena e zangada.

O som dos dois elmos se encontrando ecoou pelas construções e foi seguido, um segundo mais tarde, pelo baque de ambos caindo no chão.

Cenoura os cutucou com a ponta da sandália.

Então se virou e caminhou na direção dos manifestantes anões, tremendo de raiva.

No beco, o sargento Colon começou a chupar a beira de seu elmo, com medo.

— Vocês têm *armas*, não é? — rosnou Cenoura para uma centena de anões. — Admitam! Se os anões que tiverem armas não as soltarem neste minuto, todo o desfile, e eu quero dizer *todo o desfile*, será colocado nas celas! Estou falando sério!

Os anões na primeira fila deram um passo para trás. Houve um tilintar desconexo de objetos metálicos batendo no chão.

— *Todas* elas — ameaçou Cenoura. — Isso inclui você de barba preta tentando se esconder atrás do Sr. Lançapernil! Eu estou conseguindo *vê--lo*, Sr. Braçoforte! *Solte* isso. Ninguém está achando divertido!

— Ele vai morrer, não vai? — perguntou Angua, quieta.

— Engraçado, isso — disse Nobby. — Se *nós* fôssemos tentar uma coisa dessas, viraríamos picadinho, mas parece funcionar com ele.

— Krisma — disse o sargento Colon, que estava tendo que se apoiar na parede.

— Você quer dizer carisma? — indagou Angua.

— Sim. Uma coisa dessas. Isso aí.

— Como é que ele consegue?

— Sei lá — disse Nobby. — As pessoas vão com a cara dele?

Cenoura tinha se voltado para os trolls, que estavam sorrindo diante do desconforto dos anões.

— E quanto a vocês — disse ele —, com certeza vou patrulhar pela Alameda da Pedreira hoje à noite e não verei problema algum. Verei?

Houve um arrastar de pés enormes e um murmúrio geral.

Cenoura levou a mão em concha para junto da orelha.

— Não ouvi direito.

Houve um murmúrio mais alto, uma espécie de tocata mantida por cem vozes relutantes sobre o tema "Não, cabo Cenoura".

— Certo. Agora vão embora. E não vamos ter mais deste tipo de absurdo. Isso, bons meninos.

Cenoura tirou a poeira das mãos e sorriu para todos. Os trolls pareciam confusos. Em teoria, Cenoura a essa altura seria uma fina camada de gordura sobre a rua, mas, de alguma forma, isso simplesmente não parecia estar acontecendo...

Angua disse:

— Ele acabou de chamar uma centena de trolls de "bons meninos". Alguns deles acabaram de descer das montanhas! Alguns deles ainda têm *líquen* no corpo!

*Homens de Armas*   45

— A parte mais inteligente de um troll — disse o sargento Colon. E então o mundo explodiu.

A Vigilância já havia partido quando o capitão Vimes voltou para Jardim Pseudópolis. Ele subiu lentamente as escadas até seu escritório e se sentou na cadeira pegajosa de couro. Seu olhar se voltou para a parede.

Ele *queria* deixar a Guarda. Claro que queria.

Não era o que você poderia chamar de um estilo de vida. Não *vida*.

Sem tempo para vida social. Nunca ter certeza de que no dia seguinte a mesma lei ainda estaria valendo naquela cidade pragmática. Sem vida doméstica, também. Comida ruim, isso quando havia tempo para comer; tinha acabado de comer na verdade algumas das salsichas de Dibbler Cava-a-Própria-Cova como se para reforçar a mensagem. Sempre parecia estar chovendo ou abafado como um forno. Sem amigos, exceto o resto da tropa, porque eram as únicas pessoas que viviam no *seu* mundo.

Ao passo em que, em poucos dias, ele estaria, como dissera o sargento Colon, na boa vida. Nada a fazer o dia todo além de comer refeições e passear por aí sobre um grande cavalo gritando ordens.

Em momentos como aquele a imagem do velho sargento Kepple surgia em sua memória. Ele fora chefe da Vigilância quando Vimes era um recruta. E se aposentou logo em seguida. Eles todos se juntaram e lhe compraram um relógio barato, um daqueles que continuaria a funcionar por alguns anos até o demônio dentro dele evaporar.

Maldita ideia idiota, pensou Vimes, mal-humorado, olhando para a parede. O sujeito deixa o trabalho, seu distintivo, ampulheta e sino, e o que damos a ele? Um relógio.

Porém, ele ainda tinha ido trabalhar no dia seguinte, com o relógio novo. Para mostrar a todos como se fazia, segundo ele; para amarrar algumas pontas soltas, rá rá. Ver se vocês jovens não estão se metendo em problemas, rá rá. Um mês depois, ele estava buscando o carvão, varrendo o chão, realizando pequenos serviços e ajudando as pessoas a escrever relatórios. Ainda estava lá cinco anos depois. Ainda estava lá seis anos depois, quando um dos guardas chegou mais cedo e o encontrou caído no chão...

E foi descoberto que ninguém, *ninguém* sabia onde ele morava ou mesmo se existia uma Sra. Kepple. Fizeram uma vaquinha para enterrá-lo, lembrou Vimes. Havia apenas guardas no funeral…

Aliás, pensando nisso, sempre havia apenas guardas no funeral de um guarda.

Claro que não era mais assim. O sargento Colon estava bem casado havia anos, talvez porque ele e sua esposa tivessem arranjado a vida profissional de modo a só se encontrarem vez ou outra, normalmente na porta de casa. No entanto, ela deixava refeições decentes no forno para ele, e havia claramente algo naquilo; eles já tinham até netos, então obviamente houvera momentos em que foram incapazes de se evitar. O jovem Cenoura tinha que afastar jovens mulheres com um porrete. E o cabo Nobbs… Bem, ele provavelmente fazia seus próprios arranjos. Diziam que ele tinha o corpo de um rapaz de 25 anos, embora ninguém soubesse onde ele o escondia.

A questão era que todo mundo tinha alguém, mesmo que, no caso de Nobby, fosse provavelmente contra a vontade da pessoa.

Então, capitão Vimes, do que realmente se trata tudo isso? Você gosta dela? Não se preocupe muito com amor, que é uma palavra arriscada para quem tem mais de 40 anos. Ou você apenas está com medo de virar um velho que acaba morrendo cedo demais e é enterrado por pena por um bando de jovens que só conhecia você como aquele velhote que parecia estar sempre por perto e que era mandado para trazer o café e tranhas quentes enquanto riam dele pelas costas?

Queria evitar isso. E agora o Destino lhe entregava um conto de fadas.

Claro que ele sabia que ela era rica, mas não tinha esperado aquela convocação para o escritório do Sr. Morecombe.

O Sr. Morecombe era advogado da família Ramkin havia um bom tempo. Séculos, na verdade. Ele era um vampiro.

Vimes não gostava de vampiros. Anões eram pequenos cumpridores da lei quando estavam sóbrios, e até mesmo trolls se comportavam bem se tivesse alguém vigiando. Porém, todos os mortos-vivos faziam seu pescoço coçar. "Viva e deixe viver" era um ótimo mantra, mas havia um problema naquilo tudo quando se pensava de forma lógica…

O Sr. Morecombe era enrugado como uma tartaruga e muito pálido. Demorara séculos para tocar no assunto e, quando tocou, o assunto deixou Vimes pregado à sua cadeira.

— *Quanto?*

— Er. Acredito que estou certo em dizer que a propriedade, incluindo as fazendas, as áreas de desenvolvimento urbano, bem como a pequena área de impropriedade perto da Universidade, estejam valendo, juntas, algo em torno de... sete milhões de dólares por ano. Sim. Sete milhões em valor atual, eu diria.

— É tudo *meu?*

— A partir da hora em que se casar com lady Sybil. Embora ela me instrua nesta carta que o senhor deverá ter acesso a todas as suas contas a partir do presente momento.

Os olhos perolados mortos observaram Vimes com cuidado.

— Lady Sybil — disse ele — possui cerca de um décimo de Ankh, e extensas propriedades em Morpork, além de, é claro, consideráveis terras agrícolas em...

— Mas... mas... vamos possuí-las juntos...

— Lady Sybil é muito específica. Ela está doando toda a propriedade para o senhor, como seu marido. Ela tem uma abordagem um pouco... antiquada. — Ele empurrou um papel dobrado pela mesa. Vimes o tomou, desdobrou e olhou.

— Caso o senhor venha a falecer antes dela, é claro — murmurou o Sr. Morecombe —, tudo reverterá a ela por direito comum de casamento. Ou a qualquer fruto da união, é claro.

Vimes ainda não dissera nada até aquele ponto. Apenas sentira seu queixo cair e pequenas regiões de seu cérebro se fundirem.

— Lady Sybil — disse o advogado, com as palavras vindo de muito longe —, embora não tão jovem como era, é uma mulher bonita e saudável, e não há razão para que...

Vimes passou o resto da entrevista no automático.

Mal podia pensar no assunto naquele momento. Quando tentava, seus pensamentos derrapavam para longe. E, tal como sempre acontecia quando o mundo se revelava demais para ele, os pensamentos derraparam para outro lugar.

Abriu a gaveta de baixo da sua escrivaninha e olhou para a garrafa brilhante de Uísque Muito Bom, do Abraçaurso. Não sabia muito bem como aquilo tinha ido parar ali. Por algum motivo, nunca tinha jogado fora.

Comece com isso de novo e nem mesmo *verá* a aposentadoria. Atenha-se aos charutos.

Fechou a gaveta e se reclinou na cadeira, tirando do bolso um charuto fumado até a metade.

Talvez os guardas não fossem mesmo mais tão bons. Política. Rá! Patrulheiros como o velho Kepple se revirariam em suas tumbas se soubessem que a Vigilância tinha aceitado uma m...

E então o mundo explodiu.

A janela foi arrancada, salpicando de cacos a parede atrás da escrivaninha de Vimes e fazendo um corte em uma das orelhas dele.

Vimes se jogou no chão e rolou para debaixo da mesa.

Certo, chega disso! Os alquimistas tinham explodido seu Grêmio pela última vez, se dependesse de Vimes...

Porém, quando olhou pelo parapeito da janela, ele viu, do outro lado do rio, a coluna de poeira erguendo-se sobre o Grêmio dos Assassinos...

O resto da Vigilância vinha trotando pela rua das Filigranas quando Vimes chegou à entrada do Grêmio. Uma dupla de Assassinos vestidos de preto barrou seu caminho, de forma educada que, no entanto, indicava que a falta de educação era uma opção futura. Havia sons de pés apressados atrás dos portões.

— Estão vendo este distintivo? Estão? — exigiu Vimes.

— Ainda assim, isto é propriedade do Grêmio — disse um assassino.

— Deixem-nos entrar, em nome da lei! — gritou Vimes.

O assassino deu um sorriso nervoso para ele.

— A lei diz que a lei do *Grêmio* prevalece dentro das paredes do Grêmio — disse ele.

Vimes o encarou, mas era verdade. As leis da cidade, tais como eram, terminavam no limite das Casas dos Grêmios. Os Grêmios tinham suas próprias leis. O Grêmio possuía o...

*Homens de Armas*

Parou.

Às suas costas, a policial-lanceira Angua se abaixou e pegou um fragmento de vidro. Então remexeu os detritos com o pé. Seu olhar encontrou o de um pequeno vira-lata que a observava com muita atenção debaixo de uma carroça. Na verdade, ele não era vira-lata. Era mais fácil defini-lo como uma halitose ambulante com o nariz molhado.

— Au, au — disse o cão, entediado. — Au, au, au e grrr, grrr.

Foi até a entrada de um beco. Angua olhou de relance à sua volta e o seguiu. O restante da tropa estava reunido em torno de Vimes, que estava muito quieto.

— Me traga o Mestre dos Assassinos. — disse ele — Agora!

O jovem assassino tentou zombar.

— Rá! Seu uniforme não *me* assusta.

Vimes olhou para seu peitoral maltratado e sua cota de malha desgastada.

— Você está certo — falou ele. — Este não é um uniforme assustador. Sinto muito. Adiante, cabo Cenoura e policial-lanceiro Detritus.

O Assassino subitamente percebeu que a luz solar fora bloqueada.

— Mas *estes*, acho que você vai concordar — disse Vimes, de algum lugar atrás do eclipse —, são uniformes assustadores.

O Assassino assentiu lentamente. Não pedira por aquilo. O normal era não haver guardas do lado de fora do Grêmio. Qual o sentido em resistir? Ele tinha, escondidos em suas requintadas roupas pretas de alfaiate, pelo menos 18 dispositivos para matar pessoas, mas estava começando a perceber que o policial-lanceiro Detritus tinha um aparelho mortal ao final de cada um dos braços. Bem à mão, por assim dizer.

— Eu vou, er, vou chamar o Mestre, então, pode ser?

Cenoura inclinou o corpo.

— Obrigado pela cooperação — disse gravemente.


Angua observava o cão. O cão a observava.

Ela se agachou, e ele se sentou e coçou a orelha furiosamente.

Olhando em volta com cuidado para se certificar de que ninguém poderia vê-los, ela latiu uma pergunta.

— Não começa — disse o cão.

— Você pode *falar*?

— Hã. *Isso* não exige lá muita inteligência — disse o cão. — E não é preciso muita inteligência para perceber o que *você* é, também.

Angua pareceu entrar em pânico.

— Como você percebeu?

— É o *cheiro*, menina. Não aprendeu nada? Farejei você a um quilômetro. Pensei "ora ora, o que é que um *deles* está fazendo na Vigilância, hein"?

Angua gesticulou com um dedo descontroladamente.

— Se você disser a alguém…!

O cão pareceu mais chateado que o normal.

— Ninguém daria ouvidos — disse ele.

— Por que não?

— Porque todo mundo sabe que cães não falam. Eles me *ouvem*, sabe, mas, a menos que as coisas estejam realmente difíceis, eles apenas acham que estão ouvindo seus próprios pensamentos. — O cãozinho suspirou. — Confie em mim. Eu sei do que estou falando. Eu li livros. Bem… Mastiguei livros.

Coçou a orelha de novo.

— Me parece — disse ele — que nós poderíamos ajudar um ao outro…

— De que maneira?

— Bem, você poderia me mostrar onde conseguir meio quilo de carne. Isso faz maravilhas para a minha memória, carne. Faz com que ela fique logo bem clara.

Angua franziu a testa.

— As pessoas não gostam da palavra "chantagem" — disse ela.

— Não é a única palavra que elas não gostam. Veja o meu caso mesmo. Eu peguei inteligência crônica. Isso é de alguma valia para um cão? Eu pedi isso? Não. Só encontrei um lugar confortável para passar minhas noites no prédio da Magia de Alta Energia na Universidade, onde *ninguém* me contou que o tempo todo ficava vazando essa maldita magia, e, quando dei por mim, abri os olhos, a cabeça zunindo e toda rapidinha. Ops, penso, lá vamos nós de novo, olá, conceitos abstratos, desenvolvimento intelectual… De que me serve essa porcaria? Da última vez, acabei salvando o mundo de uns trecos horríveis das Dimensões Masmorras, e alguém por acaso me disse um 'brigado? Bom cachorro, dá um osso pra ele? Rá, rá. — Levantou uma pata esfarrapada. — Meu nome é Gaspode. Coisas como essa acontecem comigo quase toda semana. Tirando isso, sou apenas um cão.

Angua desistiu. Segurou o membro roído por traças e o cumprimentou.

— Meu nome é Angua. Você sabe o que eu sou.

— Já esqueci — disse Gaspode.


O capitão Vimes olhou para os escombros espalhados pelo pátio por um buraco em um dos quartos do térreo. Todas as janelas vizinhas estavam quebradas, e havia um monte de vidro no chão. Vidro de espelhos. Claro, assassinos eram notoriamente vaidosos, mas os espelhos estariam nos cômodos, não? Você não esperaria um monte de vidro do lado de fora. Com um choque externo, o vidro é soprado para dentro, não para fora.

Viu o policial-lanceiro Porrete curvar-se e pegar um par de polias ligadas a um pedaço de corda, que estava queimada em uma das pontas.

Havia um cartão retangular nos escombros.

Os pelos nas costas da mão de Vimes ficaram arrepiados.

Havia um cheiro fétido no ar.

Vimes seria o primeiro a admitir que não era um bom policial, mas nem precisaria se dar a esse trabalho, porque muitas outras pessoas alegremente admitiriam isso por ele. Havia certa teimosia de espírito nele que incomodava as pessoas importantes, e qualquer um que perturba as pessoas importantes automaticamente não é um bom policial. Mas ele tinha desenvolvido alguns instintos. Não se podia passar a vida inteira nas ruas de uma cidade sem eles. Da mesma forma que a selva sutilmente muda com a aproximação distante do caçador, havia uma alteração na atmosfera da cidade.

Tinha algo acontecendo ali, algo errado, e ele não conseguia ver o que era. Começou a se abaixar...

— O que significa isso?

Vimes se levantou. Não se virou.

— Sargento Colon, quero que volte para a Sede da Vigilância com Nobby e Detritus — disse ele. — Cabo Cenoura e policial-lanceiro Porrete, vocês ficam comigo.

— Sim, *senhor*! — disse o sargento Colon, batendo os pés com força e batendo continência de forma artificial para irritar os assassinos.

Vimes percebeu isso e respondeu de acordo.

E *então* se virou.

— Ah, Dr. Cruces — disse ele.

O Mestre dos Assassinos estava branco de raiva, contrastando muito bem com o preto intenso de suas roupas.

— Ninguém o chamou! — disse ele. — O que lhe dá o direito de estar aqui, senhor policial? Caminhando por aí como se fosse o dono do lugar?

Vimes hesitou, com o coração cantando. Saboreou o momento. Gostaria de pegar aquele momento e imprimi-lo com cuidado em um grande livro, de modo que, quando ficasse velho, pudesse tirá-lo da estante de vez em quando e lembrar-se dele.

Levou a mão até o peitoral e tirou a carta do advogado.

— Bem, se quer saber a razão mais fundamental — disse ele —, é porque acho que eu sou o dono.

Um homem pode ser definido pelas coisas que odeia. Havia um monte de coisas que o capitão Vimes odiava. Assassinos estavam perto do topo da lista, logo depois dos reis e dos mortos-vivos.

Teve que reconhecer, contudo, que o Dr. Cruces recuperou-se bem depressa. Não explodiu quando leu a carta, nem discutiu ou afirmou que era forjada. Apenas dobrou-a, devolveu e disse, com frieza:

— Entendo. O direito de propriedade, quero dizer.

— Isso mesmo. Poderia me dizer o que vem acontecendo, por favor?

Percebeu que outros assassinos veteranos entravam no pátio pelo buraco na parede. Eles olhavam com muito cuidado para os destroços.

O Dr. Cruces hesitou por um instante.

— Fogos de artifício — disse ele.


— O que aconteceu — disse Gaspode — foi que alguém colocou um dragão dentro de uma caixa apoiada no muro dentro do pátio e então se escondeu atrás de uma das estátuas, puxou uma corda e, no minuto seguinte... bang!

— Bang?

— Isso aí. Então nosso amigo se meteu no buraco por alguns segundos, certo, saiu de novo, atravessou o pátio e, no minuto seguinte, surgiram assassinos de toda parte e ele se meteu no meio deles. Que diabos. Outro homem de preto. Ninguém percebe, entende?

— Você quer dizer que ele ainda está lá dentro?

— Como vou saber? Capuzes e mantos, todos de preto...

— Como é que você conseguiu ver isso?

— Ah, eu sempre me meto no Grêmio dos Assassinos numa noite de quarta-feira. Noite de grelhado misto, entende? — Gaspode suspirou ao ver a expressão inalterada de Angua. — O cozinheiro sempre faz um grelhado misto nas noites de quarta. Ninguém nunca come o pudim de carne. Então é ficar perto da cozinha, dar uma olhada, au au, pedir, quem é um bom menino, olha só esse pestinha, parece que ele entende cada palavra que estou dizendo, vamos ver o que temos aqui para um bom cãozinho...

Ele pareceu envergonhado por um momento.

— Orgulho é necessário, mas uma salsicha é uma salsicha — continuou.


— Fogos de artifício? — perguntou Vimes.

O Dr. Cruces parecia um homem agarrando um tronco flutuante em um mar agitado.

— Sim. Fogos de artifício. Sim. Para o Dia do Fundador. Infelizmente alguém jogou fora um fósforo aceso que acendeu toda a caixa. — O Dr. Cruces sorriu de repente. — Meu caro capitão Vimes — disse ele, juntando as mãos —, por mais que aprecie sua preocupação, acho mesmo que...

— Estavam armazenados naquela sala ali? — indagou Vimes.

— Sim, mas isso não é da alçada...

Vimes caminhou até o buraco na parede e espiou lá dentro. Dois assassinos olharam de relance para o Dr. Cruces e, com frieza, levaram as mãos até diversos pontos de suas roupas. Ele balançou a cabeça. Sua cautela podia estar relacionada com a maneira como Cenoura pôs a mão no cabo da espada, mas também podia ter sido pelo fato de os assassinos terem um código, afinal. Era desonroso matar alguém se você não estivesse sendo pago.

— Parece algum tipo de... Museu — disse Vimes. — Lembranças do Grêmio, esse tipo de coisa?

— Sim, exatamente. Uma coisa ou outra. Você sabe como elas se acumulam ao longo dos anos.

— Ah. Bem, isso tudo parece em ordem — disse Vimes. — Desculpe tê-lo perturbado, doutor. Vou embora. Espero não ter incomodado vocês.

— Claro que não! Fico feliz por tê-lo deixado mais calmo.

Foram levados de forma gentil, ainda que decidida, até o portão.

— Eu mandaria limpar esse vidro — disse o capitão Vimes, olhando para os cacos de novo. — Alguém pode se machucar, com todo esse vidro por aí. Não gostaria de ver o seu pessoal se machucar.

— Faremos isso neste exato minuto, capitão — disse o Dr. Cruces.

— Bom. Bom. Muito obrigado. — O capitão Vimes parou na soleira do portão e, em seguida, bateu com palma da mão na testa. — Desculpe, com licença; minha mente anda parecendo uma peneira nesses dias. O que foi que você disse que foi roubado?

Nenhum músculo, nenhum tendão se moveu no rosto do Dr. Cruces.

— Eu não disse que algo foi roubado, capitão Vimes.

Vimes o encarou por um instante.

— Certo! Desculpe! Claro, você não... Minhas desculpas... É o trabalho acumulado, imagino. Vou-me embora então.

O portão bateu na cara dele.

— Certo — disse Vimes.

— Capitão, por quê...? — começou Cenoura.

Vimes ergueu a mão.

— Isso conclui tudo, então — disse ele, um pouco mais alto do que o necessário. — Nada para nos preocuparmos. Vamos voltar para o quartel. Onde está a policial-lanceira Fulana?

— Aqui, capitão — disse Angua, saindo do beco.

*Homens de Armas*

— Escondida, hein? E o que é *isso*?

— Au au, geme geme.

— É um cãozinho, capitão.

— Céus.

O badalar do grande e corroído Sino de Inumação ecoou pelo Grêmio dos Assassinos. Figuras vestidas de negro vieram correndo de todas as direções, empurrando-se umas às outras na afobação para chegar ao pátio.

O conselho do Grêmio se reuniu às pressas do lado de fora do escritório do Dr. Cruces. Seu representante, o Sr. Downey, bateu timidamente à porta.

— Entrem.

O conselho entrou.

O escritório de Cruces era o maior cômodo do edifício. Sempre pareceu errado aos visitantes que o Grêmio dos Assassinos tivesse instalações tão iluminadas, arejadas, bem desenhadas, parecendo mais as salas de um clube de cavalheiros do que um edifício onde a morte era planejada diariamente.

Pinturas joviais de caças cobriam as paredes, mas, olhando de perto, dava para perceber que as presas não eram cervos ou raposas. Havia também gravuras — e, mais recentemente, as novas iconografias — de grupos do Grêmio, fileiras de rostos sorridentes de figuras vestidas de preto com os membros mais jovens sentados de pernas cruzadas na frente, um deles fazendo uma careta.*

Em um extremo da sala ficava a grande mesa de mogno onde os anciãos do Grêmio realizavam a sessão semanal. O outro lado da sala continha a biblioteca particular de Cruces e uma pequena bancada. Acima da bancada havia um armário de remédios, composto por centenas de pequenas gavetas. Os nomes nas etiquetas das gavetas estavam em código do Grêmio, mas os visitantes de fora em geral ficavam nervosos o bastante para não aceitarem uma bebida.

---

* Sempre tem um desses.

Quatro pilares de granito preto sustentavam o teto. Eram gravados com os nomes de assassinos notáveis da história. Cruces tinha sua mesa posicionada de forma equidistante aos quatro. Estava de pé atrás dela, com uma expressão quase tão rígida quanto a mesa.

— Quero uma lista de presença — disparou. — Alguém deixou o Grêmio?

— Não, senhor.

— Como pode estar tão certo?

— Os guardas nos telhados da rua das Filigranas dizem que ninguém entrou nem saiu, senhor.

— E quem guarda *eles*?

— Estão guardando um ao outro, senhor.

— Muito bem. Ouçam com atenção. Eu quero essa bagunça resolvida. Se alguém precisar sair do edifício, terá que ser sob observação. E então o Grêmio será vasculhado de cima a baixo, entendem?

— Atrás de que, doutor? — perguntou um professor de venenos júnior.

— Atrás... de qualquer coisa oculta. Se encontrarem alguma coisa e não souberem o que é, chamem um membro do conselho imediatamente. E não toquem nela.

— Mas, doutor, todos os tipos de coisas estão escondidas...

— Essa será diferente, entende?

— Não, senhor.

— Ótimo. E ninguém deve falar com aquela Vigilância miserável sobre isso. Você, garoto... traga meu chapéu. — Dr. Cruces suspirou. — Acho que terei que ir contar ao Patrício.

— Maus momentos, senhor.


O capitão só voltou a falar quando estavam cruzando a Ponte de Bronze.

— Bem, então. Cabo Cenoura — disse ele —, lembra que eu sempre lhe disse que a observação é importante?

— Sim, capitão. Eu sempre dei atenção especial às suas observações sobre o assunto.

— E o que você observou?

— Alguém quebrou um espelho. Todo mundo sabe que Assassinos gostam de espelhos. Mas, se era um museu, por que havia um espelho lá?

— Por favor, senhor?

— Quem disse isso?

— Aqui embaixo, senhor. Policial-lanceiro Porrete.

— Ah, sim. Sim?

— Eu sei um pouco sobre fogos de artifício, senhor. Há um cheiro que fica depois de fogos de artifício. Não senti esse cheiro, senhor. Senti outro cheiro.

— Bem... Havia um cheiro, Porrete.

— E havia pedaços de corda queimada e roldanas.

— Cheiro de dragão — disse Vimes.

— Tem certeza, capitão?

— Acredite. — Vimes fez uma careta.

Se você passa algum tempo na companhia de lady Ramkin, logo descobre qual é o cheiro dos dragões. Se algo põe a cabeça no seu colo enquanto você janta, você não diz nada, apenas continua passando os petiscos e reza para os céus para que aquela coisa não tenha uma crise de soluços.

— Havia uma caixa de vidro naquela sala — disse ele. — Foi quebrada. Rá! Algo foi roubado. Havia um cartão nos detritos, mas alguém deve tê-lo pego enquanto o velho Cruces falava comigo. Eu daria cem dólares para saber o que dizia.

— Por que, capitão? — perguntou o cabo Cenoura.

— Porque aquele desgraçado do Cruces não quer que eu saiba.

— Eu sei o que pode ter causado a explosão que abriu aquele buraco — disse Angua.

— O quê?

— Um dragão explodindo.

Caminharam em silêncio, abismados.

— Isso provocaria aquilo, senhor — disse Cenoura lealmente. — É só cair um elmo no chão que os diabinhos explodem.

— Dragão — murmurou Vimes. — O que faz você pensar que era um dragão, policial-lanceira Angua?

Angua hesitou. "Porque um cão me disse" não era, julgava, o tipo de coisa que contribuiria para sua carreira naquele momento.

— Intuição feminina? — sugeriu ela.

— *Imagino* — disse Vimes — que você não arriscaria um palpite intuitivo a respeito do que foi roubado.

Angua deu de ombros. Cenoura reparou como seu peito se movia de forma interessante.

— Alguma coisa que os assassinos queriam manter num lugar onde pudessem ver? — disse Angua.

— Ah, *sim* — disse Vimes. — Presumo que em seguida você vá me dizer que esse cão viu tudo?

— Au?

Edward d'Eath fechou as cortinas, trancou a porta e se apoiou nela. Tinha sido tão fácil!

Colocou o pacote na mesa. Era fino e tinha mais de um metro de comprimento.

Desembrulhou-o com cuidado, e... lá... estava.

Era bem similar ao desenho. Típico do sujeito — toda uma página cheia de desenhos meticulosos de balistas, e aquilo na margem, como se pouco importasse.

Era tão simples! Por que esconder? Provavelmente porque as pessoas tinham medo. As pessoas estavam sempre com medo do poder. Ele as deixava nervosas.

Edward pegou o conteúdo do pacote, deixou em seu colo por um tempo e descobriu que parecia se encaixar em seu braço e ombro muito confortavelmente.

*Você é minha.*

E este, mais ou menos, foi o fim de Edward d'Eath. Algo continuou por algum tempo, mas o que era, e como pensava, não era inteiramente humano.

Era quase meio-dia. O sargento Colon tinha levado os novos recrutas para os campos de tiro com arco e flecha em Butts Treat.

*Homens de Armas*                                                                    59

Vimes saíra em patrulha com Cenoura.

Tinha algo borbulhando dentro dele. Algo que escovava as pontas de seus instintos corroídos, embora ainda ativos, tentando chamar a atenção. Ele precisava ficar em movimento. Só restava a Cenoura acompanhar seu passo.

Havia assassinos estagiários nas ruas ao redor do Grêmio, ainda varrendo detritos.

— Assassinos à luz do dia — rosnou Vimes. — Estou espantado que não virem pó.

— Isso é com os vampiros, senhor — disse Cenoura.

— Rá! Você está certo. Assassinos e ladrões licenciados são uns malditos vampiros! Sabe, esta já foi uma grande cidade, rapaz.

Inconscientemente, assumiram o ritmo de... proceder.

— Quando tínhamos reis, senhor?

— Reis? Reis? Com os diabos, não!

Dois assassinos olharam em volta, surpresos.

— Vou lhe dizer — disse Vimes. — Um monarca é um governante absoluto, certo? O chefão...

— A menos que seja uma rainha — disse Cenoura.

Vimes lançou um olhar irritado para ele e fez que sim.

— Ok, ou a chefete...

— Não, isso só se aplicaria se ela fosse uma jovem. Rainhas tendem a ser mais velhas. Ela teria que ser uma... uma chefarina? Não, isso é para princesas muito jovens. Não. Hum. Uma chefesa, acho.

Vimes parou. É alguma coisa no ar da cidade, pensou. Se o Criador tivesse dito "Que haja luz" em Ankh-Morpork, ele não teria conseguido prosseguir para os outros assuntos devido a todas as pessoas perguntando "De que cor?".

— A autoridade suprema, está bem — disse ele, voltando a andar.

— Está bem.

— Mas isso não é certo, percebe? Um único homem com o poder de vida e morte.

— Mas se for um bom homem... — começou Cenoura.

— O quê? *O quê?* Certo. Certo. Vamos acreditar que ele seja um bom homem. Mas o segundo em comando é um bom homem também? É melhor esperar que sim. Porque *ele* é a autoridade suprema, também, em nome do rei. E o resto da corte... tem que ser feita de bons homens. Porque, se pelo menos um deles for um homem mau, o resultado será suborno e favoritismo.

— O Patrício é uma autoridade suprema — apontou Cenoura. Ele acenou para um troll de passagem. — 'Dia, Sr. Carbúnculo.

— Mas ele não usa uma coroa nem se senta num trono e diz que é *certo* o fato de ele governar — disse Vimes. — Eu odeio o desgraçado, mas ele é honesto. Honesto como um saca-rolhas.

— Mesmo assim, com um bom homem como rei...

— Sim? Mas e depois? A realeza polui as mentes das pessoas, rapaz. Homens honestos começam a se curvar e dar aprovação só porque o avô de alguém era mais assassino do que o deles. Escute! Provavelmente já tivemos bons reis antes! Mas reis produzem outros reis! E o sangue fala alto, então você acaba com um bando de desgraçados arrogantes e assassinos! Decepando as cabeças das rainhas e lutando contra seus primos a cada cinco minutos! Tivemos séculos disso! E então, um dia, um homem disse "Chega de reis!" e nós nos revoltamos, lutamos contra os malditos nobres, tiramos o rei do trono e o arrastamos até a Praça Sator e arrancamos sua maldita cabeça fora! Trabalho bem-feito!

— Uau — disse Cenoura. — Quem era ele?

— Quem?

— O homem que disse "Chega de reis".

As pessoas já estavam olhando para eles. O rosto de Vimes passou de vermelho de raiva para vermelho de vergonha, mas havia pouca diferença no tom.

— Ah... ele era Comandante da Vigilância Municipal naqueles dias — murmurou. — Eles o chamavam de Velho Cara de Pedra.

— Nunca ouvi falar dele — disse Cenoura.

— Ele, er, não aparece muito nos livros de história — disse Vimes. — Às vezes é necessário que haja uma guerra civil, e, às vezes, mais tarde, é melhor fingir que algo não aconteceu. Às vezes as pessoas têm que fazer um serviço e depois esquecê-los. Cara de Pedra empunhou o machado, sabe. Ninguém mais o faria. Era o pescoço de um rei, afinal. Reis são —

*Homens de Armas*

ele cuspiu a palavra — *especiais*. Mesmo depois de todos terem visto os... aposentos particulares, e limpado os... pedaços. Mesmo depois disso. Ninguém queria limpar o mundo, mas ele pegou o machado, xingou todo mundo e fez o que devia ser feito.

— Qual era o rei? — perguntou Cenoura.

— Lorenzo, o Gentil — respondeu Vimes, distante.

— Eu vi a foto dele no museu do palácio. Um homem velho e gordo. Cercado por várias crianças.

— Ah, sim — disse Vimes, com cuidado. — Ele gostava muito de crianças.

Cenoura acenou para dois anões.

— Eu não sabia disso — disse ele. — Pensei que tivesse acontecido apenas uma rebelião cruel ou algo assim.

Vimes deu de ombros.

— Está nos livros de história, se souber onde procurar.

— E esse foi o fim dos reis de Ankh-Morpork.

— Ah, houve um filho sobrevivente, acho. E alguns parentes loucos. Foram todos banidos. Isso deveria ser um destino terrível para a realeza. Eu não vejo muito dessa forma.

— Acho que concordo que seria terrível. E você *gosta* da cidade, senhor.

— Bem, sim. Mas se fosse uma escolha entre exílio e ter minha cabeça cortada, pode me ajudar com as malas. Não, estamos bem agora, livres de reis. Mas, quero dizer... a *cidade* costumava funcionar.

— Ainda funciona — disse Cenoura.

Passaram pelo Grêmio dos Assassinos e caminharam em paralelo às altas muralhas proibidas do Grêmio dos Bobos, que ocupava o outro canto do quarteirão.

— Não, ela apenas segue existindo. Quero dizer, olhe lá em cima.

Cenoura obedientemente levantou o olhar.

Havia um edifício familiar na junção do Caminho Largo com a rua dos Alquimistas. A fachada era ornamentada, mas coberta de sujeira. Parecia colonizada por gárgulas.

O lema corroído ao longo do pórtico dizia "NEM CHUVA, NEM NEVE E NEM QUEDAS DE GRANITO IMPEDIRÃO ESTES MENSAGIEROS DE

CUMPRIR SEU DEVER", e em dias mais tranquilos esse poderia ter sido o caso, mas, recentemente, alguém achou necessário pregar um adendo onde se lia:

*NÃO PERGUNTE SOBRE:*
*rochas*
*trolls com bastões*
*Todo tipo de dragões*
*Sra. Bolinho*
*Coizas verdes grandes com dentes*
*Qualquer tipo de cão negro com sobrancelhas laranjas*
*Chuvas de spaniels.*
*névoa.*
*Sra. Bolinho*

— Ah — disse ele. — O Correio Real.

— O Correio Oficial — corrigiu Vimes. — Meu avô disse que, antes, você poderia postar uma carta lá e seria entregue dentro de um mês, sem falta. Você não tinha que entregá-la a um anão de passagem e torcer para que o diabinho não a comesse antes de...

Sua voz sumiu.

— Uh. Desculpe. Não quis ofender.

— Não ofendeu — disse Cenoura alegremente.

— Não é que eu tenha alguma coisa contra anões. Eu sempre disse que você tem que procurar muito bem para encontrar um... Um grupo melhor de trabalhadores altamente qualificados, cumpridores da lei, esforçados e...

— ... diabinhos?

— Sim. Não!

Eles seguiram em frente.

— Essa Sra. Bolinho — disse Cenoura —, definitivamente uma mulher determinada, não?

— Bem verdade — concordou Vimes.

Algo rangeu sob a enorme sandália de Cenoura.

*Homens de Armas* 63

— Mais vidro — disse ele. — Foi até bem longe, não?

— Dragões explosivos! Que imaginação aquela menina tem.

— Au, au — falou uma voz atrás deles.

— Aquele maldito cachorro está nos seguindo — disse Vimes.

— Ele está latindo para algo na parede — disse Cenoura.

Gaspode os encarou friamente.

— Au, au, geme, geme, droga — disse ele. — Vocês são cegos ou o quê?

Era verdade que pessoas normais não podiam ouvir Gaspode falar, porque cães *não* falam. É um fato bem conhecido. É bem conhecido naturalmente, como um monte de outros fatos bem conhecidos que anulam as observações dos sentidos. Isso porque, se as pessoas andassem por aí percebendo tudo o que está acontecendo o tempo todo, ninguém jamais conseguiria fazer nada.* Além disso, quase todos os cães não falam. Os que o fazem são mero erro estatístico e, portanto, podem ser ignorados.

No entanto, Gaspode tinha percebido que costumava ser ouvido em um nível subconsciente. No dia anterior mesmo alguém o tinha distraidamente chutado para a sarjeta e caminhado alguns passos até pensar de repente: eu sou um desgraçado, não sou?

— Tem alguma coisa lá em cima — disse Cenoura. — Olha... Algo azul, pendurado naquela gárgula.

— Au, au, *au*! Dá para me dar o *crédito* por isso?

Vimes subiu nos ombros de Cenoura e estendeu a mão até o topo da muralha, mas a pequena faixa azul ainda estava fora de alcance.

A gárgula rolou um olho de pedra na direção dele.

— Você se incomodaria de me ajudar? — perguntou Vimes. — Isso está pendurado na sua orelha...

Com um ranger de pedra sobre pedra, a gárgula estendeu a mão e soltou o material intrusivo.

— Obrigado.

— 'e na'a.

Vimes desceu.

---

* Esta é *outra* característica necessária para a sobrevivência.

— Você gosta de gárgulas, não é, capitão? — disse Cenoura, enquanto caminhavam para longe dali.

— Sim. Elas podem ser apenas uma espécie de troll, mas ficam na delas, raramente descem para além do primeiro andar e não cometem crimes que alguém fique sabendo. Meu tipo favorito de gente.

Ele desenrolou a tira.

Era uma coleira ou pelo menos o que restava de uma; estava queimada nas duas pontas. A palavra "Gorducho" mal era legível em meio à fuligem.

— Demônios! — disse Vimes. — Eles explodiram *mesmo* um dragão!

O homem mais perigoso do mundo deve ser apresentado.

Nunca, em toda a sua vida, ele machucou uma criatura viva. Dissecou algumas, mas só depois que estavam mortas,* e ficou maravilhado com o quão bem-feitas elas eram, considerando que tinham sido criadas por trabalhadores não qualificados. Por vários anos ele não saiu de uma sala grande e arejada, mas não tinha problemas com essa situação, porque passava a maior parte do tempo dentro da própria cabeça. Há certo tipo de pessoa que é muito difícil de aprisionar.

Ele tinha, no entanto, presumido que uma hora de exercício todos os dias era essencial para um apetite saudável e evacuações adequadas e, no momento, estava sentado em uma máquina de sua própria invenção.

Consistia de uma sela acima de um par de pedais que faziam girar, por meio de uma corrente, uma grande roda de madeira mantida fora do chão por um suporte de metal. Outra roda de madeira, que girava livremente, fora posicionada na frente da sela e podia ser direcionada por meio de uma barra. Ele montara a roda extra e a barra para que a coisa toda pudesse rodar até a parede quando ele terminasse seu exercício e, além disso, aquilo dava à coisa uma agradável simetria.

---

* Porque ele era uma forma primitiva de cientista de pensamento livre e não acreditava que os seres humanos foram criados por algum tipo de ser divino. Dissecar as pessoas quando ainda estavam vivas tendia a ser uma preocupação sacerdotal; eles achavam que a humanidade tinha sido criado por algum tipo de ser divino e queriam olhar mais de perto a Sua obra.

*Homens de Armas*

Ele a chamava de "a-máquina-de-girar-roda-com-pedais-e-uma-segunda-roda".

Lorde Vetinari também estava trabalhando.

Normalmente, ele estaria no Salão Oblongo ou sentado em sua cadeira simples de madeira ao pé das escadas do palácio de Ankh-Morpork; havia um trono ornamentado no topo das escadas, coberto de poeira. Era o trono de Ankh-Morpork e era, na verdade, feito de ouro. Ele nunca desejou sentar-se ali

Porém, era um belo dia, então estava trabalhando no jardim.

Os visitantes de Ankh-Morpork muitas vezes ficavam surpresos ao descobrir que havia alguns jardins interessantes anexados ao Palácio do Patrício.

O Patrício não era uma pessoa afeita a jardins, mas alguns de seus antecessores foram, e lorde Vetinari nunca mudava ou destruía nada se não houvesse alguma razão lógica para isso. Ele manteve o pequeno jardim zoológico e o estábulo de cavalos de corrida; até mesmo reconhecia que os jardins em si eram de extremo interesse histórico, porque esse era muito obviamente o caso.

Eles foram planejados por Maldito Estúpido Johnson.

Muitos grandes paisagistas entraram para a história e eram lembrados de forma muito viva pelos magníficos parques e jardins que projetaram com visão e poder quase divinos, sem pensar duas vezes antes de criar lagos, deslocar colinas e plantar florestas para permitir que as gerações futuras apreciassem a beleza sublime da Natureza selvagem transformada pelo Homem. Entre eles havia Capacidade Brown, Sagacidade Smith, Intuição de Vere Slade-Gore...

Em Ankh-Morpork, houve Maldito Estúpido Johnson.

Maldito Estúpido "Pode Parecer Meio Bagunçado Agora, Mas Volte Daqui a Quinhentos Anos" Johnson. Maldito Estúpido "Olha, O Projeto Estava Certo Quando Desenhei" Johnson. Maldito Estúpido Johnson, que empregara duas mil toneladas de terra para construir uma colina artificial diante da Mansão Quirm porque "eu ficaria maluco de ser obrigado a olhar para um monte de árvores e montanhas o dia todo, e você?".

Os jardins do palácio de Ankh-Morpork eram considerados o ponto alto, se é que poderia ser chamado assim, da carreira dele. Por exemplo, continham um lago ornamental com trutas, 140 metros de comprimento e, graças a um daqueles erros banais de anotação que eram uma característica tão distintiva dos projetos de Maldito Estúpido, dois centímetros e meio de largura. Era o lar de uma truta, que ficava bastante confortável, desde que não tentasse se virar, e durante uma época contara com uma fonte decorativa que, quando ligada pela primeira vez, não fez nada além de gemer ameaçadoramente por cinco minutos e, em seguida, disparar um pequeno querubim de pedra a uma altura de trezentos metros.

Contava ainda com o valadão, que era como um valado, só que mais fundo. Um valado era uma vala oculta com uma parede no lado mais fundo, projetada para permitir que os proprietários de terras olhassem para o horizonte e ao mesmo tempo impedir que o gado e as pessoas pobres inconvenientes vagassem pelo gramado, já que a vala e a parede cortavam esse acesso. Sob o lápis errante de Maldito Estúpido, ela ficou com uma profundidade de quinze metros e já havia tirado a vida de três jardineiros.

O labirinto era tão pequeno que as pessoas se perdiam procurando *por* ele.

No entanto, o Patrício gostava dos jardins, de uma forma tranquila. Ele tinha certos pontos de vista sobre a mentalidade da maioria da humanidade, e os jardins faziam com que se sentisse plenamente justificado.

Pilhas de papel eram postas no gramado ao redor da cadeira. Funcionários as renovavam ou levavam embora periodicamente. Eram funcionários diferentes. Todos os tipos e variedades de informação fluíam para o Palácio, mas havia apenas um lugar onde todas se reuniam, de forma bem parecida com os fios de uma teia de aranha que se encontram no centro.

Um grande número de governantes, bons e maus e muitas vezes já mortos, conseguia saber o que tinha acontecido; alguns poucos e raros realmente conseguem, ao custo de muito esforço, saber o que está acontecendo. Lorde Vetinari considerava que ambos os tipos se contentavam com pouco.

— Sim, Dr. Cruces — disse ele, sem levantar os olhos.

Como *diabos* ele faz isso?, perguntou-se Cruces. Eu *sei* que não fiz barulho algum...

— Ah, Havelock... — começou ele.

— Tem algo a me dizer, doutor?

— Houve um... extravio.

— Sim. E sem dúvida você está procurando ansiosamente. Muito bem. Bom dia.

O Patrício não moveu a cabeça o tempo todo. Ele nem sequer se preocupou em perguntar o que fora extraviado. Ele sabe, pensou Cruces. Como é que você nunca consegue lhe dizer alguma coisa que ele não saiba?

Lorde Vetinari colocou um pedaço de papel em uma das pilhas e pegou outro.

— Você ainda está aqui, Dr. Cruces.

— Posso assegurar-lhe, milorde, que...

— Tenho certeza de que pode. Tenho certeza. Há uma questão que me intriga, no entanto.

— Milorde?

— Por que aquilo estava no seu Grêmio para ser roubado? Eu fui levado a entender que tinha sido destruído. Tenho certeza que dei ordens.

Essa era a pergunta que o assassino estava esperando que não fosse feita, mas o Patrício era bom naquele jogo.

— Er. Nós, isto é, meu *predecessor,* achou que serviria como um aviso e um exemplo.

O Patrício olhou para cima e sorriu brilhantemente.

— Ótimo! — disse ele. — Eu sempre tive uma *grande* crença na eficácia dos exemplos. Então tenho certeza de que você será capaz de resolver isso com o mínimo possível de inconvenientes.

— Certamente, milorde — disse o assassino, com tristeza. — Mas...

A tarde começou.

A tarde em Ankh-Morpork demorava um pouco, já que as 12 horas eram estabelecidas por consenso. Geralmente, o primeiro sino do meio-dia a começar era o do Grêmio dos Professores, em resposta às orações universais de seus membros. Então o relógio de água do Templo dos Pequenos Deuses ativaria o grande gongo de bronze. O sino negro no Templo do Destino batia uma vez, de forma inesperada, mas então o carrilhão de prata movido a pedais no Grêmio dos Bobos tilintaria, os gongos e sinos de todos os Grêmios e templos estariam em pleno funcionamento, e era impossível distingui-los, com exceção do sino mágico sem badalo feito de octiron do Velho Tom na torre do relógio da Universidade Invisível, cujos doze silêncios cronometrados substituíam temporariamente o barulho.

E, enfim, vários toques depois de todos os outros, estava o sino do Grêmio dos Assassinos, que era sempre o último.

Ao lado do Patrício, o relógio de sol ornamental soou duas vezes e caiu.

— Você estava dizendo? — disse o Patrício, suavemente.

— Capitão Vimes — disse o Dr. Cruces. — Ele está interessado.

— Ora. Mas é o trabalho dele.

— Sério? Eu devo exigir que você o afaste!

As palavras ecoaram pelo jardim. Vários pombos voaram para longe.

— Exigir? — indagou o Patrício, docemente.

Dr. Cruces recuou e falou, desesperado:

— Ele é um servo, afinal. Não vejo razão para ser autorizado a envolver-se em assuntos que não lhe dizem respeito.

— Prefiro acreditar que ele pensa que é um servo da lei — disse o Patrício.

— Ele é um burocrata e um novo rico insolente!

— Céus. Eu não apreciei a força do seu sentimento. Mas, já que exige, vou colocá-lo no lugar dele sem demora.

— Obrigado.

— Não foi nada. Não vou mais ocupá-lo.

Dr. Cruces afastou-se na direção indicada pelo gesto vago do Patrício.

Lorde Vetinari se debruçou sobre sua papelada de novo e nem mesmo levantou os olhos quando ouviu um grito distante e abafado. Em vez disso, estendeu a mão e tocou um pequeno sino de prata.

Um funcionário veio correndo.

— Vá e traga a escada, sim, Drumknott? — disse o Patrício. — Dr. Cruces parece ter caído no valadão.

A porta dos fundos da oficina do anão Bjorn Hammerhock se destrancou e abriu. Ele foi ver se havia alguém lá e estremeceu.

*Homens de Armas*

Fechou a porta.

— Uma brisa meio fria — disse ele para o outro ocupante do cômodo. — Ainda assim, pode ter vindo em boa hora.

O teto da oficina ficava a apenas cerca de um metro e meio acima do chão. Isso era mais do que alto o suficiente para um anão.

Au, disse uma voz que ninguém ouviu.

Hammerhock olhou para a coisa presa no torno e pegou uma chave de fenda.

Au.

— Incrível — disse ele. — *Acho* que mover este tubo mais para dentro do cano forçaria as, er, seis câmaras a deslizar para o mesmo ponto, apresentando um novo, er, buraco disparador. Isso parece bem claro. O mecanismo de disparo é como um isqueiro. A mola... *aqui*... oxidou completamente. É fácil substituir isso. Sabe — disse ele, levantando o olhar —, este é um dispositivo muito interessante. Com esses produtos químicos nos tubos e todo o resto. É uma ideia *tão* simples. É coisa de palhaço? Algum tipo de arlequinada automática?

Ele remexeu em uma caixa de sobras de metal até encontrar um pedaço de aço e, em seguida, escolheu uma lima.

— Gostaria de fazer alguns desenhos disso depois — disse ele.

Cerca de trinta segundos depois, houve um *pop* e uma nuvem de fumaça.

Bjorn Hammerhock se levantou, sacudindo a cabeça.

— Isso que é sorte! — disse ele. — Podia ter sido um acidente desagradável.

Tentou abanar para longe parte da fumaça e então estendeu a mão para a lima de novo.

E sua mão a atravessou.

Ahem.

Bjorn tentou de novo.

A lima era tão intangível quanto a fumaça.

— O quê?

AHEM.

O proprietário do estranho dispositivo olhava com horror para algo no chão. Bjorn seguiu seu olhar.

— Ah — disse ele.

A percepção, que vinha pairando na fronteira da consciência de Bjorn, finalmente veio. A morte tinha dessas coisas. Quando acontecia, a pessoa em questão era um dos primeiros a saber.

Seu visitante pegou o dispositivo do banco e jogou-o em um saco de pano. Então olhou em volta freneticamente, pegou o cadáver do Sr. Hammerhock e arrastou-o pela porta em direção ao rio.

Houve o distante barulho de algo caindo na água, se é que podia ser chamado de água aquilo que corria no rio Ankh.

— Caramba — disse Bjorn. — E eu não sei nadar, também.

Isso, claro, não será um problema, disse Morte.

Bjorn olhou para ele.

— Você é bem mais baixo do que achei que fosse — disse ele.

Isso é porque estou ajoelhado, Sr. Hammerhock.

— Aquela maldita coisa me *matou*!

Sim.

— É a primeira vez que algo assim acontece comigo.

Com todos. Mas, suspeito, não a última vez.

Morte se levantou. Ouviu-se um estalo das articulações dos joelhos. Ele não batia mais com o crânio no teto. Não havia mais um teto. O cômodo havia suavemente desaparecido.

Havia coisas como deuses anões. Anões não eram uma espécie naturalmente religiosa, mas em um mundo onde vigas de minas poderiam rachar sem aviso e bolsões de gás poderiam explodir de repente, eles viram a necessidade de deuses como uma espécie de equivalente sobrenatural de um capacete. Além disso, quando se acerta o polegar com um martelo de quatro quilos é bom poder blasfemar. É preciso um tipo muito especial e forte de ateu para pular sacudindo a mão e gritando "Ah, flutuações-randômicas-no-contínuo-espaço-temporal!" ou "Aaargh, malditos-conceitos-primitivos-e-fora-de-moda!".

Bjorn não perdeu tempo fazendo perguntas. Um monte de coisas tornam-se urgentes quando você está morto.

— Eu acredito em reencarnação — disse ele.

Eu sei.

*Homens de Armas*

— Eu tentei levar uma boa vida. Isso ajuda?

Não depende de mim. Morte tossiu. É claro... A questão é você acreditar se foi um homem Bjorn ou mau.

Esperou.

— Sim. Está certo — disse Bjorn. Anões são conhecidos por seu senso de humor, de certa forma. As pessoas apontam para eles e dizem: "Esses diabinhos não têm um pingo de senso de humor."

Hum. Havia algo divertido na afirmação que eu fiz?

— Hã. Não. Não... Acho que não.

Foi um trocadilho, um jogo de palavras. Bjorn ou mau.

— Sim?

Você reparou?

— Não posso afirmar que sim.

Ah.

— Desculpe.

Já me disseram que eu deveria tentar tornar a ocasião um pouco mais agradável.

— Bjorn ou mau.

Sim.

— Vou pensar sobre isso.

Obrigado.


— Ceerto — disse o sargento Colon —, isto, homens, é o seu cassetete, também denominado seu bastão ou clava da noite. — Hesitou enquanto tentava se lembrar de seus dias no exército e ficou animado. — Vocês terão que cuidar dele — gritou. — Vão comer com ele, vão dormir com ele, vão...

— Com licença.

— Quem disse isso?

— Aqui embaixo. Sou eu, policial-lanceiro Porrete.

— Sim, peregrino?

— Como vamos comer com ele, sargento?

A postura carregada de testosterona do sargento Colon murchou. Ele suspeitava do policial-lanceiro Porrete. Suspeitava fortemente que ele fosse um criador de problemas.

— O quê?

— Bem, nós o usamos como faca, garfo ou cortamos pela metade para usar como pauzinhos ou o quê?

— Do que você está falando?

— Com licença, sargento?

— O que *é*, policial-lanceira Angua?

— Como vamos dormir com ele, senhor?

— Bem, eu... eu quis dizer... *Cabo Nobbs, pare com esse risinho agora mesmo!* — Colon ajustou seu peitoral e decidiu por outra abordagem.

— Agora, o que temos aqui é um fantoche ou efígie — indicando uma forma vagamente humanoide feita de couro e recheada de palha, montada em uma estaca — que chamamos pelo apelido de Arthur, para o uso de nosso treinamento com armas. Adiante, policial-lanceira Angua. Me diga, policial-lanceira, acha que poderia matar um homem?

— Quanto tempo eu tenho?

Houve uma pausa enquanto eles apanhavam o cabo Nobbs do chão e davam-lhe tapinhas nas costas até que se restabelecesse.

— Muito bem — disse o sargento Colon —, o que você deve fazer agora é empunhar o cassetete *assim* e, ao primeiro comando, proceder de forma inteligente para Arthur e, no segundo comando, tocar nele de forma inteligente no cocoruto. Um... dois...

O cassetete ricocheteou no capacete de Arthur.

— Muito bom, só uma coisa errada. Alguém pode me dizer o que foi? Eles balançaram a cabeça.

— Por *trás* — disse o sargento Colon. — Você bate neles por *trás*. Não há por que correr o risco de arranjar problemas, não é? Agora vá você, policial-lanceiro Porrete.

— Mas sarge...

— Faça.

Observaram.

— Talvez pudéssemos buscar uma cadeira para você? — disse Angua, após embaraçosos quinze segundos.

Detritus riu.

— Ele é muito *pequeno* para ser um guarda — disse ele.

## Homens de Armas

O policial-lanceiro Porrete parou de pular.

— Desculpe, sargento — disse ele —, não é assim que os anões fazem isso, entende?

— É assim que os *guardas* fazem — disse o sargento Colon. — Certo, policial-lanceiro Detritus (*não bata continência*), tente você.

Detritus segurou o cassetete entre o que devia tecnicamente ser chamado de polegar e o indicador e o esmagou contra o capacete de Arthur. Ficou olhando pensativo para o cotoco do cassetete. Então fechou seu punho, por falta de uma palavra melhor, e martelou o que foi brevemente a cabeça de Arthur, enterrando a estaca um metro dentro do chão.

— Agora o anão pode tentar — disse ele.

Houve mais cinco segundos de constrangimento. Sargento Colon pigarreou.

— Bem, sim, acho que podemos considerar que isso foi completamente apreendido — disse ele. — Tome nota, cabo Nobbs. Policial-lanceiro Detritus (*sem continência!*), debitado em um dólar por perda de cassetete. E você deveria ser capaz de fazer perguntas aos suspeitos depois.

Olhou para os restos de Arthur.

— Acho que agora é um bom momento para demonstrar os principais detalhes do arco e flecha — disse ele.


Lady Sybil Ramkin olhou para a triste tira de couro que era tudo o que restava do falecido Gorducho.

— Quem faria algo assim a um pobre dragãozinho?

— Estamos tentando descobrir — respondeu Vimes. — Nós... nós achamos que talvez ele tenha sido amarrado junto a uma muralha e explodido.

Cenoura se debruçou na parede de um curral.

— Cuti-cutiiii — disse ele.

Uma chama amigável levou suas sobrancelhas.

— Quero dizer, ele era tão dócil — disse lady Ramkin. — Não faria mal a uma mosca, pobrezinho.

— Como é que alguém poderia fazer um dragão explodir? — perguntou Vimes. — Você poderia fazer isso dando um pontapé nele?

— Ah, sim — disse Sybil. — Mas você perderia a perna, é claro.

— Então não foi isso. Alguma outra maneira? Sem você se machucar?

— Na verdade, não. Seria mais fácil fazê-lo se explodir sozinho. É sério, Sam, eu não gosto de falar sobre...

— Eu preciso saber.

— Bem... nesta época do ano, os machos lutam. Faz com que pareçam grandes, sabe? É por isso que eu sempre os deixo separados.

Vimes sacudiu a cabeça.

— Havia apenas um dragão — disse ele.

Atrás deles, Cenoura se debruçou no próximo curral, onde um dragão macho em forma de pera abriu um dos olhos e o encarou.

— Queméumbommeninohein? — murmurou Cenoura. — Acho que eu tenho um pouco de carvão aqui...

O dragão abriu o outro olho, piscou e então ficou completamente desperto e se levantou. Suas orelhas ficaram encolhidas. Suas narinas flamejaram. Suas asas se desfraldaram. Ele aspirou. De seu estômago, veio o gorgolejar de fluxos de ácidos enquanto comportas e válvulas eram abertas. Seus pés deixaram o chão. Seu peito se estufou...

Vimes acertou Cenoura na altura da cintura, jogando-o no chão.

Em seu curral, o dragão piscou. O inimigo tinha misteriosamente desaparecido. Ficou com medo!

Ele relaxou, soprando uma enorme chama.

Vimes soltou as mãos da cabeça e rolou para o lado.

— Por que você fez isso, capitão? — perguntou Cenoura. — Eu não estava...

— Era um dragão atacando! — gritou Vimes. — Um que não recuaria!

Ficou de joelhos e bateu no peitoral de Cenoura.

— Você fica polindo isso até ficar brilhante! — disse ele. — Você pode se ver nisso. E os outros bichos também!

— Ah, sim, é claro, tem *isso* — disse lady Sybil. — Todo mundo sabe que você deve manter dragões longe de espelhos...

— Espelhos — disse Cenoura. — Ei, havia pedaços de...

— Sim. Ele mostrou a Gorducho um espelho — disse Vimes.

— O pobrezinho deve ter tentado ficar maior do que ele mesmo — disse Cenoura.

*Homens de Armas*

— Estamos lidando aqui — falou Vimes — com uma mente perversa.

— Ah, não! Você acha?

— Sim.

— Mas... não... você não pode estar certo. Nobby ficou conosco o tempo todo.

— Não *Nobby* — disse Vimes, irritado. — O que quer que ele pudesse fazer a um dragão, duvido que o faria explodir. Há pessoas mais estranhas neste mundo do que o cabo Nobbs, meu rapaz.

A expressão de Cenoura mudou para uma rigidez de intrigado horror.

— Nossa — disse ele.


O sargento Colon examinou as pontas. Então tirou o elmo e enxugou a testa.

— Acho que a policial-lanceira Angua não deve ter outra chance com o arco até que tenhamos pensado numa forma de impedir que seus... que ela fique no caminho.

— Desculpe, sargento.

Voltaram-se para Detritus, que estava parado timidamente atrás de uma pilha de arcos quebrados. Bestas estavam fora de questão. Em suas mãos enormes elas pareciam um prendedor de cabelos. Em teoria, o arco longo seria uma arma mortal em suas mãos, tão logo ele dominasse a arte de soltar a corda.

Detritus deu de ombros.

— Desculpe, senhor — disse ele. — Arcos não são armas de trolls.

— Rá! — disse Colon. — Quanto a você, policial-lanceiro Porrete...

— Só não consigo pegar o jeito de mirar, sargento.

— Pensei que anões fossem famosos por suas habilidades em batalha!

— Sim, mas... não essas habilidades — disse Porrete.

— Emboscada — murmurou Detritus.

Como ele era um troll, o murmúrio ricocheteou por edifícios distantes. A barba de Porrete se arrepiou.

— Seu troll desonesto, terei minha...

— Bem, agora — disse o sargento Colon, depressa —, acho que vamos parar de treinar. Vocês terão que... aprender na prática, tudo bem?

Ele suspirou. Não era um homem cruel, mas tinha sido soldado ou guarda a vida toda e estava se sentindo cansado. Caso contrário, não teria dito o que disse em seguida.

— Eu não sei, não sei mesmo. Brigando entre si, quebrando suas próprias armas... Quero dizer, quem é que pensamos que estamos enganando? Agora, é quase meio-dia, tirem algumas horas de folga, vamos vê-los de novo esta noite. Se acharem que vale a pena comparecer.

Houve um barulho de *spang!* A besta de Porrete tinha disparado em sua mão. A flecha passou zunindo pelo ouvido do cabo Nobbs e caiu no rio, onde ficou cravada.

— Desculpe — disse Porrete.

— Tsc, tsc — disse o sargento Colon.

Essa foi a pior parte. Teria sido melhor para todos se ele tivesse xingado o anão. Teria sido melhor se ele tivesse demonstrado que Porrete valia um insulto.

Colon se virou e caminhou na direção do Jardim Pseudópolis.

Os outros ouviram seu murmúrio.

— O que ele disse? — perguntou Detritus.

— Belo grupo de *homens* — disse Angua, ficando vermelha.

Porrete cuspiu no chão, o que não demorou muito em virtude da sua proximidade. Então estendeu a mão sob seu manto e trouxe, como um mágico extraindo um coelho tamanho 10 de uma cartola tamanho 5, seu machado de batalha de duas pontas. E começou a correr.

No momento em que atingiu seu alvo virginal, ele era um borrão. Houve o som de algo sendo rasgado, e o manequim explodiu como um palheiro nuclear.

Os outros dois caminharam até lá e inspecionaram o resultado, enquanto pedaços de palha delicadamente flutuavam para o chão.

— Sim, muito bem — disse Angua. — Mas ele disse que você deveria ser capaz de fazer perguntas para os suspeitos depois.

— Ele não disse que eles deveriam ser capazes de respondê-las — rebateu Porrete severamente.

— Policial-lanceiro Porrete, débito de um dólar pelo alvo — disse Detritus, que já devia onze dólares por arcos.

— "Se acharem que vale a pena comparecer!"— disse Porrete, guardando o machado em algum lugar sob sua pessoa de novo. — Especista!

— Acho que ele não quis ofender — disse Angua.

— Rá, está tudo bem para você — disse Porrete.

— Por quê?

— Porque você é um *homem* — disse Detritus.

Angua foi brilhante o suficiente para esperar por um instante para pensar sobre aquilo.

— Uma mulher — disse ela.

— Mesma coisa.

— Só em termos genéricos. Venham, vamos tomar uma bebida...

O momento transitório de camaradagem na adversidade evaporou completamente.

— Beber com um troll?

— Beber com um anão?

— Tudo bem — disse Angua. — Que tal *você* e *você* irem beber alguma coisa *comigo*?

Angua tirou o elmo e sacudiu o cabelo. Trolls do sexo feminino não têm cabelo, embora as mais afortunadas sejam capazes de cultivar uma fina camada de líquen, e uma anã do sexo feminino é mais suscetível de ser elogiada pela sedosidade de sua barba do que por seu couro cabeludo. Porém, é possível que a visão de Angua tenha arrancado pequenas faíscas de certa masculinidade cósmica ancestral comum.

— Eu ainda não tive a oportunidade de dar uma olhada por aí — disse ela —, mas vi um lugar na rua Vislumbre.

O que significava que teriam que atravessar o rio, com pelo menos dois deles tentando indicar aos transeuntes que não estavam andando com pelo menos um dos outros dois. O que significava que, com desesperada indiferença, eles ficaram olhando em volta.

O que significava que Porrete viu o anão na água.

Se é que se poderia chamar aquilo de água.

Se é que ainda se poderia chamá-lo de anão. Eles olharam para baixo.

— Sabe — disse Detritus, após algum tempo —, ele se parece com aquele anão que faz armas na rua Geada.

— Bjorn Hammerhock? — disse Porrete.

— Esse mesmo, sim.

— Parece *um pouco* com ele — admitiu Porrete, ainda falando em um tom gélido —, mas não é *exatamente* como ele.

— O que você quer dizer? — perguntou Angua.

— É que o Sr. Hammerhock — disse Porrete — não tinha um buraco tão grande assim onde o peito dele deveria estar.

Ele nunca dorme?, pensou Vimes. O desgraçado nunca põe a cabeça no travesseiro? Não há um quarto em algum lugar com um roupão preto pendurado na porta?

Bateu na porta do Salão Oblongo.

— Ah, capitão — disse o Patrício, levantando os olhos de sua papelada. — Você foi louvavelmente rápido.

— Fui?

— Não recebeu minha mensagem? — perguntou lorde Vetinari.

— Não, senhor. Estive... ocupado.

— Ah, sim. E o que poderia ocupá-lo?

— Alguém matou o Sr. Hammerhock, senhor. Um homem importante na comunidade anã. Ele levou um... tiro com alguma coisa, algum tipo de arma de cerco ou coisa assim, e foi jogado no rio. Acabamos de tirá-lo de lá. Eu estava a caminho para contar à esposa. Acho que ele vive na rua Melaço. E então pensei, como eu estava passando...

— Isso é muito lamentável.

— Certamente, para o Sr. Hammerhock — disse Vimes.

O Patrício se reclinou na cadeira e olhou para Vimes.

— Diga-me: como ele foi morto?

— Eu não sei. Nunca vi nada parecido... Havia apenas um enorme buraco. Mas vou descobrir o que foi.

— Hum. Eu mencionei que o Dr. Cruces veio me ver esta manhã?

— Não, senhor.

— Ele estava muito... preocupado.

— Sim, senhor.

— Eu acho que você o perturba.

— Senhor?

O Patrício parecia chegar a uma decisão. Sua cadeira pulou para a frente.

— Capitão Vimes...

— Senhor?

— Eu sei que você está se aposentando depois de amanhã e sente, portanto, certa... inquietude. Mas enquanto ainda for capitão da Vigilância Noturna, peço que siga duas instruções muito específicas...

— Senhor?

— Você vai *abandonar* quaisquer investigações relacionadas a esse roubo do Grêmio dos Assassinos. Entende? É negócio exclusivo do Grêmio.

— Senhor. — Vimes manteve o rosto cuidadosamente imóvel.

— Estou escolhendo acreditar que a palavra não dita nessa sentença foi um *sim*, capitão.

— Senhor.

— E nessa, também. Quanto à questão do infeliz Sr. Hammerhock... O corpo foi descoberto apenas há pouco tempo?

— Sim, senhor.

— Então ele está fora de sua jurisdição, capitão.

— O quê? Senhor?

— A Vigilância Diurna pode lidar com isso.

— Mas nós *nunca* nos incomodamos com essa coisa da jurisdição pelas horas do dia!

— No entanto, nas circunstâncias atuais, deverei instruir o capitão Quirke a assumir a investigação, caso se verifique que uma seja necessária.

Caso seja necessária. Caso as pessoas não percam metade do peito por acidente. Ataque de meteorito, talvez, pensou Vimes.

Respirou fundo e se inclinou sobre a mesa do Patrício.

— Maionese Quirke não conseguiria encontrar o próprio traseiro nem com a ajuda de um atlas! E ele não tem ideia de como lidar com anões!

Ele os chama de chupadores de poeira! Meus homens encontraram o corpo! É minha jurisdição!

O Patrício olhou para as mãos de Vimes. Vimes as tirou da mesa como se tivessem subitamente ficado em brasa.

— Vigilância Noturna. Isso é o que você é, capitão. Seu mandado é executado nas horas de escuridão.

— É de *anões* que estamos falando! Se não fizermos isso direito, eles tomarão a lei nas próprias mãos! O que normalmente significa cortar a cabeça do troll mais próximo! E você vai colocar *Quirke* nisso?

— Eu dei uma ordem, capitão.

— Mas...

— Pode ir.

— Você não pode...

— Eu disse que pode *ir*, capitão Vimes!

— Senhor.

Vimes bateu continência. Depois se virou e marchou para fora da sala. Fechou a porta com cuidado, de modo que mal se ouviu um clique.

O Patrício o ouviu esmurrar a parede do lado de fora. Vimes não sabia, mas havia uma série de marcas quase imperceptíveis na parede do lado de fora do Salão Oblongo, com profundidades correspondentes ao seu estado emocional no momento.

Pelo som, aquela poderia precisar dos serviços de um estucador.

Lorde Vetinari se permitiu um sorriso, embora não estivesse achando graça.

A cidade *operava*. Era um colegiado autorregulamentado de Grêmios ligados pelas leis inexoráveis do autointeresse mútuo e *funcionava*. Em média. De um modo geral. Quase sempre. Normalmente.

A última coisa de que precisava era de um Patrulheiro perturbando este equilíbrio, como uma... uma... uma carroça desgovernada.

Normalmente.

Vimes parecia estar no estado emocional adequado. Com alguma sorte, as ordens teriam o efeito desejado...

\*

Há um bar como aquele em toda cidade grande. Onde os policiais bebem.

A Vigilância raramente bebia nas tavernas mais alegres de Ankh-Morpork quando estava de folga. Era muito fácil ver algo que os fizesse voltar a trabalhar.* Então eles geralmente iam para O Balde, na rua do Vislumbre. Era pequeno e de teto baixo, e a presença de guardas da cidade tendia a desencorajar outros bebedores. Porém, o Sr. Queijo, o proprietário, não estava muito preocupado com isso. Ninguém bebe como um policial que viu coisas demais para ficar sóbrio.

Cenoura contava seu dinheiro no balcão do bar.

— São três cervejas, um leite, uma coca com ácido fosfórico com uma pedra de enxofre derretido...

— Com um guarda-sol nela — disse Detritus.

— ... e Um Duplo-Entendre Lento e Suave com limonada.

— Com uma salada de frutas nele — disse Nobby.

— Au?

— E um pouco de cerveja numa tigela — disse Angua.

— Esse cãozinho parece ter se apegado bem a você — disse Cenoura.

— Sim — disse Angua. — Sei lá por quê.

Os drinques foram colocados diante deles. Olharam para os drinques. Beberam os drinques.

Sr. Queijo, que entendia de policiais, tornou a encher os copos e a caneca com isolamento especial de Detritus sem uma palavra.

Eles olharam para as bebidas. Beberam as bebidas.

— Sabem — disse Colon, após algum tempo —, o que me incomoda, o que me *incomoda* de verdade, é que simplesmente o jogaram na água. Quero dizer, nem mesmo usaram pesos. Apenas o jogaram ali. Como se tanto fizesse se ele fosse encontrado. Entendem o que quero dizer?

— O que *me* incomoda — disse Porrete — é que ele era um anão.

— O que me incomoda é que ele foi assassinado — disse Cenoura.

---

* Suicídio, por exemplo. Assassinato era de fato um evento bastante incomum em Ankh-Morpork, mas havia vários suicídios. Andar pelas ruas das Sombras à noite era suicídio. Pedir uma média em um bar de anões era suicídio. Dizer "mas como você é cabeça-dura" para um troll era suicídio. Você poderia cometer suicídio muito facilmente, se não tivesse cuidado.

O Sr. Queijo renovou a fila de copos de novo. Eles olharam para as bebidas. Beberam as bebidas.

Porque o fato é que, apesar de todas as evidências em contrário, assassinato não era uma ocorrência comum em Ankh-Morpork. Havia, era verdade, mortes encomendadas. E, como mencionado anteriormente, havia diversas formas de alguém inadvertidamente cometer suicídio. E havia tumultos domésticos ocasionais no sábado à noite, quando as pessoas procuravam uma alternativa mais barata ao divórcio. Havia todas essas coisas, mas pelo menos elas tinham uma *razão*, por mais desarrazoada que fosse.

— Um grande homem entre os anões, era o Sr. Hammerhock — disse Cenoura. — Um bom cidadão, também. Não ficava sempre atrás de problemas como o velho Sr. Braçoforte.

— Ele tem uma oficina na rua Geada — disse Nobby.

— Tinha — disse o sargento Colon.

Eles olharam para as bebidas. Beberam as bebidas.

— O que eu quero saber é — disse Angua — o que provocou aquele buraco nele.

— Nunca vi nada assim — disse Colon.

— Não era melhor alguém ir contar à Sra. Hammerhock? — perguntou Angua.

— O capitão Vimes foi — respondeu Cenoura. — Disse que não pediria a ninguém para fazer isso.

— Antes ele do que eu — disse Colon, fervorosamente. — Eu não faria isso nem por dinheiro. Eles podem ser assustadores quando estão com raiva, esses diabinhos.

Todos concordaram tristemente, incluindo o diabinho e o diabinho maior adotado.

Olharam para as bebidas. Beberam as bebidas.

— Não deveríamos estar descobrindo quem fez isso? — indagou Angua.

— Por quê? — retrucou Nobby.

Ela abriu e fechou a boca uma ou duas vezes e finalmente se decidiu por:

Homens de Armas

— Caso eles façam isso de novo?

— Não foi morte encomendada, foi? — disse Porrete.

— Não — disse Cenoura. — Os assassinos sempre deixam uma nota. Por lei.

Olharam para as bebidas. Beberam as bebidas.

— Que cidade — disse Angua.

— Tudo funciona, isso é o mais engraçado — contou Cenoura. — Sabem, quando entrei para a Vigilância, eu era tão simples que prendi o chefe do Grêmio dos Ladrões por ladroagem.

— Me parece certo — comentou Angua.

— Tive um pouco de dificuldade por causa disso — disse Cenoura.

— Vejam — disse Colon —, ladrões são *organizados* aqui. Quero dizer, é *oficial*. Eles estão *autorizados* a uma certa quantidade de roubos. Não que façam muita coisa hoje em dia, sabem? Se você pagar a eles um pouco a mais todo ano eles lhe darão um cartão e o deixarão em paz. Poupa tempo e esforço para todo mundo.

— E todos os ladrões são membros? — questionou Angua.

— Ah, *sim* — respondeu Cenoura. — Não se pode roubar em Ankh--Morpork sem permissão do Grêmio. A menos que você tenha um talento especial.

— Por quê? O que acontece? Que *talento*? — perguntou ela.

— Bem, algo como conseguir sobreviver pendurado de cabeça para baixo em um dos portões com seus ouvidos pregados nos joelhos — disse Cenoura.

Então Angua retrucou:

— Isso é terrível.

— Sim, eu sei. Mas a coisa é — disse Cenoura —, a coisa é que funciona. Tudo. Grêmios e crime organizado e por aí vai. Tudo parece funcionar.

— Não funcionou para o Sr. Hammerhock — observou o sargento Colon.

Eles olharam para as bebidas. Muito lentamente, como uma poderosa sequoia dando o primeiro passo para a ressurreição como um milhão de folhetos Salvem as Árvores, Detritus caiu para trás com sua caneca ainda na mão. Além da mudança de noventa graus na posição, ele não moveu um músculo.

— É o enxofre — disse Porrete, sem olhar em volta. — Vai direto para a cabeça deles.

Cenoura deu um soco no bar.

— Nós devemos fazer alguma coisa!

— Poderíamos roubar as botas dele — disse Nobby.

— Quero dizer quanto ao Sr. Hammerhock.

— Ah, sim, sim — disse Nobby. — Você parece o velho Vimes. Se a gente fosse se preocupar com cada cadáver nessa cidade...

— Mas não desse jeito! — explodiu Cenoura. — Normalmente, é só... bem... Suicídio, ou briga de Grêmios, coisas assim. Mas ele era apenas um anão! Pilar da comunidade! Passava o dia todo fazendo espadas, machados, armas sepulcrais, bestas e implementos de tortura! E apareceu no rio com um buraco enorme no peito! Quem vai fazer alguma coisa quanto a isso, se não nós?

— Você colocou alguma coisa no seu leite? — indagou Colon. — Olha, os anões podem resolver isso. É como a Alameda da Pedreira. Não meta o nariz onde alguém pode retirá-lo e comê-lo.

— Nós somos a Guarda *Municipal* — disse Cenoura. — Não protegemos apenas a parte da cidade que por acaso tem mais de um metro e vinte e é feita de carne!

— Nenhum anão fez aquilo — falou Porrete, que balançava suavemente. — Nenhum troll, também. — Ele tentou tocar na lateral do seu nariz e errou. — A razão é que ele ainda tinha todos os braços e pernas.

— O capitão Vimes vai querer que seja investigado — disse Cenoura.

— O capitão Vimes está tentando aprender a ser um civil — disse Nobby.

— Bem, eu não vou... — começou Colon, descendo de seu banco.

Ele pulou. Saltou um pouco, com a boca abrindo e fechando. Então conseguiu soltar as palavras.

— Meu pé!

— O que tem o seu pé?

— Tem algo preso nele!

Ele pulou para trás, agarrando-se a uma sandália, e caiu sobre Detritus.

— Você ficaria espantado com o que pode ficar preso nas suas botas nesta cidade — disse Cenoura.

*Homens de Armas*

— Há algo na parte de baixo da sua sandália — disse Angua. — Pare de se agitar, seu homem bobo.

Ela puxou sua adaga.

— Um pedaço de cartão ou algo assim. Com uma tachinha presa nele. Você pisou nele em algum lugar. Provavelmente levou um tempo para atravessar a sandália... pronto.

— Pedaço de cartão? — disse Cenoura.

— Tem algo escrito nele... — Angua raspou a lama.

---

"BOMBARDA"

---

— O que significa isso? — perguntou ela.

— Não sei. Talvez seja o cartão de visita do Sr. Bombarda, seja quem for — disse Nobby. — Quem se importa? Vamos pedir out...

Cenoura pegou o cartão e o virou de um lado a outro.

— Guarde a tachinha — disse Porrete. — Por um centavo você só consegue cinco delas. Meu primo Gimick as fabrica.

— Isso é importante — disse Cenoura, lentamente. — O capitão precisa ser informado. Acho que ele estava procurando por isso.

— O que tem de importante nesse troço? — questionou o sargento Colon. — Além de o meu pé estar ardendo como ferro em brasa?

— Eu não sei. O capitão vai saber — insistiu Cenoura.

— Você conta, então — disse Colon. — Ele está ficando na casa de milady agora.

— Aprendendo a ser um cavalheiro — disse Nobby.

— Eu *vou* contar — falou Cenoura.

Angua olhou pela janela suja. A lua logo surgiria. Esse era um problema das cidades. A maldita coisa poderia estar escondida atrás de uma torre se você não tivesse cuidado.

— E é melhor eu voltar para meu alojamento — disse ela.

— Vou acompanhá-la — propôs Cenoura, rapidamente. — Eu devo ir e encontrar o capitão Vimes, mesmo.

— Fica fora do seu caminho...

— Honestamente, eu gostaria.

Ela olhou para a sua expressão séria.

— Eu não poderia permitir que se desse ao trabalho — disse ela.

— Tudo bem. Eu gosto de andar. Me ajuda a pensar.

Angua sorriu, apesar do desespero.

Eles saíram para o calor suave da noite. Instintivamente, Cenoura adotou o ritmo de caminhada de policial.

— Rua muito velha, essa — disse ele. — Dizem que há um rio subterrâneo debaixo dela. Eu li isso. O que você acha?

— Você gosta mesmo de caminhar? — perguntou Angua, adotando o mesmo ritmo.

— Ah, sim. Há muitos caminhos interessantes e edifícios históricos para ver. Muitas vezes eu saio para dar um passeio nos meus dias de folga.

Ela olhou para o rosto dele. Pelos deuses, pensou.

— Por que você se juntou à Vigilância?

— Meu pai disse que isso faria de mim um homem.

— Parece ter funcionado.

— Sim. É o melhor trabalho que existe.

— Sério?

— Ah, sim. Você sabe o que significa "policial"?

Angua deu de ombros.

— Não.

— Significa "homem da polis". Essa é uma antiga palavra para cidade.

— É?

— Eu li em um livro. Homem da cidade.

Ela olhou de lado para ele de novo. Seu rosto brilhava à luz de uma tocha na esquina, mas tinha um brilho interno próprio.

Ele tem *orgulho* do que é. Ela se lembrou do juramento.

Orgulhoso de estar na maldita *Vigilância*, pelos deuses...

## Homens de Armas

— Por que *você* se juntou? — disse ele.

— Eu? Ah, eu... eu gosto de ter todas as refeições e dormir debaixo de um teto. De qualquer forma, não há muita escolha, né? Era isso ou virar... rá... uma costureira.*

— E você não é muito boa de costura?

O olhar penetrante de Angua não viu nada além de honesta inocência no rosto dele.

— Sim — disse ela, desistindo —, isso mesmo. E então eu vi o cartaz. "A Guarda Municipal Precisa de Homens! Seja um Homem na Guarda Municipal!" Então pensei em tentar. Afinal, eu só tinha a ganhar.

Ela esperou para ver se ele deixaria de captar mais essa, também. Ele deixou.

— O sargento Colon escreveu o folheto — disse Cenoura. — Ele é um pensador bastante direto.

Ele farejou.

— Tá sentindo o cheiro de alguma coisa? Tem cheiro de... parece um pouco como se alguém tivesse jogado fora um tapete velho de privada?

— Ah, muito obrigado — disse uma voz muito grave e baixa, em algum lugar na escuridão. — Ah, sim. Muito obrigado. Isso é muito sei lá o que de sua parte. Tapete velho de privada. Ah, sim.

— Não consigo sentir cheiro algum — mentiu Angua.

— Mentirosa — disse a voz.

— E nem ouvir nada.


As botas do capitão Vimes lhe diziam que ele estava na avenida Scoone. Seus pés estavam caminhando por vontade própria; sua mente estava em outro lugar. Na verdade, uma parte dela estava se dissolvendo gentilmente no melhor néctar de Jimkin Abraçaurso.

Se ao menos eles não estivessem sendo tão *educados*! Havia uma série de coisas que ele tinha visto na vida que sempre tentaria esquecer,

---

\* Uma pesquisa realizada pelo Grêmio de Mercadores de Ankh-Morpork entre os comerciantes nos portos de Morpork encontrou 987 mulheres que informaram sua profissão como "costureira". Ah... e duas agulhas.

sem sucesso. Até o momento, teria colocado no topo da lista olhar para as amígdalas de um dragão gigante enquanto ele tomava fôlego para transformá-lo em uma pequena pilha de carvão impuro. Ainda acordava suando com a lembrança daquela pequena prévia de chama, mas temia agora que aquilo seria substituído pela lembrança de todos aqueles rostos anões impassíveis, observando-o educadamente, e a sensação de que suas palavras estavam caindo em um poço profundo.

Afinal de contas, o que poderia dizer? "Sinto muito que ele esteja morto — e isso é oficial. Estamos colocando nossos piores homens no caso"?

A casa do falecido Bjorn Hammerhock estava cheia de anões — silenciosos, como corujas, *educados*. A notícia tinha se espalhado. Ele não estava dizendo nada que eles já não soubessem. Muitos estavam portando armas. O Sr. Braçoforte estava lá. O capitão Vimes já falara com ele antes sobre seus discursos a respeito da necessidade de moer todos os trolls em pequenos pedaços e usá-los para fazer estradas. Porém, o anão não dissera nada naquele momento. Ficara apenas parecendo presunçoso. Havia um ar de calma e *educada* ameaça, que dizia: nós vamos ouvi-lo. E então faremos o que decidirmos fazer.

Ele ainda nem estava certo de qual deles era a Sra. Hammerhock. Todos lhe pareciam iguais. Quando ela foi apresentada — de elmo, barbada —, ele obteve respostas polidas e evasivas. Não, ela havia trancado a oficina dele e parecia ter perdido a chave. Obrigado.

Ele tentou indicar o mais sutilmente possível que uma marcha inteira na Alameda da Pedreira seria desaprovada pela Vigilância (provavelmente de um ponto de observação a uma distância segura), mas não conseguira dizer isso com todas as letras. Não podia dizer para que não tomassem as rédeas da situação porque a guarda estaria energicamente em busca do malfeitor, porque ele não tinha a menor ideia de por onde começar. O marido dela tinha inimigos? Sim, alguém havia aberto um buraco enorme nele, mas, fora *isso*, ele tinha inimigos?

Então ele se portou com o máximo de dignidade possível, o que não era muito, e, após uma batalha perdida consigo mesmo, pegou uma garrafa de Velho Exibicionista do Abraçaurso e perambulou pela noite.

*

*Homens de Armas*                                                                 89

Cenoura e Angua chegaram ao fim da rua do Vislumbre.

— Onde você está ficando? — perguntou Cenoura.

— Logo ali. — Ela apontou.

— Rua do Olmo? Não na *Sra. Bolinho*, não é?

— Sim. Por que não? Eu só queria um lugar limpo, com preços razoáveis. O que há de errado nisso?

— Bem... Quer dizer, não tenho nada contra a Sra. Bolinho, uma mulher adorável, uma das melhores... mas... bem... você deve ter notado...

— Notado o que?

— Bem... ela não é muito... você sabe... *exigente*.

— Desculpe. Eu ainda não entendi.

— Você deve ter visto alguns dos outros hóspedes. Quer dizer, Reg Shoe ainda se hospeda lá?

— Ah — disse Angua —, você quer dizer o zumbi.

— E há um banshee no sótão.

— Sr. Ixolite. Sim.

— E há a velha Sra. Drull.

— A ghoul. Mas ela está aposentada. Ela faz buffet para festas infantis agora.

— Quero dizer, não lhe parece que o lugar é um pouco estranho?

— Mas as diárias são razoáveis e as camas são limpas.

— Eu não imaginava que alguém realmente dormisse nelas.

— Está bem! Eu tive que aceitar o que podia *pagar*!

— Desculpe. Sei como é. Eu mesmo era assim quando cheguei aqui. Mas meu conselho é que se mude o quanto antes e encontre um lugar... bem... mais adequado para uma jovem, se entende o que quero dizer.

— Na verdade, não. O Sr. Shoe até tentou me ajudar a subir com as minhas coisas. Claro, eu tive que ajudá-lo a levar os braços dele para cima depois. Caem partes dele o tempo todo, o pobre coitado.

— Mas eles não são realmente... nosso tipo de gente — disse Cenoura, miseravelmente. — Não me interprete mal. Quero dizer... anões? Alguns dos meus melhores amigos são anões. Meus *pais* são anões. Trolls? *Nenhum* problema com trolls. Sal da terra. Literalmente. Camaradas maravilhosos debaixo de toda aquela crosta. Mas... mortos-vivos? Eu só gostaria que eles voltassem para o lugar de onde vieram, só isso.

— A maioria deles veio daqui.

— Eu só não gosto deles. Desculpe.

— Eu preciso ir — disse Angua, friamente.

Parou na entrada escura de um beco.

— Certo. Certo — disse Cenoura. — Hã. Quando verei você de novo?

— Amanhã. Trabalhamos no mesmo lugar, não?

— Mas talvez quando estivermos de folga poderíamos...

— Preciso ir!

Angua se virou e correu. O halo da lua já era visível sobre os telhados da Universidade Invisível.

— Tá. Bem. Certo. Amanhã, então — gritou Cenoura para ela.


Angua podia sentir o mundo girando enquanto avançava pelas sombras. Não deveria ter perdido tanto tempo!

Ela chegou correndo a uma rua transversal, onde estavam algumas pessoas, e conseguiu entrar por um beco, com as paredes beliscando suas roupas...

Foi vista por Bundo Prung, recentemente expulso do Grêmio dos Ladrões por entusiasmo desnecessário e conduta imprópria para um assaltante — e por ser um homem desesperado. Uma mulher isolada em um beco escuro era da medida do que ele achava que seria capaz de lidar.

Ele olhou em volta e a seguiu. Tudo ficou em silêncio, durante cerca de cinco segundos. Então Bundo saiu do beco, muito rápido, e não parou de correr até chegar ao cais, onde um barco estava partindo com a maré. Correu pela rampa de madeira logo antes de ela ser retirada e, assim, se tornou um marinheiro, morrendo três anos mais tarde, quando um tatu caiu em sua cabeça em um país distante. Em todo esse tempo, nunca disse o que tinha visto, mas gritava um pouco sempre que via um cachorro.

Angua saiu do beco alguns segundos depois e trotou para longe.


Lady Sybil Ramkin abriu a porta e aspirou o ar da noite.

— Samuel Vimes! Você está bêbado!

— Ainda não! Mas espero ficar! — disse Vimes, num tom alegre.

— E você não tirou o uniforme!

Vimes olhou para baixo e depois para cima de novo.

— Isso mesmo! — disse animadamente.

— Os convidados estarão aqui a qualquer minuto. Vá para o seu quarto. Há uma banheira já preparada, e Wilkins separou um terno para você. Vá se arrumar...

— Excelente!

Vimes se banhou em água morna e em um brilho alcoólico róseo. Então se secou o melhor que pôde e olhou para o terno na cama.

Fora feito para ele pelo melhor alfaiate da cidade. Sybil Ramkin tinha um coração generoso. Era uma mulher disposta a ajudar no que pudesse.

O terno era azul e roxo-escuro, com rendas nos pulsos e no pescoço. Era o auge da moda, tinham lhe dito. Sybil Ramkin queria que ele subisse na vida. Apesar de nunca ter chegado a dizê-lo, Vimes sabia que ela sentia que ele era bom demais para ser policial.

Olhou para o terno muito confuso, sem entender nada. Nunca tinha usado um antes. Quando ele era criança, vestia quaisquer trapos que pudessem ser amarrados, e, mais tarde, as calças com couro no joelho e cotas de malha da Vigilância; roupas práticas e confortáveis.

Havia um chapéu com o terno. Tinha pérolas nele.

Vimes nunca usara na cabeça uma peça que não fosse feita de metal.

Os sapatos eram longos e pontudos.

Ele sempre usava sandálias gastas no verão, e as tradicionais botas baratas no inverno.

O capitão Vimes mal conseguia ser um oficial. Não sabia muito bem como se tornar um cavalheiro. Colocar o terno parecia fazer parte...

Os convidados estavam chegando. Ele podia ouvir o barulho de rodas de carruagem na entrada e o os ruídos dos carregadores de liteiras.

Olhou pela janela. A avenida Scoone era mais alta do que a maior parte de Morpork e oferecia uma vista inigualável da cidade, para quem gostava desse tipo de coisa. O Palácio do Patrício era uma forma mais escura no crepúsculo, com uma janela iluminada no alto. Era o centro de uma área bem-iluminada, que ficava mais e mais escura à medida que sua visão se afastasse e começasse a englobar aquelas partes da cidade onde não se acenderia uma vela porque isso seria desperdiçar boa comida. Havia tochas vermelhas ao redor da Alameda da Pedreira... Bem, era o Ano-Novo dos Trolls, então era compreensível. E havia um brilho fraco sobre o edifício da Magia de Alta Energia da Universidade Invisível; Vimes gostaria de prender todos os magos sob suspeita de serem inteligentes demais. E mais luzes do que seria de se esperar perto das ruas Cabo e Absoluta, a parte da cidade que pessoas como o capitão Quirke chamavam de "cidade pequena"...

— Samuel!

Vimes ajustou a gravata da melhor maneira possível.

Tinha enfrentado trolls, anões e dragões, mas agora teria que encontrar uma espécie inteiramente nova. Os ricos.


Era sempre difícil lembrar, passado o momento, como o mundo parecia quando ela estava *dans une certaine condition*, como sua mãe delicadamente chamava.

Por exemplo, ela se *lembrava* de ver cheiros. As próprias ruas e prédios... Eles estavam lá, é claro, mas apenas como entediante pano de fundo monocromático sobre os quais os sons e, sim, os cheiros eram cauterizados como linhas brilhantes de... fogo colorido e nuvens de... Bem, de fumaça colorida.

Essa era a questão. Era aí onde qualquer analogia falhava. Não havia mais palavras adequadas para o que ela ouviu e cheirou. Se você pudesse ver uma oitava cor distinta apenas por um instante, então descrevê-la de volta em um mundo de sete cores, seria... "algo como um tipo de roxo esverdeado". Experiência não era algo transmitido muito bem entre espécies.

Às vezes, embora não com muita frequência, Angua achava que tinha sorte de poder ver os dois mundos. E sempre havia os vinte minutos logo depois de uma Mudança quando *todos* os sentidos estavam aguçados, de modo que o mundo brilhava como um arco-íris em cada espectro sensorial. Quase valia a pena só por isso.

Havia variedades de lobisomens. Algumas pessoas simplesmente tinham que fazer a barba a cada hora e usar um chapéu para cobrir as orelhas. Poderiam se passar por quase normais.

Porém, ela podia reconhecê-los. Lobisomens podiam identificar outro lobisomem no meio de uma rua lotada. Tinham alguma coisa diferente nos olhos. E, claro, se você tivesse tempo, havia todas as outras pistas. Lobisomens tendiam a viver sozinhos e a ter empregos que não os deixavam em contato com animais. Usavam muito perfume ou loção pós-barba e tendiam a ser muito cuidadosos com comida. E mantinham diários com as fases da lua cuidadosamente marcadas com tinta vermelha.

Não era vida, ser um lobisomem no campo. Uma galinha estúpida sumia e você era o suspeito número um. Todo mundo dizia que era melhor na cidade.

Certamente era uma existência inebriante.

Angua podia ver vários horários da rua Olmo de uma vez só. O medo do assaltante era uma linha alaranjada minguante. A trilha de Cenoura era uma pálida nuvem verde em expansão, com uma alteração que sugeria que ele estava um pouco preocupado; havia tons adicionais de couro velho e cera para polir armadura. Outras trilhas, fracas ou fortes, cruzavam-se pela rua.

Uma delas fedia a tapete velho de privada.

— Ei, cadela — disse uma voz às suas costas.

Ela virou a cabeça. Gaspode não parecia melhor através da visão canina, exceto que ele estava no centro de uma nuvem de odores mistos.

— Ah. É você.

— Isso — disse Gaspode, coçando-se febrilmente. Deu a ela um olhar esperançoso. — Só perguntando, você entende, só pra tirar logo isso do caminho, pra aliviar as coisas, pelo amor de sei lá que deus pode ser, mas me pergunto se não há alguma chance de eu cheirar...

— Nenhuma.

— Só perguntando. Sem querer ofender.

Angua franziu o focinho.

— Por que você tem um cheiro tão ruim? Quero dizer, você já cheirava mal o bastante quando eu era humana, mas agora...

Gaspode parecia orgulhoso.

— Bom, né? — disse ele. — Não acontece por acaso. Eu tive que trabalhar pra isso. Se você fosse um cão de verdade, seria como uma grande loção pós-barba. Aliás, você precisa de uma coleira, senhorita. Ninguém incomoda cachorros de coleira.

— Obrigada.

Gaspode parecia ter algo em mente.

— Er... você não arranca corações, não é?

— Não, a não ser que eu queira — disse Angua.

— Certo, certo, certo — disse Gaspode apressadamente. — Aonde tá indo?

Ele passou a trotar bamboleando, com as patas arqueadas, para conseguir acompanhá-la.

— Dar uma farejada no lugar do Hammerhock. Eu não pedi para você vir.

— Não tenho mais nada pra fazer — disse Gaspode. — A Sede da Costela só coloca o lixo pra fora à meia-noite.

— Você não tem uma casa para voltar? — indagou Angua, enquanto trotavam sob uma barraca de peixe e fritas.

— Casa? Eu? Casa? Sim. Claro. Sem problema. Crianças rindo, cozinha grande, três refeições por dia, gato bem-humorado na casa ao lado para perseguir, meu próprio cobertor e local perto do fogo, ele tá velhinho mas nós o amamos, ekcetra. Sem problema. Eu só gosto de sair um pouco — disse Gaspode.

— É que vejo que *você* não tem uma coleira.

— Ela caiu.

— Caiu?

— Foi o peso de todo aqueles diamantes.

— Imagino.

— Eles me deixam fazer quase tudo o que eu quero — disse Gaspode.

— Dá para ver.

— Às vezes não vou para casa, ah, por dias seguidos.

— É?

— Semanas, até.

— Claro.

— Mas eles sempre ficam muito felizes em me ver quando eu apareço — disse Gaspode.

— Pensei que você disse que dormia na Universidade — disse Angua, quando se esquivaram de uma carroça na rua da Geada.

Por um momento, Gaspode pareceu inseguro, mas se recuperou magnificamente.

— Sim, claro — disse ele. — Be-em, você sabe como é, famílias... Todas aquelas crianças pegando em você, dando biscoitos e similares, as pessoas fazendo festa em você o tempo todo. Dá nos nervos. Então eu durmo lá com bastante frequência.

— Certo.

— Na maioria das vezes, de fato.

— Sério?

Gaspode choramingou um pouco.

— Você precisa ter cuidado, sabe. Uma cadela jovem como você pode se meter em enrascadas nesta cidade do cão.

Tinham chegado ao cais de madeira atrás da oficina de Hammerhock.

— Como você... — Angua parou.

Havia uma mistura de cheiros ali, mas o mais dominante era afiado como uma serra.

— Fogos de artifício?

— E medo — disse Gaspode. — Muito medo.

Ele farejou as tábuas do cais.

— Medo humano, não anão. Dá pra saber quando são anões. É a dieta de ratos, sabe? Fiu! Deve ter sido bem ruim para ficar tão forte assim.

— Eu farejo um macho humano e um anão — disse Angua.

— Sim. Um anão morto.

Gaspode manteve o nariz surrado ao longo da linha da porta e fungou ruidosamente.

— Há outras coisas — disse ele —, mas é dureza discernir o que é com o rio tão perto e tudo mais. Há óleo e... graxa... e todos os tipos... Ei, aonde você está indo?

Gaspode trotou atrás dela enquanto Angua voltava para a rua da Geada, com o nariz perto do chão.

— Seguindo a trilha.

— Para quê? Ele não vai agradecer, você sabe.

— Quem não vai?

— Seu jovem companheiro.

Angua parou tão de repente que Gaspode esbarrou nela.

— Você quer dizer o cabo Cenoura? Ele não é meu jovem companheiro!

— É? Eu sou um cão, certo? Está tudo no nariz, certo? Cheiro não pode mentir. Feromônios. É a tal velha alquimia sexual.

— Eu só o conheço há uns dois dias!

— Arrá!

— O que quer dizer, *arrá*?

— Nada, nada. Nada de errado com isso, afinal...

— Não há *isso* algum para estar errado!

— Certo, certo. Não que estivesse — disse Gaspode, acrescentando rapidamente —, mesmo se houvesse. Todo mundo gosta do cabo Cenoura.

— Gosta, né? — disse Angua, mais calma. — Ele é muito... agradável.

— Até o Grande Fido só mordeu a mão dele quando Cenoura tentou fazer carinho nele.

— Quem é Grande Fido?

— Chefe Latidor do Grêmio dos Cães.

— Os cães têm um Grêmio? Cães? Você está de brincadeira...

— Não, sério. Direitos sobre as sobras, locais para banhos de sol, deveres de latição noturna, direitos reprodutivos, rotas de uivo... Toda essa cachorrada.

— Grêmio dos Cães — rosnou Angua sarcasticamente. — Ah, sim.

— Tente perseguir um rato cano acima na rua errada e me diga se estou mentindo. Sorte sua que tô por perto, ou você podia se meter em uma enrascada. Tem um monte de problemas prum cão nessa cidade que não for membro do Grêmio. Sorte sua — disse Gaspode — ter me encontrado.

— Imagino que você seja um grande ho... cão no Grêmio, não?

— Não sou um membro — disse Gaspode presunçosamente.

— Como é que você sobrevive então?

— Posso pensar com minhas próprias patas. De qualquer forma, Grande Fido me deixa em paz. Eu tenho o Poder.

— Que poder?

— Esquece. Grande Fido... Ele é meu amigo.

— Morder o braço de um homem por ter feito carinho em você não me parece muito amigável.

— É? Do último homem que tentou fazer isso no Grande Fido, só encontraram a fivela do cinto.

— Jura?

— E ela estava em uma árvore.

— Onde estamos?

— Nem era uma árvore daqui de perto. O que foi?

Gaspode farejou o ar. Seu nariz podia ler a cidade de uma forma parecida com as solas educadas do capitão Vimes.

— Na junção da avenida Scoone com a Prouts — disse ele.

— A trilha está morrendo. Está misturada demais com muitas outras coisas.

Angua farejou pela área por algum tempo. Alguém tinha ido até ali, mas muitas pessoas haviam cruzado a trilha. O cheiro forte ainda estava no local, mas apenas como uma sugestão na confusão de aromas conflitantes.

Ela tinha percebido um cheiro bem forte de sabão por perto. Já o havia notado antes, mas apenas como mulher e somente como um aroma fraco. Como um quadrúpede, aquilo parecia tomar o mundo.

O cabo Cenoura estava subindo pela estrada, parecendo pensativo. Ele não estava olhando para onde ia, mas não precisava. As pessoas davam passagem para o cabo Cenoura.

Era a primeira vez que ela o via através daqueles olhos. Céus. Como é que as pessoas não notavam? Ele caminhava pela cidade como um tigre através do mato alto, como um urso da Terra do Centro através da neve, vestindo a paisagem como uma pele...

Gaspode olhou para o lado. Angua estava sentada sobre as ancas, olhando.

— Sua língua tá pendurada — disse ele.

— O que?... Ué? E daí? Isso é natural. Eu estou ofegante.

— Rá, rá.

Cenoura os notou e parou.

— Ora, é o vira-lata — disse ele.

— Au, au — disse Gaspode, abanando o rabo traidor.

— Vejo que *você* tem uma amiga, pelo menos — comentou Cenoura, fazendo carinho na cabeça dele e, em seguida, distraidamente esfregando a mão em sua túnica.

— E, uau, que cadela esplêndida — continuou ele. — Um cão-lobo das Ramtops, se estou certo. — Acariciou Angua de forma amigável e vaga. — Ah, bem. Isso não está ajudando em nada o trabalho, não é?

— Au, geme, dê um biscoito ao cãozinho — disse Gaspode.

Cenoura se levantou e apalpou os bolsos.

— Acho que eu tenho um pedaço de biscoito aqui. Bem, eu poderia acreditar que você entende cada palavra que eu digo...

Gaspode implorou e pegou o biscoito facilmente.

— Au, au, bajula, bajula — disse ele.

Cenoura deu a Gaspode o olhar ligeiramente intrigado que as pessoas lhe davam sempre que ele dizia "au" em vez de latir, acenou para Angua e continuou na direção da avenida Scoone e da casa de lady Ramkin.

— Lá vai um menino muito bom. Simples, mas bom — disse Gaspode, mastigando ruidosamente o biscoito velho.

— Sim, ele é simples, não é? — disse Angua. — Foi o que notei primeiro nele. Ele é simples. E todo o resto aqui é complicado.

— Ele estava jogando um olhar de carneirinho para você antes — disse Gaspode. — Não que eu tenha alguma coisa contra olhos de carneiro, claro. Se estiverem frescos.

— Você é nojento.

— Sim, mas pelo menos eu fico do mesmo formato durante todo o mês, sem querer ofender.

— Você está pedindo uma mordida.

— Ah, sim — gemeu Gaspode. — Sim, você vai me morder. Aaargh. Ah, claro, isso vai *realmente* me preocupar, e como. Quero dizer, pense só nisso. Eu tenho tantas doenças de cachorro que só estou vivo porque as desgraçadas estão muito ocupadas brigando entre si. Quero dizer, eu tenho até Ponta Molhada, e você só pega isso se for uma ovelha grávida. Vá em frente. Me morda. Mude a minha vida. Toda vez que for lua cheia, de repente vou ficar peludo e com dentes amarelos e vou andar por aí de quatro. Sim, posso ver que isso vai fazer uma baita diferença na minha situação atual. Na verdade — disse ele —, eu definitivamente estou em uma maré de derrotas no departamento de pelos, então talvez uma, você sabe, não uma mordida completa, talvez só uma mordidinha...

— Cale a boca. — Pelo menos *você* tem uma amiga, dissera Cenoura. Como se tivesse algo em mente...

— Uma lambida rápida, até...

— Cale a boca.


— Esta inquietação toda é culpa de Vetinari — disse o duque de Eorle. — O homem não tem estilo! Então, agora, é claro, temos uma cidade onde donos de mercearia têm tanta influência quanto barões. Ele até deixou os *encanadores* formarem um Grêmio! Isso é contra a natureza, na minha humilde opinião.

— Não seria tão ruim se ele estipulasse algum tipo de exemplo social — disse lady Omnius.

— Ou até mesmo governasse — disse lady Selachii. — As pessoas parecem poder se safar de qualquer coisa.

— Admito que os velhos reis não eram necessariamente o *nosso* tipo de gente, mais para o fim — disse o duque de Eorle —, mas pelo menos eles representavam alguma coisa, na minha humilde opinião. Tínhamos uma cidade decente naqueles dias. As pessoas eram mais respeitosas e sabiam o seu devido lugar. Realizavam um dia de trabalho decente, não ficavam de preguiça o tempo todo. E nós certamente não abríamos os portões para qualquer ralé capaz de caminhar por eles. E é claro que também tínhamos leis. Não é, capitão?

O capitão Samuel Vimes olhava perdidamente para algum ponto um pouco acima da orelha esquerda de quem falava.

A fumaça de charuto pairava quase imóvel no ar. Vimes estava vagamente consciente de que tinha passado várias horas comendo comida demais na companhia de pessoas de que não gostava.

Ele ansiava era pelo cheiro das ruas úmidas e a sensação das pedras sob suas solas de papelão. Uma bandeja de bebidas pós-refeição orbitava a mesa, mas Vimes não tocara nela, porque isso perturbava Sybil. E ela tentava fingir que não, o que o perturbava ainda mais.

O efeito do Abraçaurso se esgotara. Ele odiava estar sóbrio, porque isso significava que ele começava a pensar. Um dos pensamentos lutando por espaço era o de que não havia tal coisa como uma humilde opinião.

Ele não tinha muita experiência com os ricos e poderosos. Policiais não costumavam ter. Não que esse tipo de gente fosse menos propenso a cometer crimes, era apenas que os crimes que cometia tendiam a ser tão acima do nível normal de criminalidade que estavam fora do alcance dos homens com botas ruins e cotas de malha enferrujadas. Possuir uma centena de propriedades nos guetos não era um crime, mas viver em um era, ou quase. Ser um assassino (o Grêmio nunca realmente *tinha dito* isso, mas uma qualificação importante era ser o filho ou filha de um cavalheiro bem-nascido) não era um crime. Quem tinha dinheiro o bastante dificilmente conseguia cometer crimes. Apenas perpetrava pequenos pecadilhos divertidos.

— E agora em todo lugar que você olhe, são anões e trolls arrogantes e pessoas rudes — disse lady Selachii. — Há mais anões em Ankh-Morpork agora do que em qualquer uma daquelas próprias cidades, ou seja lá como eles chamam os buracos deles.

— O que você acha, capitão? — questionou o duque de Eorle.

— Hmm? — O capitão Vimes pegou uma uva e começou a passá-la de um dedo para o outro.

— O atual problema étnico.

— Temos um?

— Bem, sim... Veja a Alameda da Pedreira. Há brigas lá todas as noites!

— E eles não têm absolutamente conceito algum de religião!

Vimes examinou a uva minuciosamente. O que ele queria dizer era: É claro que eles lutam. Eles são *trolls*. É claro que batem uns nos outros com clavas; um troll é composto basicamente de linguagem corporal, e, bem, eles gostam de gritar. Na verdade, o único que cria problemas reais é aquele desgraçado do Crisoprásio, e isso é só porque ele imita os humanos e aprende rápido. Quanto à religião, deuses trolls estavam

Homens de Armas

batendo uns nos outros com clavas dez mil anos antes de termos parado de tentar comer pedras.

Porém, a memória do anão morto agitou algo de perverso em sua alma. Colocou a uva de volta no prato.

— Definitivamente — disse ele. — Na minha opinião, os desgraçados deviam ser reunidos e expulsos da cidade à ponta de lança.

Houve um momento de silêncio.

— Não é mais do que eles merecem — acrescentou Vimes.

— Exatamente! Eles são pouco mais do que animais — disse lady Omnius.

Vimes suspeitava de que seu primeiro nome fosse Sara.

— Já reparou como as cabeças deles são grandes? — comentou Vimes.

— Aquilo na verdade é só rocha. Cérebros muito pequenos.

— Assim como a moralidade, é claro... — disse lorde Eorle.

Houve um murmúrio vago de concordância.

Vimes pegou a taça.

— Willikins, eu não acho que o capitão Vimes queira vinho — disse lady Ramkin.

— Errado! — disse Vimes alegremente. — E, já que estamos neste assunto, que tal os anões?

— Eu não sei se alguém notou — disse lorde Eorle —, mas certamente não se vê tantos cães quanto antes.

Vimes ficou com o olhar perdido. Aquilo que ela dissera sobre os cães era verdade. Não parecia mesmo haver tantos deles por aí recentemente, mas ele tinha visitado alguns bares de anões com Cenoura e sabia que, apesar de os anões realmente comerem cães, eles o faziam apenas quando não conseguiam ratos. E dez mil anões comendo continuamente com garfo, faca e pá não afetariam quase nada a população de ratos de Ankh-Morpork. Era uma característica importante descrita nas cartas que os anões enviavam para casa: venham para cá, todos, e tragam o ketchup.

— Reparou como as cabeças deles são pequenas? Capacidade craniana muito limitada, com certeza. Questão de medida.

— E você nunca vê mulheres — disse lady Sara Omnius. — Acho isso muito... suspeito. Você sabe o que dizem sobre os anões — acrescentou, sombriamente.

Vimes suspirou. As mulheres, ele sabia, estavam à vista de qualquer um sempre, mas elas se pareciam muito com os anões machos. Certamente *todo mundo* sabia disso, entre os que sabiam algo sobre anões.

— São diabinhos astutos também — disse lady Selachii. — Afiados como agulhas.

— Você sabe — Vimes sacudiu a cabeça —, sabe, isso é que é tão irritante, não é? A forma como eles podem ser tão incapazes de qualquer pensamento racional e tão astutos ao mesmo tempo.

Apenas Vimes viu o olhar que lady Ramkin lhe lançou. Lorde Eorle apagou o charuto.

— Eles simplesmente entram e tomam conta. E trabalham fora como formigas durante todo o tempo que pessoas reais deveriam estar tendo um pouco de sono. Não é natural.

A mente de Vimes separou esse comentário e o comparou com um anterior sobre um dia decente de trabalho.

— Bem, um deles não estará trabalhando tão pesado — disse lady Omnius. — Minha criada disse que um anão foi encontrado no rio esta manhã. Provavelmente alguma guerra tribal ou algo assim.

— Rá... é um começo, pelo menos — disse lorde Eorle, rindo. — Não que alguém vá notar um a mais ou a menos.

Vimes abriu um grande sorriso.

Havia uma garrafa de vinho perto da sua mão, apesar dos melhores esforços educados de Willikins para removê-la. O gargalo parecia convidativamente agarrável...

Ele sentiu que era observado. Olhou para o outro lado da mesa e viu o rosto de um homem que olhava para ele atentamente e cuja última contribuição para a conversa fora "Poderia fazer a gentileza de me passar os temperos, capitão?". Não havia nada notável a respeito de seu rosto, com exceção do olhar, que era absolutamente calmo e levemente entretido. Era o Dr. Cruces. Vimes teve a forte impressão de que seus pensamentos estavam sendo lidos.

— Samuel!

A mão de Vimes parou a meio caminho da garrafa. Willikins estava de pé ao lado de sua senhora.

*Homens de Armas*　　103

— Parece que há um jovem à porta perguntando por você — disse lady Ramkin. — Cabo Cenoura.

— Puxa, isso é emocionante! — disse lorde Eorle. — Será que ele veio nos prender, você acha? Rárárá.

— Rá — disse Vimes.

Lorde Eorle cutucou sua parceira.

— Imagino que em algum lugar um crime está sendo cometido — disse ele.

— Sim — respondeu Vimes. — Bem perto, acho.

Cenoura foi introduzido, com seu elmo debaixo do braço em um ângulo respeitoso.

Ele olhou para a seleta companhia, lambeu os lábios nervosamente e bateu continência. Todo mundo estava olhando para ele. Era difícil não notar Cenoura em uma sala. Havia pessoas maiores do que ele na cidade. Ele não era assustador, mas parecia distorcer as coisas à sua volta, sem nem sequer tentar. Tudo se tornava pano de fundo para o cabo Cenoura.

— À vontade, cabo — disse Vimes. — O que trouxe você aqui? Quero dizer — acrescentou depressa, conhecendo a abordagem errática de Cenoura à linguagem coloquial —, qual é a razão de você estar aqui neste momento?

— Tenho algo a lhe mostrar, senhor. Uh. Senhor, acho que é dos assass…

— Vamos falar disso lá fora, que tal? — sugeriu Vimes.

Dr. Cruces não contraíra um músculo.

Lorde Eorle tornou a sentar-se.

— Bem, devo dizer que estou impressionado — disse ele. — Eu sempre achei que vocês da Vigilância fossem bem ineficazes, mas vejo que estão cuidando do seu dever em todos os momentos. Sempre alertas para a mente criminosa, hein?

— Ah, sim — disse Vimes. — A mente criminosa. Sim. — O ar frio do corredor ancestral veio como uma bênção. Encostou-se à parede e olhou para o cartão. — Bombarda?

— Você lembra que disse ter visto alguma coisa no pátio… — começou Cenoura.

— O que é uma bombarda?

— Talvez alguma a coisa que estivesse em exibição? — disse Cenoura. — Você sabe, com uma plaquinha explicando o que é? Eles fazem isso nos museus.

— Hum... O que você sabe de museus, afinal?

— Ah, bastante, senhor — respondeu Cenoura. — Eu às vezes os visito nos meus dias de folga. Tem o da Universidade, é claro, e lorde Vetinari me deixa dar uma olhada no do velho Palácio. Também tem os dos Grêmios, que geralmente me deixam entrar se eu pedir com jeito, e o museu dos anões na rua da Geada...

— Ah, é? — disse Vimes, interessado. Caminhara pela Rua da Geada milhares de vezes.

— Sim, senhor, logo depois da Alameda do Carrossel.

— Quem diria. O que tem nele?

— Muitos exemplos interessantes de pão dos anões, senhor.

Vimes pensou sobre aquilo por um instante.

— Isso não é importante agora — disse ele. — Um homem teria que ser um tolo para arrombar o Grêmio dos Assassinos.

— Verdade, senhor.

A raiva tinha passado. Mais uma vez ele sentia... Não, não a emoção, essa não era a palavra certa... A *sensação* de alguma coisa. Ainda não estava certo do que era, mas estava lá, esperando por ele...

— Samuel Vimes, o que está acontecendo?

Lady Ramkin fechou a porta da sala de jantar.

— Eu o estive observando — disse ela. — Você estava sendo muito rude, Sam.

— Eu estava tentando não ser.

— Lorde Eorle é um amigo muito antigo.

— É?

— Bem, eu o conheço há muito tempo. Eu não o suporto, na verdade. Mas você estava fazendo com que ele parecesse tolo.

— Ele estava se fazendo parecer tolo. Eu estava apenas ajudando.

— Mas escutei muitas vezes você ser... rude sobre anões e trolls.

— Isso é diferente. Eu tenho o *direito*. Aquele idiota não saberia identificar um troll se esbarrasse nele.

*Homens de Armas* 105

— An, ele saberia se um troll esbarrasse nele — comentou Cenoura, solícito. — Alguns deles chegam a pesar...

— O que é tão importante, afinal? — perguntou lady Ramkin.

— Nós estamos... procurando quem matou Gorducho — disse Vimes.

A expressão de lady Ramkin mudou instantaneamente.

— Isso é diferente, é claro — disse ela. — Pessoas assim deveriam ser açoitadas em público.

Por que eu disse isso?, pensou Vimes. Talvez porque seja verdade. A... bombarda... desaparece, e no minuto seguinte um pequeno artífice anão é jogado no rio com um buraco desagradável onde seu peito deveria estar. Esses acontecimentos estão interligados. Agora tudo o que preciso fazer é encontrar as ligações...

— Cenoura, pode voltar comigo à oficina de Hammerhock?

— Sim, capitão. Por quê?

— Quero ver aquela oficina por dentro. E dessa vez eu tenho um anão comigo.

Mais do que isso, acrescentou mentalmente, eu tenho o cabo Cenoura. Todo mundo *gosta* do cabo Cenoura.

Vimes ficou escutando enquanto a conversa prosseguia na língua dos anões. Cenoura parecia estar ganhando, mas era por pouco. O clã estava cedendo não por causa da razão ou da obediência à lei dos anões, mas porque... bem... porque era Cenoura quem estava pedindo.

Enfim, o cabo olhou para cima. Estava sentado em um banquinho para anões, de forma que seus joelhos praticamente ficavam alinhados com a cabeça.

— Você precisa entender, sabe, que a oficina de um anão é muito importante.

— Certo — disse Vimes. — Eu entendo.

— E, er... você é um maior.

— Desculpe?

— Um maior. Maior do que um anão.

— Ah.

— Er. O interior da oficina de um anão é como... Bem, é como o interior de suas roupas, se sabe o que quero dizer. Eles dizem que você pode olhar, se eu estiver com você, mas não deve tocar em nada. Er. Eles não estão muito contentes com isso, capitão.

Um anão que possivelmente era a Sra. Hammerhock entregou um molho de chaves.

— Eu sempre me dei bem com anões — disse Vimes.

— Eles não estão contentes, senhor. Hum. Eles não acham que vamos conseguir fazer nada de bom.

— Vamos fazer tudo o que pudermos!

— Hum. Eu não traduzi isso corretamente. Hum. Eles não acham que *nós* somos bons. Eles não querem ofender, senhor. Simplesmente não acham que teremos permissão de chegar a lugar algum, senhor.


— Ai

— Desculpe por isso, capitão — disse Cenoura, que estava andando como um L invertido. — Depois de você. Cuidado com a cabeça no...

— Ai!

— Talvez seja melhor se você se sentar enquanto eu dou uma olhada no local.

A oficina era longa e, é claro, baixa, com uma outra pequena porta na ponta oposta. Havia uma grande bancada sob uma claraboia. Na parede oposta estava uma forja e uma estante de ferramentas. E um buraco.

Um pedaço de reboco havia caído a alguns centímetros do chão, e rachaduras se espalhavam pela alvenaria espatifada que estava embaixo.

Vimes apertou a base de seu nariz. Não tivera tempo para dormir naquele dia. Isso era outra coisa nova. Teria que se acostumar a dormir quando estivesse escuro. Não conseguia lembrar quando tinha sido a última vez que dormira à noite.

Farejou.

— Sinto cheiro de fogos de artifício — disse ele.

— Pode ser da forja — sugeriu Cenoura. — De qualquer forma, trolls e anões têm soltado fogos por toda a cidade.

Vimes fez que sim.

— Certo, e o que podemos ver?

*Homens de Armas* 107

— Alguém bateu na parede com muita força bem aqui — disse Cenoura.

— Pode ter acontecido em qualquer época.

— Não, senhor, porque ainda tem pó de reboco no chão, e um anão sempre mantém sua oficina limpa.

— Sério?

Havia várias armas, algumas delas pela metade, em suportes perto da bancada. Vimes examinou uma besta quase pronta.

— Ele fazia um bom trabalho — disse ele. — Muito bom em mecanismos.

— Bem conhecido por isso — disse Cenoura, bisbilhotando a esmo na bancada. — A mão muito delicada. Ele fazia caixas de música como hobby. Nunca resistia a um desafio mecânico. Er. O que estamos procurando, na verdade, senhor?

— Não sei ao certo. Agora, *isso* é bom...

Era um machado de guerra, tão pesado que o braço de Vimes não aguentou. Intrincadas linhas gravadas cobriam a lâmina. Aquilo devia ter custado semanas de trabalho.

— Não é um modelo muito comum, hein?

— Ah, não — disse Cenoura —, essa é uma arma sepulcral.

— Com certeza, eu diria.

— Quero dizer, ela é feita para ser enterrada com um anão. Cada anão é enterrado com uma arma. Sabe? Para levar com ele para... onde estiver indo.

— Mas tem um acabamento intrincado! E uma lâmina como... Aargh — Vimes chupou seu dedo —, como uma navalha.

Cenoura parecia chocado.

— Claro. Não adiantaria enfrentá-los com uma arma *inferior*.

— De quem você está falando?

— De qualquer coisa ruim que ele encontre em sua jornada após a morte — disse Cenoura, um pouco sem jeito.

— Ah. — Vimes hesitou. Esta era uma área em que ele não se sentia confortável.

— É uma tradição antiga — disse Cenoura.

— Pensei que anões não acreditassem em diabos e demônios e coisas do tipo.

— Isso é verdade, mas... não temos certeza se eles sabem disso.

— Ah.

Vimes baixou o machado e pegou outra coisa da bancada de trabalho. Era um cavaleiro de armadura, com cerca de vinte centímetros de altura. Havia uma chave em suas costas. Ele a virou, e, em seguida, quase deixou cair a coisa quando as pernas da figura começaram a se mover. Colocou no chão o cavaleiro, que começou a marchar com firmeza, balançando a espada.

- Ele anda um pouco como Colon, não? — disse Vimes. — Mecanismo de relojoaria!

— É o próximo sucesso — disse Cenoura. — O Sr. Hammerhock era bom nisso.

Vimes fez que sim com a cabeça.

— Estamos à procura de qualquer coisa que não deveria estar aqui — disse ele. — Ou algo que deveria, mas não está. Há alguma coisa faltando aqui?

— É difícil dizer, senhor. Ela não está aqui.

— O quê?

— A coisa que está faltando, senhor — disse Cenoura, consciencio-samente.

— Quero dizer — disse Vimes, paciente —, qualquer coisa que não esteja aqui, mas que você esperaria encontrar.

— Bem, ele tem; ele *tinha* todas as ferramentas usuais, senhor. E eram das boas. Uma pena, realmente.

— O que é uma pena?

— Elas serão derretidas, é claro.

Vimes olhou para as prateleiras bem organizadas cheias de martelos e limas.

— Por quê? Algum outro anão não pode usá-las?

— O quê? Usar as *ferramentas* de outro anão? — A boca de Cenoura se torceu em desgosto, como se alguém tivesse sugerido que ele usasse as cuecas velhas do cabo Nobbs. — Ah, não, isso não é... certo. Quero dizer, elas são... parte dele. Quero dizer... alguém usá-las, depois de ele tê-las usado por todos esses anos, quero dizer... Urrgh.

— Sério?

O soldado mecânico marchou para debaixo da bancada.

— Isso seria... errado — disse Cenoura. —Er. Eeeca.

— Ah. — Vimes ficou de pé.

— Capit...

— Ai!

— ... olha a cabeça. Desculpe.

Esfregando a cabeça com uma das mãos, Vimes usou a outra para examinar o buraco no reboco.

— Há... algo aqui — disse ele. — Me passe um desses cinzéis.

Houve um silêncio.

— Um cinzel, por favor. Se isso faz você se sentir melhor, estamos tentando descobrir quem matou o Sr. Hammerhock. Está bem?

Cenoura pegou um, mas com considerável relutância.

— Este é um cinzel do Sr. Hammerhock, lembre-se — disse ele em tom de censura.

— Cabo Cenoura, pode deixar de ser um anão por dois segundos? Você é um guarda! E me dê o maldito cinzel! O dia já foi longo! Obrigado!

Vimes remexeu na alvenaria, e um disco bruto de chumbo caiu em sua mão.

— Tiro de funda? — perguntou Cenoura.

— Não há espaço aqui — disse Vimes. — De qualquer forma, como foi que pôde penetrar tanto na parede?

Colocou o disco no bolso.

— Parece que é isso, então — disse ele, endireitando-se. — É melhor nós... Ai! Ah, pegue aquele soldado mecânico, está bem? Melhor deixarmos o local arrumado.

Cenoura se meteu na escuridão sob a bancada. Houve um farfalhar.

— Há um pedaço de papel aqui embaixo, senhor.

Cenoura emergiu, agitando uma pequena folha amarelada. Vimes apertou os olhos para ler.

— Me parece absurdo — disse ele, enfim. — Não é na língua dos anões, sei disso. Mas esses símbolos; essas coisas eu vi antes. Ou algo parecido com elas. — Devolveu o papel para Cenoura. — O que você me diz?

Cenoura franziu a testa.

— Digo muita coisa — disse ele. — Geralmente, o que estou pensando.

— Quero dizer, dos símbolos. *Estes* símbolos, bem aqui.

— Não sei, capitão. Mas eles parecem familiares. Parece... escrita de alquimistas?

— Ah, não! — Vimes tapou os olhos. — Não os malditos alquimistas! Ah, não! Não aquele maldito bando de mercadores malucos de fogos de artifício! Eu posso aturar os assassinos, mas não aqueles idiotas! Não! Por favor! Que horas são?

Cenoura olhou para a ampulheta em seu cinto.

— São quase onze e meia, capitão.

— Então vou para a cama. Esses palhaços podem esperar até amanhã. Você poderia me fazer um homem feliz dizendo que este documento pertencia a Hammerhock.

— Duvido, senhor.

— Eu também. Venha. Vamos sair pela porta dos fundos.

Cenoura se espremeu para passar.

— Cuidado com a cabeça, senhor.

Vimes, quase de joelhos, parou e olhou para o batente da porta.

— Bem, cabo — disse ele, enfim —, sabemos que não foi um troll que fez isso, não é? Por dois motivos. Um, um troll não poderia passar por esta porta, é do tamanho de um anão.

— Qual é o outro motivo, senhor?

Com cuidado, Vimes puxou alguma coisa de uma lasca no batente superior da porta baixa.

— O outro motivo, Cenoura, é que trolls não têm cabelo.

Os dois fios que tinham sido presos pela lasca do suporte eram vermelhos e longos. Alguém os deixara ali inadvertidamente. Alguém alto. Mais alto do que um anão, pelo menos.

Vimes os examinou. Pareciam-se mais com fios de linha do que cabelo. Finos fios vermelhos. Ah, bem. Uma pista era uma pista.

Cuidadosamente, dobrou-os em um pedaço de papel emprestado do bloco de notas de Cenoura e os entregou ao cabo.

— Aqui. Guarde bem isso.

Saíram para a noite. Havia um estreito cais de pranchas de madeira afixado às paredes; depois dele, havia o rio.

Vimes se endireitou com cuidado.

— Eu não gosto disso, Cenoura — disse ele. — Há algo ruim por trás de tudo isso.

Cenoura olhou para trás.

— Quero dizer, há coisas ocultas acontecendo — disse Vimes, pacientemente.

— Sim, senhor.

— Vamos voltar para o quartel.

Procederam até a Ponte de Bronze, bem devagar, porque Cenoura alegremente reconhecia todos os pedestres. Rufiões barra-pesada, cuja resposta normal ao cumprimento de um guarda seria educadamente parafraseada por uma série de símbolos geralmente encontrados na linha superior do teclado de uma máquina de escrever, chegavam a sorrir meio sem jeito e murmurar algo inofensivo em resposta à sua animada frase "Boa noite, Esmagador! Comporte-se!".

Vimes parou no meio da ponte para acender o charuto, riscando um fósforo em um dos hipopótamos ornamentais. Então olhou para baixo nas águas turvas.

— Cenoura?

— Sim, capitão?

— Você acha que existe isso de mente criminosa?

Cenoura tentou resolver isso de forma quase audível.

— O que... Você quer dizer, como... O Sr. Dibbler Cava-a-Própria-Cova, senhor?

— Ele não é um criminoso.

— Já *comeu* uma das tortas dele, senhor?

— Quero dizer... sim... mas... ele é apenas... geograficamente divergente no hemisfério financeiro.

— Senhor?

— Quero dizer, ele apenas discorda das outras pessoas quanto à posição das coisas. Como o dinheiro. Dibbler acha que todo o dinheiro deveria estar no bolso dele. Não, eu quis dizer... — Vimes fechou os olhos e pensou sobre fumaça de charuto, bebidas e vozes lacônicas. Havia pessoas que roubariam dinheiro das outras. Justo. Isso era apenas roubo. Porém, havia pessoas que, com uma palavra fácil, roubariam a humanidade das pessoas. Isso era outra coisa.

A questão era... bem, *ele* não gostava de anões e trolls, mas não gostava muito de ninguém. A questão era que ele convivia com eles todos os dias e tinha o direito de desgostar deles. A questão era que nenhum idiota gordo tinha o direito de dizer coisas como aquelas.

Olhou para a água. Uma das estacas da ponte estava logo abaixo dele; o Ankh repuxava e borbulhava ao redor. Detritos (barrotes de madeira, galhos, lixo) estavam empilhados em uma espécie de ilha flutuante sórdida. Havia até mesmo fungo crescendo ali.

O que ele queria agora era uma garrafa do Abraçaurso. O mundo emergia e entrava em foco quando você olhava para ele pelo fundo de uma garrafa.

Outra coisa emergiu e entrou em foco.

Teoria das assinaturas, pensou Vimes. É assim que os herbalistas chamam. É como se os deuses colocassem um rótulo de "Use-me" nas plantas. Se uma planta se parece com uma parte do corpo, é boa para doenças peculiares a essa parte. Há a dentária, para os dentes, o asplênio, para o baço, eufrásia, para os olhos... há até mesmo um cogumelo chamado *Phallus impudicus*, e sei lá para que *isso* serve, mas Nobby adora omeletes de cogumelos. Agora... ou aquele fungo lá embaixo é *exatamente* o remédio para as mãos, ou...

Vimes suspirou.

— Cenoura, pode buscar um gancho, por favor?

Cenoura seguiu seu olhar.

— Logo à esquerda daquele tronco, Cenoura.

— Ah, não!

— Receio que sim. Pegue-o, descubra quem era, faça um relatório para o sargento Colon.

O cadáver era um palhaço. Quando Cenoura desceu até a pilha e afastou os detritos, ele flutuou com o rosto para cima, um grande e triste sorriso pintado no rosto.

— Ele está morto!

*Homens de Armas*

— Contagioso, hum?

Vimes olhou para o cadáver sorridente. Não investigue. Fique fora disso. Deixe tudo para os assassinos e o maldito Quirke. Estas são as suas ordens.

— Cabo Cenoura?

— Senhor?

*Estas são as suas ordens...*

Bem, que as ordens se danassem. O que Vetinari pensava que Vimes era? Algum tipo de soldado mecânico?

— Nós vamos descobrir o que está acontecendo aqui.

— Sim, senhor!

— Aconteça o que acontecer. Nós vamos descobrir.

O rio Ankh é provavelmente o único rio no universo no qual os investigadores podem desenhar com giz o contorno do cadáver.

"Caro sgt. Colon,

Espero que esteja bem. O tempo está bom. Este é um cadáver que, nós pescamos para fora do rio ontem à noite mas, não sabemos quem ele é exceto que é um membro do Grêmio dos Bobos chamado Beano. Ele foi gravemente atingido na parte de trás da cabeça e ficou preso debaixo da ponte por algum tempo. Ele não é uma visão Bonita. O capitão Vimes diz para descobrir as coisas. Ele diz que acha que isso está misturado com o Assassinato do Sr. Hammerhock. Ele diz para falar com os Bobos. Ele diz Faça Isso. Também por favor veja em anexo Pedaço de Papel. O capitão Vimes diz, teste-o com os Alquimistas..."

O sargento Colon parou de ler por um algum tempo para xingar todos os alquimistas.

"...porque é Evidência Intrigante. Esperando que esta o encontre em Boa Saúde, Atenciosamente, Cenoura Mineraferro, (Cabo)."

O sargento coçou a cabeça. Que diabos queria dizer aquilo tudo?

Logo após o café da manhã, dois bobos da corte veteranos do Grêmio dos Bobos chegaram para levar o corpo. Corpos no rio... Bem, não havia nada muito incomum nisso, mas não era a forma como palhaços normalmente morriam. Afinal, o que um palhaço tinha que valia a pena roubar? Que tipo de perigo um palhaço representava?

Quanto aos alquimistas, ele preferia explodir antes de ter que...

Claro, *ele* não precisava. Olhou para os recrutas. Eles tinham que servir para alguma coisa.

— Porrete e Detritus (*sem continência!*), eu tenho um trabalhinho para vocês. Levem este pedaço de papel até o Grêmio dos Alquimistas, tudo bem? E peçam a um daqueles malucos desgraçados para contar o que isso quer dizer.

— Onde fica o Grêmio dos Alquimistas, sargento? — perguntou Porrete.

— Na rua dos Alquimistas, é claro — disse Colon —, no momento. Mas eu correria, se fosse vocês.

O Grêmio dos Alquimistas fica em frente ao Grêmio dos Apostadores. Geralmente. Às vezes está acima, abaixo ou caindo em pedaços em volta do outro.

Volta e meia perguntam aos apostadores por que eles continuam a manter um estabelecimento em frente a um Grêmio que acidentalmente explode seu salão a cada poucos meses, e eles dizem: "Você leu a placa na porta quando entrou?"

O troll e o anão caminhavam até lá, ocasionalmente esbarrando um no outro por deliberado acidente.

— De qualquer forma, você tão inteligente, ele deu papel pra mim?

— Rá! Você pode lê-lo, então? Pode?

— Não, eu digo a você pra ler. Chamam isso de-le-ga-çãum.

— Rá! Não sabe ler! Não sabe contar! Troll estúpido!

— Estúpido não!

— Rá! É? Todo mundo sabe que os trolls não sabem nem contar até quatro!*

— Comedor de ratos!

— Quantos dedos eu estou mostrando? Me diga, Sr. Esperto Cabeça de Rocha.

— Muitos — arriscou Detritus.

— Rá, rá, não, cinco. Você terá *grandes* problemas no dia do pagamento. O sargento Colon dirá, troll estúpido, ele não vai saber quantos dólares vou lhe dar! Rá! Como é que você leu o anúncio sobre se juntar à Vigilância, afinal? Pediu a alguém para ler para você?

— Como *você* leu anúncio? Pediu alguém pra levantar você?

Chegaram à porta do Grêmio dos Alquimistas.

— Eu bato. *Meu* trabalho!

— Eu vou bater!

Quando o Sr. Sendivoge, o secretário do Grêmio, abriu a porta, foi para encontrar um anão pendurado na aldrava e sendo balançado para cima e para baixo por um troll. Ele ajustou seu elmo.

— Sim? — disse ele.

Porrete caiu.

Detritus franziu a enorme testa.

— Er. Seu maluco desgraçado, o que faz com isso? — disse ele.

Sendivoge desviou o olhar de Detritus para o papel. Porrete estava lutando para contornar o troll, que bloqueava quase completamente a porta.

— *Por que você chamou ele disso?*

— *Sargento Colon disse...*

— Eu poderia fazer um chapéu com isso — disse Sendivoge —, ou uma fita de bonecas, se eu puder pegar minhas tesouras...

---

\* Na verdade, trolls tradicionalmente contam assim: um, dois, três... muitos, e as pessoas presumem que isso significa que eles não têm compreensão de números mais altos. Elas não percebem que muitos pode ser um número. Como em: um, dois, três, muitos, muitos-um, muitos-dois, muitos-três, muitos-muitos, muitos-muitos-um, muitos-muitos-dois, muitos-muitos-três, muitos-muitos-muitos, muitos-muitos-muitos-um, muitos-muitos-muitos-dois, muitos-muitos-muitos-três, *UM MONTE*.

— O que o meu... colega quer dizer, senhor, é se poderia nos ajudar em nossas investigações, ou seja, com os escritos neste referido pedaço de papel aqui. — disse Porrete. — Isso dói!

Sendivoge olhou para ele.

— Vocês são guardas?

— Eu sou o policial-lanceiro Porrete e este — disse Porrete, apontando para cima — é o tentando-ser-policial-lanceiro Detritus... *sem contin*-oh...

Houve um baque, e Detritus caiu de lado.

— Esquadrão suicida, ele? — perguntou o alquimista.

— Ele vai se levantar em um minuto — disse Porrete. — É a continência. É demais para ele. Você conhece os trolls.

Sendivoge deu de ombros e olhou para a escrita no papel.

— É... familiar — disse ele. — Vi em algum lugar antes. Ei... você é um anão, certo?

— É o nariz, não é? — disse Porrete. — Ele sempre me entrega.

— Bem, tenho certeza de que nós sempre tentamos ajudar a comunidade — disse Sendivoge. — Entre.

As botas com pontas de aço de Porrete chutaram Detritus de volta à semissensibilidade, e ele cambaleou logo atrás.

— Por que, er, por que o capacete, senhor? — disse Porrete, enquanto caminhavam pelo corredor.

Ao redor deles vinha o som de marteladas. O Grêmio estava, como de costume, sendo reconstruído.

Sendivoge revirou os olhos.

— Bolas — disse ele —, bolas de bilhar, na verdade.

— Eu conheci um homem que jogava assim — disse Porrete.

— Ah, não é nada disso. O Sr. Silverfish tem uma boa tacada. Isso tende a ser o problema, para ser sincero.

Porrete olhou para o capacete de novo.

— É o marfim, sabe? — explicou o secretário.

— Ah — disse Porrete, não sabendo. — Elefantes?

— Marfim *sem* elefantes. Marfim transmutado. É um bom empreendimento comercial.

— Pensei que vocês trabalhassem com ouro.

— Ah, sim. Claro, sua gente sabe tudo sobre ouro — disse Sendivoge.

— Ah, sim — disse Porrete, refletindo sobre a frase "sua gente".

— O ouro — disse Sendivoge, pensativo — está se revelando algo um pouco complicado...

— Há quanto tempo vocês estão tentando?

— Trezentos anos.

— Isso é um tempo bem longo.

— Mas temos trabalhado com o marfim por apenas uma semana e está indo muito bem! — disse o alquimista, rapidamente. — Com exceção de alguns efeitos colaterais que sem dúvida seremos capazes de resolver em breve.

Ele abriu uma porta.

Era uma sala grande, fortemente equipada com os habituais fornos mal ventilados, linhas de cadinhos borbulhantes e um jacaré empalhado. Coisas flutuavam em frascos. O ar cheirava a uma curta expectativa de vida.

Um monte de equipamento fora afastado para os cantos para abrir espaço para uma mesa de bilhar. Meia dúzia de alquimistas estava de pé em volta dela na posição de homens preparados para começar a correr.

— É a terceira nesta semana — disse Sendivoge, melancolicamente. Ele acenou para uma figura curvada sobre um taco. — Er, Sr. Silverfish...

— Quieto! O jogo começou! — falou o chefe alquimista, olhando para a bola branca.

Sendivoge olhou para o placar de pontuação.

— Vinte e um pontos — disse ele. — Nossa. Talvez nós estejamos adicionando a quantidade certa de cânfora à nitrocelulose, afinal...

Houve um clique. A bola branca rolou, ricocheteou na borda...

... e então acelerou. Uma fumaça branca saía dela enquanto ela batia contra um inocente amontoado de bolas vermelhas.

Silverfish balançou a cabeça.

— Instável — disse ele. — Todo mundo no chão!

Todos na sala se abaixaram, exceto os dois guardas, um dos quais em certo sentido já estava pré-abaixado e o outro estava vários minutos atrasado em relação aos acontecimentos.

A bola preta decolou numa coluna de fogo, passou zunindo pelo rosto de Detritus, deixando um rastro de fumaça preta, e então espatifou uma janela. A bola verde estava parada em um ponto, mas girando furiosamente. As outras bolas disparavam para a frente e para trás, às vezes explodindo em chamas ou rebatendo nas paredes.

Uma das vermelhas acertou Detritus entre os olhos, caiu de volta na mesa, desceu pela caçapa do meio e então explodiu.

Houve um silêncio, exceto pelo ocasional ataque de tosse. Silverfish apareceu através da fumaça oleosa e, com a mão trêmula, mudou a pontuação para um ponto a mais, usando a ponta em brasas do taco.

— Um — disse ele. — Ah, bem. De volta ao cadinho. Alguém peça outra mesa de bilhar...

— Com licença — pediu Porrete, cutucando-o no joelho.

— Quem está aí?

— Aqui embaixo!

Silverfish olhou para baixo.

— Ah. Você é um anão?

Porrete olhou para ele de forma inexpressiva.

— Você é um gigante? — perguntou ele.

— Eu? Claro que não!

— Ah. Então devo ser um anão, sim. E este é um troll atrás de mim — disse Porrete.

Detritus mudou a expressão para algo parecido com atenção.

— Nós viemos para ver se você pode nos dizer o que está escrito neste papel — afirmou Porrete.

— É — disse Detritus.

Silverfish examinou o papel.

— Ah, sim, algumas das coisas do velho Leonard. Bem?

— Leonard? — falou Porrete. Olhou para Detritus. — Anote isso — instou.

— Leonard da Quirm — disse o alquimista.

Porrete ainda parecia perdido.

— Nunca ouviu falar dele? — perguntou Silverfish.

— Não posso dizer que sim, senhor.

— Pensei que todo mundo soubesse sobre Leonard da Quirm. Meio excêntrico. Mas um gênio, também.

— Ele era um alquimista?

Anotar isso, anotar isso... Detritus olhou em volta com os olhos turvos em busca de um pedaço de madeira queimada e uma parede disponível.

— Leonard? Não. Ele não pertencia a um Grêmio. Ou pertencia a todos os Grêmios, acho. Ele fazia de tudo. *Consertava* coisas, se entende o que quero dizer.

— Não, senhor.

— Ele pintava um pouco e mexia com mecanismos. Qualquer coisa velha.

Ou um martelo e um cinzel mesmo, pensou Detritus.

— Isto — disse Silverfish — é uma fórmula para... Ah, bem, eu posso muito bem lhe dizer, dificilmente é um grande segredo... é uma fórmula para o que chamamos de Pó N°. 1. Enxofre, salitre e carvão. Você usa em fogos de artifício. Qualquer tolo poderia fazer isso. Mas parece estranho, porque está escrito de trás para a frente.

— Isso parece importante — chiou Porrete para o troll.

— Ah, não. Ele sempre costumava escrever de trás para a frente — disse Silverfish. — Ele era assim, esquisito. Mas muito inteligente também. Você não viu seu retrato da Mona Ogg?

— Acho que não.

Silverfish entregou o pergaminho a Detritus, que o olhou fixamente como se soubesse o que significava. Talvez ele pudesse escrever ali, pensou.

— Os dentes seguem você pela sala. Fantástico. Na verdade, algumas pessoas disseram que eles as seguiram para *fora* da sala e por todo o caminho até a rua.

— Acho que devemos falar com o Sr. Quirm — disse Porrete.

— Ah, você poderia fazer isso, você poderia fazer isso, com certeza — disse Silverfish. — Mas ele pode não estar disponível para ouvi-lo. Desapareceu alguns anos atrás.

... então quando eu encontrar coisa com que escrever, pensou Detritus, preciso encontrar alguém que me ensine como escrever...

— Desapareceu? Como? — questionou Porrete.

— Nós achamos — contou Silverfish, inclinando-se para mais perto — que ele descobriu uma forma de ficar invisível.

— Sério?

— Porque — Silverfish acenou de forma conspiratória — *ninguém o tem visto.*

— Ah — disse Porrete. — Er. Isso é só uma ideia que me veio do nada, você entende, mas será que ele não poderia… Apenas ter ido para algum lugar onde você não possa vê-lo?

— Nah, isso não seria coisa do velho Leonard. Ele não desapareceria. Mas ele poderia sumir.

— Ah.

— Ele era um pouco… desequilibrado, se entende o que quero dizer. A cabeça muito cheia de cérebro. Rá, eu lembro que ele teve essa ideia uma vez de extrair relâmpagos de limões! Ei, Sendivoge, você lembra do Leonard e seus limões relampejantes?

Sendivoge massageou a têmpora com pequenos movimentos circulares.

— Ah, sim. "Se você espetar hastes de cobre e zinco no limão, então, alakazam, você tem relâmpago domesticado." O homem era um idiota!

— Ah, não um idiota — disse Silverfish, pegando uma bola de bilhar que milagrosamente escapara das detonações. — Apenas com uma mente tão afiada que vivia se cortando, como minha avó costumava dizer. Limões relampejantes! Onde está o sentido nisso? Era tão ruim quanto sua máquina de "vozes-no-céu". Eu falei para ele: Leonard, eu disse, para que servem os magos, hein? Há mágica perfeitamente normal disponível para esse tipo de coisa. Limões relampejantes? Da próxima vez serão homens com asas! E você sabe o que ele disse? Sabe o que ele disse? Ele disse: "Engraçado você dizer isso…" Pobre camarada.

Até Porrete se juntou às risadas.

— E vocês tentaram? — perguntou ele, depois.

— Tentaram o quê? — retrucou Silverfish.

— Rá. Rá. Rá. — disse Detritus, um tanto atrás dos outros.

— Colocar as hastes de metal nos limões?

— Não seja idiota.

— O que essa letra significa? — perguntou Detritus, apontando para o papel.

Eles olharam.

— Ah, isso não é um símbolo — respondeu Silverfish. — É só uma mania do velho Leonard. Ele estava sempre rabiscando nas margens. Rabiscava, rabiscava, rabiscava. Eu disse a ele: você devia se chamar Sr. Rabisco.

— Eu pensei que fosse alguma coisa de alquimia — disse Porrete.

— Parece um pouco uma besta sem o arco. E esta palavra "adrabmoba". O que significa?

— Sei lá. Soa como bárbaro, acho. Enfim... se isso é tudo, oficial... temos uma pesquisa séria a fazer — falou Silverfish, jogando a bola de marfim falso no ar e pegando-a de novo. — Não ficamos todos sonhando acordados como o pobre velho Leonard.

— Adrabmoba — disse Porrete, girando o papel para lá e para cá. — A-b-o-m-b-a-r-d-a...

Silverfish errou a bola. Porrete foi para trás de Detritus bem a tempo.


— Eu já fiz isso antes — disse o sargento Colon, quando ele e Nobby se aproximaram do Grêmio dos Bobos. — Mantenha-se contra a parede quando eu bater a aldrava, está bem?

Tinha a forma de dois seios artificiais, do tipo que são altamente divertidos para jogadores de rugby e qualquer pessoa cujo senso de humor tenha sido removido cirurgicamente. Colon deu-lhe uma batida rápida e, em seguida, atirou-se para um ponto seguro.

Houve um berro, algumas buzinadas e uma musiquinha que alguém em algum lugar deve ter achado que era muito alegre. Uma pequena escotilha se abriu acima da aldrava e uma torta de creme emergiu lentamente, na extremidade de um braço de madeira. Em seguida, o braço disparou e a torta caiu e formou um pequeno monte perto dos pés de Colon.

— É triste, não? — disse Nobby.

A porta se abriu sem jeito, mas apenas por alguns centímetros, e um pequeno palhaço olhou para ele.

— Eu digo, eu digo, eu digo — disse ele —, por que o homem gordo bate na porta?

— Eu não sei — respondeu Colon automaticamente. — *Por que* o homem gordo bate na porta?

Eles olharam um para o outro, esperando a frase de efeito.

— Foi o que eu perguntei a *você* — repreendeu o palhaço. Tinha uma voz deprimida, sem esperança.

O sargento Colon bateu em retirada em direção à sanidade.

— Sargento Colon, Vigilância Noturna — disse ele —, e esse aqui é o cabo Nobbs. Nós viemos falar com alguém sobre o homem que... foi encontrado no rio, está bem?

— Ah. Sim. Pobre Irmão Beano. Acho que é melhor entrar, então — disse o palhaço.

Nobby estava prestes a empurrar a porta quando Colon o deteve e apontou silenciosamente para cima.

— Parece haver um balde de cal sobre a porta — disse ele.

— Tem? — perguntou o palhaço.

Era muito pequeno, com enormes botas que o faziam parecer um L maiúsculo. Seu rosto estava pintado com maquiagem cor de carne sobre a qual fora desenhada uma grande carranca. Seu cabelo era feito com dois espanadores velhos, pintados de vermelho. Ele não era gordo, mas uma espécie de aro em suas calças supostamente deveria fazê-lo parecer ter um divertido excesso de peso. Duas cintas de borracha, de modo que as calças pulavam quando ele andava, eram um componente a mais no quadro geral de um completo e absoluto imbecil.

— Sim — respondeu Colon. — Tem.

— Certeza?

— Absoluta.

— Desculpe por isso — disse o palhaço. — É estúpido, eu sei, mas meio tradicional. Espere um momento.

Houve sons de uma escada sendo colocada em posição, e vários sons metálicos e xingamentos.

— Tudo bem, entrem.

O palhaço mostrou o caminho através da casa de guarda. Não havia ruído além do flop-flop de suas botas sobre as pedras do calçamento. Então uma ideia pareceu lhe ocorrer.

— É só uma tentativa, eu sei, mas acho que nenhum de vocês cavalheiros gostaria de dar uma fungada no buquê da minha lapela?

— Não.

— Não.

— É, pensei que não. — O palhaço suspirou. — Não é fácil, sabe. Fazer palhaçada, quero dizer. Estou de serviço no portão porque estou em liberdade condicional.

— Está?

— E eu fico esquecendo: é chorar por fora e rir por dentro? Eu sempre misturo.

— Sobre esse Beano... — começou Colon.

— Estamos realizando o funeral — disse o palhaço. — É por isso que minhas calças estão a meio mastro.

Saíram sob a luz do sol de novo.

O pátio interno estava cheio de palhaços e bobos. Sinos tilintavam na brisa. A luz do sol refletia nos narizes vermelhos e no ocasional jato nervoso de água de um buquê de lapela falso.

O palhaço deixou os guardas em uma fila de bobos.

— Tenho certeza de que o Dr. Carabranca vai falar com vocês assim que tiver terminado — disse ele. — Meu nome é Boffo, aliás. — E estendeu a mão, esperançoso.

— Não aperte — avisou Colon.

Boffo pareceu abatido.

Uma banda começou a tocar e uma procissão de membros do Grêmio emergiu da capela. Um palhaço caminhava um pouco mais à frente, carregando uma pequena urna.

— Isto é muito comovente — disse Boffo.

Sobre um estrado no lado oposto do quadrângulo estava um palhaço gordo de calças largas, suspensórios enormes, uma gravata-borboleta que girava suavemente na brisa e um chapéu alto. Seu rosto estava pintado como um retrato da tristeza. Ele segurava um balão de festa em uma vara.

O palhaço com a urna chegou ao estrado, subiu os degraus e esperou.

A banda ficou em silêncio.

O palhaço do chapéu alto bateu na cabeça do portador da urna com o balão de festa; uma, duas, três vezes...

O portador da urna deu um passo à frente, sacudiu sua peruca, pegou a urna com uma das mãos e o cinto do palhaço com a outra e, com grande solenidade, despejou as cinzas do falecido irmão Beano nas calças do outro palhaço.

Um suspiro subiu da audiência. A banda começou a tocar o hino palhaço "A Marcha dos Idiotas" e a extremidade do trombone voou e atingiu um palhaço na nuca. Ele se virou e deu um soco no palhaço atrás dele, que se abaixou, fazendo com que um terceiro palhaço fosse atingido e arremessado através do bumbo.

Colon e Nobby se entreolharam e balançaram a cabeça.

Boffo tirou do bolso um grande lenço vermelho e branco e assoou o nariz com um som cômico de buzina.

— Clássico. É como ele desejaria.

— Você tem alguma ideia do que aconteceu? — perguntou Colon.

— Ah, sim. O Irmão Grineldi fez o velho truque do sapato com um dedo de fora e deixou a urna escorregar para...

— Quero dizer, por que Beano morreu?

— Hum. Nós achamos que foi um acidente — disse Boffo.

— Um acidente — considerou Colon em um tom indiferente.

— Sim. Isso é o que o Dr. Carabranca pensa. — Boffo olhou brevemente para cima.

Eles seguiram a direção do seu olhar. Os telhados do Grêmio dos Assassinos eram contíguos aos do Grêmio dos Bobos. Não era bom perturbar vizinhos como aqueles, especialmente quando a única arma que você tinha era uma torta de creme com borda.

— Isso é o que o Dr. Carabranca pensa — repetiu Boffo, olhando para seus enormes sapatos.

O sargento Colon gostava de uma vida tranquila. E a cidade poderia passar sem um palhaço ou dois. Em sua opinião, a perda de todo o bando só poderia tornar o mundo um lugar um pouco mais feliz. E ainda assim... Ainda assim... Honestamente, ele não sabia o que vinha acontecendo com a Vigilância nos últimos tempos. Era Cenoura, isso é o que era. Até o velho Vimes fora contagiado. Nós não deixamos mais as coisas ficarem quietas...

— Talvez ele estivesse limpando um taco de golfe, esse tipo de coisa, e acidentalmente disparou — disse Nobby. Ele havia sido contagiado também.

*Homens de Armas*

— Ninguém iria querer matar o jovem Beano — disse o palhaço, com uma voz calma. — Ele era uma alma amigável. Amigos em toda parte.

— Quase toda parte — disse Colon.

O enterro estava terminado. Os bobos da corte, curingas e palhaços estavam cuidando da sua vida, ficando entalados nas passagens ao sair. Houve muito empurra-empurra e buzinas de narizes e queda de pratos. Era uma cena de fazer um homem feliz cortar os pulsos numa manhã de primavera.

— Tudo o que sei é que — disse Boffo, em voz baixa —, quando o vi ontem, ele estava muito... estranho. Gritei para chamá-lo quando ele estava passando pelos portões e...

— O que quer dizer com estranho? — perguntou Colon.

Estou detectando, pensou, com um leve toque de orgulho. As pessoas estão me ajudando com minhas investigações.

— Não sei. Estranho. Não era bem ele mesmo...

— Isso foi ontem?

— Ah, sim. Pela manhã. Eu sei porque o portão rodo...

— *Ontem* de manhã?

— Foi o que eu disse, senhor. Lembre-se, estávamos todos um pouco nervosos após a explosão...

— Irmão Boffo!

— Ah, não... — murmurou o palhaço.

Uma figura caminhava em direção a eles. Uma figura terrível.

Não existem palhaços engraçados. Esse era o propósito de um palhaço. As pessoas riam de palhaços, mas apenas por nervosismo. A ideia central dos palhaços era que, depois de observá-los, qualquer outra coisa que acontecesse pareceria agradável. Era bom saber que havia alguém pior do que você. Alguém tinha que ser o infeliz do mundo.

Porém, mesmo palhaços têm medo de alguma coisa, e esta coisa é o palhaço de rosto branco. Aquele que nunca fica no caminho da torta. O único com as roupas alvas brilhantes e a inexpressiva maquiagem branca. Aquele com o pequeno chapéu pontudo, a boca fina e as delicadas sobrancelhas negras.

Dr. Carabranca.

— Quem são esses cavalheiros? — indagou ele.

— Er — começou Boffo.

— Vigilância Noturna, senhor — cumprimentou Colon.

— E por que estão aqui?

— Fazendo investigações sobre a morte do palhaço Beano, senhor — respondeu Colon.

— Prefiro pensar que isso é assunto do Grêmio, sargento. Você não acha?

— Bem, senhor, ele *foi* encontrado no...

— Tenho certeza de que é algo que não é preciso incomodar a Vigilância — disse o Dr. Carabranca.

Colon hesitou. Ele preferia encarar o Dr. Cruces do que aquela aparição. Pelo menos os assassinos *deveriam* ser desagradáveis. Além disso, palhaços estavam a apenas um passo dos mímicos.

— Não, senhor — disse ele. — Foi obviamente um acidente, certo?

— Isso mesmo. Irmão Boffo vai mostrar a saída a vocês — disse o chefe dos palhaços. — E, então — acrescentou —, ele se reportará ao meu escritório. Ele está entendendo?

— Sim, Dr. Carabranca — murmurou Boffo.

— O que ele vai fazer com você? — perguntou Nobby, enquanto se dirigiam para o portão.

— Chapéu cheio de cal, provavelmente — respondeu Boffo. — Torta na cara, se eu tiver sorte.

Ele abriu a portinhola dos portões.

— Um monte de gente não está feliz com a situação — sussurrou. — Eu não vejo por que esses demônios devem escapar dessa. Devemos retribuir tudo isso aos assassinos e lidar com eles.

— Por que os assassinos? — perguntou Colon. — Por que eles matariam um palhaço?

Boffo pareceu culpado.

— Eu nunca disse isso!

Colon encarou o palhaço.

— Há definitivamente algo estranho acontecendo, Sr. Boffo.

Boffo olhou em volta, como se esperasse uma torta de creme vingativa a qualquer momento.

*Homens de Armas* 127

— Encontrem o nariz dele — sussurrou. — Apenas achem o nariz dele. Seu pobre nariz!

O portão se fechou.

O sargento Colon virou-se para Nobby.

— A evidência A tem um nariz, Nobby?

— Sim, Fred.

— Então o que foi essa última fala?

— Sei lá. — Nobby arriscou entrar em terreno promissor. — Talvez ele queira dizer um nariz falso. Você sabe. Aqueles vermelhos num elástico? Os — disse Nobby, fazendo uma careta — que eles acham engraçados. Ele não tinha um.

Colon bateu na porta, tendo o cuidado de ficar fora do caminho de quaisquer armadilhas divertidas.

A janela se abriu para o lado.

— Pois não? — chiou Boffo.

— Você quis dizer o nariz falso? — perguntou Colon.

— O de verdade! Agora caiam fora!

A janela fechou.

— Que maluquice — disse Nobby, com firmeza.

— Beano *tinha* um nariz de verdade. Ele pareceu estranho para você? — perguntou Colon.

— Não. Tinha dois furos nele.

— Bem, eu não sei muito de narizes, mas ou o Irmão Boffo está absolutamente errado ou há algo suspeito acontecendo.

— Como o quê?

— Bem, Nobby, você é o que eu poderia chamar de um soldado de carreira, certo?

— Isso mesmo, Fred.

— Quantas baixas desonrosas você já teve?

— Muitas — disse Nobby, com orgulho. — Mas eu sempre coloco um cataplasma nelas.

— Você já esteve em vários campos de batalha, não é?

— Dezenas.

O sargento Colon fez que sim.

— Então você já viu vários cadáveres, certo, quando você estava cuidando dos que tombaram...

O cabo Nobbs fez que sim. Ambos sabiam que "cuidando" significava colher joias pessoais e roubar botas. Em muitos campos de batalha distantes, a última coisa que vários homens mortalmente feridos viram foi o cabo Nobbs andando na direção deles com um saco, uma faca e uma expressão calculista.

— Uma pena deixar coisas boas irem para o lixo — disse Nobby.

— Então você já reparou como os mortos ficam... mais mortos — disse o sargento Colon.

— Mais mortos do que mortos?

— Você sabe. Mais cadavéricos — disse o sargento Colon, especialista forense.

— Ficando duros e roxos, essas coisas?

— Isso.

— E depois meio sujos, coisas escorrendo...

— Isso, está bem...

— Faz com que seja mais fácil tirar os anéis, sabe...

— O que quero *dizer*, Nobby, é que você pode dizer quão velho um cadáver é. Aquele palhaço, por exemplo. Você o viu, que nem eu. Quanto tempo, você diria?

— Ah, eu levaria apenas um ou dois minutos. Suas botas não se encaixavam, eram bem folgadas.

— Eu quis dizer há quanto tempo ele estava morto.

— Ah, uns dois dias. Dá pra saber, porque fica esse...

— Então como é que Boffo o viu ontem de manhã?

Caminharam em silêncio.

— Boa pergunta, essa — disse Nobby.

— Você está certo. Imagino que o capitão ficará muito interessado.

— Talvez ele fosse um zumbi?

— Acho que não.

— Nunca suportei zumbis — divagou Nobby.

— Sério?

— Era sempre tão difícil tirar as botas deles.

Sargento Colon acenou para um mendigo que passava.

— Você ainda está fazendo dança popular em suas noites de folga, Nobby?

— Sim, Fred. Estamos praticando "Colhendo Doces Lilases" esta semana. Há um passo de casal muito complicado.

— Você é definitivamente um homem de muitas partes, Nobby.

— Só se eu não puder cortar os anéis fora, Fred.

— O que quero dizer é que você apresenta uma dicotomia intrigante.

Nobby deu um pontapé em um cãozinho esfarrapado.

— Anda lendo livros de novo, Fred?

— Tenho que aprimorar a minha mente, Nobby. São esses novos recrutas. Cenoura está com o nariz em um livro na metade do tempo, Angua sabe palavras que eu preciso procurar o significado e até mesmo o bunda curta é mais esperto do que eu. Eles ficam tirando onda. Eu sou definitivamente um pouco subdotado no quesito cabeça.

— Você é mais esperto do que Detritus — disse Nobby.

— É o que eu digo a mim mesmo. Eu digo "Fred, aconteça o que acontecer, você é mais esperto do que Detritus". Mas então eu digo "Fred, fungos também são".


Ele se afastou da janela.

Então. A maldita Vigilância!

Aquele maldito Vimes! *Exatamente* o homem errado no lugar errado. Por que as pessoas não aprendem com a história? Traição estava em seus próprios genes! Como poderia uma cidade funcionar adequadamente com alguém assim, *bisbilhotando*? Não era para isso que servia um *guarda*. Policiais deveriam fazer o que lhes diziam e cuidar para que as outras pessoas também fizessem.

Alguém como Vimes poderia perturbar as coisas. Não porque ele fosse inteligente. Um guarda inteligente era uma contradição, em termos, mas pura aleatoriedade pode causar problemas.

A bombarda estava na mesa.

— O que devo fazer a respeito de Vimes?

*Mate-o.*

Angua acordou. Era quase meio-dia, ela estava em sua cama na pensão da Sra. Bolinho e alguém batia na porta.

— Mmm?

— Eu não sei. Quer que eu peça pra ele ir embora? — perguntou uma voz pelo buraco da fechadura.

Angua pensou rapidamente. Os outros moradores tinham avisado sobre isso. Ela esperou pela sua deixa.

— Ah, obrigado, querida. Eu estava esquecendo — disse a voz.

Você tinha que fazer as coisas no devido tempo com a Sra. Bolinho. Era difícil viver em uma casa mantida por alguém cuja mente estava apenas nominalmente presa ao presente. Sra. Bolinho era uma vidente.

— Você está com a precognição ligada de novo, Sra. Bolinho — disse Angua, balançando as pernas para fora da cama e vasculhando rapidamente a pilha de roupas na cadeira.

— Onde nós estávamos? — indagou a Sra. Bolinho, ainda do outro lado da porta.

— Você acabou de dizer "Eu não sei, devo pedir que ele vá embora?", Sra. Bolinho — disse Angua. Roupas! Esse sempre foi o problema! Pelo menos um lobisomem macho só tinha que se preocupar com um par de shorts e fingir que tinha ido correr.

— Certo. — A Sra. Bolinho tossiu. — Há um rapaz lá embaixo perguntando por você.

— Quem é?

Houve um momento de silêncio.

— Sim, eu acho que está tudo resolvido — disse a Sra. Bolinho. — Desculpe, querida. Eu tenho dores de cabeça terríveis se as pessoas não preenchem as lacunas certas. Você está humana, querida?*

---

\* Geralmente uma senhoria perguntaria "Você está decente?", mas a Sra. Bolinho conhecia seus hóspedes.

*Homens de Armas* 131

— Pode entrar, Sra. Bolinho.

Não era um quarto grande. Era principalmente marrom. Assoalho encerado marrom, paredes marrons, um retrato sobre a cama marrom de um cervo marrom sendo atacado por cães marrons em uma charneca marrom contra um céu que, ao contrário do conhecimento meteorológico estabelecido, era marrom. Havia um guarda-roupas marrom. Possivelmente, se você abrisse caminho à força pelos misteriosos sobretudos velhos* pendurados dentro dele, irromperia em um reino de fadas mágico cheio de animais falantes e duendes, mas provavelmente não valeria a pena.

A Sra. Bolinho entrou. Era uma mulher pequena e gorda, mas compensava a falta de altura usando um chapéu preto enorme; não do tipo pontudo das bruxas, mas coberto com pássaros empalhados, frutas de cera e outros artigos decorativos variados, todos pintados de preto. Angua gostava bastante dela. Os quartos eram limpos,** as diárias eram baratas, e a Sra. Bolinho tinha uma abordagem muito compreensiva com as pessoas que levavam vidas ligeiramente incomuns e tinha, por exemplo, aversão a alho. Sua filha era um lobisomem, e ela sabia tudo sobre a necessidade de janelas no térreo e portas com longas maçanetas que uma pata pudesse operar.

— Ele usa cota de malha — disse a Sra. Bolinho. Estava segurando um balde de cascalho em cada mão. — E tem sabão nas orelhas, também.

— Ah. Er. Certo.

— Posso pedir pro sujeito cair fora, se quiser — disse a Sra. Bolinho.

— É isso que eu sempre faço se o tipo errado aparece. Especialmente se tiverem uma estaca. Não posso admitir esse tipo de coisa, as pessoas estragando os corredores, agitando tochas e coisas do tipo.

— Eu acho que sei quem é — respondeu Angua. — Vou vê-lo.

Ela vestiu a camisa.

— Feche a porta se for sair! — gritou a Sra. Bolinho depois que ela saiu para o corredor. — Vou dar uma saidinha para mudar a terra no caixão do Sr. Winkins. Ele tem se queixado de dores nas costas.

— Isso parece cascalho, Sra. Bolinho.

---

\* Marrons.

\*\* E marrons.

— Ortopédico, sabe?

Cenoura estava de pé respeitosamente no degrau da porta de entrada com seu elmo debaixo do braço e uma expressão muito envergonhada no rosto.

— Bem? — disse Angua, não sem gentileza.

— Er. Bom dia. Eu pensei, você sabe, talvez, você não conhecendo muito da cidade, realmente. Eu poderia, se você quiser, se você não se importar, não estando de serviço por um tempo... mostrar a você uma parte dela...?

Por um momento Angua pensou que tivesse contraído a presciência da Sra. Bolinho. Vários futuros cruzaram sua imaginação.

— Eu não tomei café da manhã — disse ela.

— Eles fazem um café da manhã muito bom na delicatessen do anão Gimlet, na rua Cabo.

— É hora do almoço.

— É hora do café da manhã para a Vigilância Noturna.

— Sou praticamente vegetariana.

— Ele faz um rato de soja.

Ela cedeu.

— Vou buscar o meu casaco.

— Rá, rá — disse uma voz, cheia de fulminante cinismo.

Ela olhou para baixo. Gaspode estava sentado atrás de Cenoura, tentando encará-la enquanto se coçava furiosamente.

— Na noite passada nós perseguimos um gato até ele subir em uma árvore — disse Gaspode. — Você e eu, hein? Nós poderíamos fazer isso. O destino nos jogou juntos, pelo jeito.

— *Vá embora.*

— Desculpe? — disse Cenoura.

— Você não. Aquele cachorro.

Cenoura se virou.

— Ele? Ele está incomodando você agora? Acho que é um camaradinha agradável.

— Au, au, biscoito.

Cenoura automaticamente tateou o bolso.

— Viu? — disse Gaspode. — Esse menino é o Senhor Simples, não é?

— Eles deixam entrar cães nas lojas de anões? — perguntou Angua.

— Não — disse Cenoura.

— Em um gancho — disse Gaspode.

— Sério? Me parece bom — disse Angua. — Vamos.

— Vegetariana? — murmurou Gaspode, mancando atrás deles.

— Ah, céus.

— Cale-se.

— Desculpe? — disse Cenoura.

— Eu só estava pensando em voz alta.


O travesseiro de Vimes era frio e duro. Tateou-o cautelosamente. Era frio e duro porque não se tratava de um travesseiro, mas de uma mesa. Seu rosto parecia estar preso a ela, e ele não estava interessado em especular com o quê.

Nem conseguira tirar a armadura.

Mas conseguiu descolar um olho.

Estivera escrevendo em seu bloco de notas. Tentando enxergar sentido naquilo tudo. E então caíra no sono.

Que horas eram? Bom, estava sem tempo.

Tinha escrito:

*Roubado do Grêmio dos Assassinos: bombarda – > Hammerhock morto.*

*Cheiro de fogos de artifício. Pedaço de chumbo. Símbolos alquímicos. Segundo corpo no rio. Um palhaço. Onde estava seu nariz vermelho? Bombarda.*

Olhou para as notas rabiscadas.

Estou na trilha certa, pensou. Não preciso saber aonde leva. Só preciso seguir. Há sempre um crime, se você olhar com atenção. E os assassinos estão envolvidos de alguma forma.

Seguir todas as pistas. Checar todos os detalhes. Abrir, abrir caminho.

Estou com fome.

Levantou-se, cambaleante, e fitou seu rosto no espelho rachado sobre a bacia.

Acontecimentos do dia anterior iam sendo filtrados pela gaze suja da memória. No centro de todos eles estava o rosto de lorde Vetinari. Vimes ficou irritado só de pensar nele. A maneira calma com que disse a Vimes que não deveria se ocupar com o roubo na...

Vimes olhou para seu reflexo...

... algo picou sua orelha e quebrou o vidro. Vimes olhou para o buraco no reboco, rodeado pelos restos de uma moldura de espelho. À sua volta, o vidro do espelho tilintava no chão.

Vimes ficou imóvel por um longo tempo.

Então suas pernas, chegando à conclusão de que seu cérebro estava em outro lugar, jogaram o resto dele no chão.

Houve outro tilintar, e meia garrafa de Abraçaurso explodiu na mesa. Vimes nem conseguia se lembrar de tê-la comprado.

Avançou apoiando nas mãos e nos joelhos e se forçou a ficar de pé ao lado da janela.

Imagens passavam pela sua mente. O anão morto. O buraco na parede...

Um pensamento parecia ter início em sua nuca e se espalhar cérebro acima. Aquelas eram paredes de ripas e reboco, antigas; você poderia forçar um dedo a passar através delas com um pouco de esforço. Quanto a um pedaço de metal...

Ele se chocou contra o chão ao mesmo tempo que um *pock* coincidiu com um furo aberto na parede do lado da janela. Pó de reboco se espalhou no ar.

Sua besta estava encostada na parede. Ele não era um especialista, mas, diabos, quem era? Você apontava e atirava. Ele a puxou para si, rolou de costas, colocou o pé no estribo e puxou a corda até ela fazer um clique e se encaixar no lugar.

Então rolou para trás sobre um joelho e posicionou uma flecha sobre o sulco.

Uma catapulta, era isso. Tinha que ser. Do tamanho de um troll, talvez. Alguém em cima do telhado da casa de ópera ou em algum lugar alto...

Atraia os disparos, atraia os disparos... Ele pegou o elmo e o equilibrou na ponta de outra flecha. A coisa a fazer era agachar-se abaixo da janela e...

Pensou por um momento. Então se moveu pelo chão até um canto no qual havia uma vara com um gancho na ponta. Houve época em que aquilo tinha sido usado para abrir as janelas superiores, enferrujadas havia muito.

Equilibrou o elmo na ponta, apoiou-se no canto e, com certo, esforço moveu a vara de forma que a parte do elmo aparecesse pela janela...

*Pock.*

Estilhaços voaram de um ponto no chão sob a janela onde, sem dúvida, teriam severamente incomodado quem estivesse ali segurando um elmo sobre uma flecha.

Vimes sorriu. Alguém estava tentando matá-lo, e isso fez com se sentisse vivo como não se sentia havia dias.

E quem quer que fosse também era ligeiramente menos inteligente do que ele. Essa é uma qualidade que você deve sempre rezar para que esteja presente em seu candidato a assassino.

Deixou cair a vara, pegou a besta, girou diante da janela, disparou contra uma forma indistinta no telhado da casa de ópera em frente como se a arma pudesse percorrer essa distância, saltou pelo cômodo e se jogou contra a porta. Algo se chocou no batente enquanto a porta se movia atrás de Vimes.

Então ele desceu as escadas dos fundos, saiu pela porta, subiu no telhado do banheiro, entrou na Passagem das Articulações, subiu a escada dos fundos de Zorgo, o Retrofrenologista,* entrou na sala de cirurgias de Zorgo e saiu pela janela.

---

\* Funciona assim. Frenologia, como todos sabem, é uma forma de ler o caráter, a aptidão e as habilidades de alguém através do exame dos caroços e depressões em sua cabeça. Portanto — de acordo com o tipo de raciocínio lógico que caracteriza a mente Ankh-Morpork —, deve ser possível moldar o caráter de alguém lhes dando caroços cuidadosamente criados nos lugares certos. Você pode entrar em uma loja e pedir um temperamento artístico com tendência à introspecção e, para completar, um pouco de histeria. O que você de fato *obtém* é a experiência de ser atingido na cabeça com uma seleção de martelos de tamanhos diferentes, mas a área gera emprego e mantém o dinheiro em circulação, e é isso o que importa.

Zorgo e seu paciente olharam para ele com curiosidade.

O telhado do Pugnante estava vazio. Vimes se virou e encontrou dois olhares perplexos.

— 'Dia, capitão Vimes — disse o retrofrenologista, com um martelo ainda levantado em sua mão enorme.

Vimes exibiu um sorriso desvairado.

— É que eu pensei — começou ele — ter visto uma borboleta rara muito interessante no telhado ali.

Troll e paciente olharam educadamente para o telhado atrás dele.

— Mas não havia — disse Vimes. Caminhou de volta até a porta. — Desculpe tê-los incomodado — continuou ele, então saiu.

O paciente de Zorgo o observou partir com interesse.

— Ele não tinha uma besta? — comentou ele. — Meio estranho, ir atrás de borboletas raras interessantes com uma besta.

Zorgo reajustou a grade de medição na cabeça calva do seu paciente.

— Não sei — disse ele. — Imagino que isso deve impedi-las de criar todas aquelas malditas tempestades. — Pegou o martelo de novo. — Agora, o que estávamos querendo para hoje? Determinação, sim?

— Sim. Bem, não. Talvez.

— Certo. — Zorgo mirou. — Isso — disse ele, com absoluta verdade — não vai doer nem um pouco.


Era mais do que apenas uma delicatessen. Era uma espécie de centro comunitário e local de reunião dos anões. O murmúrio de vozes parou quando Angua entrou, dobrando-se quase pela metade, mas recomeçou com um pouco mais de volume e algumas risadas quando Cenoura apareceu. Ele acenou alegremente para os outros clientes.

Então cuidadosamente removeu duas cadeiras. Era possível sentar-se ereto se você sentasse no chão.

— Muito... bom — disse Angua. — Étnico.

— Eu venho aqui bastante — contou Cenoura. — A comida é boa e, claro, vale a pena ficar perto das pessoas; é mais pé no chão.

— Isso certamente será fácil aqui — disse Angua, e riu.

— Perdão?

— Bem, quero dizer, você chão... fica tão... perto...

Ela sentiu um poço se abrindo aos seus pés a cada palavra. O barulho de fundo diminuiu de repente.

— Er — disse Cenoura, olhando fixamente para ela. — Como explicar? As pessoas estão falando em língua de anões... mas estão ouvindo em língua de humanos.

— Desculpe.

Cenoura sorriu e em seguida acenou para o cozinheiro atrás do balcão, pigarreando ruidosamente.

— Acho que talvez eu tenha uma pastilha para a garganta em algum lugar... — começou Angua.

— Eu estava pedindo o café da manhã — disse Cenoura.

— Você sabe o menu de cor?

— Ah, sim. Mas está escrito na parede também.

Angua se virou e olhou de novo para o que pensara ser meramente arranhões aleatórios.

— É Oggham — disse Cenoura. — Uma escrita rúnica ancestral e poética cujas origens se perdem nas brumas do tempo. Cogitam que sua invenção antecede até mesmo os deuses.

— Puxa. O que diz?

Cenoura realmente pigarreou

> — Molho, ovos, feijão e rato, 12p
> Molho, rato e fritas fatiadas, 10p
> Rato com cream-cheese, 9p
> Rato e feijão, 8p
> Rato e ketchup, 7p
> Rato, 4p

— Por que o ketchup custa quase tanto quanto o rato? — perguntou Angua.

— Você já experimentou rato sem ketchup? — disse Cenoura. — De qualquer forma, para você, eu pedi pão anão. Já comeu pão anão?

— Não.

— Todos deveriam experimentar uma vez — disse Cenoura. Pareceu pensar no que falou. — A maioria das pessoas faz isso *uma* vez — acrescentou.*

Três minutos e meio depois de acordar, o capitão Samuel Vimes, Vigilância Noturna, cambaleou pelos últimos degraus que levavam até o telhado da casa de ópera da cidade, ofegou e vomitou *allegro ma non troppo*.

Então se apoiou na parede, mantendo a besta preparada à sua frente.

Não havia mais ninguém no telhado. Havia apenas as telhas, espreguiçando-se, bebendo o sol da manhã. Estava quase quente demais para se mexer.

Quando se sentiu um pouco melhor, deu uma olhada nas chaminés e claraboia. Mas havia dezenas de maneiras de descer dali e mil lugares para se esconder.

Dali conseguia ver muito bem o próprio quarto. Aliás, podia ver os quartos da maioria da cidade.

Catapulta... não...

Ah, bem. Pelo menos tinha testemunhas.

Foi até a beirada do telhado e espiou lá de cima.

— Ei, olá — disse ele. Piscou. Eram seis andares de altura, e não era uma visão para um estômago recém-esvaziado. — É... você poderia vir até aqui, por favor?

— Ó um iuto.

---

\* Rato e cream cheese é apenas um dos famosos pratos do Disco disponíveis na cosmopolita Ankh-Morpork. De acordo com a publicação *Bem-vindo a Ankh-Morpork, Cidade das Mil Surpresas*, do Grêmio dos Mercadores: "Também à venda em seus empórios bem fornidos estão Afundadinho, Diabos Mexidos, Hadoque Fikkun, Pudim Aflito, Bolinho Clootie e, não podemos esquecer, o Sanduíche de Articulações, feito com as melhores articulações suínas. Não é por acaso que se diz, Para o Verdadeiro Sabor de Ankh-Morpork, Experimente um Sanduíche de Articulações."

Obs.: Este Clootie Dumpling não deve ser confundido com o Bolinho Clootie Escocês, que é uma espécie de bolinha de pudim cheia de fruta. A versão de Ankh-Morpork assenta-se na língua como o mais fino merengue, e no estômago como uma bola de boliche feita de concreto.

Vimes deu um passo atrás. Ouviu um ranger de pedra e uma gárgula se içou laboriosamente sobre o parapeito, movendo-se como uma animação *stop-motion* vagabunda.

Ele não sabia muito sobre gárgulas. Cenoura dissera alguma coisa certa vez sobre como eram maravilhosas, uma espécie de troll urbano que evoluíra para nutrir uma relação simbiótica com as calhas, e ele admirava a forma como elas canalizavam água de escoamento para dentro de seus ouvidos e para fora de finas peneiras em suas bocas. Elas eram, provavelmente, a espécie mais estranha do Disco.* Não era comum ver pássaros fazendo ninhos em prédios com colônias de gárgulas, e morcegos tendiam a voar ao redor delas.

— Qual é o seu nome, amigo?

— Onija-obe-ua-laga.

Os lábios de Vimes se mexeram enquanto ele mentalmente inseria todos aqueles sons inatingíveis por uma criatura cuja boca era permanentemente aberta. Cornija-Sobre-Rua-Larga. A identidade pessoal de uma gárgula estava intimamente ligada à sua localização normal, como um molusco.

— Bem, agora, Cornija — disse ele —, você sabe quem sou eu?

— Ah — disse a gárgula, emburrada.

Vimes assentiu. Ela fica aqui em cima faça chuva ou faça sol, coletando mosquitos pelas orelhas, pensou ele. Pessoas assim não têm uma agenda lotada. Até lesmas saem mais.

— Sou o capitão Vimes, da Vigilância.

A gárgula aguçou as enormes orelhas.

— Aa. E abaia om enhor Eoura?

Vimes decifrou essa também e piscou.

— Você conhece o cabo Cenoura?

---

* Errado. Vimes não viajava muito, só a pé, e sabia pouco do tordo suicida de Lancre, por exemplo, ou o lema sombrio, que existe em apenas duas dimensões e come matemáticos, ou a borboleta do clima quântico. Porém, é possível que a espécie mais estranha e, possivelmente, mais triste do Discworld seja o elefante eremita. Essa criatura, sem o couro grosso de seus parentes próximos, vive em cabanas, mudando-se e construindo anexos quando seu tamanho aumenta. É comum que viajantes das planícies de Howondaland acordem de manhã no meio de uma aldeia que não estava lá na noite anterior.

— Ah, *im*. Oo undo ece Eoura.

Vimes bufou. Eu cresci aqui, pensou ele, e quando ando na rua todo mundo diz, "Quem é aquele filho da mãe tristonho?" Cenoura está aqui há alguns meses e *todos* o conhecem. E ele conhece todo mundo. *Todo mundo* gosta dele. Eu ficaria irritado com isso, se ele não fosse tão simpático.

— Você vive aqui em cima — disse Vimes, interessado, apesar do problema mais urgente em sua mente —, como é que você conhece Eoura... Cenoura?

— Ei em ak em ima as ezes uano um avião õe oo...

— Ei em?

— Im.

— Mais alguém veio até aqui em cima? Agora há pouco?

— Im.

— Você viu quem era?

— Ah. Ei eio ak em ima a oos iutos. E ei inha ogos e ar-i-ssi-ssio. Ei de-sseu pea Ua Or-oh-Erns.

Rua Holofernes, traduziu Vimes. Quem quer que fosse já estaria bem longe.

— Ei inha ua ara — ofereceu Cornija. — Ua ara e ogos e ar-i-ssi-ssio.

— Uma o quê?

— Ogos. Oo oh? Ang! Ock! Arks! Ockekts! Ang!

— Ah, *fogos de artifício*.

— Im. Oi o eu isse.

— Uma vara de fogos de artifício? Como... Como um pau de foguete?

— Ah, I-sso! Ua ara, ossê a-om-a, az ANG!

— Você aponta e ela faz bang?

— Im!

Vimes coçou a cabeça. Parecia um cajado de mago, mas eles não faziam bang.

— Bem... obrigado — disse ele. — Você foi... e uia auda.

Caminhou até as escadas.

Alguém tentara matá-lo.

E o Patrício o tinha instruído a não investigar o roubo no Grêmio dos Assassinos. *Roubo*, dissera ele.

Até então, Vimes ainda não tinha certeza de se *houvera* mesmo um roubo.

E também, claro, há as leis do acaso. Elas desempenham um papel muito maior no procedimento policial do que a narrativa comum gostaria de admitir. Para cada assassinato resolvido pela descoberta cuidadosa de uma pegada vital ou ponta de cigarro, centenas não puderam ser resolvidos porque o vento soprou algumas folhas na direção errada ou porque não choveu na noite anterior. Muitos crimes são resolvidos por um feliz acidente; por uma carroça aleatória que parou, por uma observação entreouvida, por alguém da nacionalidade certa que calhou de estar a oito quilômetros da cena do crime sem um álibi...

Até mesmo Vimes sabia do poder do acaso.

Sua sandália esbarrou em algo metálico.

— E esse — disse o cabo Cenoura — é o famoso arco comemorativo da Batalha de Crumhorn. Nós vencemos, acho. Tem mais de noventa estátuas de soldados famosos. É meio que um marco.

— Deveriam ter colocado uma estátua dos contadores — disse uma voz de cachorro às costas de Angua. — Primeira batalha do universo onde o inimigo foi persuadido a vender as próprias armas.

— E onde está então? — perguntou Angua, ainda ignorando Gaspode.

— Ah. Sim. Esse é o problema — disse Cenoura. — Com licença, Sr. Scant. Este é o Sr. Scant. Zelador Oficial dos Monumentos. De acordo com a antiga tradição, seu salário é um dólar por ano e um novo colete a cada Réveillon dos Porcos.

Havia um velho sentado em um banquinho na junção das ruas, com um chapéu sobre os olhos. Ele o empurrou para cima.

— Boa tarde, Sr. Cenoura. Você vai querer ver o arco triunfal, não?

— Sim, por favor. — Cenoura virou-se para Angua. — Infelizmente, o design prático final foi entregue ao Maldito Estúpido Johnson.

O velho em dado momento tirou do bolso uma pequena caixa de papelão e com reverência tirou a tampa.

— Cadê?

142            TERRY PRATCHETT

— Logo ali — disse Cenoura. — Atrás daquele pedacinho de algodão.

— Ah.

— Temo que, para o Sr. Johnson, medições precisas eram uma dessas coisas que só aconteciam a outras pessoas.

O Sr. Scant fechou a tampa.

— Ele também fez o Memorial Quirm, os Jardins Suspensos de Ankh, e o Colosso de Morpork, disse Cenoura.

— O Colosso de Morpork? — disse Angua.

O Sr. Scant ergueu um dedo magro.

— Ah — disse ele. — Um momentinho. — Começou a dar tapinhas nos bolsos. — Tá aqui em algum lugar.

— Esse sujeito nunca projetou algo útil?

— Bem, ele projetou um galheteiro ornamental para o lorde Louco Snapcase — disse Cenoura, enquanto se afastavam.

— Isso ele fez direito?

— Não exatamente. Mas aqui está um fato interessante: quatro famílias vivem em um saleiro e usamos o pote de pimenta como um armazém para grãos.

Angua sorriu. Fato interessante. Cenoura era cheio de fatos interessantes sobre Ankh-Morpork. Angua sentiu que flutuava inquieta em um mar deles. Andar pela rua com Cenoura era como ter três visitas guiadas em uma só.

— Agora aqui — disse Cenoura — é o Grêmio dos Mendigos. É o mais antigo dos Grêmios. Muitas pessoas não sabem disso.

— É mesmo?

— As pessoas pensam que deve ser o dos Bobos ou o dos Assassinos. Pergunte a qualquer um. Eles vão dizer "o Grêmio mais antigo de Ankh--Morpork é certamente o Grêmio dos Bobos ou o Grêmio dos Assassinos". Mas não são. Esses são bem recentes. Mas existe um Grêmio dos Mendigos há séculos.

— Verdade? — perguntou Angua, fracamente.

Na última hora ela havia aprendido mais sobre Ankh-Morpork do que qualquer pessoa razoável desejaria saber. Ela vagamente suspeitava que Cenoura estava tentando cortejá-la. Mas, em vez das flores ou chocolates de costume, ele parecia estar tentando embrulhar a cidade para presente.

*Homens de Armas*   143

E, apesar de seus instintos se rebelarem contra isso, ela estava sentindo ciúme. De uma cidade! Deuses, eu o conheço há meros dias!

Era a forma como ele vestia o lugar. Você esperava que a qualquer momento ele começasse a cantar aquele tipo de música com rimas suspeitas e frases como "meu tipo de cidade" e "eu quero ser uma parte dela"; o tipo de música que as pessoas dançam na rua e dão maçãs ao cantor e juntam-se à dança e dez humildes vendedoras de fósforos de repente exibem incrível habilidade coreográfica e todo mundo age como alegres cidadãos adoráveis em vez dos assassinos mal-intencionados e egocêntricos que eles suspeitam que são. Se Cenoura tivesse irrompido em música e dança, as pessoas *teriam* se juntado a ele. Cenoura poderia ter empilhado um círculo de pedras às suas costas e feito uma rumba.

— Há um velho estatuário muito interessante no pátio principal — disse ele. — Incluindo um muito bom de Jimi, o Deus dos Mendigos. Vou lhe mostrar. Eles não vão se importar.

Bateu na porta.

— Não precisa — disse Angua.

— Não é problema nenhum...

A porta se abriu.

As narinas de Angua arderam. Havia um cheiro...

Um mendigo olhou Cenoura de cima a baixo. Ficou boquiaberto.

— É Michael Farelo, não é? — perguntou Cenoura, do seu jeito alegre.

A porta bateu.

— Bem, isso não foi muito amigável — disse Cenoura.

— Fede, né? — disse uma voz desagradável de algum lugar às costas de Angua. Por mais que não estivesse disposta a dar trela a Gaspode, flagrou-se concordando com a cabeça. Embora os mendigos fossem um coquetel inteiro de odores, o segundo maior cheiro ali era de medo, e o maior era de sangue. O fedor a fez querer gritar.

Houve um murmúrio de vozes atrás da porta, que logo se abriu de novo.

Dessa vez havia toda uma multidão de mendigos do outro lado. Todos olhavam para Cenoura.

— Tudo bem, oficial — disse aquele saudado como Michael Farelo —, desistimos. Como vocês descobriram?

144 TERRY PRATCHETT

— Como é que descobrimos o qu... — começou Cenoura, mas Angua o cutucou.

— Alguém foi morto aqui — disse ela.

— Quem é ela? — perguntou Michael Farelo.

— A policial-lanceira Angua é um homem da Vigilância — respondeu Cenoura.

— Rá, rá — disse Gaspode.

— Devo dizer que vocês tão ficando cada vez melhores — disse Michael Farelo. — A gente só encontrou o coitado há uns minutos.

Angua podia *sentir* Cenoura abrindo a boca para dizer "Quem?". Cutucou-o de novo.

— É melhor nos levar até ele — disse ela.

Acabou que ele...

... Bem, para começar, ele acabou se revelando ela. Em uma sala coberta de trapos no piso superior.

Angua ajoelhou-se ao lado do corpo. Era muito claramente um corpo. Certamente não era uma pessoa. Uma pessoa normalmente tinha mais cabeça sobre os ombros.

— Por quê? Quem faria uma coisa dessas?

Cenoura se virou para os mendigos aglomerados em torno da porta.

— Quem era ela?

— Lettice Knibbs — disse Michael Farelo. — Ela era só a criada de sala da Rainha Molly.

Angua olhou para Cenoura.

— Rainha?

— Eles às vezes chamam o chefe mendigo de rei ou rainha — disse Cenoura.

Estava respirando pesadamente.

Angua puxou a capa de veludo da criada por sobre o cadáver.

— Só a criada — murmurou ela.

Havia um espelho de corpo inteiro no meio do chão, ou, pelo menos, a moldura. O vidro estava espalhado como lantejoulas ao redor.

Assim como o vidro de uma janela.

Cenoura chutou alguns cacos para o lado. Havia uma ranhura no chão, e algo metálico embutido ali.

*Homens de Armas*

— Michael Farelo, preciso de um prego e um pedaço de corda — disse Cenoura, muito lentamente e com cuidado.

Seus olhos nunca deixaram o pedaço de metal. Era quase como se esperasse que aquilo fizesse alguma coisa.

— Não acho que... — começou o mendigo.

Cenoura estendeu a mão sem virar a cabeça e o pegou pelo colarinho sujo, sem esforço aparente.

— Um pedaço de corda — repetiu ele — e um prego.

— Sim, cabo Cenoura.

— E o resto de vocês, circulando — disse Angua.

Eles arregalaram os olhos.

— Vão! — gritou ela, cerrando os punhos. — E parem de olhar para ela!

Os mendigos desapareceram.

— Vai demorar um pouco para conseguir a corda — disse Cenoura, afastando um pouco do vidro. — Eles vão ter que mendigar por uma, sabe.

Sacou uma faca e começou a cavar nas tábuas do chão, com cuidado. Em dado momento, escavou uma cápsula de metal, ligeiramente achatada devido à sua passagem através da janela, do espelho, do assoalho e de certas partes da falecida Lettice Knibbs que nunca haviam sido concebidas para ver a luz do dia.

Virou-a de um lado para outro.

— Angua?

— Sim?

— Como você sabia que havia alguém morto aqui?

— Eu... só tive uma intuição.

Os mendigos retornaram, tão nervosos que meia dúzia deles tentava carregar um pedaço de corda.

Cenoura martelou o prego na madeira logo abaixo da janela quebrada para prender uma ponta da corda. Enfiou a faca na ranhura e fixou nela a outra ponta da corda. Então se deitou e olhou ao longo da corda.

— Céus.

— O que é?

— Deve ter vindo do telhado da casa de ópera.

— Sim? E daí?

— Isso é a quase duzentos metros de distância.

— Sim?

— A... coisa penetrou três centímetros em um piso de carvalho.

— Você conhecia a menina? — perguntou Angua; em seguida, sentiu--se constrangida por ter perguntado.

— Na verdade, não.

— Achei que conhecesse todo mundo.

— Ela era só alguém que eu via por aí. A cidade está cheia de pessoas que você só vê por aí.

— Por que mendigos precisam de criados?

— *Você não acha que meu cabelo fica assim sozinho, né, querida?*

Havia uma aparição na porta. Seu rosto era uma massa de feridas. Havia verrugas, e *elas* tinham verrugas, e *elas* tinham cabelo. Era possivelmente do sexo feminino, mas não dava para dizer, com todas aquelas camadas e camadas de trapos. O cabelo supracitado parecia ter sido feito permanente com um furacão. De melaço.

Em seguida, ela se ajeitou.

— Ah. Cabo Cenoura. Não sabia que era você.

A voz estava normal agora, sem traço de lamentos ou bajulação. A figura se virou e bateu com seu cetro com força em algo no corredor.

— Sidney Babão, seu menino mau! Podia ter dito que era o cabo Cenoura!

— Arrgh!

A figura entrou na sala.

— E quem é sua amiga, Sr. Cenoura?

— Esta é a policial-lanceira Angua. Angua, esta é a Rainha Molly dos Mendigos.

Pela primeira vez, Angua percebeu, alguém não se surpreendia por encontrar uma mulher na Vigilância. A rainha Molly a cumprimentou, um gesto de uma mulher profissional para outra. O Grêmio dos Mendigos defendia oportunidades iguais para o não trabalho.

— Bom dia para você. Não teria como ceder dez mil dólares para uma pequena mansão, não é?

Homens de Armas

— Não.
— Só perguntando.
A rainha Molly ajeitou seu vestido.
— O que era isso, cabo?
— Acho que é um novo tipo de arma.
— Ouvimos o vidro se quebrar, e aí estava ela — disse Molly. — Por que alguém iria querer matá-la?
Cenoura olhou para a capa de veludo.
— De quem é este quarto? — perguntou ele.
— Meu. É meu camarim.
— Então quem fez isso não estava atrás dela. Estava atrás de você, Molly. "Alguns em trapos, e alguns em farrapos, e uma num manto de veludo..." Está na sua Carta, não é? Roupa oficial da chefe dos mendigos. Ela provavelmente não resistiu em ver como ficaria nela. Vestido certo, quarto certo. Pessoa errada.
Molly levou a mão à boca, arriscando-se a sofrer envenenamento instantâneo.
— Morte encomendada?
Cenoura negou com a cabeça.
— Isso não parece certo. Os Assassinos gostam de fazer isso de perto. É uma profissão cheia de cuidados — acrescentou, amargamente.
— O que eu devo fazer?
— Enterrar a pobrezinha seria um bom começo. — Cenoura virou a cápsula de metal entre os dedos. Então a cheirou.
— Fogos de artifício — disse.
— Sim — respondeu Angua.
— E o que vocês vão fazer? — perguntou a rainha Molly. — Vocês são guardas, não é? O que está acontecendo? O que vocês vão fazer quanto a isso?


Porrete e Detritus seguiam ao longo da estrada Fedra. Era repleta de curtumes, fornos de tijolos e depósitos de madeira e geralmente não era considerada um centro de beleza. Por isso mesmo, Porrete suspeitou, tinham recebido aquela região para patrulhar, "para conhecer a cidade". Isso os tirava do caminho. O sargento Colon achava que os dois deixavam a Sede da Vigilância com jeito de lugar desarrumado.

Não havia som algum além do barulho de suas botas e o baque das juntas de Detritus no solo.

Por fim, Porrete disse:

— Eu só quero que você saiba que não gosto de estar com você, da mesma forma que você não gosta que o coloquem comigo.

— Certo!

— Mas, se vamos ter que fazer o melhor possível, seria bom fazer algumas mudanças, não?

— Como o quê?

— Como, por exemplo, é ridículo você não saber nem sequer contar. Eu conheço trolls que sabem contar. Por que você não sabe?

— Sei contar!

— Quantos dedos estou mostrando, então?

Detritus apertou os olhos.

— Dois?

— Certo. *Agora* quantos dedos estou mostrando?

— Dois... e mais um...

— Então, dois e mais um é...?

Detritus parecia em pânico. Isso já adentrava o terreno do cálculo.

— Dois e mais um é três.

— Dois e mais um é três.

— E agora, quantos?

— Dois e dois.

— Isso é quatro.

— Quaaatro.

— E *agora*, quantos?

Porrete tentou oito dedos.

— Dois quatro.

Porrete pareceu surpreso. Esperava "muitos", ou, possivelmente, "vários".

— O que é um dois quatro?

*Homens de Armas* 149

— Um dois e um dois e um dois e um dois.

Porrete inclinou a cabeça.

— Hmm — cedeu ele. — Certo. Dois quatro é o que chamamos de *oito*.

— Ôto.

— Sabe — comentou Porrete, sujeitando o troll a um longo olhar crítico —, você pode não ser tão estúpido quanto parece. Isso não é difícil. Vamos pensar a respeito. Quero dizer... *eu* vou pensar a respeito, e você pode participar quando souber as palavras.

Vimes bateu a porta da Sede da Vigilância às suas costas. O sargento Colon levantou os olhos da mesa. Tinha uma expressão satisfeita.

— Como estão as coisas, Fred?

Colon respirou fundo.

— Material interessante, capitão. Eu e Nobby estivemos *detectando* no Grêmio dos Bobos. Escrevi tudo que a gente achou. Tá tudo aqui. Um relatório mesmo.

— Ótimo.

— Tudo anotado, olha. Do jeito certo. Com pontuação.

— Bom trabalho.

— Tem vírgulas e tudo, olha.

— Tenho certeza de que vou apreciá-lo, Fred.

— E os... e Porrete e Detritus descobriram coisas, também. Porrete fez um relatório, também, mas não tem tanta pontuação quanto o meu.

— Por quanto tempo eu dormi?

— Seis horas.

Vimes tentou abrir espaço em sua mente para esse período, sem sucesso.

— Eu preciso colocar alguma coisa para dentro. Um pouco de café ou algo assim. E então o mundo de alguma forma ficará melhor.

Qualquer um que estivesse caminhando pela estrada Fedra poderia ter visto um troll e um anão aparentemente gritando um com o outro de emoção.

— Dois trinta e dois, e oito, e um!

— Viu? Quantos tijolos nessa pilha?

Pausa.

— Dezesseis, oito, quatro, um!

— Lembra do que eu disse sobre a divisão por oito e dois?

Pausa mais longa.

— Vin-te e nove...?

— Certo!

— Certo!

— Você pode chegar lá!

— Eu posso chegar lá!

— Você já conta com naturalidade até dois!

— Já nat'ralidade até dois!

— Se você sabe contar até dois, você sabe contar qualquer coisa!

— Se eu sei contar até dois, eu sei contar qualquer coisa!

— E então o mundo é o seu molusco!

— Meu molusco! O que é um molusco?


Angua teve que se apressar para acompanhar o ritmo de Cenoura.

— Não vamos dar uma olhada na casa de ópera? — disse ela.

— Mais tarde. Qualquer um que estiver lá já terá partido há muito tempo quando a gente chegar. Devemos contar ao capitão.

— Você acha que ela foi morta pela mesma coisa que o Hammerhock?

— Sim.


— São... Nooove passarinhos.

— Está certo.

— Tem... uma ponte.

— Certo.

— Tem... quatro dez barcos.

— Isso mesmo.

— Tem... um mil. Três cem. Seis-senta. Quatro tijolos.

— OK.

— Tem...

— Melhor descansar agora. Você não quer gastar tudo se cansando contando cada...

— Tem... um homem correndo...

— O quê? Onde?

O café de Sham Harga era como chumbo derretido, mas tinha um aspecto a seu favor: quando você o bebia, havia uma esmagadora sensação de alívio de ter chegado ao fundo do copo.

— Esse — disse Vimes — foi um copo de café desgraçadamente horrível, Sham.

— Certo — disse Harga.

— Quer dizer, eu já bebi um monte de café ruim com o passar dos anos, mas esse, esse foi como uma serra sendo arrastada pela minha língua. Quanto tempo ficou fervendo?

— Que dia é hoje? — perguntou Harga, limpando um copo.

Ele estava constatemente limpando copos. Ninguém nunca descobriu o que acontecia com os copos limpos.

— Quinze de agosto.

— Que ano?

Sham Harga sorriu ou, pelo menos, moveu vários músculos ao redor da boca. Sham Harga mantinha havia muitos anos uma lanchonete bem-sucedida, e seu segredo era sempre sorrir, nunca vender fiado e perceber que a maioria de seus clientes queria refeições adequadamente equilibradas entre os quatro grupos alimentares: açúcar, amido, gordura e pedaços crocantes queimados.

— Eu queria dois ovos — disse Vimes —, com as gemas bem duras, mas a clara bem mole, escorrendo como melado. E quero bacon, aquele especial todo coberto por nódulos ósseos e pedaços de gordura pendurados. E uma fatia de pão frito. Do tipo que faz as artérias estalarem só de olhar.

— Pedido difícil — disse Harga.

— Você conseguiu, ontem. E me dê mais um pouco de café. Preto como a meia-noite em uma noite sem lua.

Harga pareceu surpreso. Aquilo não parecia coisa do Vimes.

— Como é esse preto, aí? — perguntou.

— Ah, muito, muito preto, acho.

— Não necessariamente.

— O quê?

— Você tem mais estrelas em uma noite sem lua. É lógico. Elas aparecem mais. Pode ser muito brilhante uma noite sem lua.

Vimes suspirou.

— Uma noite sem lua *nublada*? — sugeriu.

Harga olhou com cuidado para seu pote de café.

— Cumulus ou cirro-nimbus?

— Desculpe? O que você disse?

— As luzes da cidade são refletidas pelos cumulus, porque são de baixa altitude, sabe. Lembre-se, a uma grande altitude você pode ter dispersão de cristais de gelo nas…

— Uma noite sem lua — concluiu Vimes, com um tom de voz inexpressivo —, que seja tão negra quanto café.

— Certo!

— E uma rosquinha. — Vimes agarrou Harga pelo colete manchado e o puxou até ficarem nariz a nariz. — Uma rosquinha tão arrosquinhada quanto uma rosquinha feita de farinha, água, um ovo grande, açúcar, uma pitada de fermento, canela a gosto e um recheio de creme, geleia ou rato, dependendo da preferência nacional ou da espécie, certo? Não arrosquinhada como alguma outra coisa qualquer, de forma metafórica. Apenas uma rosquinha. Uma rosquinha.

— Uma rosquinha.

— Sim.

— Era só dizer.

Harga alisou seu colete, dispensou um olhar magoado a Vimes e voltou para a cozinha.

*

— *Parado!* Em nome da lei!

— Qual o nome da lei então?

— Como eu vou saber?

— Por que estamos atrás dele?

— Porque ele está fugindo!

Porrete era guarda havia apenas alguns dias, mas já absorvera um fato importante e básico: é quase impossível para qualquer um estar em uma rua sem infringir a lei. Há toda uma aljava cheia de infrações à disposição de um policial que deseje passar o dia com um cidadão, indo de Demorando-se Propositalmente até Obstrução e Demora Enquanto Se É da Cor/Forma/Espécie/Sexo Errado. Ocorreu-lhe por um instante que alguém que *não* saísse correndo após ver Detritus em alta velocidade atrás dele provavelmente era culpado de violar a Lei de Não Ser Um Maldito Estúpido de 1581. Era tarde demais para levar isso em conta, contudo. Alguém estava correndo, e eles estavam perseguindo. Estavam perseguindo porque ele estava correndo, e ele estava correndo porque o estavam perseguindo.

Vimes se sentou com seu café e olhou para a coisa que tinha pegado no telhado.

Parecia um pequeno conjunto de flautas de pã, se a flauta de pã fosse restrita a seis tubos e todos tocassem a mesma nota. Eram feitos de aço e soldados juntos. Havia uma tira de metal serrilhado ao longo de uma das laterais, como uma roda dentada achatada, e a coisa toda fedia a fogos de artifício.

Ele a colocou cuidadosamente ao lado do prato.

Leu o relatório do sargento Colon. Fred Colon havia gastado algum tempo naquilo, provavelmente com um dicionário. Lia-se:

"Relatório do sgto. F. Colon. Aprox. 10:00 de hoje, 15 de augusto, eu prossedia na companhia do cabo, C. W. St. J. Nobbs, até o Grêmio dos Bobos e Bufões na rua Deus, após o que conversamos com palhaço Boffo que disse, palhaço Beano, o *corpus derelicti*, foi definitivamente visto por ele, palhaço Boffo, deixando o Grêmio na manhã anterior logo após a explosão. {Isso é completa mentira na minha opinião, a razão sendo, o cadáver estava morto havia pelo menos dois dias, cabo C. W. St. J. Nobbs concorda, então alguém está dizendo bobajadas, nunca confie em ninguém que cai de bunda no chão para ganhar a vida.} Depois disso, Dr. Carabranca nos encontrou e, diabos, quase nos deu um pontapé no *derriere velocite* para fora do lugar. Pareceu a nós, a saber eu e cabo C. W. St. J. Nobbs, que os Bobos estão preocupados que poderiam ter sido os Assassinos, mas não sabemos por quê. Além disso, palhaço Boffo veio até nós sobre procurar o nariz de Beano, mas ele tinha um nariz quando o vimos aqui, por isso dissemos ao palhaço Boffo, ele queria dizer um nariz falso, ele disse, não, um de verdade, caiam fora. Depois disso, nós voltamos aqui."

Vimes deduziu o que significava *derriere velocite*. Todo o negócio do nariz parecia um enigma dentro de um enigma, ao menos na escrita do sargento Colon, que era praticamente a mesma coisa. Por que pedir que procurassem um nariz que não fora perdido?

Olhou para o relatório de Porrete, escrito na cuidadosa caligrafia angular de alguém mais acostumado com runas. E sagas.

"Capitão Vimes, eis qve segve a crônica de minha avtoria, policial-lanceiro Cvddy. Brilhante era a manhã e exvltantes os nossos corações quando procedemos até o Grêmio dos Alqvimistas, onde os eventos se eventvaram como agora cantarei. Tal inclvía bolas explosivas. Qvanto à demanda na qval nos enviov, fomos informados de qve o pedaço de papel anexo [anexo] está na letra cvrsiva de Leonard da Qvirm, qve desaparecev em circvnstâncias misteriosas. É sobre como fazer vm pó chamado pó No. 1, qve é vsado em fogos de artifício. Sr. Silverfish, o alqvimista, diz qve qvalqver alqvimista sabe disso. Além disso, na margem do papel, está vm desenho da Bombarda, porqve pergvntei ao mev primo Pegapote sobre Leonard, e ele, qve costvmava vender tintas para o dito cujo, reconhecev a escrita e disse qve Leonard sempre escrevia de trás para a frente, pois era vm gênio. Fiz vma cópia logo abaixo."

Vimes baixou os papéis e colocou o pedaço de metal sobre eles.

Então enfiou a mão no bolso e tirou dois pinos de metal.

Uma vara, dissera a gárgula.

Vimes olhou para o esboço. Parecia, como Porrete havia notado, a coronha de uma besta com um tubo em cima. Havia alguns esboços de estranhos dispositivos mecânicos ao lado, e duas daquelas coisas com seis tubos. Todo o desenho parecia um esboço distraído. Alguém, possivelmente o tal Leonard, estivera lendo um livro sobre fogos de artifício e rabiscou nas margens.

Fogos de artifício.

Bem... fogos de artifício? Mas fogos de artifício não eram arma. Bombinhas faziam estrondo. Morteiros subiam, mais ou menos, mas a única coisa que você poderia ter certeza de que eles acertariam era o céu.

Hammerhock era conhecido por sua habilidade com mecanismos. Esse não era um atributo anão normal. As pessoas achavam que era, mas não era. Eles eram hábeis com metal, sim, e faziam boas espadas e joias, mas não eram muito *técnicos* quando se tratava de coisas como engrenagens e molas. Hammerhock era incomum.

Então...

Supondo que houvesse uma arma. Supondo que houvesse algo nela que fosse diferente, estranho, assustador.

Não, não podia ser isso. Ou teria explodido em pedaços e caído por toda a parte ou estaria destruída. Não teria acabado no museu dos Assassinos. O que é colocado em museus? Coisas que não funcionavam, se perderam ou deveriam ser lembradas... Então onde está o sentido em colocar esses fogos de artifício em *exposição*?

Havia um monte de fechaduras na porta. Então... Não era um museu no qual você simplesmente aparecia e entrava. Talvez você tivesse que ser um alto Assassino, e um dia um dos presidentes do Grêmio o levaria lá embaixo na calada, rá, da noite, e diria... E diria...

Por alguma razão o rosto do Patrício aparecia neste ponto.

Mais uma vez Vimes sentiu-se à beira de algo, algo central e fundamental...

*

— Para onde ele foi? Para onde ele foi?

Havia um labirinto de vielas ao redor das portas. Porrete se apoiou numa parede e lutou para respirar.

— Lá vai ele! — gritou Detritus. — Descendo Alameda Osso-de--Baleia!

E saiu pesadamente em perseguição.

Vimes pousou a xícara de café.

Quem quer que tenha atirado aquelas bolas de chumbo nele fora muito preciso a centenas de metros de distância, disparando seis tiros mais depressa do que qualquer um poderia disparar uma flecha...

Vimes pegou os tubos. Seis pequenos tubos, seis tiros. E você poderia levar algumas dessas coisas no bolso. Você poderia disparar mais longe, mais rápido, com mais precisão do que qualquer outra pessoa com qualquer outro tipo de arma...

Isso. Um novo *tipo* de arma. Muito, muito mais rápida do que um arco. Os Assassinos não gostariam disso. Não gostariam *mesmo* disso. Eles nem mesmo gostavam de arcos. Os Assassinos preferiam matar de perto.

Então eles colocaram a... bombarda trancada com segurança a sete chaves. Só os deuses sabem como tiveram acesso a ela. E alguns Assassinos veteranos saberiam sobre isso. Eles passariam o segredo: *cuidado com coisas como esta...*

— Lá embaixo! Ele entrou no beco do Tato!

— Devagar! Devagar!

— Por quê? — perguntou Detritus.

— É um beco sem saída.

Os dois guardas desaceleraram até parar.

Porrete sabia que era o cérebro da parceria, ainda que Detritus naquele instante estivesse contando, com o rosto radiante de orgulho, as pedras na parede ao seu lado.

Por que haviam perseguido alguém por metade da cidade? Porque ele tinha *corrido*. *Ninguém* corria da Vigilância. Ladrões apenas mostravam suas licenças. Ladrões não licenciados não tinham nada a temer da Vigilância, pois já tinham reservado todo o seu medo para o Grêmio dos Ladrões. Assassinos sempre obedeciam à letra da lei. Homens honestos não corriam da Vigilância.* Correr da Vigilância era simplesmente suspeito.

A origem do nome do beco do Tato estava felizmente perdida nas celebradas brumas do tempo, mas passara a ser merecido. O local havia se transformado em uma espécie de túnel, quando andares superiores foram construídos sobre ele, deixando apenas alguns centímetros de céu.

Porrete espiou pela esquina, na escuridão.

*Clique. Clique.*

O som vinha das profundezas da escuridão.

— Detritus?

— Sim?

— Ele tinha alguma arma?

— Só uma vara. Uma vara.

— É que... Estou sentindo o cheiro de fogos de artifício.

Porrete puxou a cabeça de volta para trás, com muito cuidado.

Tinha sentido cheiro de fogos de artifício na oficina de Hammerhock. E o Sr. Hammerhock havia terminado com um grande buraco no peito. Uma sensação certa de medo, que é muito mais específica e aterrorizante do que o medo incerto, apossava-se de Porrete. Era semelhante à sensação de quando se está em um jogo de apostas altas, seu oponente sorri de repente e se percebe que não sabe *todas* as regras, mas *sabe* que terá muita sorte se conseguir sair dali com a camisa ainda no corpo.

Por outro lado... podia imaginar o rosto do sargento Colon. Nós perseguimos aquele homem até dentro de um beco, sarja, e depois fomos embora...

Sacou a espada.

---

* O axioma "Homens honestos nada têm a temer da polícia" está atualmente sendo revisado pela Comissão de Apelos de Axiomas.

— Policial-lanceiro Detritus?

— Sim, policial-lanceiro Porrete?

— Me siga.

Por quê? A maldita coisa era feita de metal, não era? Dez minutos em um cadinho quente e seria o fim do problema. Algo assim, algo perigoso, por que não apenas se livrar dele? Por que guardá-lo?

No entanto, não era essa a natureza humana, era? Às vezes as coisas eram fascinantes demais para serem destruídas.

Ele olhou para os estranhos tubos de metal. Seis tubos curtos, soldados juntos, firmemente selados em uma das pontas. Havia um pequeno orifício na parte de cima de cada um dos tubos...

Vimes lentamente pegou um dos caroços de chumbo...

O beco fazia uma curva uma ou duas vezes, mas não havia outros becos ou portas saindo dele. Havia uma na outra ponta. Era maior do que uma porta normal e solidamente construída.

— Onde estamos? — sussurrou Porrete.

— Não sei — disse Detritus. — Algum lugar atrás das docas.

Porrete empurrou a porta com a espada.

— Porrete?

— Sim?

— Nós andamos sete-enta e nove passos!

— Ótimo.

Um ar frio passou por eles.

— Um açougue — sussurrou Porrete. — Alguém arrombou a fechadura.

Passou pela porta e entrou em uma sala alta, sombria, grande como um templo e parecida em alguns outros aspectos. Uma luz fraca entrava pelas janelas altas e cobertas de gelo. Em cada um dos suportes, por todo o caminho até o teto, havia carcaças de carne penduradas.

Elas eram semitransparentes, e o lugar era tão frio que a respiração de Porrete se condensava no ar.

— Opa — disse Detritus. — Acho que esse é o armazém de futuros de porco na rua Morpork.

— O quê?

— Eu trabalhava aqui — disse o troll. — Trabalhava em toda parte. Vá embora, troll estúpido, você muito burro — acrescentou, com tristeza.

— Tem alguma saída?

— A porta principal é na rua Morpork. Mas ninguém vem aqui em meses. Até porco existir.*

Porrete estremeceu.

— Você aí! — gritou ele. — É a Vigilância! Saia agora!

Uma figura escura apareceu entre dois pré-porcos.

— O que fazemos agora? — indagou Detritus.

A figura distante levantou o que parecia ser uma vara, segurando-a como uma besta.

E disparou. O primeiro tiro raspou no elmo de Porrete.

Uma mão de pedra se fechou na cabeça do anão e Detritus puxou Porrete, colocando-o atrás de si, mas a figura estava correndo, correndo em direção a eles, ainda atirando.

Detritus piscou.

Mais cinco tiros, um após o outro, perfuraram seu peitoral.

E então o homem que corria saiu pela porta aberta, batendo-a depois de passar.


— Capitão Vimes?

Ele levantou os olhos. Era o capitão Quirke, da Vigilância Diurna, com dois de seus homens logo atrás.

---

* Provavelmente nenhum outro mundo no multiverso tem armazéns para coisas que só existem em potencial, mas o armazém de futuros de porco de Ankh-Morpork é um produto das regras do Patrício sobre metáforas infundadas, do modo de pensar literal dos cidadãos que presumem que tudo deve existir em algum lugar e da espessura fina do tecido da realidade em torno de Ankh, que é mais fino do que uma coisa muito, muito fina. O resultado é essa comercialização de futuros de porco — carne de porco que não existe ainda —, que levou à construção do armazém para estocá-los até que eles existam. As temperaturas extremamente baixas são causadas pelo desequilíbrio no fluxo da energia temporal. Pelo menos, é o que dizem os magos do departamento de Magia de Alta Energia. E eles têm chapéus pontudos e letras depois do nome e tudo, então devem saber do que estão falando.

— Sim?

— Venha conosco. E me dê sua espada.

— O quê?

— Acho que você me ouviu, capitão.

— Olha, sou *eu*, Quirke. Sam Vimes? Não seja tolo.

— Não sou tolo. Tenho homens com bestas. *Homens.* Você que seria tolo se resistisse à prisão.

— Ah? Eu estou sendo preso?

— Só se não vier conosco...


O Patrício estava no Salão Oblongo, olhando pela janela. A cacofonia de sinos das cinco horas já estava morrendo.

Vimes bateu continência. De costas, Vetinari parecia um flamingo carnívoro.

— Ah, Vimes — disse ele, sem olhar —, venha aqui, está bem? E me diga o que você vê.

Vimes odiava jogos de adivinhação, mas juntou-se ao Patrício.

O Salão Oblongo dava vista para metade da cidade, embora a maior parte fosse telhados e torres. A imaginação de Vimes povoou as torres com homens portando bombardas. O Patrício seria um alvo fácil.

— O que você vê lá fora, capitão?

— A cidade de Ankh-Morpork, senhor — disse Vimes, mantendo sua expressão cuidadosamente impassível.

— E isso lhe lembra alguma coisa, capitão?

Vimes coçou a cabeça. Se era para jogar, então jogaria...

— Bem, senhor, quando eu era garoto, nós tínhamos uma vaca, e um dia ela ficou doente, e era sempre o meu trabalho limpar o estábulo, e...

— Ela me lembra um relógio — disse o Patrício. — Grandes engrenagens, pequenas engrenagens. Todas girando. As pequenas e as grandes engrenagens giram, todas em velocidades diferentes, sabe, mas a *máquina* funciona. E essa é a coisa mais importante. A máquina continua. Porque, quando a máquina quebra...

Ele se virou de repente, caminhou até a mesa com seu habitual passo predatório e se sentou.

# Homens de Armas 161

— Ou, mais uma vez, às vezes um pedaço de sujeira pode entrar nas engrenagens, desalinhá-las. Uma partícula de poeira.

Vetinari levantou os olhos e encarou Vimes com um sorriso melancólico.

— Não posso permitir que isso aconteça.

Vimes olhava para a parede.

— Acredito que eu lhe tenha dito para esquecer certos eventos recentes, capitão.

— Senhor.

— No entanto, parece que a Vigilância tem se metido nas engrenagens.

— Senhor.

— O que devo fazer com você?

— Não sei dizer, senhor.

Vimes examinava minuciosamente a parede. Desejou que Cenoura estivesse ali. O rapaz podia ser simples, mas era tão simples que às vezes ele via coisas que pessoas sofisticadas não enxergavam. E sempre vinha com ideias simples que ficavam na mente. Policial, por exemplo. Ele dissera a Vimes um dia, enquanto procediam pela rua dos Pequenos Deuses: sabe de onde "policial" vem, senhor? Vimes não sabia. "Polis" costumava significar "cidade", dissera Cenoura. Isso é o que policial significa: "um homem para a cidade". Poucas pessoas sabem disso. A palavra "polido" vem de "polis", também. Costumava significar o comportamento adequado de alguém que vive *em* uma cidade.

Homem da cidade... Cenoura estava sempre vindo com coisas assim. Ele lia livros no tempo livre. Não muito bem. Teria sérias dificuldades caso perdesse o dedo indicador, mas lia continuamente. E andava por Ankh-Morpork *nos dias de folga*.

— Capitão Vimes?

Vimes piscou.

— Senhor?

— Você não tem noção do delicado equilíbrio da cidade. Vou lhe dizer mais uma vez. Esse negócio com os assassinos, o anão e esse palhaço... Vocês devem parar de se envolver.

— Não, senhor. Eu não posso.

— Dê-me seu distintivo.

Vimes olhou para o distintivo.

Nunca chegou a pensar muito sobre aquele objeto. Era apenas algo que ele sempre teve. Não *significava* muito na verdade... De uma forma ou de outra, era apenas algo que ele sempre tivera.

— Meu distintivo?

— E a sua espada.

Lentamente, com dedos que de repente pareciam bananas, e bananas que não pertenciam a ele, Vimes soltou o cinto da espada.

— E seu distintivo.

— Hum. Não meu distintivo.

— Por que não?

— Hum. Porque é o meu distintivo.

— Mas você vai pedir exoneração de qualquer forma, quando se casar.

— Sim.

Seus olhos se encontraram.

— Quanto isso significa para você?

Vimes olhava para o vazio. Não conseguia encontrar as palavras certas. Porém, ele sempre tinha sido um homem com um distintivo. Não estava certo se poderia ser um sem o outro.

Finalmente, lorde Vetinari disse:

— Está bem. Acredito que você vá se casar amanhã ao meio-dia. — Seus dedos longos pegaram o convite com alto relevo dourado que estava na mesa. — Sim. Você pode manter o seu distintivo, então. E ter uma aposentadoria honrada. Mas vou ficar com a espada. E a Vigilância Diurna será enviada até Pseudópolis em breve para desarmar seus homens. Eu estou suspendendo a Vigilância Noturna, capitão Vimes. No devido tempo, talvez eu nomeie outro homem para o comando; quando eu quiser. Até então, você e seus homens podem se considerar suspensos.

— A Vigilância Diurna? Um bando de...

— Perdão?

— Sim, senhor.

— Uma infração, no entanto, e o distintivo é meu. Lembre-se.

*

*Homens de Armas* 163

Porrete abriu os olhos.

— Você está vivo? — disse Detritus.

O anão cautelosamente tirou o elmo. Havia um sulco na borda, e sua cabeça doía.

— Parece uma leve queimadura de pele — disse Detritus.

— Uma o quê? *Ooooh.* — Porrete fez uma careta. — E quanto a você, aliás?

— disse ele. Havia algo estranho com o troll. Não estava muito claro para ele o que era, mas havia com certeza algo estranho, além de todos os buracos.

— Acho que a armadura *foi* de alguma ajuda — disse Detritus. Levantou as alças do seu peitoral. Cinco discos de metal deslizaram para fora na altura do cinto. — Se ela não os tivesse desacelerado, eu estaria seriamente erodido.

— O que há com você? Por que você está falando assim?

— Assim como, se posso perguntar?

— O que aconteceu com aquele jeito "eu grande troll"? Sem querer ofender.

— Não estou certo se entendi.

Porrete estremeceu e bateu os pés para se aquecer.

— Vamos sair daqui.

Caminharam até a porta. Estava trancada.

— Pode derrubá-la?

— Não. Se este lugar não fosse à prova de trolls, estaria vazio. Desculpe.

— Detritus?

— Sim?

— Você está bem? É que tem vapor saindo da sua cabeça.

— Eu me sinto... er...

Detritus piscou. Houve um tilintar de gelo caindo. Coisas estranhas estavam acontecendo em seu crânio.

Pensamentos que costumavam vagar com lerdeza pelo seu cérebro iam subitamente ganhando uma vida vibrante, coruscante. E parecia haver mais e mais deles.

— Minha nossa — disse ele, para ninguém em particular.

Esse foi um comentário tão pouco típico de troll que até Porrete, cujas extremidades já estavam ficando dormentes, olhou para ele com surpresa.

— Acredito — disse Detritus — que eu esteja realmente cogitando. Quão interessante!

— O que você quer dizer?

Mais gelo caiu de Detritus quando ele esfregou a cabeça.

— Claro! — disse ele, levantando um dedo gigante. — Supercondutividade!

— O q...?

— Entende? Cérebro de silício impuro. Problema de dissipação de calor. Temperatura diurna quente demais, velocidade de processamento mais lenta; então, clima fica mais quente, cérebro para por completo, trolls viram pedra até anoitecer, ou seja, temperatura mais fria, no entanto, temperaturabaixao*bastante*cérebroopera*maisrápido*e...

— Acho que vou congelar até a morte — disse Porrete.

Detritus olhou em volta.

— Há pequenas aberturas envidraçadas lá em cima — disse ele.

— Muito alt' pra alc'nçar, mês'o se eu subir no seu om'ro — murmurou Porrete, encolhendo-se ainda mais.

— Ah, mas meu plano envolve atirar algo por elas para atrair ajuda — disse Detritus.

— Que plan'?

— Na verdade, simulei 23, mas este tem uma chance de 97 por cento de sucesso — disse Detritus, radiante.

— Não t'mos n'da pr'jog'r — respondeu Porrete.

— *Eu* tenho — disse Detritus, recolhendo-o do chão. — Não se preocupe. Posso calcular sua trajetória com precisão surpreendente. E então tudo o que você precisará fazer é buscar o capitão Vimes, Cenoura ou alguém.

Os débeis protestos de Porrete descreveram um arco através do ar gelado e desapareceram junto com o vidro da janela.

Detritus se sentou novamente. A vida era tão simples quando você parava para pensar. E ele estava realmente pensando.

Tinha 76 por cento de certeza de que ficaria pelo menos sete graus mais frio.

*

O Sr. Dibbler Cava-a-Própria-Cova, fornecedor, mercador investidor e comerciante diversificado, pensou muito sobre entrar no ramo de alimentos étnicos. Porém, esse era um progresso natural de sua carreira. O velho comércio de salsicha no pão vinha caindo ultimamente, enquanto havia todos esses trolls e anões por aí com dinheiro no bolso ou onde quer que os trolls guardassem dinheiro, e dinheiro na posse de outras pessoas sempre pareceu ser contra a ordem natural das coisas.

Era bem fácil cozinhar para anões. Rato no espeto era bem simples, embora significasse uma melhoria geral nos padrões normais de fornecimento alimentar de Dibbler.

Por outro lado, trolls basicamente eram, para falar francamente, sem querer ofender, só estou falando o que vejo... Basicamente, eram rochas ambulantes.

Ele tinha procurado aconselhamento sobre culinária troll com Crisoprásio, que era um troll, embora mal desse para perceber, pois ele andava entre os humanos havia tanto tempo que usava um terno e, como dizia, tinha aprendido todo tipo de coisas civilizadas, como extorsão, empréstimo de dinheiro a trezentos por cento de juros ao mês, coisas do gênero. Crisoprásio poderia ter nascido em uma caverna acima da linha de neve numa montanha em algum lugar, mas cinco minutos em Ankh-Morpork e ele já se encaixava. Dibbler gostava de pensar em Crisoprásio como um amigo; você odiaria pensar nele como um inimigo.

Tinha escolhido aquele dia para tentar a sua nova abordagem. Empurrava seu carrinho de mão de comida quente pelas ruas largas e estreitas, gritando:

— Salsichas! Salsichas quentes! No pão! Tortas de *carne*! Compre enquanto estão quentes!

Aquilo era só um aquecimento. As chances de um humano comer qualquer coisa do carrinho de mão de Dibbler que não fosse completamente esmagado e empurrado por baixo de uma porta após duas semanas de jejum eram, até o momento, remotas. Ele olhou ao redor de forma conspiratória — sempre havia trolls trabalhando nas docas — e tirou a tampa de uma nova bandeja.

Agora, o que era mesmo? Ah, sim...

— Conglomerados dolomíticos! *Pegue* seus conglomerados dolomíticos aquiiiii! Nódulos de manganês! Nódulos de manganês! Pegue os seus enquanto estão... Hã... Igual a nódulos. — Hesitou um pouco, e depois se recuperou. — Pedra-pomes! Pedra-pomes! Duas por uma! Enxofre assado...

Alguns trolls se aproximaram para observá-lo.

— Você, senhor, você parece... com fome — disse Dibbler, com um sorriso enorme para o troll menor. — Por que não experimentar o nosso xisto no pão? Mmm-mmm! Prove esse depósito aluvial, sabe o que quero dizer?

Dibbler tinha vários traços ruins, mas preconceito de espécie não era um deles. Ele gostava de qualquer um com dinheiro, independente da cor e da forma da mão que o trazia, pois Dibbler acreditava em um mundo onde uma criatura sapiente poderia andar orgulhosa, respirar livremente, buscar vida, liberdade e felicidade e sair para uma nova aurora brilhante. Desde que pudesse ser persuadida a engolir algo da bandeja de comida quente de Dibbler enquanto o fazia.

O troll inspecionou a bandeja com desconfiança e levantou uma tampa.

— Urrh, eca — disse ele —, tem amonitas nele! Ecaa!

— Perdão? — disse Dibbler.

— Esse xisto — disse o troll — tá passado.

— Adorável e fresco! Exatamente como mamãe costumava talhar!

— É, e tem quartzo cobrindo todo esse maldito granito — disse outro troll, fazendo sombra sobre Dibbler. — Isso bloqueia as artérias, quartzo.

Bateu a rocha de volta na bandeja. Os trolls foram embora, de vez em quando virando para olhar com desconfiança para Dibbler.

— Passado? *Passado*! Como pode estar passado? É uma pedra! — gritou Dibbler.

Deu de ombros. Ah, bem. A principal característica de um bom homem de negócios é saber quando recuar.

Fechou uma tampa da bandeja e abriu outra.

— Comida de buraco! Comida de buraco! Rato! Rato! Rato no espeto! Rato no pão! Pegue enquanto estão mortos! Pegue o seu...

Houve um barulho de vidro acima dele e o policial-lanceiro Porrete pousou de cabeça na bandeja.

*Homens de Armas*

— Não precisa vir com pressa, tem bastante para todos — disse Dibbler.

— Puxe-me daqui — disse Porrete, com uma voz abafada. — Ou me passe o ketchup.

Dibbler puxou as botas do anão. Havia gelo nelas.

— Acabou de descer da montanha, foi?

— Onde está o homem com a chave deste armazém?

— Se você gostou do nosso rato, por que não experimenta nossa fina seleção de...

O machado de Porrete apareceu quase que magicamente em sua mão.

— Vou cortar seus joelhos fora — disse ele.

— GerhardtSockdoGrêmiodosAçougueiroséquemvocêprocura.

— Certo.

— Agoraporfavorafasteomachado.

As botas de Porrete derrapavam nos paralelepípedos conforme ele saía apressado.

Dibbler espiou os restos de seu carrinho quebrado. Seus lábios se moveram enquanto ele calculava.

— Ei! — gritou. — Você me deve... ei, você precisa pagar três ratos!


Lorde Vetinari se sentiu um pouco envergonhado quando viu a porta se fechar atrás do capitão Vimes. Não conseguia entender por quê. Claro, isso era difícil para o homem, mas era a única maneira...

Ele pegou uma chave em um armário ao lado da mesa e foi até a parede. Suas mãos tocaram uma marca no reboco que, aparentemente, não era diferente de uma dezena de outras marcas, mas essa fez com que uma parte da parede abrisse para o lado, sobre dobradiças bem lubrificadas.

Ninguém conhecia todas as passagens e túneis escondidos nas paredes do Palácio; dizia-se que alguns deles iam bem mais longe. E havia uma boa quantidade de porões antigos sob a cidade. Um homem com uma picareta e um bom senso de direção poderia ir aonde quisesse apenas derrubando paredes esquecidas.

Ele desceu vários lances de escadas estreitas e caminhou por uma passagem até uma porta, que destrancou. Ela fechou-se de volta sobre dobradiças lubrificadas.

Não era, exatamente, uma masmorra; a sala do outro lado era bastante arejada e iluminada por várias janelas largas e altas. Tinha cheiro de aparas de madeira e cola.

— Cuidado!

O Patrício se abaixou.

Algo com forma de morcego estalou e zumbiu sobre sua cabeça, circulando de forma irregular pelo meio da sala antes de se desfazer em uma dezena de pedaços.

— Nossa — disse uma voz suave. — Tenho que rever o projeto desse. Boa tarde, milorde.

— Boa tarde, Leonard — disse o Patrício. — O que era aquilo?

— Eu o chamo de dispositivo-voador-batedor-de-asas — disse Leonard da Quirm, descendo de sua escada de lançamento. — Funciona com tiras de guta-percha trançadas bem juntas, mas temo que não muito bem.

Leonard de Quirm não era, na verdade, assim tão velho. Era uma daquelas pessoas que começavam a parecer veneráveis aos 30 anos e provavelmente ainda teriam a mesma aparência quando chegassem aos 90. Não era exatamente careca também. Sua cabeça tinha crescido para além do cabelo, elevando-se como um poderoso domo de pedra em meio a uma floresta densa.

Inspirações chovem pelo universo de forma contínua. Seu destino, como se elas se importassem, é a mente certa no lugar e hora certos. Elas atingem o neurônio certo, há uma reação em cadeia, e um pouco depois alguém está piscando estupidamente diante das luzes da TV e se perguntando como foi que teve a ideia de criar aquele pão pré-fatiado, afinal.

Leonard de Quirm sabia tudo sobre inspirações. Uma de suas primeiras invenções havia sido uma touca de dormir de metal aterrado, que ele usava na esperança de que as malditas coisas parassem de deixar aquelas trilhas incandescentes por toda a sua imaginação torturada. Raramente funcionava. Ele conhecia a vergonha de acordar e encontrar os lençóis cobertos de esboços noturnos de máquinas desconhecidas para sitiar castelos e novos projetos de máquinas de descascar maçãs.

Os da Quirm tinham sido muito ricos, e o jovem Leonard estivera em um grande número de escolas, onde absorvera um calhamaço de informações apesar do seu hábito de olhar pela janela e desenhar o voo dos pássaros. Leonard era um dos indivíduos desafortunados cujo destino era ser fascinado pelo mundo, seu sabor, sua forma e movimento...

Ele fascinava lorde Vetinari também, motivo pelo qual ainda estava vivo. Algumas coisas são exemplos tão perfeitos de seu tipo que são difíceis de destruir. Um tipo único é sempre especial.

Ele era um prisioneiro modelo. Era só lhe dar bastante madeira, arame, tinta e, sobretudo, papel e lápis, e ele ficava quieto.

O Patrício moveu uma pilha de desenhos e se sentou.

— Estes são bons — comentou ele. — O que são?

— Meus cartuns — respondeu Leonard.

— Este aqui é muito bom, do menino com a pipa presa na árvore.

— Obrigado. Posso fazer um pouco de chá para você? Temo que eu não veja tantas pessoas hoje em dia, com exceção do homem que lubrifica as dobradiças.

— Eu vim para...

O Patrício parou e examinou um dos desenhos.

— Há um pedaço de papel amarelo preso neste — apontou, desconfiado.

Puxou-o. O papel descolou do desenho com um ruído leve de sucção e então se prendeu em seus dedos. Na nota, na letra garranchuda de trás para a frente de Leonard, estavam as palavras: "ranoicnuf ecerap ossI: odnaromeM".

— Ah, estou bastante satisfeito com este — disse Leonard. — Eu o chamo de minha "Nota-prática-em-pedaço-de-papel-com-cola-que-desprega-quando-você-quer".

O Patrício brincou com ele por algum tempo.

— De que é feita a cola?

— Lesmas fervidas.

O Patrício descolou o papel da mão. Ficou colado na outra.

— Foi para isso que veio me ver? — indagou Leonard.

— Não. Eu vim falar com você — respondeu lorde Vetinari — sobre a bombarda.

— Ah, céus. Eu sinto muito.

— Receio que ela tenha... escapado.

— Minha nossa. Pensei que você tinha dito que iria acabar com isso.

— Eu dei aos Assassinos para que a destruíssem. Afinal, eles se orgulham da qualidade artística do próprio trabalho. Deveriam ficar horrorizados com a ideia de *qualquer um* ter esse tipo de poder. Mas os idiotas *não* a destruíram. Eles pensaram que poderiam mantê-la trancada. E agora a perderam.

— Eles não a destruíram?

— Parece que não, os tolos.

— E nem você. Me pergunto por quê.

— Eu... não sei, sabe?

— Eu nunca deveria tê-la feito. Era meramente uma aplicação de princípios. Balística, sabe. Aerodinâmica simples. Energia química. Uma liga muito boa, devo dizer. E tenho muito orgulho da ideia do estriamento. Tive que fazer uma ferramenta bem complicada pra isso, sabe? Leite? Açúcar?

— Não, obrigado.

— As pessoas estão procurando por ela, não estão?

— Os Assassinos estão. Mas não vão encontrá-la. Eles não pensam da maneira certa.

O Patrício pegou uma pilha de desenhos do esqueleto humano. Eram extremamente bons.

— Ah, céus.

— Por isso estou contando com a Vigilância.

— Esta deve ser a do capitão Vimes de quem tem me falado.

Lorde Vetinari sempre gostava de suas conversas ocasionais com Leonard. O homem se referia à cidade como se fosse outro mundo.

— Sim.

— Espero que tenha deixado clara a importância da tarefa.

— De certa forma. Eu o proibi absolutamente de realizá-la. Duas vezes.

Leonard assentiu com um gesto.

— Ah. Acho que entendi. Espero que funcione. — Ele suspirou. — Eu deveria ter desmantelado a coisa, mas... ela era tão claramente *criada*.

Eu tinha essa fantasia estranha de que estava apenas montando algo que já existia. Às vezes me pergunto de onde tirei a ideia. Parecia... Eu não sei... Sacrilégio, acho, desmontá-la. Seria como desmontar uma pessoa. Biscoito?

— Desmontar uma pessoa às vezes é necessário — disse lorde Vetinari.

— Este, naturalmente, é um ponto de vista — retrucou Leonard da Quirm polidamente.

— Você mencionou sacrilégio — apontou lorde Vetinari. — Normalmente isso envolve deuses de algum tipo, não?

— Eu usei essa palavra? Não posso imaginar que exista um deus das bombardas.

— É muito difícil, sim.

O Patrício se remexeu, inquieto, abaixou-se e pegou um objeto às suas costas.

— O que é isso?

— Ah, eu estava me perguntando onde isso tinha ido parar — disse Leonard. — É um modelo do minha máquina-de-girar-no-ar.*

Lorde Vetinari cutucou o pequeno rotor.

— Funcionaria?

— Ah, sim — disse Leonard, com um suspiro. — Se puder encontrar um homem com a força de dez para rodar a manivela em cerca de mil rotações por minuto.

O Patrício relaxou, de uma forma que apenas realçava o momento de tensão anterior.

— Agora há nesta cidade um homem com uma bombarda. Ele a usou com sucesso uma vez, e quase conseguiu uma segunda. Qualquer um poderia ter inventado a bombarda?

— Não. Eu sou um gênio — disse ele, pura e simplesmente. Uma mera declaração.

— Entendi. Mas, uma vez que a bombarda foi inventada, Leonard, quão gênio alguém precisa ser para fazer a segunda?

---

\* Já deve ter sido notado que, embora tenha sido absolutamente o maior gênio tecnológico de todos os tempos, Leonard da Quirm era meio que um Detritus quando se tratava de pensar em nomes.

— A técnica de estriamento exige considerável finesse, e o mecanismo de armar que desliza a baleta é delicadamente equilibrado. Além disso, claro, a extremidade do tambor deve ser muito... — Leonard viu a expressão do Patrício e deu de ombros. — Precisaria ser um homem inteligente.

— Esta cidade está cheia de homens inteligentes — disse o Patrício. — E anões. Homens inteligentes e anões que montam coisas.

— Eu sinto muito mesmo.

— Eles nunca *pensam*.

— De fato.

Lorde Vetinari se reclinou e olhou para a claraboia.

— Eles fazem coisas como abrir o Bar Três Alegres Peixes para Viagem no local do antigo templo da rua Dagon na noite do solstício de inverno, que ainda por cima é uma lua cheia.

— Receio que pessoas sejam assim.

— Nunca descobri o que aconteceu com o Sr. Hong.

— Pobre sujeito.

— E também há os magos. Remexem, remexem, remexem. Nunca pensam duas vezes antes de pegar um fio do tecido da realidade e dar um puxão.

— Chocante.

— Os alquimistas? A ideia deles de dever cívico é misturar coisas para ver o que acontece.

— Eu ouvi as explosões, mesmo daqui.

— E então, é claro, surge alguém como você...

— Eu estou mesmo terrivelmente arrependido.

Lorde Vetinari passou o modelo da máquina de voar entre os dedos.

— Você sonha em voar — disse ele.

— Ah, sim. Só então os homens seriam verdadeiramente livres. Do alto, não há limites. Não poderia haver mais guerras, porque o céu é infinito. Quão felizes seríamos, se pudéssemos voar...

Vetinari girou a máquina nas mãos.

— Sim — disse ele —, ouso dizer que seríamos.

— Eu venho tentando mecanismos com engrenagens, sabe?

— Perdão? Eu estava pensando em outra coisa.

*Homens de Armas*

— Eu quis dizer mecanismos com engrenagens para energizar minha máquina voadora. Mas não vai funcionar.

— Ah.

— Há um limite para o poder de uma mola, não importa quão apertada esteja montada.

— Ah, sim. Sim. E você espera que, se enrolar uma mola para um sentido, todas as suas energias irão convergir para o sentido oposto. E às vezes você precisa apertar bem a mola — disse Vetinari — e rezar para que ela não quebre. — Sua expressão mudou. — Ah, céus.

— Perdão? — disse Leonard.

— Ele não esmurrou a parede. Talvez eu tenha ido longe demais.

Detritus se sentou, o corpo soltando vapor. Agora sentia fome; não de comida, mas de coisas em que pensar. À medida que a temperatura afundava, a eficiência do cérebro aumentava ainda mais. Precisava de algo para fazer.

Calculou o número de tijolos na parede, primeiro em grupos de dois, e, depois de dez e, finalmente, de dezesseis. Os números se formavam e desfilavam por seu cérebro em apavorada obediência. Divisão e multiplicação eram descobertas. Álgebra foi inventada e proporcionou uma diversão interessante por um ou dois minutos. E então sentiu o nevoeiro de números se afastar, olhou para cima e viu as distantes e cintilantes montanhas do cálculo.

Trolls tinham evoluído em locais altos, rochosos e, acima de tudo, *frios*. Seus cérebros de silício estavam acostumados a operar em baixas temperaturas. Porém, nas planícies úmidas abaixo, o acúmulo de calor os desacelerou e os tornou burros. Não era que apenas trolls estúpidos desciam para a cidade. Trolls que decidiam vir para a cidade eram muitas vezes bem inteligentes, mas *ficavam* estúpidos.

Detritus era considerado idiota mesmo para os padrões dos trolls da cidade, mas isso era simplesmente porque seu cérebro era naturalmente otimizado para uma temperatura raramente alcançada em Ankh-Morpork, mesmo durante o inverno mais frio...

Agora seu cérebro estava se aproximando da temperatura ideal de funcionamento. Infelizmente, era muito próxima do ponto em que um troll morre.

Parte de seu cérebro pensava um pouco a respeito. Havia uma alta probabilidade de resgate. Isso significava que ele teria de sair. Significava que se tornaria estúpido de novo, tão certo como $10\text{-}3$ $(Me/Mp)\alpha6$ $\alpha G$ — $\frac{1}{2}N \approx 10N$.

Melhor aproveitar aquilo ao máximo então.

Voltou para o mundo de números tão complexos que não tinham significado, apenas um ponto de vista transitório. E também continuou a congelar até a morte.

Dibbler chegou ao Grêmio dos Açougueiros muito pouco tempo depois de Porrete. As grandes portas vermelhas estavam escancaradas, e um pequeno açougueiro estava sentado logo depois delas esfregando o nariz.

— Pra que lado ele foi?

— Aquele.

E, no salão principal do Grêmio, o mestre açougueiro Gerhardt Sock cambaleava em círculos. Isso porque as botas de Porrete estavam plantadas em seu peito. O anão estava agarrado ao jaleco do homem como um iatista domando um vendaval, e girava e girava seu machado diante do rosto de Sock.

— Me entrega agora ou vou fazer você comer o seu próprio nariz!

Uma multidão de açougueiros aprendizes tentava sair do caminho.

— Mas...

— Não discuta comigo! Eu sou um oficial da Vigilância, sou mesmo!

— Mas você...

— Você tem uma última chance, senhor. Me entregue agora!

Sock fechou os olhos.

— *O que é que você quer?*

A multidão esperou.

*Homens de Armas*

— Ah — disse Porrete. — Rá-rá-rá. Eu não disse?

— Não!

— Eu tenho certeza de que disse, sabe.

— Você não disse!

— Ah. Bem. É a chave para o armazém de futuros de porco, se quer saber. — Porrete pulou para o chão.

— Por quê?

O machado pairava diante do nariz dele de novo.

— Só estava perguntando — disse Sock, com uma voz desesperada e distante.

— Há um homem da Vigilância lá congelando até a morte — disse Porrete.

Havia uma multidão ao redor deles quando enfim abriram a porta principal. Pedaços de gelo tilintaram sobre o calçamento e soprou uma corrente de ar superfrio.

O gelo cobria o chão e as fileiras de carcaças penduradas em sua jornada inversa pelo tempo. Também cobria uma protuberância em forma de Detritus de cócoras no meio do chão.

Levaram-no para a luz do sol.

— Os olhos dele deveriam estar acendendo e apagando assim? — perguntou Dibbler.

— Pode me ouvir? — gritou Porrete. — Detritus?

Detritus piscou. O gelo deslizava dele no calor do dia.

Podia sentir o maravilhoso universo de números rachando. O aumento da temperatura atingiu seus pensamentos como um lança-chamas acariciando um floco de neve.

— Diga alguma coisa! — falou Porrete.

Torres de intelecto entravam em colapso conforme o fogo rugia pelo cérebro de Detritus.

— Ei, olhem *isso* — disse um dos aprendizes.

As paredes internas do armazém estavam cobertas de números. Equações tão complexas quanto uma rede neural tinham sido raspadas no gelo. Em algum ponto no cálculo, a matemática tinha deixado de usar números para usar letras, e, em seguida, as letras em si não tinham sido suficientes; colchetes como jaulas envolviam expressões que estavam para a matemática normal da mesma forma que uma cidade está para um mapa.

Elas ficavam mais simples à medida que se aproximavam de seu objetivo; simples, mas contendo nas linhas fluidas de sua simplicidade uma complexidade espartana e maravilhosa.

Porrete olhou para elas. Sabia que nunca, nem em cem anos, seria capaz de compreendê-las. O gelo caía com o ar mais quente. As equações ficavam mais estreitas à medida que desciam da parede e seguiam pelo chão até onde o troll estivera sentado, até virarem apenas algumas expressões que pareciam se mover e brilhar com uma vida toda própria. Aquela era a matemática sem números, pura como um relâmpago.

Elas se afunilavam até um ponto e no ponto havia apenas o símbolo muito simples: =.

— Igual a quê? — disse Porrete. — Igual a quê?

O gelo caiu.

Porrete foi para o lado de fora. Detritus estava sentado em uma poça de água, rodeado por uma multidão de humanos.

— Um de vocês pode lhe dar um cobertor ou algo assim?

Um homem muito gordo falou:

— Hã? Quem usaria um cobertor depois de ter estado em um troll?

— Rá, sim, bom argumento — disse Porrete. Olhou para os cinco furos no peitoral da armadura de Detritus. Estavam na altura da cabeça, para um anão. — Poderia vir aqui por um momento, por favor?

O homem sorriu para seus amigos e se aproximou.

— Acho que você pode ver os buracos na armadura dele, certo? — disse Porrete.

Dibbler era um sobrevivente. Da mesma forma que roedores e insetos podem sentir um terremoto antes dos primeiros tremores, ele sabia dizer se algo grande estava prestes a acontecer na rua. Porrete estava sendo gentil demais. Quando um anão era gentil daquele jeito, tratava-se de sinal de que estava economizando para ser desagradável mais tarde.

*Homens de Armas* 177

— Eu vou, er, cuidar das minhas coisas, então — disse Dibbler, e se afastou.

— Eu não tenho nada contra *anões*, entende — disse o homem gordo.

— Quero dizer, anões são praticamente pessoas, no meu entendimento. São só humanos mais baixos, quase. Mas trolls... Beeeemmm... Eles não são o mesmo que nós, certo?

— Licença, licença, abram passagem, passagem — disse Dibbler, conseguindo que seu carrinho realizasse o tipo de escapada que habitualmente é associada a veículos que possuem dados de pelúcia no para-brisas.

— É um belo casaco que você tem aí — disse Porrete. O carrinho de Dibbler virou a esquina sobre uma só roda. — É um *belo* casaco — disse Porrete. — Sabe o que você deve fazer com um casaco assim?

A testa do homem se franziu.

— Tira isso agora — disse Porrete — e dá pro troll.

— Ora, seu diabi...

O homem agarrou Porrete pela camisa e puxou-o para cima.

A mão do anão foi muito rápida. Ouviu-se um ruído metálico.

Homem e anão ficaram completamente imóveis por alguns segundos.

Porrete, que fora levantado até quase nivelar com o rosto do homem, observava com interesse quando os olhos começaram a lacrimejar.

— Me coloque no chão — disse Porrete. — Gentilmente. Eu faço movimentos musculares involuntários quando me assusto.

O homem obedeceu.

— Agora tire o casaco... isso... Passe para mim... obrigado...

— Seu machado... — murmurou o homem.

— Machado? Machado? Meu machado? — Porrete olhou para baixo. — Ora, ora, ora. Mal sabia que ele estava parado aí. Meu machado. Olha só, que coisa.

O homem tentava ficar na ponta dos pés. Seus olhos estavam lacrimejando.

— O lance com esse machado — disse Porrete — é que é um machado de arremesso. Fui campeão três anos consecutivos, na Cabeça-de-Cobre. Eu saquei e parti ao meio um galho a trinta metros de distância em um segundo. *Atrás* de mim. *E* eu estava doente naquele dia. Uma crise hepática.

Afastou-se. O homem caiu de joelhos, agradecido.

Porrete pendurou o casaco sobre os ombros do troll.

— Vamos lá, de pé. Vamos levar você para casa.

O troll pesadamente ficou na posição vertical.

— Quantos dedos tem aqui? — perguntou Porrete.

Detritus olhou.

— Dois e um?

— Serve. Para começar.


O Sr. Queijo olhou de detrás do bar para o capitão Vimes, que não se mexia havia uma hora. O Balde estava acostumado com bebedores pesados, que bebiam sem prazer, mas com uma espécie de determinação de nunca mais ver a sobriedade de novo. No entanto, aquilo era algo novo. Era preocupante. Ele não queria uma morte em suas mãos.

Não havia mais ninguém no bar. Ele pendurou o avental em um prego e saiu correndo em direção à Sede da Vigilância, quase colidindo com Cenoura e Angua na porta.

— Ah, fico feliz que seja você, cabo Cenoura — disse ele. — É melhor você vir. É o capitão Vimes.

— O que aconteceu com ele?

— Eu não sei. Ele bebeu muito mesmo.

— Eu pensei que ele tivesse parado!

— Acho — disse o Sr. Queijo com cautela — que esse não é mais o caso.


Em algum lugar perto da Alameda da Pedreira:

— Aonde estamos indo?

— Vou arranjar alguém para dar uma olhada em você.

— Médico anão não!

— Deve haver alguém aqui em cima que saiba como aplicar um pouco de cimento de secagem rápida ou sei lá o que vocês fazem. É normal você estar escorrendo assim?

— Não sei. Nunca escorri antes. Onde nós?

— Não sei. Nunca estive aqui antes.

*Homens de Armas* 179

A área ficava na direção do vento que vinha dos distritos de criação de gado e matadouro. Por isso era evitada como espaço para moradia por todos, exceto trolls, a quem os odores orgânicos eram tão relevantes e perceptíveis como o cheiro de granito seria para os humanos. A velha piada era: os trolls vivem perto do gado? Mas e o mau cheiro? Ah, o gado não se importa...

O que era idiota. Trolls não tinham cheiro, a não ser para outros trolls.

Os prédios ali tinham uma aparência de blocos. Foram construídos para os humanos, mas adaptados pelos trolls, o que em geral significava deixar as portas mais largas e bloquear as janelas. Ainda era dia. Não havia trolls à vista.

— Ugh — disse Detritus.

— Vamos, camarada — disse Porrete, empurrando Detritus como um rebocador empurra um petroleiro.

— Policial-lanceiro Porrete?

— Sim.

— Você anão. Aqui é a Alameda da Pedreira. Você encontrado aqui, você em *sérios* problemas.

— Nós somos guardas da cidade.

— Crisoprásio, ele mandar essas coisas tomar nos coprólitos.

Porrete olhou em volta.

— O que vocês usam como médicos, afinal?

Um rosto de troll apareceu em uma porta. E outro. E outro.

O que Porrete tinha pensado que era uma pilha de escombros acabou por ser um troll.

De repente, havia trolls por toda parte.

Eu sou um guarda, pensou Porrete. Isso é o que o sargento Colon disse. Pare de ser um anão e comece a ser um guarda. Isso é o que eu sou. Não um anão. Um guarda. Eles me deram um distintivo em forma de escudo. Guarda Municipal, esse sou eu. Eu carrego um distintivo.

Gostaria que ele fosse bem maior.


Vimes estava sentado quieto em uma mesa de canto n'O Balde. Havia alguns pedaços de papel e um punhado de objetos de metal à sua frente, mas ele estava olhando para o próprio punho. Estava inerte sobre a mesa, fechado com tanta força que os dedos estavam brancos.

— Capitão Vimes? — disse Cenoura, acenando com a mão diante dos olhos dele. Não houve resposta. — Quanto ele bebeu?

— Dois tragos de uísque, só.

— Isso não deveria ter esse efeito com ele, mesmo com estômago vazio — disse Cenoura.

Angua apontou para o gargalo de uma garrafa que saía pelo bolso de Vimes.

— Acho que ele não estava bebendo com o estômago vazio — disse ela. — Acho que ele pôs um pouco de álcool lá primeiro.

— Capitão Vimes? — chamou Cenoura mais uma vez.

— O que ele está segurando? — perguntou Angua.

— Não sei. Isso é ruim; nunca o vi assim antes. Vamos. Você pega as coisas. Eu levo o capitão.

— Ele não pagou pela bebida — disse o Sr. Queijo.

Angua e Cenoura olharam para ele.

— Cortesia da casa? — disse o Sr. Queijo.


Havia uma parede de trolls em volta de Porrete. Uma expressão que cabia muito bem nessa situação. No momento, a atitude deles era mais de surpresa do que ameaça, como cães assim que um gato entra no canil. Quando enfim se acostumassem com a ideia de que ele realmente existia, porém, provavelmente seria apenas questão de tempo até que esse estado de coisas não fosse mais possível.

Finalmente, um deles disse:

— Quê isso, então?

— Ele homem da Vigilância, que nem eu — disse Detritus.

— Ele um anão.

— Ele um guarda.

— Ele lugar errado, isso sim. — Um dedo troll atarracado cutucou Porrete nas costas.

Os trolls se aproximaram.

*Homens de Armas* 181

— Eu conto até dez — disse Detritus. — E aí qualquer troll que não for cuidar de sua vida troll, será troll arrependido.

— Você Detritus — disse um troll especialmente largo.

— Todo mundo sabe que você troll estúpido, você na Vigilância porque troll estúpido, você não sabe contar até...

*Bam.*

— Um — disse Detritus. — Dois... Terês. Quaatro... Cinco. Seis...

O troll caído olhou com espanto.

— Esse Detritus, ele *contando*.

Ouviu-se um zumbido, e um machado ricocheteou na parede perto da cabeça de Detritus.

Havia anões subindo a rua, com um ar decidido e mortal. Os trolls se dispersaram.

Porrete correu até eles.

— O que vocês estão fazendo? Estão malucos ou o quê?

Um anão apontou um dedo trêmulo para Detritus.

— O que é *isso*?

— Ele é um guarda.

— Me parece um troll. Pega ele!

Porrete deu um passo atrás e segurou seu machado.

— Eu conheço você, Braçoforte — disse ele. — O que é tudo isso?

— Você sabe, *homem* da Vigilância — disse Braçoforte. — A Vigilância diz que um troll matou Bjorn Hammerhock. Eles encontraram o troll!

— Não, isso não é...

Porrete ouviu um som às suas costas. Os trolls estavam de volta, armados para os anões. Detritus se virou e acenou com o dedo para eles.

— Qualquer troll se mexer — disse ele — e eu começo a contar.

— Hammerhock foi morto por um homem — disse Porrete. — O capitão Vimes acha...

— A Vigilância está com o troll — disse um anão. — Malditas rochas!

— Chupadores de areia!

— Monólitos!

— Comedores de ratos!

— Rá, estive com homens pouco tempo — disse Detritus — e já farto de vocês trolls estúpidos. Que você acha que humanos dizem, hein? Ah, eles étnicos, eles não sabem como se comportar na cidade grande, andam aí balançando clavas por qualquer coisinha.

— Nós somos guardas — disse Porrete. — Nosso trabalho é manter a paz.

— Bom — disse Braçoforte. — Vá mantê-la em algum lugar seguro até que a gente precise dela.

— Aqui não é Vale Koom — disse Detritus.

— Isso mesmo! — gritou um anão do fundo da multidão. — Desta vez nós podemos ver vocês!

Trolls e anões chegavam aos montes de cada ponta da rua.

— O que o cabo Cenoura faria num momento como esse? — sussurrou Porrete.

— Ele diz, vocês pessoas más, me irritam, vocês param com isso.

— E aí eles vão embora, certo?

— Isso.

— O que aconteceria se nós tentássemos isso?

— Procuramos nossas cabeças sarjeta.

— Acho que você está certo.

— Você vê aquele beco? É uma boa viela. Ela diz, olá. Vocês em minoria... 256 + 64 + 8 + 2 + 1 para 1. Venham aqui me ver.

Uma clava ricocheteou no elmo de Detritus.

— Corre!

Os dois guardas correram para o beco. Os exércitos improvisados observaram e, em seguida, esquecendo as diferenças por um instante, começaram a perseguição.

— Onde isso leva?

— Pra longe das pessoas nos perseguindo!

— Eu *gosto* de viela.

Atrás deles, os perseguidores de repente tentaram avançar por uma abertura que mal era ampla o bastante para acomodar um troll, perceberam que estavam num empurra-empurra com seus inimigos mortais e começaram a lutar entre si na mais rápida, desagradável e, sobretudo, *estreita* batalha já realizada na cidade.

Porrete fez um gesto para que Detritus parasse e espiou por uma esquina.

*Homens de Armas*   183

— Acho que estamos seguros — disse ele. — Tudo o que temos a fazer é sair pela outra ponta disso e voltar para o quartel. Certo?

Ele virou, não viu o troll, deu um passo à frente e desapareceu temporariamente do mundo dos homens.

— Ah, não — disse o sargento Colon. — Ele prometeu que não ia mais tocar nisso! Olha, ele tinha uma garrafa inteira!

— O que é isso? Abraçaurso? — perguntou Nobby.

— Acho que não; ele ainda está respirando. Vamos, me ajudem aqui.

A Vigilância Noturna reuniu-se ao redor de Vimes. Cenoura o tinha colocado em uma cadeira no meio de uma sala do quartel.

Angua pegou a garrafa e olhou para o rótulo.

— Genuíno e Autêntico Orvalho da Montanha Ensopada, de Dibbler C. A. P. C. — leu. — Ele vai morrer! Aqui diz: "Graduação alcoólica de 150 por cento"!

— Nah, isso é só a propaganda do velho Dibbler — disse Nobby. — Não tem *graduação*, as coisas dele não se formaram.

— Por que ele está sem a espada? — perguntou Angua.

Vimes abriu os olhos. A primeira coisa que viu foi o rosto preocupado de Nobby.

— Aargh! — disse ele. — 'Spada? Dei de pr'sente. Viva!

— O quê? — disse Colon.

— Chega d'Vigilança! Todo mund' vai...

— Acho que ele está um pouco bêbado — disse Cenoura.

— Bebo? Num tô bebo! Você num ia me chamá de bebo se eu tivesse sóbrio!

— Peguem um café — disse Angua.

— Acho que ele está além do *nosso* café — disse Colon. — Nobby, corre até o bar da Sally Gorda no beco da Barriga pra Dentro e pega uma jarra daquele negócio klatchiano especial que ela faz. Não uma jarra de metal, lembre-se.

Vimes piscava enquanto o seguravam na cadeira.

— Sai fora todo mund' — disse ele. — Bang! Bang!

— Lady Sybil vai ficar irritada de verdade — falou Nobby. — Vocês sabem que ele prometeu parar.

— Capitão Vimes? — chamou Cenoura.

— Hã?

— Quantos dedos eu estou mostrando?

— Hã?

— Quantas mãos, então?

— Quato?

— Caramba, eu não o via assim há anos — disse Colon. — Aqui, me deixe tentar uma coisa. *Quer outra bebida, capitão?*

— Ele com certeza não precisa de u...

— Cale a boca, eu sei o que estou fazendo. Outra bebida, capitão Vimes?

— Hã?

— Nunca vi ele não conseguir responder com um alto e claro "sim!" — disse Colon, voltando ao lugar. — Acho que é melhor levá-lo para o quarto.

— Eu levo, coitado — disse Cenoura. Levantou Vimes facilmente e o jogou por cima do ombro.

— Odeio vê-lo assim — disse Angua, seguindo-o pelo corredor e escada acima.

— Ele só bebe quando fica deprimido — contou Cenoura.

— Por que ele fica deprimido?

— Às vezes é porque não tomou um drinque.

A casa no Jardim Pseudópolis fora originalmente uma residência da família Ramkin. Agora, o primeiro andar era ocupado pelos guardas de forma permanente. Cenoura tinha um quarto. Nobby tinha quartos consecutivamente, quatro até agora, mudando para outro quando ficava difícil encontrar o chão. E Vimes tinha um também.

Mais ou menos. Era difícil dizer. Até mesmo um prisioneiro em uma cela consegue imprimir sua personalidade de alguma forma, mas Angua nunca vira um quarto tão sem vida.

— Este é o lugar onde ele vive? — perguntou Angua. — Céus.

— O que você esperava?

Homens de Armas

— Eu não sei. Qualquer coisa. Alguma coisa. Não *nada*.

Havia uma cama de ferro desconfortável. As molas e o colchão tinham cedido de maneira que formavam uma espécie de molde, forçando qualquer um que se apoiasse nela a adotar instantaneamente uma posição deitada específica. Havia um lavatório sob um espelho quebrado. Na prateleira, uma navalha, cuidadosamente alinhada na direção do Centro, porque Vimes compartilhava a crença popular de que isso a manteria afiada. Havia uma cadeira de madeira marrom com o assento de junco quebrado. E um pequeno baú ao pé da cama.

E só.

— Quer dizer, pelo menos um tapete — disse Angua. — Um retrato na parede. Alguma coisa.

Cenoura pôs Vimes na cama, onde ele fluiu inconscientemente para a forma imposta pelo colchão.

— Você não tem coisas no seu quarto? — perguntou Angua.

— Sim. Eu tenho um diagrama com vista de corte do eixo da mina No. 5 lá de casa. É muito interessante. Eu ajudei a criá-lo. E alguns livros e coisas. O capitão Vimes não é lá um tipo muito caseiro de pessoa.

— Mas não tem nem uma vela!

— Ele acha o caminho até a cama de memória, segundo diz.

— Ou um ornamento ou *qualquer coisa*.

— Há uma folha de papelão debaixo da cama — disse Cenoura.

— Lembro que eu estava com ele na rua das Filigranas quando a encontrou. Ele disse: "Há um mês de sola nisso, se estou calculando certo". Ele ficou muito satisfeito.

— O capitão nem pode pagar por novas botas?

— Acho que não. Eu sei que lady Sybil se ofereceu para comprar todas as botas novas que quisesse, e ele ficou um pouco ofendido com isso. Ele parece tentar fazê-las durar.

— Mas você pode comprar botas, e olha que você ganha menos do que ele. *E* ainda envia dinheiro para casa. Ele deve gastar tudo com bebida, o idiota.

— Não acredito. Acho que ele não tocou em bebida durante meses. Lady Sybil fez com que trocasse por charutos.

Vimes roncou alto.

— Como você pode admirar um homem como esse? — indagou Angua.

— Ele é um homem muito bom.

Angua levantou a tampa da arca de madeira com o pé.

— Ei, não acho que você devia fazer isso... — disse Cenoura, sem jeito.

— Estou só olhando — retrucou Angua. — Não há lei alguma contra isso.

— Na verdade, de acordo com a Lei de Privacidade de 1467, essa *é* uma...

— Há apenas botas velhas e outras coisas. E uns papéis. — Ela se abaixou e pegou um livro toscamente encadernado. Era apenas um maço de pedaços de papel irregulares colados juntos entre duas capas de cartão.

— Isso pertence ao capitão...

Ela abriu o livro e leu algumas linhas. Ficou boquiaberta.

— Olha só isso! Não admira que ele nunca tenha dinheiro!

— O que você quer dizer?

— Ele gasta com mulheres! Você nem desconfiaria, não é? Veja esta anotação. Quatro em uma semana!

Cenoura olhou por cima do ombro dela. Na cama, Vimes roncava.

Lá, na página, na escrita encaracolada de Vimes, estavam as palavras:

Sra. Gaskin, Rua Mincing: $5
Sra. Scurrick, Rua do Melaço: $4
Sra. Maroon, Beco do Wixon: $4
Annabel Curry, Lobfneaks: $2

— Annabel Curry não deve ter sido muito boa, por apenas dois dólares — disse Angua.

E percebeu uma queda súbita de temperatura.

— Eu não acho que seja isso — disse Cenoura, lentamente. — Ela tem apenas 9 anos de idade.

Uma de suas mãos agarrou o pulso dela com força enquanto a outra tirava o livro de seus dedos.

*Homens de Armas* 187

— Ei, me *solte!*

— Sargento! — gritou Cenoura, para trás — Pode vir aqui um instante?

Angua tentou se afastar. O braço de Cenoura era tão imóvel quanto uma barra de ferro.

Ouviu-se o ranger dos pés de Colon na escada e a porta se abriu.

Ele segurava uma pequena xícara em um par de tenazes.

— Nobby conseguiu o caf... — começou, parando em seguida.

— Sargento — disse Cenoura, olhando para o rosto de Angua —, a policial-lanceira Angua quer saber sobre a Sra. Gaskin.

— A viúva do velho Perninha Gaskin? Ela mora na rua Mincing.

— E a Sra. Scurrick?

— Da rua do Melaço? Está lavando roupa para fora agora. — O sargento Colon olhou de um para o outro, tentando entender a situação.

— Sra. Maroon?

— Essa é a viúva do sargento Maroon, ela vende carvão em...

— E que tal Annabel Curry?

— Ela ainda está na Escola de Caridade das Irmãs Rancorosas de Sek das Sete Mãos, não? — Colon sorriu nervosamente para Angua, ainda sem saber ao certo o que estava acontecendo. — Ela é filha do cabo Curry, mas, claro, isso foi antes da sua época...

Angua olhou para o rosto de Cenoura. A expressão dele era ilegível.

— São as viúvas de policiais? — disse ela.

Ele fez que sim.

— E uma órfã.

— É uma vida dura — disse Colon. — Não há pensões para as viúvas, sabe?

Ele olhou de um para outro.

— Há algo errado? — perguntou.

Cenoura relaxou a mão, virou-se, colocou o livro na caixa e fechou a tampa.

— Não — respondeu ele.

— Olha, eu sin... — começou Angua. Cenoura ignorou e gesticulou para o sargento.

— Dê o café para ele.

— Mas... 14 dólares... isso é quase metade do salário dele!

Cenoura pegou o braço mole de Vimes e tentou abrir a mão do capitão, mas, mesmo inconsciente, Vimes mantinha os dedos fechados.

— Metade do *salário* dele!

— Eu não sei o que ele está segurando aqui — disse Cenoura, ignorando-a. — Talvez seja uma pista.

Ele pegou o café e levantou Vimes pelo colarinho.

— Beba isso, capitão — disse ele —, e tudo vai parecer muito... mais claro...

Café klatchiano tem o poder de deixar um homem mais sóbrio do que um inesperado envelope marrom do homem dos impostos. Na verdade, entusiastas do café tomam a precaução de ficar completamente bêbados antes de tocar em um copo dele, porque o café klatchiano traz de volta a sobriedade e, se você não tiver cuidado, pode levá-lo *para o outro lado*, para onde a mente do homem não deve ir. A Vigilância era de opinião que Samuel Vimes estava sempre com dois drinques negativos na contagem e precisava de uma dose dupla para ficar sóbrio.

— Cuidado... Cuidado... — Cenoura deixou algumas gotas caírem nos lábios de Vimes.

— Olha, quando eu disse... — começou Angua.

— Esqueça. — Cenoura nem virou a cabeça.

— Eu estava apenas...

— Eu disse esqueça.

Vimes abriu os olhos, deu uma olhada no mundo e gritou.

— Nobby!

— Sim, sarja?

— Você comprou o Deserto Vermelho Especial ou o Estreito da Montanha Crespa?

— Deserto Vermelho, sarja, porque...

— Você podia ter avisado. Melhor pegar — Colon olhou para a careta de horror de Vimes — meio copo de Abraçaurso. Ele foi longe demais na outra direção.

O copo chegou e foi administrado. Vimes relaxou o corpo assim que fez efeito.

*Homens de Armas*

E abriu a mão.

— Ai, meus deuses — disse Angua. — Nós temos curativos?

O céu era um pequeno círculo branco, bem no alto.

— Onde é que nós estamos, parceiro? — disse Porrete.

— Caverna.

— Não há cavernas sob Ankh-Morpork. Ela fica sobre barro. — Porrete havia caído cerca de nove metros, mas a queda acabara amortecida pela cabeça de Detritus. O troll estava sentado, cercado por madeira podre, em... Bem... Uma caverna. Ou, pensou Porrete, enquanto seus olhos se acostumavam à escuridão, um túnel revestido de pedra.

— Eu não fiz nada — disse Detritus —, só fiquei ali parado, minuto seguinte, tudo começa a passar por mim.

Porrete estendeu a mão na lama sob seus pés e pegou um pedaço de madeira. Era muito grosso. E também muito podre.

— Nós caímos através de alguma coisa para dentro de alguma outra coisa — disse ele. Passou a mão pela parede do túnel curvo. — E essa é uma alvenaria *boa*. *Muito* boa.

— Como vamos sair?

Não havia como subir de volta. O teto do túnel era muito mais alto do que Detritus.

— Andando, eu acho — disse Porrete.

Farejou o ar, que estava úmido. Anões têm um senso de direção muito bom no subsolo.

— Por aqui — acrescentou, começando a andar.

— Porrete?

— Sim?

— Ninguém nunca disse que tem túneis sob a cidade. Ninguém sabe sobre eles.

— Então...?

— Então não há saída. Porque saída é entrada, também, e se ninguém sabe sobre túneis, então é porque não tem entrada.

— Mas eles têm que levar a algum lugar.

— Certo.

Lama preta, mais ou menos seca, formava uma trilha no chão do túnel. Havia limo nas paredes, também, o que indicava que em algum momento do passado recente o túnel havia estado cheio de água. Aqui e ali enormes manchas de fungos, luminosos com a decomposição, lançavam um brilho fraco sobre o antigo trabalho de pedra.*

Porrete sentiu seu moral se elevar enquanto caminhavam pela escuridão. Anões sempre ficam mais felizes no subsolo.

— Com certeza encontraremos uma saída — disse ele.

— Certo.

— Mas me diga... como você entrou para a Vigilância?

— Rá! Minha menina Rubi, ela disse, você quer casar, você consegue bom trabalho, eu não caso com um troll que pessoas dizem, ele não bom troll, ele tapado que nem prancha de madeira. — A voz de Detritus ecoava na escuridão. — E você?

— Eu fiquei entediado. Eu trabalhava para o meu cunhado, Durance. Ele tem um bom negócio fazendo ratos da sorte para restaurantes anões. Mas pensei, este não é um trabalho apropriado para um anão.

— Me parece trabalho fácil.

— Era o diabo fazer os ratos engolirem os papeizinhos da sorte.

Porrete parou. Uma alteração no ar sugeria um túnel mais largo à frente.

E, realmente, o túnel abria para a lateral de outro muito mais largo. Havia uma lama funda no chão, no meio da qual corria um filete de água. Porrete pensou ter ouvido ratos ou o que esperava serem ratos fugindo depressa para o vazio da escuridão. Até achou que podia ouvir os sons da cidade — indistintos, entremeados — filtrados pela terra.

— É como um templo — disse ele, e sua voz ribombou pela distância.

— Coisa escrita aqui na parede — disse Detritus.

---

* Não precisava. Porrete, pertencente a uma raça que trabalhava de preferência no subsolo, e Detritus, membro de uma raça notoriamente noturna, tinham excelente visão no escuro. Porém, cavernas misteriosas e túneis sempre têm fungos luminosos, cristais estranhamente brilhantes ou apenas uma pitada de brilho sobrenatural no ar, para o caso de um herói numano chegar e precisar enxergar no escuro. É estranho, mas é verdade.

Porrete olhou para as letras cortadas profundamente na pedra.

— Via Cloaca. Hmm. Bem, vejamos... via é uma antiga palavra para rua ou caminho. Cloaca significa...

Olhou para a escuridão.

— Isso é um esgoto — concluiu.

— Quê isso?

— É como... Bem, onde os trolls despejam sua... porcaria?

— Na rua — disse Detritus. — Higiênico.

— Isso é... Uma rua subterrânea só para... Bem, para cocô — explicou Porrete. — Eu nunca soube que Ankh-Morpork tinha isso.

— Talvez Ankh-Morpork não sabia que Ankh-Morpork tinha isso.

— Isso. Você tem razão. Esse lugar é *antigo*. Estamos nas entranhas da terra.

— Em Ankh-Morpork até a merda tem uma rua só pra ela — disse Detritus, com espanto e admiração na voz. — Realmente, esta uma terra de oportunidades.

— Aqui tem mais alguma coisa escrita — disse Porrete, raspando uma parte do limo.

— *Cirone IV me fabricat* — leu em voz alta. — Ele foi um dos primeiros reis, não foi? Ei... você sabe o que isso significa?

— Ninguém esteve aqui desde ontem — disse Detritus.

— Não! Este lugar... este lugar tem mais de dois mil anos de idade. Provavelmente nós somos as primeiras pessoas a vir aqui desde...

— Ontem — disse o troll.

— Ontem? Ontem? O que ontem tem a ver com isso?

— Pegadas frescas — disse Detritus.

Apontou.

Havia pegadas na lama.

— Há quanto tempo você mora aqui? — perguntou Porrete, de repente sentindo-se um pouco exposto no meio do túnel.

— No-ve anos. Esse o número de anos que moro aqui. No-ve — disse Detritus, com orgulho. — É apenas um de um grande... Número de números que eu sei contar.

— Você *alguma vez* ouviu falar de túneis sob a cidade?

— Não.

— Mas alguém sabe sobre eles.

— Sim.

— O que devemos fazer?

A resposta era inevitável. Eles haviam perseguido um homem até o armazém de futuros de porco e quase morrido. Depois tinham se metido no meio de uma pequena guerra e quase morrido. Agora estavam em um túnel misterioso onde havia pegadas frescas. Se o cabo Cenoura ou o sargento Colon dissessem "e o que vocês fizeram, então?", nenhum dos dois poderia suportar a ideia de dizer "Nós voltamos".

— As pegadas vão por *este* caminho — disse Porrete —, e aí retornam. Mas as que voltam não são tão fundas quanto as que vão. Dá para ver que elas vêm depois porque estão por cima das outras. Assim, ele foi mais pesado *indo* do que voltando, certo?

— Certo — disse Detritus.

— Então isso significa que...?

— Ele perdeu peso?

— Ele estava carregando alguma coisa e a deixou... mais à frente, em algum lugar.

Olharam para a escuridão.

— Então vamos e descobrimos o que era? — disse Detritus.

— Acho que sim. Como você está se sentindo?

— Bem.

Ainda que fossem de espécies diferentes, suas mentes se concentraram em uma só imagem: um brilho fraco e um pedaço de chumbo zunindo pela noite subterrânea.

— Ele voltou — disse Porrete.

— Sim — concordou Detritus.

Olharam para a escuridão de novo.

— Esse não tem sido um bom dia — disse Porrete.

— Verdade.

— Eu só gostaria de saber uma coisa, para o caso de... Quer dizer... Bom, o que aconteceu no depósito de carne de porco? Você fez toda aquela matemática! Todas aquelas contas!

— Eu... não sei. Eu vi tudo.

— Tudo o quê?

— Tudo aquilo. Tudo. Todos os números do mundo. Eu sabia contar todos.

— E o que vinha depois do sinal de igual?

— Não sei. O que é sinal de igual?

Seguiram em frente, para ver o que o futuro lhes reservava.

Em dado momento a trilha levava a um túnel mais estreito, que mal tinha espaço para o troll ficar de pé. E então não tinham mais como prosseguir. Uma pedra havia caído do teto e estava coberta por entulho e lama, bloqueando o túnel. Porém, isso não importava, porque encontraram o que estavam procurando, mesmo que não soubessem o que estavam procurando.

— Opa — disse Detritus.

— Realmente — concordou Porrete. Olhou em volta. — Sabe, imagino que esses túneis geralmente fiquem cheios de água. Eles estão bem abaixo do nível normal do rio.

Retornou o olhar para a patética descoberta.

— Isso vai criar um monte de problemas — disse.


— É o distintivo — disse Cenoura. — Céus. Ele está segurando com tanta força que cortou a *mão*.


Tecnicamente, Ankh-Morpork foi construída sobre barro, mas, na prática, ela foi construída sobre Ankh-Morpork; foi construída, incendiada, assoreada e reconstruída tantas vezes que suas fundações são antigas adegas, estradas enterradas e os fósseis e estrumeiras das cidades anteriores.

Abaixo de tudo isso, nas trevas, estavam sentados o troll e o anão.

— O que faremos agora?

— Devemos deixá-lo aqui e chamar o cabo Cenoura. Ele saberá o que fazer.

Detritus olhou por sobre o ombro para o que havia às suas costas.

— Eu não gosto disso — disse ele. — Não é certo deixá-lo aqui.

— Certo. Sim, você está certo. Mas você é um troll e eu sou um anão. O que você acha que aconteceria se as pessoas nos vissem carregando isso pelas ruas?

— *Grande* problema.

— Correto. Vamos. Vamos seguir as pegadas de volta.

— E se isso sumiu quando a gente voltar? — disse Detritus, ficando de pé.

— Como? Estamos seguindo os rastros até a saída. Se as pessoas que colocaram isso aí resolverem voltar, vamos estar andando bem na direção delas.

— Ah, sim. Que bom que você disse isso.


Vimes estava sentado na beira da cama, enquanto Angua enfaixava sua mão.

— Capitão *Quirke*? — disse Cenoura. — Mas ele... não é uma boa escolha.

— Maionese Quirke, era como a gente o chamava — disse Colon. — Ele é um estúpido.

— Não me diga — disse Angua. — Ele é rico, grosso e seboso, não é?

— E fede um pouco a ovos — disse Cenoura.

— Plumas no elmo — disse Colon — e um peitoral onde você pode ver o reflexo do seu rosto.

— Bem, Cenoura tem um desses também — disse Nobby.

— Sim, mas a diferença é que Cenoura mantém a armadura polida porque ele... gosta dela limpa — disse Colon lealmente. — Enquanto Quirke mantém a dele brilhante porque ele é um estúpido.

— Mas ele encerrou o caso — disse Nobby. — Eu ouvi sobre isso quando saí para buscar o café. Ele prendeu Cara de Carvão, o troll. Sabe quem é, capitão? O limpador de latrinas. Alguém o viu perto da rua da Geada pouco antes de o anão ser morto.

— Mas ele é *enorme* — disse Cenoura. — Não poderia ter passado pela porta.

— Ele tem um motivo — disse Nobby.

— Tem?

Homens de Armas — Sim. Hammerhock era um anão.

— Isso não é um motivo.

— É para um troll. De qualquer forma, se ele não fez isso, provavelmente fez *alguma coisa*. Há uma abundância de provas contra ele.

— Como o quê? — disse Angua.

— Ele ser um troll.

— Isso não é prova.

— É para o capitão Quirke — disse o sargento.

— Ele deve ter feito *alguma* coisa — repetiu Nobby.

Nisso ele ecoava a opinião do Patrício sobre crime e castigo. Se houve crime, deve haver punição. Se o criminoso específico fosse envolvido no processo de punição, então este era um acidente feliz, mas, se não, então qualquer criminoso serviria, e, uma vez que todos eram sem dúvida culpados de alguma coisa, o resultado *em termos gerais* era de que a justiça fora feita.

— Ele é um tipo desagradável, esse Cara de Carvão — disse Colon.

— É braço direito do Crisoprásio.

— Sim, mas ele não poderia ter matado Bjorn — disse Cenoura. — E quanto à moça mendiga?

Vimes estava sentado, olhando para o chão.

— O que *você* acha, capitão? — indagou Cenoura.

Vimes deu de ombros.

— Quem se importa?

— Bem, *você* se importa — respondeu Cenoura. — Você sempre se importa. Não podemos deixar que mesmo alguém como...

— Escute — disse Vimes, em voz baixa. — Supondo que encontrássemos quem matou o anão e o palhaço. Ou a moça. Não faria diferença alguma. Está tudo podre de qualquer maneira.

— O que está podre, capitão? — perguntou Colon.

— Tudo. É que nem tentar esvaziar um poço com uma peneira. Deixe os Assassinos tentarem resolver o problema. Ou os ladrões. Ele pode tentar usar os ratos depois. Por que não? Nós não somos as pessoas para essa tarefa. Devemos apenas ficar tocando nossos sinos e gritando "Tudo está bem!".

— Mas não está tudo bem, capitão — disse Cenoura.

— E daí? Quando isso importou?

— Deuses — disse Angua, baixinho. — Acho que você deu a ele uma dose grande demais daquele café...

— Estou me aposentando da Vigilância amanhã — lembrou Vimes. — Vinte e cinco anos nas ruas...

Nobby começou a rir, nervoso, e parou quando o sargento, sem parecer mudar de posição, agarrou um de seus braços e o torceu suave, mas significativamente, para atrás de suas costas.

— ... e que bem isso fez? Que *bem* eu fiz? Gastei várias botas. Não há lugar em Ankh-Morpork para policiais! Quem se importa com o que é certo ou errado? Assassinos, ladrões, trolls e anões! Poderíamos ter logo até um maldito rei e pronto!

O resto da Vigilância Noturna ficou parado olhando para o chão em mudo embaraço. Então, Cenoura disse:

— É melhor acender uma vela do que amaldiçoar a escuridão, capitão. Isso é o que eles dizem.

— *O quê?* — A raiva súbita de Vimes explodiu como um trovão. — Quem diz isso? Quando isso foi verdade? Nunca foi verdade! É o tipo de coisa que as pessoas sem poder dizem para fazer tudo parecer menos horroroso, mas são só palavras, e elas nunca fazem *diferença* alguma...

Alguém esmurrou a porta.

— Deve ser Quirke — disse Vimes. — Vocês devem entregar suas armas. A Vigilância Noturna está sendo suspensa por um dia. Não se pode ter policiais por aí perturbando as coisas, né? Abra a porta, Cenoura.

— Mas... — começou Cenoura.

— Isso foi uma ordem. Eu posso não servir para mais nada, mas posso dar a maldita ordem para que você abra a porta, então abra a porta!

Quirke estava acompanhado por meia dúzia de membros da Vigilância Diurna. Portavam bestas. Em deferência ao fato de estarem fazendo um trabalho ligeiramente desagradável envolvendo colegas policiais, estavam apontadas ligeiramente para baixo. Em deferência ao fato de que não eram bobos, as travas de segurança estavam desativadas.

Quirke não era de fato um homem *mau*. Não tinha imaginação para isso. Ele transitava mais naquele tipo de desconforto de baixo nível generalizado que afeta ligeiramente a alma de todos os que entram em

Homens de Armas

contato com ele.* Muitas pessoas estão em cargos um pouco além de sua capacidade, mas encontram maneiras de lidar com essa situação. Às vezes são apenas confusas, mas simpáticas, e outras vezes são como Quirke. Quirke lidava com todos segundo a máxima de que não importa se você está certo ou errado, desde que tenha certeza. Não havia, no todo, preconceito *racial* real em Ankh-Morpork; quando se tem anões e trolls por aí, a mera cor de outros humanos não é um item de destaque. Porém, Quirke era o tipo de homem que naturalmente pronunciava a palavra negro como se ela sempre estivesse entre aspas.

E usava um chapéu com plumas.

— Entre, entre — disse Vimes. — Não estamos fazendo nada mesmo.

— Capitão Vimes...

— Está tudo bem. Nós sabemos. Entreguem suas armas, pessoal. Isso é uma ordem, Cenoura. Uma espada oficial, uma maça ou alabarda, um bastão ou cassetete, uma besta. É isso, não é, sargento Colon?

— Sim, senhor.

Cenoura hesitou por um segundo.

— Ah, bem — disse ele. — Minha espada *oficial* está na prateleira.

— O que é essa no seu cinto?

Cenoura não disse nada, mas mudou ligeiramente de posição. Seu bíceps se retesou contra o couro de seu gibão.

— Espada Oficial. Certo — disse Quirke. Deu meia-volta. Era uma daquelas pessoas que recuam de um ataque pela força, mas atacam a fraqueza sem piedade. — Onde está o chupador de areia? E a pedra?

— Ah — disse Vimes —, você está se referindo aos membros representativos das nossas companheiras raças sapientes que optaram por conviver com as pessoas desta cidade?

— Quero dizer o anão e o troll — disse Quirke.

— Não tenho a menor ideia — retrucou Vimes alegremente.

Angua achou que ele parecia estar bêbado de novo, como se as pessoas pudessem ficar embriagadas de desespero.

---

* Um pouco como o sistema de trens britânico

— Nós não sabemos, senhor — disse Colon. — Não os vimos o dia todo.

— Provavelmente brigando na Alameda da Pedreira com o resto deles — disse Quirke. — Não dá para se confiar em pessoas desse tipo. Vocês deveriam saber disso.

E Angua também achava que, embora palavras como meia-taça e chupador de areia fossem ofensivas, eram termos de fraternidade universal em comparação a palavras como "pessoas desse tipo" na boca de homens como Quirke. Muito para sua surpresa, ela se flagrou olhando fixamente para a jugular do homem.

— Brigando? — indagou Cenoura. — Por quê?

Quirke deu de ombros.

— Quem sabe?

— Me deixe pensar agora — disse Vimes. — Poderia ter algo a ver com a prisão errônea. Poderia ter algo a ver com alguns dos anões mais inquietos precisarem apenas de uma desculpa qualquer para atacar os trolls. O que *você* pensa, Quirke?

— Eu não penso, Vimes.

— Bom homem. Você é bem do tipo de que a cidade precisa.

Vimes se levantou.

— Vou embora, então — disse ele. — Verei todos vocês amanhã. Se houver um.

A porta bateu às suas costas.


O salão era *enorme*. Era do tamanho de uma praça da cidade, com pilares a cada poucos metros para sustentar o teto. Túneis saíam dele para todas as direções e de várias alturas das paredes. Escorria água de muitos deles, de pequenas nascentes e rios subterrâneos.

Aquele era justamente o problema. O filete de água corrente no chão de pedra do salão apagara os vestígios de pegadas.

Um túnel muito largo, quase bloqueado por detritos e sedimentos, levava para o que Porrete estava certo de ser a direção do estuário.

Era quase agradável. Não havia odor além de um cheiro de mofo úmido e subterrâneo. E era fresco.

— Eu vi grandes salões dos anões nas montanhas — disse Porrete —, mas preciso admitir que isso aqui é coisa de outro nível. — Sua voz ecoou de um ponto a outro da câmara.

— Ah, sim — disse Detritus —, isso tem que ser de outro nível, porque não fica nas montanhas junto com o salão dos anões.

— Você consegue ver alguma forma de subir até lá?

— Não.

— Nós podemos ter passado por dez caminhos para a superfície sem saber.

— Sim — disse o troll. — É um problema intrincado.

— Detritus?

— Sim?

— Sabia que você está ficando mais esperto de novo, aqui no frio?

— Sério?

— Pode usar isso para pensar em uma maneira de sairmos?

— Cavando? — sugeriu o troll.

Havia blocos caídos aqui e ali nos túneis. Não muitos; o lugar fora bem construído...

— Nah. Não temos uma pá — disse Porrete.

Detritus concordou.

— Me dê seu peitoral.

Ele apoiou o peitoral na parede e bateu com o punho nele algumas vezes. Então o devolveu. Estava, mais ou menos, na forma de uma pá.

— É um longo caminho — disse Porrete, em dúvida.

— Mas sabemos o caminho — disse Detritus. — É isso ou ficar aqui embaixo comendo ratos pelo resto da vida.

Porrete hesitou. A ideia tinha certo apelo...

— Sem ketchup — acrescentou Detritus.

— Acho que vi uma pedra solta naquele caminho ali — disse o anão.

O capitão Quirke olhou em volta pela sala da Vigilância Noturna com ar de quem está fazendo um favor ao ambiente ao olhar para ele.

— Lugar agradável, esse. Acho que vamos nos mudar para cá. Melhor do que os alojamentos perto do Palácio.

— Mas *nós estamos* aqui — disse o sargento Colon.

— É só vocês se espremerem um pouquinho — disse o capitão Quirke. Olhou para Angua. Estava ficando incomodado com o olhar dela.

— Haverá algumas mudanças, também — disse ele.

Às suas costas, a porta se abriu. Um cãozinho malcheiroso entrou mancando.

— Mas lorde Vetinari não disse quem ficará no comando da Vigilância Noturna — disse Cenoura.

— Ah, sim? Me parece, *me* parece — disse Quirke — que não é provável que seja um de *vocês*, hum? Me parece provável que as Vigilâncias sejam unificadas. Me parece que há muito desleixo nesse lugar. Me parece desorganizado demais.

Olhou para Angua de novo. Estava começando a perder a paciência com o jeito que ela o olhava.

— Me parece... — recomeçou Quirke, então reparou no cachorro.

— Veja isso! Cães na Sede da Vigilância! — Chutou Gaspode com força e sorriu quando o cão correu gemendo para debaixo da mesa.

— E quanto a Lettice Knibbs, a mendiga? — disse Angua. — Nenhum troll a matou. Ou o palhaço.

— Você precisa enxergar a situação como um todo — falou Quirke.

— Senhor capitão — chamou uma voz grave debaixo da mesa, audível em um nível consciente apenas para Angua —, seu rabo está coçando.

— E qual é o todo da situação, então? — perguntou o sargento Colon.

— Temos que pensar na cidade como um todo — respondeu Quirke. Remexeu-se, inquieto.

— Coçando *mesmo* — disse a voz dissimulada.

— Está se sentindo bem, capitão Quirke? — disse Angua.

O capitão se contorceu.

— Coça, coça, coça — disse a voz.

— Quero dizer, algumas coisas são importantes, algumas não — disse Quirke. — Aargh!

— Desculpe?

— Coça.

— Não posso ficar aqui falando com vocês o dia todo — disse Quirke. — Vocês. Apresentem-se a mim. Amanhã à tarde..

— Coça, coça, coça...

— Meia-vooooolta!

A Vigilância Diurna correu para fora, com Quirke pulando e contraindo sua, por assim dizer, retaguarda.

— Céus, ele parecia ansioso para ir embora — falou Cenoura.

— Sim — disse Angua. — Não consigo imaginar por quê.

Olharam um para o outro.

— É isso? — disse Cenoura. — A Vigilância Noturna acabou?


Costuma ser muito tranquilo na biblioteca da Universidade Invisível. Há talvez o arrastar de pés quando os magos passeiam entre as estantes, a ocasional tosse seca para perturbar o silêncio acadêmico e, de vez em quando, um grito agonizante quando um estudante incauto não consegue tratar um velho livro de magia com a cautela que ele merece.

Considere os orangotangos.

Em todos os mundos agraciados por sua presença, suspeita-se que eles possam falar, mas que optam por não fazê-lo por medo de serem colocados para trabalhar por humanos, possivelmente na indústria televisiva. Na verdade eles *sabem* falar. É que falam em orangotango. Os seres humanos só são capazes de ouvir uma confusão.

O Bibliotecário da Universidade Invisível tinha decidido unilateralmente auxiliar a compreensão criando um Dicionário Orangotango/Humano. Estava trabalhando nele havia três meses.

Não era fácil. Tinha ido apenas até "Oook".*

Estava lá embaixo no estoque, onde era fresco.

E de repente alguém estava cantando.

Ele tirou a caneta do pé e escutou.

Um humano teria decidido que não poderia acreditar nos próprios ouvidos. Orangotangos são mais sensatos. Se você não vai acreditar nos próprios ouvidos, vai acreditar nos ouvidos de quem?

---

\* O que pode significar... Bem... Significados incluem: "Com licença, mas você está pendurado na minha argola de borracha, muito obrigado", "Pode ser apenas biomassa vital oxigenando o planeta para você, mas é casa para mim" e "Tenho certeza de que havia uma floresta tropical aqui um segundo atrás".

Alguém estava cantando, no subsolo. Ou tentando.

As vozes subterrâneas eram mais ou menos assim:

— Uoro, orou, Uoro, orou...

— Ei, escute... troll! É a música mais simples que existe. Olha, desse jeito "Ouro, Ouro, Ouro, Ouro".

— Ouro, Ouro, Ouro, Ouro...

— Não! Esse é o *segundo* verso!

Havia também o som rítmico de terra sendo escavada com uma pá e detritos sendo removidos.

O Bibliotecário considerou essas informações por algum tempo. Então... um anão e um troll. Gostava mais das duas espécies que dos humanos. Por um motivo, nenhuma das duas era composta por grandes leitores. O Bibliotecário era, é claro, muito a favor da leitura em geral, mas leitores em particular lhe davam nos nervos. Havia algo, bem, *sacrílego* na maneira como eles ficavam tirando livros das estantes e gastando as palavras ao lê-las. Gostava de pessoas que amavam e respeitavam os livros, e a melhor maneira de fazer isso, na opinião do Bibliotecário, era deixando-os nas estantes, onde a Natureza pretendia que ficassem.

As vozes abafadas pareciam estar se aproximando.

— Ouro, ouro, ouro...

— Agora você está cantando o refrão!

Por outro lado, havia maneiras adequadas de entrar numa biblioteca.

Cambaleou até as estantes e selecionou a obra seminal de Humptulip, *Como Matar Insetos*. Todas as duas mil páginas.

Vimes sentia o coração leve ao subir a avenida Scoone. Sabia que havia um Vimes interior gritando em sua cabeça. Ignorou-o.

Você não pode ser um policial de verdade em Ankh-Morpork e manter a sanidade. Você tinha que *se importar*. E se importar em Ankh-Morpork era como abrir uma lata de carne no meio de uma escola de piranhas.

Todos lidavam com isso à sua própria maneira. Colon nunca pensava a respeito, Nobby não se preocupava, os novos não tiveram tempo suficiente para serem desgastados por isso e Cenoura... Cenoura era apenas ele mesmo.

Centenas de pessoas morriam na cidade todos os dias, muitas vezes via suicídio. Então o que importavam algumas a mais?

O Vimes interior martelava nas paredes.

Havia alguns coches do lado de fora da mansão Ramkin, e o lugar parecia estar infestado de parentes femininos variados e Emmas intercambiáveis. Elas estavam assando coisas e polindo coisas. Vimes passou por elas, mais ou menos despercebido.

Encontrou Sybil fora, no abrigo dos dragões, em suas botas de borracha e armadura. Estava retirando o estrume, parecendo alegremente alheia ao alvoroço controlado na mansão.

Ela olhou para cima quando a porta se fechou às costas de Vimes.

— Ah, aí está você. Chegou em casa mais cedo — disse ela. — Eu não podia suportar a confusão, então vim para cá. Mas terei que ir e me trocar em breve...

Ela parou quando viu sua expressão.

— Há algo errado, não é?

— Eu não vou voltar — disse Vimes.

— Sério? Na semana passada você disse que faria uma ronda completa. Disse que estava ansioso por isso.

Quase nada passa batido pela velha Sybil, pensou Vimes.

Ela deu um tapinha na mão dele.

— Estou feliz que esteja saindo dessa — disse ela.

O cabo Nobbs correu para a Sede da Vigilância e bateu a porta ao entrar.

— E aí? — perguntou Cenoura.

— Nada bom — disse Nobby. — Dizem que os trolls estão planejando marchar até o Palácio para soltar Cara de Carvão. Há gangues de anões e trolls vagando por aí em busca de problemas. *E mendigos*. Lettice era muito popular. Também há um monte de gente dos Grêmios por aí também. A cidade — disse, com ar importante — está definitivamente como um barril de Pó No. 1.

— O que acha da ideia de acampar na planície ao ar livre? — disse Colon.

— O que isso tem a ver com tudo?

— Se alguém acender um fósforo qualquer esta noite, é adeus, Ankh — disse o sargento morosamente. — Geralmente nós podemos fechar os portões da cidade, certo? Mas não há mais do que alguns centímetros de água no rio.

— Vocês inundam a cidade só para apagar incêndios? — disse Angua.

— Sim.

— E tem mais — acrescentou Nobby. — As pessoas jogaram coisas em mim!

Cenoura estivera olhando para a parede. Agora ele tirou do bolso um livrinho preto surrado e começou a folhear as páginas.

— Me diga — disse ele, a voz um pouco distante —, por acaso tem havido uma ruptura irreparável da lei e da ordem?

— Sim. Por cerca de quinhentos anos — disse Colon. — Ruptura irreparável da lei e da ordem é um bom resumo de Ankh-Morpork.

— Não, quero dizer mais do que o habitual. É importante. — Cenoura virou uma página. Seus lábios se moviam silenciosamente enquanto lia.

— Jogarem coisas em mim soa como uma ruptura da lei e da ordem — disse Nobby.

Cenoura estava atento às expressões dos outros.

— Não acho que isso vá colar como "ruptura" — disse Colon.

— Colou muito bem — disse Nobby —, e uma parte desceu pela minha camisa.

— Por que jogaram coisas em você? — perguntou Angua.

— Porque eu sou um guarda — disse Nobby. — Os anões não gostam da Vigilância por causa do Sr. Hammerhock, e os trolls não gostam da Vigilância por causa da prisão do Cara de Carvão, e as pessoas não gostam da Vigilância por causa de todos esses anões e trolls irritados por aí.

Alguém esmurrou a porta.

— Deve ser uma multidão enfurecida — palpitou Nobby.

Cenoura abriu a porta.

— Não é uma multidão enfurecida — anunciou.

— Ook.

— É um orangotango carregando um anão atordoado seguido por um troll. Mas ele está bem irritado, se serve de consolo.


O mordomo de lady Ramkin, Willikins, tinha preparado um grande banho para ele. Rá! No dia seguinte, aquele seria o mordomo dele, o banho dele. E não era um daqueles banhos que ia só até a cintura, com a água deixada diante de uma lareira e pronto, não: a mansão Ramkin coletava água do telhado em uma grande cisterna, depois de coar os pombos, e então era aquecida por um antigo gêiser* e fluía por tamborilantes e lamentosos canos de chumbo até duas impressionantes torneiras de bronze e enfim para dentro de uma banheira esmaltada. Ao lado, havia coisas arrumadas sobre uma toalha macia: enormes escovas, três tipos de sabão, uma bucha.

Willikins estava parado pacientemente ao lado da banheira, como um toalheiro mal aquecido.

— Pois não? — disse Vimes.

— Milorde... Isto é, o pai de milady... Exigia ter as costas esfregadas — disse Willikins.

— Vá ajudar o velho gêiser a atiçar a fornalha — disse Vimes com firmeza.

Enfim sozinho, ele lutou para tirar o peitoral e o jogou para um canto. A camisa de cota de malha o seguiu, e o elmo, e a bolsa de dinheiro, e vários apetrechos de couro e algodão que se punham entre um guarda e o mundo.

E então ele afundou na espuma, devagar de início.


— Tente sabão. Sabão vai funcionar — disse Detritus.

— Fique quieto, está bem? — disse Cenoura.

— Você está torcendo a minha cabeça!

— Vai, ensaboa a cabeça dele.

— Ensaboe a *sua* cabeça!

---

* Que atiçava a fornalha.

Houve um barulho, *tung,* e o elmo de Porrete se soltou.

Porrete surgiu, piscando, estranhando a luz. Viu o Bibliotecário e rosnou.

— Ele me bateu na *cabeça*!

— Oook.

— Ele diz que vocês vieram pelo chão — disse Cenoura.

— Isso não é razão para me bater na *cabeça*.

— Algumas das coisas que surgem pelo chão na Universidade Invisível nem têm cabeça — disse Cenoura.

— Oook!

— Ou têm centenas. Por que estavam cavando lá embaixo?

— Nós não estávamos cavando para baixo. Estávamos cavando para cima...

Cenoura sentou e escutou. Interrompeu apenas duas vezes.

— *Atirou* em você?

— Cinco vezes — disse Detritus, alegremente. — Relato danos a peitoral, mas não na parte de trás, porque felizmente meu corpo ficou caminho, poupando valiosa propriedade da cidade valor três dólares.

Cenoura escutou mais um pouco.

— Esgotos? — disse ele, por fim.

— É como toda a cidade, no subsolo. Vimos coroas e outras coisas esculpidas nas paredes.

Os olhos de Cenoura brilharam.

— Isso significa que devem datar dos dias em que tínhamos reis! E então, quando começamos a reconstruir a cidade, esquecemos o que estava lá embaixo...

— Hum. Isso não é tudo o que está lá embaixo — disse Porrete. — Nós... encontramos algo.

— É?

— Algo ruim.

— Você não vai gostar nada — disse Detritus. — Ruim, ruim, ruim. Pior ainda.

— Nós pensamos que seria melhor deixá-lo lá — disse Porrete —, porque era Evidência. Mas você precisa vê-lo.

*Homens de Armas*

— Vai bagunçar tudo — disse o troll, gostando daquele papel.

— O que era?

— Se a gente conta, você diz, pessoas étnicas estúpidas, estão brincando comigo — disse Detritus.

— Então melhor você ir até lá ver — retrucou Porrete.

O sargento Colon olhou para o resto da Vigilância.

— Todos nós? — disse ele, nervoso. — Er. Um ou dois oficiais veteranos não deveriam ficar aqui em cima? Para o caso de acontecer alguma coisa?

— Você quer dizer, para o caso de acontecer alguma coisa aqui em cima? — perguntou Angua, mordaz. — Ou para o caso de acontecer alguma coisa lá embaixo?

— Eu vou com o policial-lanceiro Porrete e o policial-lanceiro Detritus — disse Cenoura. — Acho que mais ninguém deve ir.

— Mas pode ser perigoso! — disse Angua.

— Se eu encontrar quem tem atirado nos guardas — disse Cenoura —, será mesmo.


Samuel Vimes estendeu um dedão do pé e abriu a torneira de água quente.

Ouviu uma batida respeitosa na porta, e Willikins retornou.

— O senhor gostaria de alguma coisa?

Vimes pensou um pouco.

— Lady Ramkin disse que o senhor não gostaria de nada com álcool — afirmou Willikins, como se estivesse lendo seus pensamentos.

— Disse, é?

— Enfaticamente, senhor. Mas tenho aqui um excelente charuto.

O mordomo fez uma careta quando Vimes mordeu a ponta fora e a cuspiu na lateral da banheira, mas trouxe alguns fósforos e o acendeu para ele.

— Obrigado, Willikins. Qual é o seu primeiro nome?

— Primeiro nome, senhor?

— Quer dizer, como as pessoas o chamam quando passam a conhecê-lo melhor?

— Willikins, senhor.

— Ah. Certo, então. Bem. Você pode ir, Willikins.

— Sim, senhor.

Vimes deitou na água morna. A voz interior ainda estava lá em algum lugar, mas ele tentava não lhe dar atenção. Naquele instante, ela estava dizendo que ele deveria proceder até a rua dos Pequenos Deuses, até aquele pedaço da antiga muralha da cidade, onde poderia parar e fumar um charuto sentindo o vento...

Para abafar a voz, Vimes começou a cantar bem alto.

Os esgotos cavernosos sob a cidade ecoavam com vozes humanas e quase--humanas pela primeira vez em milênios.

— Eu vou, eu vou...

— ... Eu vou, eu vou...

— Oook Oook Oook Oook ook...

— Vocês todos *estúpidos*!

— Não é minha culpa. É o meu sangue quase-anão. Nós adoramos cantar no subsolo. Vem naturalmente.

— Tá, mas por que *ele* cantando? Ele *orangotango*.

— Ele é muito sociável.

Tinham trazido tochas. Sombras saltavam entre os pilares da grande caverna e fugiam pelos túneis. Quaisquer que fossem os possíveis perigos à espreita, Cenoura estava fora de si com a alegria da descoberta.

— É incrível! A via Cloaca é mencionada em algum velho livro que eu li, mas todos acreditavam que era uma rua perdida! Que obra magnífica. Sorte de vocês que o rio está tão baixo. Isso tudo parece normalmente ficar cheio de água.

— Foi isso que eu disse — falou Porrete. — Cheio de água, eu disse.

Olhou com cautela para as sombras que dançavam, criando formas sinistras e preocupantes na parede oposta — estranhos animais bípedes, coisas subterrâneas de outro mundo...

Cenoura suspirou.

— Pare de brincar com as sombras, Detritus.

— Oook.

— O que ele disse?

— Ele disse "Faça o Coelho Deformado, é o meu favorito" — traduziu Cenoura.

Ratos se agitaram na escuridão. Porrete olhou em volta. Ficava imaginando figuras, lá atrás, observando-os de detrás de algum tipo de cano...

Houve alguns momentos perturbadores quando ele perdeu de vista os rastros na pedra molhada, mas logo os reencontrou perto de uma parede coberta por fungos. Em seguida, viu aquele túnel em particular. Ele fizera um arranhão na rocha.

— Não é muito longo — disse ele, entregando a tocha para Cenoura. O cabo desapareceu.

Ouviram os passos dele sobre o lodo, depois um assobio de surpresa e então silêncio por algum tempo.

Cenoura reapareceu.

— Céus — disse ele. — Vocês dois sabem quem é?

— *Parece* com... — começou Porrete.

— Parece problema — disse Cenoura.

— Entende por que o trouxemos para ver? — perguntou Porrete.

— Levar o cadáver de um humano pelas ruas agora não seria uma boa ideia, pensei. Especialmente esse.

— Eu pensei um pouco disso também — completou Detritus.

— Fizeram bem — disse Cenoura. — Bom trabalho, homens. Eu acho que é melhor... deixá-lo por enquanto e voltar com um saco mais tarde. E... não contem a ninguém.

— Exceto ao sargento e todo o pessoal — disse Porrete.

— Não... nem mesmo a eles. Isso deixaria todo mundo muito... nervoso.

— Como o senhor disser, cabo Cenoura.

— Estamos lidando com uma mente doentia aqui, homens.

Porrete foi iluminado por uma ideia.

— Ah — disse ele. — Então você suspeita do cabo Nobbs, senhor?

— Pior ainda. Venha, vamos voltar lá pra cima. — Olhou de volta para a grande caverna bloqueada pela pedra. — Alguma ideia de onde estamos, Porrete?

— Pode ser sob o Palácio, senhor.

— Foi o que pensei. Claro, esses túneis levam a qualquer lugar...

Os pensamentos preocupados de Cenoura fizeram um desvio para longe.

Havia água nos esgotos, mesmo naquela seca. Nascentes fluíam para eles, ou água que se infiltrava na terra vinda de muito acima. Em toda parte, havia gotas e jorros de água. E ar fresco, frio.

Seria quase agradável não fosse o triste cadáver curvado de alguém que parecia ao mundo todo com Beano, o palhaço.

Vimes se secou. Willikins também havia preparado um roupão com brocados nas mangas. Ele o vestiu e caminhou pelo seu camarim.

Isso era outra coisa nova. Os ricos tinham até mesmo quartos para se vestir, e roupas para vestir enquanto você estava nos quartos de se vestir.

Roupas limpas tinham sido preparadas para ele. Naquela noite, era algo arrojado em vermelho e amarelo...

... *agora ele estaria patrulhando a estrada da Mina do Melaço...*

... e um chapéu. Com uma pena nele.

Vimes se vestiu. Até colocou o chapéu. Parecia bem normal e composto, mas, sem perceber, ele evitava seu reflexo no espelho.

A Vigilância estava sentada ao redor da grande mesa na sala do quartel, em profundo desânimo. Estavam suspensos. Nunca haviam sido suspensos antes.

— Que me dizem de um jogo de cartas? — perguntou Nobby, brilhantemente. Tirou um baralho gorduroso de algum lugar nos recessos fétidos de seu uniforme.

— Você ganhou os salários de todos ontem — disse o sargento Colon.

— Agora é a chance de ganhá-los de volta, então.

— Sim, mas tinha cinco reis na sua mão, Nobby.

Nobby embaralhou as cartas.

— Engraçado isso — disse ele —, quando você olha, tem reis em todos os lugares.

*Homens de Armas* 211

— Se você olha dentro da *sua* manga, com certeza tem.

— Não, quero dizer, tem o Caminho dos Reis em Ankh, e reis nas cartas, e nós ganhamos o Xelim do Rei quando entramos pra Vigilância — disse Nobby. — Temos reis em todos os lugares, exceto naquele trono de ouro no Palácio. Eu vou dizer... não estaria tendo esse problema todo por aí se tivéssemos um rei.

Cenoura estava olhando para o teto, com as sobrancelhas franzidas de concentração. Detritus estava contando nos dedos.

— Ah, *sim* — disse o sargento Colon. — A cerveja seria um centavo o litro, as árvores dariam flores de novo. Ah, sim. Toda vez que alguém dá uma topada com o dedão do pé nessa cidade, as pessoas se dão conta que isso não teria acontecido se tivesse um rei. Vimes ficaria fulo de ouvi-lo falar assim.

— Mas as pessoas escutariam um rei — argumentou Nobby.

— Vimes diria que esse é o problema — disse Colon. — É como aquela coisa dele sobre o uso de magia. Aquilo o deixa com raiva.

— Como vocês conseguiram rei em primeiro lugar? — perguntou Detritus.

— Alguém serrou uma pedra — respondeu Colon.

— Rá! Antisilicionismo!

— Nah, alguém *puxou* uma espada para *fora* de uma pedra — disse Nobby.

— Como ele sabia que ela estava lá, então? — exigiu Colon.

— Tava... tava com o cabo saindo, não tava?

— Onde qualquer um poderia pegar? *Nesta* cidade?

— Apenas o *legítimo* rei podia fazer isso, entende? — disse Nobby.

— Ah, *certo* — falou Colon. — Eu *entendi*. Ah, *sim*. Então, o que você está dizendo é que alguém tinha decidido quem era o rei legítimo *antes* de ele puxar a espada? Me parece coisa improvisada. Provavelmente alguém tinha uma pedra oca falsa e algum anão lá dentro pendurado na outra ponta com um alicate até o cara certo chegar...

Uma mosca pulou sobre a moldura da janela, onde ficou por algum tempo, então ziguezagueou pela sala e pousou em uma viga, quando o machado de Porrete, arremessado ali por acaso, cortou-a ao meio.

— Você não tem alma, Fred — disse Nobby. — Eu não me importaria de ser um cavaleiro de armadura brilhante. Isso é o que um rei faz se você é útil. Ele faz de você um cavaleiro.

— Um guarda noturno de armadura vagabunda é mais o seu *métier* — disse Colon, que olhou em volta orgulhoso para ver se alguém tinha notado o tracinho diagonal em cima do e. — Nah, não quero ser respeitoso com algum camarada só porque ele puxou uma espada de uma pedra. Isso não faz de você um rei. Mas alguém que pudesse *enfiar* uma espada numa pedra... um homem como *esse*, sim, é um rei.

— Um homem como esse seria um ás — disse Nobby.

Angua bocejou.

*Ding-ding a-ding-ding...*

— Que diabo é isso? — disse Colon.

A cadeira de Cenoura saltou para a frente. Ele remexeu no bolso e tirou um saco de veludo, que despejou sobre a mesa. Dele deslizou um disco de ouro de cerca de sete centímetros de diâmetro. Quando ele apertou uma lingueta em um dos lados, a coisa se abriu como a concha de uma ostra.

A Vigilância parou para olhá-lo.

— É um relógio? — perguntou Angua.

— Um relógio de bolso — disse Cenoura.

— É muito grande.

— Isso é por causa do mecanismo. Tem que haver espaço para todas as pequenas engrenagens. Os pequenos só têm dentro esses pequenos demônios do tempo e não duram muito e mesmo assim atrasam...

*Ding-ding a-ding-ding, ding dingle ding ding...*

— E toca uma música! — disse Angua.

— A cada hora — disse Cenoura. — Faz parte do mecanismo.

*Ding. Ding. Ding.*

— E bate as horas em seguida — disse Cenoura.

— É lento, então — disse o sargento Colon. — Todos os outros apenas batem, não dá pra errar.

— Meu primo Jorgen faz alguns como esse — disse Porrete. — Eles marcam melhor a hora do que demônios, relógios de água ou velas. Ou aquelas coisas grandes com pêndulo.

*Homens de Armas* 213

— Tem uma mola e engrenagens — disse Cenoura.

— A parte importante — disse Porrete, tirando um monóculo de algum lugar da sua barba e examinando o relógio com cuidado — é uma porcariazinha que balança e impede que as engrenagens andem rápido demais.

— Como ela sabe se elas estão indo rápido demais? — perguntou Angua.

— É meio que parte da estrutura — disse Porrete. — Não entendo muito disso. O que é essa inscrição aqui...

Ele leu em voz alta.

— "Um Relógio dos, Seus Velhos Companhieros das Boas Horas"?

— É um jogo de palavras — disse Cenoura.

Houve um longo e embaraçoso silêncio.

— Hum. Eu incluí uns poucos dólares de cada um de vocês, novos recrutas — acrescentou, corando. — Quero dizer... vocês podem me pagar quando quiserem. Se quiserem. Quero dizer... vocês *teriam* sido amigos dele. Se tivessem chegado a conhecê-lo.

O resto da Vigilância trocou olhares.

Ele podia liderar exércitos, pensou Angua. Realmente podia. Algumas pessoas inspiraram países inteiros a realizar grandes feitos, graças ao poder de sua visão. E ele também podia. Não por sonhar com hordas marchando ou em dominar o mundo ou num império de mil anos, mas apenas por achar que todo mundo é realmente decente no fundo e que todos se dariam muito bem se fizessem algum esforço, acreditando nisso tão fortemente que queima como uma chama que é maior do que ele. Ele tem um sonho, e somos todos parte dele, então isso molda o mundo à sua volta. E o estranho é que ninguém quer decepcioná-lo. Seria como chutar o maior filhotinho de cachorro do universo. É um tipo de mágica.

— O ouro está saindo — disse Porrete. — Mas é um bom relógio — acrescentou rapidamente.

— Eu estava pensando que poderíamos dar a ele hoje à noite — falou Cenoura. — E aí todo mundo sair para uma... bebida...

— Não é uma boa ideia — disse Angua.

— Deixe para amanhã — sugeriu Colon. — Vamos formar uma guarda de honra no casamento. Isso é tradicional. Todos juntam suas espadas em uma espécie de arco.

— Nós todos só temos uma espada agora — lembrou Cenoura com tristeza.

Todos olharam para o chão.

— Não é justo — disse Angua. — Eu não me importo com quem roubou sei lá o que dos assassinos, mas ele estava certo em tentar descobrir quem matou o Sr. Hammerhock. E ninguém mais liga para Lettice Knibbs.

— Eu gostaria de descobrir quem atirou em mim — disse Detritus.

— Me espanta por que alguém seria tolo o suficiente para roubar dos Assassinos — disse Cenoura. — Isso foi o que o capitão Vimes disse. Ele disse que você teria que ser um bobo para pensar em arrombar aquele lugar.

Olharam para o chão de novo.

— Como um palhaço ou um bufão? — perguntou Detritus.

— Detritus, ele não quis dizer um Bobo com barrete e sinos — disse Cenoura, com uma voz gentil. — Ele só quis dizer que deveria ter sido algum tipo de idi…

Parou. Olhou para o teto.

— Caramba — disse ele. — É simples *assim*?

— Simples como? — perguntou Angua.

Alguém esmurrou a porta. Não era uma batida educada. Era a batida de alguém que, se não conseguir que alguém abra a porta, tentará derrubá-la.

Um guarda entrou na sala. Estava com metade da armadura faltando e um olho roxo, mas podia ser reconhecido como Skully Muldoon, da Vigilância Diurna.

Colon o ajudou a se manter de pé.

— Se meteu em uma briga, Skully?

Skully olhou para Detritus e choramingou.

— Os malditos atacaram a Sede da Vigilância!

— Quem?

— Eles!

Cenoura deu um tapinha no ombro dele.

— Este não é um troll. Este é o policial-lanceiro Detritus (*não bata continência*). Trolls atacaram a Vigilância Diurna?

— Eles estão atirando pedras!

— Não dá pra confiar neles — disse Detritus.

— Em quem? — perguntou Skully.

— Trolls. São grande problema na minha opinião — disse Detritus, com toda a convicção de um troll com um distintivo. — Precisam ficar de olho.

— O que aconteceu com Quirke? — perguntou Cenoura.

— Eu não sei! Vocês precisam fazer *alguma coisa*!

— Estamos suspensos — disse Colon. — Oficialmente.

— Não me venha com essa!

— Ah — disse Cenoura, animado. Tirou um toco de lápis do bolso e fez um pequeno asterisco em seu livro preto. — Você ainda tem aquela casinha na rua Fácil, sargento Muldoon?

— Quê? O quê? Sim! O que tem isso?

— O aluguel vale mais do que um centavo por mês?

Muldoon o encarou com seu olho ainda bom.

— Você é simplório ou o quê?

Cenoura deu-lhe um grande sorriso.

— Isso mesmo, sargento Muldoon. Mas vale? Mais de um centavo, diria?

— Tem anões correndo pelas ruas procurando uma briga e você quer saber sobre os preços dos imóveis?

— Um centavo?

— Não seja tolo! Vale pelo menos cinco dólares por mês!

— Ah — disse Cenoura, assinalando no livro de novo. — Deve ser a inflação, claro. E imagino que você tenha uma panela de coxinha... Você possui pelo menos dois acres e um terço e mais da metade de uma vaca?

— Tá bom, tá bom — disse Muldoon. — É algum tipo de brincadeira, né?

— Eu acho que provavelmente a qualificação da propriedade pode ser dispensada — disse Cenoura. — Diz aqui que isso pode ser dispensado para um cidadão em boa posição. Por fim, houve, na sua opinião, uma irreparável ruptura da lei e da ordem na cidade?

— Eles viraram o carrinho do Dibbler Cova e fizeram ele comer duas das salsichas no pão!

— Ah, que violência! — disse Colon.

— Sem mostarda!

— Acho que podemos chamar isso de "sim" — disse Cenoura.

Marcou algo na página de novo e fechou o livro com um estalo conclusivo.

— É melhor irmos — disse ele.

— Mas nos mandaram... — começou Colon.

— De acordo com as Leis e os Decretos de Ankh-Morpork — disse Cenoura —, *quaisquer* moradores da cidade, em tempos de ruptura irreparável da lei e da ordem, serão, por requisição de um oficial da cidade que seja um cidadão em boa posição (há um monte de coisas aqui sobre propriedade e outras coisas, então segue), reunidos para formar uma milícia para a defesa da cidade.

— O que significa isso? — perguntou Angua.

— Milícia... — pensou alto o sargento Colon.

— Espera aí, você não pode fazer isso! — disse Muldoon. — Isso não faz sentido!

— É a lei. Nunca foi revogada — disse Cenoura.

— Nós nunca tivemos uma milícia! Nunca precisamos!

— Até agora, eu acho.

— Agora olhe aqui — disse Muldoon —, vocês voltarão comigo para o Palácio. Vocês são homens da Vigilância...

— E vamos defender a cidade — disse Cenoura.


Pessoas passavam correndo pela Sede da Vigilância. Cenoura parou duas delas com a simples ação de estender a mão.

— Sr. Poppley, não é? — disse ele. — Como está o negócio da mercearia? Olá, Sra. Poppley.

— Você não soube? — respondeu o homem, perturbado. — Os trolls incendiaram o Palácio!

*Homens de Armas* 217

Ele acompanhou o olhar de Cenoura até a rua Larga, onde estava o Palácio, baixo e escuro contra a luz do início da noite. Chamas incontroláveis ondulavam de cada janela.

— Céus — disse Cenoura.

— E há anões quebrando janelas e tudo! — disse o dono da mercearia.

— Nem um cão está seguro!

— Não dá para confiar neles — acrescentou Porrete.

O merceeiro encarou-o.

— Você é um anão? — indagou ele.

— Fantástico! *Como* as pessoas descobrem essas coisas? — disse Porrete.

— Bem, eu estou fora! Não vou ficar aqui parado para ver aqueles diabinhos pegarem a Sra. Poppley! Você sabe o que dizem dos anões!

A Vigilância observou o casal sumir no meio da multidão de novo.

— Bem, *eu* não sei — falou Porrete para ninguém em particular. — O que é que eles dizem dos anões?

Cenoura parou um homem empurrando um carrinho de mão.

— Você se importaria de me dizer o que está acontecendo, senhor?

— E você sabe o que é que eles dizem dos anões? — disse uma voz logo atrás dele.

— Esse não é um senhor, esse é o Cova — apontou Colon. — E olha só a cor dele!

— Ele deveria estar todo brilhante desse jeito? — disse Detritus.

— Estou bem! Estou bem! — disse Dibbler. — Rá! Bem-feito pras pessoas que questionam o padrão da minha mercadoria!

— O que está acontecendo, Cova? — perguntou Colon.

— Estão dizendo... — começou Dibbler, com o rosto verde.

— Quem está dizendo? — disse Cenoura.

— *Eles* estão dizendo — respondeu Dibbler. — Você sabe. Eles. *Todo mundo*. Estão dizendo que os trolls mataram alguém lá nas Irmãs Dolly e que os anões esmagaram a cerâmica de Calcário, o troll, e destruíram a Ponte de Bronze e...

Cenoura olhou para o fim da estrada.

— Você acabou de vir pela Ponte de Bronze — disse ele.

— Sim, bem... É o que estão dizendo — disse Dibbler.

— Ah, entendi. — Cenoura se empertigou.

— Será que eles por acaso disseram... Alguma coisa, de passagem... Sobre anões? — perguntou Porrete.

— Acho melhor a gente ter uma palavra com a Vigilância Diurna sobre a prisão de Cara de Carvão — falou Cenoura.

— Nós não temos armas — lembrou Colon.

— Tenho certeza de que Cara de Carvão nada tem a ver com o assassinato de Hammerhock — disse Cenoura. — Estamos armados com a verdade. O que pode nos machucar se estamos armados com a verdade?

— Bem, a flecha de uma besta pode, por exemplo, penetrar direto no seu olho e atravessar a parte de trás da sua cabeça — respondeu o sargento Colon.

— Está bem, sargento — disse Cenoura —, então onde é que vamos conseguir *mais* algumas armas?


O prédio do Arsenal era uma sombra contra o pôr do sol.

Era estranho encontrar um arsenal em uma cidade que contava com fraude, suborno e assimilação cultural para derrotar seus inimigos, mas, como dizia o sargento Colon, depois de conseguir tirar as armas deles você precisava de um lugar para armazená-las.

Cenoura bateu na porta. Após algum tempo ouviu passos, e uma janelinha foi aberta. Uma voz cheia de suspeita disse:

— Sim?

— Cabo Cenoura, milícia da cidade.

— Nunca ouvi falar disso. Cai fora.

A janela tornou a se fechar. Cenoura ouviu Nobby rindo baixinho. Bateu na porta novamente.

— Sim?

— Eu sou o cabo Cenoura... — A janela se abriu, mas bateu no cassetete de Cenoura quando ele o encaixou na abertura — ... e estou aqui para coletar algumas armas para os meus homens.

— É? Com que autoridade?

— O quê? Mas eu sou...

O cassetete foi empurrado para longe e a janela foi fechada de novo.

— Com licença — disse o cabo Nobbs, abrindo caminho. — Deixe eu tentar. Eu já estive aqui antes, essas coisas.

Chutou a porta com suas botas com ponta de aço, conhecidas e temidas sempre que homens estavam no chão e sem chance de revidar.

*Tap.*

— Eu falei pra cair...

— Auditores — disse Nobby.

Houve um momento de silêncio.

— O quê?

— Estamos aqui pra fazer o inventário.

— Com que auto...

— Ahn? Ahn? Ele diz com que autoridade? — Nobby olhou de soslaio para os guardas. — Ahn? Me deixa plantado aqui fora enquanto seus comparsas fogem pelos fundos pra esconder as coisas, né?

— Eu nun...

— Isso, e aí, sim, empurram o velho truque das mil espadas, né? Cinquenta caixotes empilhados, mas os quarenta de baixo estão cheios de rochas?

— Eu...

— Qual é o seu nome, senhor?

— Eu...

— Abra esta porta agora! — A janela se fechou. Ouviu-se o som de ferrolhos sendo puxados por alguém que não estava de todo convencido de que aquilo era uma boa ideia e faria mais perguntas em um minuto.

— Tem uma folha de papel aí, Fred? Rápido!

— Sim, mas... — disse o sargento Colon.

— Qualquer papel! *Agora!*

Colon remexeu no bolso e entregou a Nobby sua conta da mercearia assim que a porta se abriu. Nobby entrou em alta velocidade, forçando o homem lá dentro a dar um passo atrás.

— Não fuja! — gritou Nobby. — Eu não encontrei nada errado...

— Eu não tava f...

— ... AINDA!

Cenoura teve tempo de ver que era um lugar cavernoso cheio de sombras complicadas. Além do sujeito na porta, que era mais gordo do que Colon, havia dois trolls que pareciam estar operando uma pedra de amolar. Os últimos eventos não pareciam ter penetrado as grossas paredes do local.

— Tudo bem, nada de pânico, apenas parem o que estão fazendo, parem o que estão fazendo, por favor. Eu sou o cabo Nobbs, da Auditoria Municipal de Inspeções e Ordenanças... — O pedaço de papel foi agitado diante dos olhos do homem em uma velocidade estonteante, e a voz de Nobby vacilou um pouco quando ele chegou ao final da frase — do Escritório... Especial... de Auditoria... e Inspeções... da Cidade de Ankh-Morpork. Quantas pessoas trabalham aqui?

— Apenas eu...

Nobby apontou para os trolls.

— E eles?

O homem cuspiu no chão.

— Ah, pensei que tivesse dito *pessoas*.

Cenoura estendeu a mão automaticamente e bateu contra a armadura de Detritus.

— Certo — disse Nobby — vamos ver o que temos aqui... — Passou rápido pelas prateleiras, de modo que todo mundo precisou apertar o passo para acompanhar. — O que é isso?

— Er...

— Não sabe, né?

— Claro... é... é...

— Uma besta de carro para cercos de novecentos quilos, com três cordas e guincho de dupla ação?

— Certo.

— Esta não é uma besta klatchiana reforçada com mecanismo vertical de armar e baioneta embutida?

— Er... sim?

Nobby a examinou de forma superficial e a jogou para o lado.

O resto da Vigilância Noturna observava com espanto. Nobby nunca fora conhecido por usar qualquer arma além de uma faca.

*Homens de Armas*                                                221

— Vocês já têm um daqueles arcos hershebianos de doze tiros com alimentação por gravidade? — disparou.

— Ahn? O que você está vendo é tudo o que temos, senhor.

Nobby puxou uma besta de caça da prateleira. Seus braços magros estalaram quando ele puxou a alavanca de armar.

— Vendeu as flechas desta coisa?

— Elas estão bem aí!

Nobby selecionou uma da prateleira e colocou-a em seu encaixe. Então olhou ao longo do eixo. E se virou.

— Eu *gosto* desse inventário — disse Nobby. — Vamos levar todas.

O homem olhou através da mira à sua frente até os olhos de Nobby e, para admiração horrorizada de Angua, não desmaiou.

— Esse arquinho não *me* assusta — disse ele.

— Esse arquinho assusta você? — perguntou Nobby. — Não. Certo. Este é um pequeno arco. Um pequeno arco como este não assustaria um homem como você, porque é um arco pequeno. Seria preciso um arco maior do que isso para assustar um homem como você.

Angua teria dado o salário de um mês para ver de frente o rosto do intendente. Ela observou Detritus levantar a besta de cerco, armá-la com uma só mão e um grunhido quase inaudível e dar um passo à frente. Agora podia imaginar os globos oculares girando com a frieza do metal que espetava a nuca vermelha e carnuda do armeiro.

— Agora, esse atrás de você é um *arcão* — disse Nobby.

Não que a flecha de ferro de um metro e oitenta fosse afiada. Era para esmagar portas, não fazer cirurgias.

— Posso puxar o gatilho já? — A voz Detritus retumbou ao lado da orelha do homem.

— Você não ousaria disparar essa coisa aqui dentro! Isso é arma de cerco! Ela atravessaria a parede!

— É, depois — disse Nobby.

— Pra que serve essa parte? — perguntou Detritus.

— Agora, veja...

— Espero que tenha feito a manutenção dessa coisa — disse Nobby. — Esses trecos ficam uma droga com o desgaste do metal. Especialmente a trava de segurança.

— O que são uma trava de segurança? — perguntou Detritus.

Todos ficaram em silêncio.

Cenoura encontrou sua voz, muito distante.

— Cabo Nobbs?

— Sim, senhor?

— Eu assumo a partir deste ponto, se não se importa.

Gentilmente afastou a besta de cerco para o lado, mas Detritus não tinha gostado da piada sobre *pessoas* e insistiu em voltar a apontá-la para o homem.

— Agora — disse Cenoura —, eu não gosto desse elemento de coerção. Nós não estamos aqui para intimidar esse pobre homem. Ele é um funcionário da cidade, assim como nós. É muito errado colocarem medo nele assim. Por que não apenas pedir?

— Desculpe, senhor — disse Nobby.

Cenoura deu um tapinha no ombro do armeiro.

— Podemos levar algumas armas?

— O quê?

— Algumas armas? Para fins oficiais?

O armeiro parecia incapaz de lidar com aquilo

— Quer dizer que eu tenho escolha? — perguntou ele.

— Ora, certamente. Nós praticamos policiamento por consentimento em Ankh-Morpork. Se você se sente incapaz de concordar com nosso pedido, basta dizer.

Ouviu-se um leve *bong* quando a ponta da flecha de ferro mais uma vez bateu na nuca do armeiro. Ele procurou em vão por algo a dizer, porque a única palavra em que conseguia pensar no momento era "Fogo!".

— Ahn — disse ele. — Ahn. Sim. Certo. Está bem. Pegue o que quiser.

— Bom, bom. E o sargento Colon lhe dará um recibo, acrescentando, claro, que você liberou as armas por sua própria vontade.

— Minha própria vontade?

— Você tem escolha absoluta na questão, claro.

O rosto do homem contorceu-se num esforço de desesperada cogitação.

— Eu acho...

— Sim?

*Homens de Armas* 223

— Acho que tudo bem se as levarem. Levem agora mesmo.

— Bom homem. Você tem um carrinho?

— E por acaso sabe o que é que eles dizem dos anões? — perguntou Porrete.

Angua percebeu mais uma vez que Cenoura não tinha ironia alguma na alma. Ele tinha sido sincero em cada palavra. Se o homem tivesse mesmo se negado, Cenoura provavelmente teria desistido. É claro, havia uma certa lacuna entre *provavelmente* e *certamente*.

Nobby descia pelo corredor, ocasionalmente guinchando de prazer quando encontrava um martelo de guerra interessante ou um gládio com desenho especialmente assustador. Tentava segurar tudo de uma só vez.

Então largou as armas e correu para a frente.

— Ah, uau! Um lança-chamas klatchiano! Isso sim é mais meu *meteoro*!

Eles o ouviram remexendo no escuro. Emergiu empurrando uma espécie de arca com rodinhas barulhentas. Tinha várias alças e bolsos largos de couro, além de um bico na frente. Parecia uma grande chaleira.

— E mantiveram o couro encerado!

— O que é isso? — disse Cenoura.

— *E* tem óleo no reservatório! — Nobby bombeou uma alça energeticamente. — Pelo que sei, essa coisa foi banida em oito países e três religiões disseram que excomungariam os soldados que fossem pegos usando!* Alguém tem um fósforo?

— Aqui — disse Cenoura —, mas o que é...

— Observe!

Nobby acendeu o fósforo, aplicou-o ao tubo na parte da frente do dispositivo e puxou uma alavanca.

Depois de um tempo, eles conseguiram apagar as chamas.

— Precisa de um pouco de ajuste — disse Nobby, com o rosto coberto de fuligem.

— Não — disse Cenoura.

---

\* Cinco países o adotaram como arma santa e instruíram que fosse usado contra todos os infiéis, hereges, gnósticos e pessoas que fofocassem durante o sermão.

Pelo resto de sua vida ele se lembraria do jato de fogo roçando seu rosto e indo na direção da parede oposta.

— Mas é...

— Não. É muito perigoso.

— *É* para ser.

— Quero dizer que poderia ferir as pessoas.

— Ah — disse Nobby —, certo. Você devia ter dito isso antes. Estamos atrás de armas que não ferem pessoas, certo?

— Cabo Nobbs? — chamou o sargento Colon, que estivera ainda mais perto da chama que Cenoura.

— Sim, sarja?

— Você ouviu o cabo Cenoura. Nenhuma arma pagã. Aliás, como é que você sabe tanto sobre isso tudo?

— Serviço Militar.

— Sério, Nobby? — disse Cenoura.

— Eu tinha um trabalho *especial*, senhor. Muito importante.

— E o que era?

— Intendente do quartel, senhor — disse Nobby, batendo continência de forma brincalhona.

— *Você* era um intendente? — indagou Cenoura. — Em qual exército?

— Do duque de Pseudópolis, senhor.

— Mas Pseudópolis sempre perdia as suas guerras!

— Ah, bem...

— Para quem você vendeu as armas?

— Isso é uma calúnia, se é! Elas só costumavam passar algum tempo fora de operação para serem polidas e afiadas.

— Nobby, aqui é Cenoura falando com você. Quanto tempo, aproximadamente?

— Aproximadamente? Ah. Cerca de cem por cento, se estamos falando *aproximadamente*, senhor.

— Nobby?

— Senhor?

— Você não precisa me chamar de senhor.

— Sim, senhor.

*Homens de Armas* 225

No final, Porrete manteve-se fiel ao machado, mas acrescentou mais dois na última hora; sargento Colon escolheu uma lança longa porque, bem, a melhor parte de uma lança, a mais importante, era que tudo acontecia na outra ponta dela, ou seja, bem longe; policial-lanceira Angua selecionou, sem muito entusiasmo, uma espada curta, e cabo Nobbs...

... o cabo Nobbs era uma espécie de porco-espinho mecânico de lâminas, arcos, pontas e coisas nodosas na extremidade de correntes.

— Tem certeza, Nobby? — disse Cenoura. — Não quer deixar nada?

— É tão difícil escolher, senhor.

Detritus estava agarrado à sua enorme besta.

— Isso é tudo que vai levar, Detritus?

— Não, senhor! Levando Sílex e Morraine, senhor!

Os dois trolls que trabalhavam no arsenal estavam em formação atrás de Detritus.

— Fiz prestarem juramento, senhor — disse Detritus. — Usei juramento troll.

Sílex bateu continência de forma amadora.

— Ele disse que chutaria nossas cabeças *goohuloog* se não nos alistássemos e fizéssemos o que nos pedissem, senhor — disse ele.

— Juramento troll muito velho — falou Detritus. — Muito famoso, muito tradicional.

— Um deles poderia levar o lança-chamas klatchiano... — começou Nobby, esperançoso.

— Não, Nobby. Bem... Bem-vindos à Vigilância, homens.

— Cabo Cenoura?

— Sim, Porrete?

— Não é justo. Eles são trolls.

— Precisamos de todos os homens que pudermos conseguir, Porrete.

Cenoura falou a todos:

— Agora, não queremos que as pessoas pensem que estamos à procura de problemas — disse ele.

— Ah, vestidos assim, senhor, nós não teremos que procurar problemas — disse o sargento Colon, desanimado.

— Posso fazer uma pergunta, *senhor*? — pediu Angua.

226          TERRY PRATCHETT

— Sim, policial-lanceira Angua?

— Quem é o inimigo?

— Com esse visual, não teremos problema algum em encontrar inimigos — disse o sargento Colon.

— Nós não estamos procurando inimigos, estamos à procura de informações — disse Cenoura. — A melhor arma que podemos usar agora é a verdade, e, para começar, vamos até o Grêmio dos Bobos descobrir por que o Irmão Beano roubou a bombarda.

— Ele roubou a bombarda?

— Acho que ele pode ter feito isso, sim.

— Mas ele morreu antes da bombarda ser roubada! — disse Colon.

— Sim — disse Cenoura. — Eu sei disso.

— Agora isso é o que eu chamo de *álibi* — disse Colon.

O esquadrão entrou em formação e, após uma breve discussão entre os trolls a respeito de qual era o pé esquerdo e qual era o direito, saiu marchando. Nobby não parava de olhar para trás, com saudade do lança-chamas.

Às vezes é melhor acender um lança-chamas do que amaldiçoar a escuridão.


Dez minutos mais tarde, haviam aberto caminho pelas multidões e estavam perto dos Grêmios.

— Viram? — disse Cenoura.

— Elas ficam uma de costas para a outra — disse Nobby — E daí? Há um muro entre elas.

— Não tenho tanta certeza — disse Cenoura. — Vamos tratar de descobrir.

— Temos tempo? — disse Angua. — Pensei que estivéssemos indo ver a Vigilância Diurna.

— Há algo que devo descobrir primeiro — disse Cenoura. — Os bobos não me contaram a *verdade*.

— Espere um minuto, espere um minuto — disse o sargento Colon.

— Isso está indo totalmente um pouco longe demais. Olha, não quero

# Homens de Armas

que a gente mate ninguém, certo? Acontece que eu sou sargento aqui, se alguém ainda se lembra. Entendido, Cenoura? Nobby? Nada de disparos ou espadas. Já é ruim o bastante invadir propriedade do Grêmio, mas teremos problemas realmente sérios se atirarmos em alguém. Lorde Vetinari não vai ficar só no sarcasmo. Ele pode usar — Colon engoliu em seco — *ironia*. Então isso é uma ordem. O que você quer fazer, afinal?

— Eu só quero que as pessoas me digam coisas — disse Cenoura.

— Bem, se elas não o fizerem, você não deve machucá-las — disse Colon. — Olha, você pode fazer perguntas, acho justo. Mas, se o Dr. Carabranca começar a dar uma de difícil, teremos que sair, certo? Palhaços me dão arrepios. E ele é o pior de todos. Se ele não responder, nós vamos sair pacificamente e, ah, sei lá, pensar em outra coisa. Isso é uma ordem, como eu disse. Isso está claro para você? É uma ordem.

— Se ele não responder às minhas perguntas — disse Cenoura —, eu sairei pacificamente. Certo.

— Desde que estejamos entendidos.

Cenoura bateu na porta dos bobos, estendeu a mão, pegou a torta de creme assim que ela surgiu pela abertura e jogou-a de volta para dentro com força. Então chutou a porta para que abrisse alguns centímetros para dentro.

Alguém atrás dela disse:

— Ai.

A porta se abriu um pouco mais para revelar um pequeno palhaço coberto de cal e creme.

— Você não precisava fazer isso.

— Eu só queria entrar no espírito da coisa — disse Cenoura. — Sou o cabo Cenoura, e esta é a milícia dos cidadãos, e todos nós gostamos de uma boa risada.

— Com licença...

— Exceto o policial-lanceiro Porrete. E o policial-lanceiro Detritus gosta de uma boa risada também, ainda que alguns minutos depois de todos os outros. Estamos aqui para ver o Dr. Carabranca.

O cabelo do palhaço se arrepiou. Água esguichou de sua lapela.

— Vocês têm... têm hora marcada?

228 TERRY PRATCHETT

— Eu não sei — disse Cenoura. — Nós temos consulta marcada?

— Eu tenho uma bola de ferro com pontas nela — ofereceu Nobby.

— Isso é um mangual, Nobby.

— É?

— Sim — disse Cenoura. — Uma consulta é um compromisso para ver alguém, enquanto um mangual é um grande pedaço de metal usado para violentamente esmagar crânios. É importante não confundir as duas coisas, não é, Sr...? — Ergueu as sobrancelhas.

— Boffo, senhor. Mas...

— Então, se você talvez pudesse apressar-se e dizer ao Dr. Carabranca que estamos aqui com uma bola de ferro com espi... O que estou dizendo? Quer dizer, sem consulta para vê-lo? Por favor? Obrigado.

O palhaço saiu correndo.

— Pronto — disse Cenoura. — Isso foi aceitável, sargento?

— Ele provavelmente vai chegar a ser *satírico*, até — disse Colon, melancólico.

Esperaram. Após algum tempo o policial-lanceiro Porrete tirou uma chave de fenda do bolso e inspecionou a máquina de arremesso de tortas de creme aparafusada à porta. O restante deles permaneceu de pé esperando em silêncio, com exceção de Nobby, que ficava deixando cair coisas no chão.

Boffo reapareceu, ladeado por dois bufões musculosos que não pareciam ter um pingo de senso de humor.

— O Dr. Carabranca diz que não existe algo chamado milícia da cidade — arriscou. — Mas. Hum. Dr. Carabranca diz que se é mesmo importante, ele atenderá alguns de vocês. Mas não os trolls ou o anão. Ouvimos que há gangues de trolls e anões aterrorizando a cidade.

— Isso é o que estão dizendo — disse Detritus, concordando.

— Aliás, sabe o que é que eles... — começou Porrete, mas Nobby o cutucou para que se calasse.

— Você e eu, sargento? — disse Cenoura. — E você, policial-lanceira Angua.

— Ah, céus — disse o sargento Colon.

Eles seguiram Cenoura para dentro dos edifícios sombrios e ao longo dos corredores sinistros até o escritório do Dr. Carabranca. O chefe de

*Homens de Armas* 229

todos os palhaços, bobos e bufões estava de pé no meio da sala, enquanto um bufão tentava costurar lantejoulas extras no casaco dele.

— Pois não?

— Noite, doutor — disse Cenoura.

— Gostaria de deixar claro que lorde Vetinari ouvirá sobre isso diretamente — disse o Dr. Carabranca.

— Ah, sim. Vou contar a ele — disse Cenoura.

— Não posso imaginar por que está me incomodando quando há revoltas nas ruas.

— Ah, bem... vamos lidar com isso mais tarde. Mas o capitão Vimes sempre me disse, senhor, que há grandes crimes e pequenos crimes. Às vezes, os pequenos crimes parecem grandes e os grandes crimes você mal pode ver, mas o crucial é decidir qual é qual.

Encararam-se.

— Então? — quis saber o palhaço.

— Eu gostaria que você me contasse — disse Cenoura — sobre eventos neste Grêmio na noite de anteontem.

Dr. Carabranca olhou para ele em silêncio.

Então disse:

— E se eu não contar?

— Então — disse Cenoura — temo que deverei, com extrema relutância, ser forçado a cumprir a ordem que me foi dada pouco antes de entrar.

Olhou de relance para Colon.

— É isso mesmo, não é, sargento?

— Que? Hã? Bem, sim...

— Eu preferiria não ter de fazê-lo, mas não tenho escolha — disse Cenoura.

Dr. Carabranca lançou um olhar raivoso para os dois.

— Mas isso é propriedade do Grêmio! Você não tem o direito de... de...

— Eu não sei nada sobre isso, sou apenas um cabo — disse Cenoura.

— Mas eu nunca desobedeci a uma ordem direta antes e lamento ter que lhe dizer que realizarei essa plenamente e ao pé da letra.

— Agora, veja aqui...

Cenoura se aproximou um pouco.

— Se serve de consolo, eu provavelmente ficarei com vergonha, se tiver que chegar a isso.

O palhaço olhou fixamente em seus olhos honestos e viu, assim como todo mundo, apenas a simples verdade.

— Escute! Se eu gritar — disse o Dr. Carabranca, ficando vermelho sob a maquiagem —, posso trazer uma dúzia de homens até aqui.

— Acredite em mim — disse Cenoura —, isso só vai facilitar para que eu obedeça.

Dr. Carabranca se orgulhava da capacidade de julgar um caráter. Na expressão resoluta de Cenoura não havia nada além de absoluta e meticulosa honestidade. Ele mexia em uma caneta de pena; em seguida, jogou-a no chão em um movimento repentino.

— Maldito! — gritou. — Como foi que você descobriu, hein? Quem lhe contou?

— Eu realmente não poderia dizer — disse Cenoura. — Mas faz sentido. Há apenas uma entrada para cada Grêmio, mas as duas estão de costas uma para a outra. Era só alguém abrir caminho pela parede.

— Garanto que nós não sabíamos a respeito — disse o palhaço.

O sargento Colon estava perdido em admiração. Ele tinha visto gente blefar com uma mão ruim, mas nunca tinha visto alguém blefar sem cartas.

— Nós achamos que era só uma brincadeira — disse o palhaço. — Nós achamos que o jovem Beano tinha feito aquilo com a intenção de pregar uma peça, mas então ele apareceu morto, e nós não...

— É melhor você me mostrar o buraco — disse Cenoura.


O resto da Vigilância estava parado no pátio em variações do tema À Vontade.

— Cabo Nobbs?

— Sim, policial-lanceiro Porrete?

— *O que* é que todo mundo diz dos anões?

— Ah, vamos lá, você está brincando com a minha cara, né? Todo mundo que sabe *alguma coisa* sobre anões sabe isso — disse Nobby.

Porrete tossiu.

— Anões não — disse ele.

— O que quer dizer, anões não?

— Ninguém contou *pra gente* o que todo mundo sabe dos anões — disse Porrete.

— Bom... Acho que pensavam que vocês soubessem — disse Nobby, baixinho.

— Eu não.

— Ah, *tá bom* — disse Nobby. Olhou para os trolls, então aproximou--se de Porrete e sussurrou na região onde deveria ficar a orelha dele.

Porrete fez que sim com a cabeça.

— Ah, isso é tudo?

— Sim. Er... é verdade?

— Que? Ah, sim. Claro. É natural para um anão. Alguns têm mais do que outros, claro.

— É assim em toda parte — disse Nobby.

— Eu mesmo, por exemplo, já guardei mais de 78 dólares.

— *Não!* Quero dizer, não. Quero dizer, eu não estou falando de um bom dote em *dinheiro*. Quero dizer... — Nobby sussurrou de novo. A expressão de Porrete não se alterou.

Nobby levantou as sobrancelhas.

— Verdade, não é?

— Como eu saberia? Eu não sei quanto dinheiro os humanos geralmente têm.

Nobby desistiu.

— Há uma coisa que é verdade, pelo menos — disse ele. — Vocês anões realmente amam ouro, não é?

— Claro que não. Não seja bobo.

— Bem...

— Nós só dizemos isso para conseguir levar o ouro para a cama.

Era o quarto de um palhaço. Colon ocasionalmente se perguntava o que palhaços faziam na vida privada, e estava tudo ali — a sapateira de sapatos extragrandes, a tábua de passar para calças muito largas, o espelho com velas em volta, alguns lápis de maquiagem de tamanho industrial... e uma cama que não parecia mais complexa do que somente um cobertor no chão, porque na verdade era exatamente aquilo. Palhaços e bobos não eram encorajados a levar uma vida confortável. Humor era um negócio sério.

Havia também um buraco na parede, apenas grande o bastante para permitir a passagem de um homem. Alguns tijolos quebrados estavam amontoados ao lado, numa pequena pilha.

Havia escuridão do outro lado.

Do outro lado, pessoas matavam pessoas por dinheiro.

Cenoura enfiou a cabeça e os ombros pelo buraco, mas Colon tentou puxá-lo de volta.

— Espera aí, rapaz, você não sabe que horrores aguardam além destas paredes...

— Estou dando uma olhada para descobrir.

— Poderia ser uma câmara de tortura, uma masmorra, um poço hediondo ou qualquer coisa!

— É só o quarto de um estudante, sargento.

— Está vendo só?

Cenoura entrou. Podiam ouvi-lo andando na escuridão. Era a escuridão dos Assassinos, de certa forma mais rica e menos escura do que a escuridão do palhaço.

Sua cabeça voltou a aparecer pelo buraco.

— Ninguém vem aqui já faz um tempo. Há poeira no chão, mas não há pegadas. E a porta está fechada e trancada. Por este lado.

O corpo de Cenoura seguiu a cabeça.

— Eu só quero me certificar de que entendi isso direito — disse ele ao Dr. Carabranca. — Beano fez um buraco para entrar no Grêmio dos Assassinos, certo? E então ele foi e explodiu aquele dragão? E então voltou por esse buraco? Então como é que ele foi morto?

— Pelos assassinos, com certeza — disse o Dr. Carabranca. — Eles estariam no direito. Invadir a propriedade de um Grêmio é um crime muito grave, afinal.

— Alguém viu Beano após a explosão? — perguntou Cenoura.

*Homens de Armas*     233

— Ah, sim. Boffo estava de plantão no portão e lembra claramente de vê-lo saindo.

— Ele sabe que era mesmo Beano?

Dr. Carabranca pareceu confuso.

— Claro.

— Como?

— Como? Ele o reconheceu, é claro. É assim que você sabe quem são as pessoas. Você olha para elas e diz... é ele. Isso é chamado de re-co--nhe-ci-men-to — disse o palhaço, com deliberada lentidão — Era Beano. Boffo disse que ele parecia muito preocupado.

— Ah. Bem. Sem mais perguntas, doutor. Beano tinha amigos entre os Assassinos?

— Bem... possivelmente, possivelmente. Nós não desencorajamos visitas.

Cenoura olhou para o rosto do palhaço. Então, sorriu.

— Claro. Bem, isso explica tudo, eu acho.

— Se ao menos ele tivesse se limitado a alguma coisa, você sabe, *original* — disse o Dr. Carabranca.

— Como um balde de cal sobre a porta ou uma torta de creme? — Disse o sargento Colon.

— Exatamente!

— Bem, acho que vamos indo embora — disse Cenoura. — Imagino que não queira abrir uma queixa contra os assassinos.

O Dr. Carabranca tentou parecer em pânico, mas isso não funcionou muito bem sob uma boca pintada como um largo sorriso.

— O quê? Não! Quero dizer... Se um assassino invadisse *nosso* Grêmio, quero dizer, não a negócios, e roubasse alguma coisa, bem, nós definitivamente consideraríamos que teríamos o direito de, bem...

— Derramar geleia dentro da camisa dele? — disse Angua.

— Bater na cabeça dele com um balão de festa na ponta de uma vara? — disse Colon.

— É possível.

— Cada um em seu Grêmio, é claro — disse Cenoura. — Sugiro que a gente vá embora, sargento. Nada mais a ser feito aqui. Desculpe tê-lo incomodado, Dr. Carabranca. Posso ver que isso deve ter exercido uma grande pressão sobre você.

O palhaço ficou mole de alívio.

— Não foi nada. Não há de quê. Feliz por ajudar. Sei que vocês têm que fazer seu trabalho.

Ele os conduziu escada abaixo, até o pátio, tagarelando conversa fiada. O resto da Vigilância se virou para vê-los.

— Na verdade... — disse Cenoura, enquanto passavam pelo portão —, há *uma* coisa que você poderia fazer.

— É claro, é claro.

— Bem, eu sei que é um pouco de atrevimento — disse Cenoura —, mas eu sempre fui muito interessado em costumes dos Grêmios... então... você acha que alguém poderia me mostrar o seu museu?

— Desculpe? Que museu?

— O museu dos palhaços?

— Ah, você quer dizer o Salão dos Rostos. Ele não é um museu. Claro. Nada de secreto quanto a isso. Boffo, anote isso. Teremos prazer em mostrá-lo a qualquer momento, cabo.

— Muito obrigado, Dr. Carabranca.

— A qualquer momento.

— Acabei de ser liberado do serviço — disse Cenoura. — Agora seria bom. Já que estou aqui mesmo.

— Você não pode ser liberado enquanto... ai! — disse Colon.

— Desculpe, sargento?

— Você me chutou!

— Eu pisei por acidente na sua sandália, sargento. Sinto muito.

Colon tentou ver alguma dica no rosto de Cenoura. Estava acostumado com o Cenoura mais simples. O Cenoura complicado era tão irritante quanto ser atacado por um pato.

— Vamos, er, vamos embora, então, sim?

— Não há motivo para ficar aqui agora que *está tudo resolvido* — disse Cenoura, com uma careta. — Podem até tirar a noite de folga, na verdade.

Olhou de relance para os telhados.

Homens de Armas 235

— Ah, bem, agora que *tudo está resolvido* vamos tirar uma folga, claro — disse Colon. — Certo, Nobby?

— Ah, sim, vamos tirar uma folga, claro, porque *está tudo resolvido* — disse Nobby. — Você ouviu, Porrete?

— O quê, que está *tudo resolvido?* — disse Porrete. — Ah, sim. Podemos mesmo tirar uma folga. Certo, Detritus?

Detritus olhava desanimadamente para o nada com os nós dos dedos apoiados no chão. Esta é uma postura normal para um troll enquanto espera que o próximo pensamento chegue.

As sílabas de seu nome ativaram um neurônio que entrou em atividade vacilante.

— O quê?

— Está *tudo resolvido.*

— O que está?

— Você sabe; a morte do Sr. Hammerhock e tudo mais.

— Está?

— Sim!

— Ah.

Detritus meditou sobre aquilo por um tempo, balançou a cabeça e se acomodou de volta ao estado de espírito que normalmente ocupava.

Outro neurônio deu sinal de vida.

— Certo.

Porrete observou-o por um instante.

— Acho que é tudo — disse ele, triste. — É só o que ele vai nos oferecer agora.

— Eu voltarei em breve — retrucou Cenoura. — Vamos lá... Bafo, não é? Dr. Carabranca?

— Acho que não há problema — disse o Dr. Carabranca. — Muito bem. Mostre ao cabo Cenoura o que ele quiser ver, Boffo.

— Sim, senhor — disse o pequeno palhaço.

— Deve ser um trabalho alegre, ser um palhaço — disse Cenoura.

— Deve?

— Várias brincadeiras e piadas, quero dizer.

Boffo deu a Cenoura um olhar enviesado.

— Bem... — disse ele. — Tem seus momentos...

— Aposto que sim. Aposto que sim.


— Você costuma ficar de plantão no portão, Boffo? — indagou Cenoura agradavelmente, enquanto caminhavam pelo Grêmio dos Bobos.

— Hmpf! Quase o tempo todo — disse Boffo.

— Então, quando foi que o amigo dele, você sabe, o assassino... veio visitá-lo?

— Ah, você sabe sobre ele, então.

— Ah, sim.

— Uns dez dias atrás — disse Boffo. — É por aqui, depois do campo de tiro de tortas.

— Ele tinha esquecido o nome de Beano, mas sabia qual era o quarto. Ele não sabia o número, mas foi direto até ele — continuou Cenoura.

— Isso mesmo. Então o Dr. Carabranca lhe contou.

— Eu falei com o Dr. Carabranca.

Angua sentiu que estava começando a compreender a forma como Cenoura fazia perguntas. Ele perguntava sem perguntar. Simplesmente dizia às pessoas o que ele pensava ou suspeitava e elas preenchiam os detalhes em uma tentativa de acompanhá-lo. E ele nunca, na verdade, chegava a mentir.

Boffo abriu uma porta e mexeu em alguma coisa até acender uma vela.

— Aqui estamos, então — disse ele. — Eu sou responsável por isso, quando não estou no maldito portão.

— Pelos deuses! — exclamou Angua, prendendo a respiração. — É horrível.

— É muito interessante — comentou Cenoura.

— É histórico — disse Boffo, o palhaço.

— Todas essas cabecinhas...

Elas se esticavam sob a luz da vela, prateleira após prateleira de pequeninas caras de palhaço; como se uma tribo de caçadores de cabeças de repente desenvolvesse um sofisticado senso de humor e um desejo de tornar o mundo um lugar melhor.

— Ovos — disse Cenoura. — Ovos de galinha comuns. O que você faz é: pega um ovo de galinha, aí abre um buraco em cada extremidade e deixa sair o interior do ovo, e então um palhaço pinta a maquiagem dele na casca, e essa é a sua maquiagem oficial e nenhum outro palhaço pode usá-la. Isso é muito importante. Alguns rostos têm estado na mesma família há gerações, sabe. Coisa muito valiosa, um rosto de palhaço. Não é, Boffo?

O palhaço o estava encarando.

— Como você sabe tudo isso?

— Eu li em um livro.

Angua pegou um ovo antigo. Havia um rótulo ligado a ele, e no rótulo havia uma dúzia de nomes, todos riscados, exceto o último. A tinta dos anteriores tinha quase desaparecido. Ela o colocou de volta e, sem perceber, limpou a mão em sua túnica.

— O que acontece se um palhaço quiser usar o rosto de outro palhaço?

— Ah, nós comparamos todos os novos ovos com os das prateleiras — disse Boffo. — Não é permitido.

Caminharam pelos corredores de rostos. Angua imaginou que podia ouvir o ranger de um milhão de calças cheias de creme e os ecos de mil narizes buzinando e um milhão de sorrisos de rostos que não estavam sorrindo. Na metade do caminho havia uma espécie de recanto contendo uma mesa e uma cadeira, uma estante abarrotada de livros antigos e uma bancada coberta de potes de tinta, pedaços de crina de cavalo colorida, lantejoulas e outros badulaques e bugigangas da arte especializada do pintor de ovos. Cenoura pegou um fio de crina de cavalo colorida e o girou entre os dedos, pensativo.

— Mas e se — disse ele — um palhaço, quero dizer, um palhaço com seu próprio rosto... e se ele usar o rosto de outro palhaço?

— Perdão? — disse Boffo.

— E se alguém usasse a maquiagem de outro palhaço — disse Angua.

— Ah, isso acontece o tempo todo — disse Boffo. — As pessoas estão sempre pegando tapa emprestado das outras...

— Tapa? — disse Angua.

— Maquiagem — explicou Cenoura. — Não, acho que o que a policial-lanceira está perguntando, Boffo, é: pode um palhaço maquiar-se para se parecer outro?

Boffo franziu a testa como alguém que se esforça para entender uma pergunta impossível.

— Perdão?

— Onde está o ovo de Beano, Boffo?

— Está aqui na mesa — disse Boffo. — Vocês podem dar uma olhada, se quiserem.

Um ovo foi entregue. Tinha um nariz vermelho gordo e uma peruca vermelha. Angua viu Cenoura segurá-lo contra a luz e tirar dois fios vermelhos do bolso.

— Mas — disse ela, tentando mais uma vez fazer Boffo entender —, você não poderia acordar certa manhã e colocar uma maquiagem para parecer um palhaço *diferente*?

Ele olhou para ela. Era difícil entender sua expressão sob aquela boca permanentemente triste, mas, até onde Angua podia ver, era como se ela tivesse sugerido que ele executasse um ato sexual específico com um pequeno frango.

— Como eu poderia fazer isso? Aí eu não seria *eu*.

— Mas outra pessoa poderia fazer isso?

A flor na lapela de Boffo esguichou.

— Eu não tenho que ouvir esse tipo de conversa suja, senhorita.

— O que você está dizendo então — disse Cenoura — é que nenhum palhaço maquiaria seu rosto com o, hã, desenho de outro palhaço?

— Você está falando obscenidades de novo!

— Sim, mas talvez certas vezes, por acidente, um jovem palhaço talvez possa...

— Olha, nós somos pessoas decentes, está bem?

— Desculpe — disse Cenoura. — Acho que entendo. Agora... Quando encontramos o pobre Sr. Beano, ele não estava com sua peruca de palhaço, mas algo assim poderia facilmente ter sido arrancado pelo rio. Mas agora, o nariz... você disse ao sargento Colon que alguém tinha tomado o nariz dele. O nariz *real*. Você poderia, nos tons agradáveis de alguém falando com um simplório, apontar para o *seu* nariz real, Boffo?

Boffo deu uma pancadinha no grande nariz vermelho em seu rosto.

— Mas isso é... — começou Angua.

*Homens de Armas*  239

— ... seu nariz *real* — disse Cenoura. — Obrigado.

O palhaço se acalmou um pouco.

— Acho melhor vocês irem — disse ele. — Eu não gosto desse tipo de coisa. Isso me perturba.

— Desculpe — disse Cenoura de novo. — É só que... acho que estou tendo uma ideia. Já pensei sobre isso antes... e estou bastante certo agora. Acho que sei quem fez isso. Mas tinha que ver os ovos para ter certeza.

— Está dizendo que outro palhaço o matou? — perguntou Boffo, beligerante. — Porque, se estiver, vou direto até o...

— Não exatamente — disse Cenoura. — Mas posso lhe mostrar o rosto do assassino.

Abaixou-se e pegou algo da bagunça sobre a mesa. Então se virou para Boffo e abriu a mão. Estava de costas para Angua e ela não conseguia ver o que ele estava segurando, mas Boffo deu um grito estrangulado e fugiu pela avenida de rostos, com os sapatos grandes fazendo flip-flop em alto volume sobre os blocos de pedra.

— Obrigado — disse Cenoura para o palhaço que se distanciava. — Você foi muito útil.

Fechou a mão de novo.

— Vamos — disse ele. — É melhor irmos andando. Acho que em um ou dois minutos não seremos mais populares por aqui.

— O que foi que você mostrou a ele? — perguntou Angua, enquanto procediam com uma dignidade apressada em direção ao portão. — Foi algo que você veio aqui procurar, não foi? Todo aquele papo de querer ver o museu...

— Eu *queria* ver. Um bom policial deve estar sempre aberto a novas experiências — disse Cenoura.

Chegaram ao portão. Nenhuma torta vingativa voou das sombras.

Angua se recostou na parede do lado de fora. O ar tinha um cheiro agradável ali, o que era uma coisa incomum de se dizer sobre o ar de Ankh-Morpork, mas pelo menos ali fora as pessoas podiam rir sem ser pagas para isso.

— Você não me mostrou o que o assustou — disse ela.

240     TERRY PRATCHETT

— Eu mostrei a ele um assassino — respondeu Cenoura. — Sinto muito. Não achei que ele fosse reagir daquele jeito. Acho que todos eles estão um pouco tensos no momento. E é como anões e suas ferramentas. Todo mundo tem seu próprio jeito de pensar.

— Você encontrou o rosto do assassino lá dentro?

— Sim.

Cenoura abriu a mão.

Ela continha um ovo todo branco.

— Ele se parece com isso

— Ele não tem *rosto*?

— Não, você está pensando como um palhaço. Eu sou muito simples — disse Cenoura —, mas acho que o que aconteceu foi o seguinte: alguém nos assassinos queria uma forma de entrar e sair sem ser visto. Ele percebeu que havia apenas uma parede fina entre os dois Grêmios. Ele tinha um quarto. Tudo o que precisava fazer era descobrir quem morava do outro lado. Mais tarde, ele matou Beano e levou sua peruca e seu nariz. O nariz *real*. É assim que palhaços pensam. Maquiagem não teria sido difícil. Você pode conseguir em qualquer lugar. Ele entrou no Grêmio maquiado para se parecer com Beano. Abriu passagem pela parede. Então caminhou até o pátio do lado de fora do museu, só que dessa vez estava vestido como assassino. Ele pegou a… A bombarda e voltou para cá. Passou pela parede novamente, vestido como Beano, e foi embora. E então alguém *o* matou.

— Boffo disse que Beano parecia preocupado — disse Angua.

— E eu pensei: que estranho, porque você teria que ver um palhaço bem de perto para saber qual seria a expressão real dele. Mas você *talvez* perceba uma maquiagem malfeita. Como, por exemplo, se tivesse sido colocada por alguém não muito acostumado a fazê-la. A parte importante é que, se outro palhaço vê o rosto de Beano sair porta afora, ele viu a *pessoa* sair. Eles não podem pensar em outra pessoa usando aquele rosto. Não é assim que eles pensam. Um palhaço e sua maquiagem são a mesma coisa. Sem a sua maquiagem, um palhaço não existe. Um palhaço não usaria o rosto de outro palhaço da mesma forma que um anão não usaria as ferramentas de outros anões.

— Mas parece arriscado — disse Angua.

— E foi. Foi muito arriscado.

— Cenoura? O que você vai fazer agora?

— Acho que pode ser uma boa ideia descobrir de quem é o quarto do outro lado do buraco, não? Acho que deve pertencer ao amiguinho de Beano.

— No Grêmio dos Assassinos? Apenas nós?

— Hum. Você tem razão.

Cenoura pareceu tão abatido que Angua cedeu.

— Que horas são? — disse ela.

Com muito cuidado Cenoura tirou o relógio que daria de presente ao capitão Vimes do embrulho de pano.

— São...

— ... *abing, abing, abong, bong... bing... bing...*

Esperaram pacientemente até terminar.

— Quinze para as sete — disse Cenoura. — Absolutamente preciso, também. Eu o sincronizei com o grande relógio de sol da Universidade.

Angua olhou para o céu.

— Certo — disse ela. — Posso descobrir, acho. Deixe comigo.

— Como?

— Er... Eu... Bem, eu poderia tirar o uniforme, não? E, hã, enrolar dizendo que sou a irmã de uma ajudante de cozinha ou algo assim...

Cenoura pareceu duvidar.

— Você acha que isso vai funcionar?

— Pode pensar em algo melhor?

— Não agora.

— Bem, então... Eu vou... Er... Olha... Você volta para o resto da Vigilância e... Eu vou encontrar um lugar para vestir uma roupa mais adequada.

Ela nem teve que olhar em volta para reconhecer de onde vinha o risinho. Gaspode tinha um jeito de surgir silenciosamente como uma pequena nuvem de metano em uma sala lotada, com a mesma capacidade angustiante de ocupar todo o espaço disponível.

— Onde você pode conseguir roupas por aqui? — perguntou Cenoura.

242 TERRY PRATCHETT

— Um bom guarda está sempre pronto para improvisar — respondeu Angua.

— Esse cãozinho é muito ofegante — disse Cenoura. — Por que ele sempre nos segue por aí?

— Eu realmente não sei.

— Ele tem um presente para você.

Angua arriscou um olhar. Gaspode estava segurando um grande osso na boca, quase deixando cair. Era mais comprido do que ele e poderia ter pertencido a algo que tinha morrido em um poço de piche. Era verde e peludo em algumas partes.

— Que simpático — disse ela, friamente. — Olha, você pode ir. Me deixe ver o que posso fazer...

— Se você tem certeza... — começou Cenoura, com um tom relutante na voz.

— Sim.

Quando ele partiu, Angua foi até o beco mais próximo. Faltavam apenas alguns minutos para a lua surgir.

O sargento Colon bateu continência quando Cenoura voltou, franzindo a testa, intrigado.

— Podemos ir para casa agora, senhor? — sugeriu ele.

— O quê? Por quê?

— Agora que está tudo resolvido?

— Eu só disse isso para afastar suspeitas — disse Cenoura.

— Ah. Muito esperto — comentou o sargento rapidamente. — Foi o que eu pensei. Ele está dizendo isso pra afastar suspeitas, pensei.

— Ainda há um assassino lá fora em algum lugar. Ou algo pior. — Cenoura examinou o exército improvisado. — Mas agora acho que vamos ter que resolver essa nossa questão com a Vigilância Diurna.

— Er. As pessoas dizem que está praticamente uma rebelião lá — disse Colon.

— É por isso que temos que resolver a questão.

Colon mordeu o lábio. Ele não era um covarde. A cidade havia sido invadida por um dragão no ano anterior, e ele chegara a ficar em um telhado, de onde havia disparado flechas contra a criatura enquanto ela descia sobre ele de boca aberta; claro, precisara trocar a roupa de baixo logo em seguida. Porém, aquilo tinha sido *simples*. Um grande dragão cuspidor de fogo era algo direto. Estava ali, bem na sua frente, querendo assá-lo vivo. Era tudo com o que tinha que se preocupar. Claro, era uma *grande* coisa com que se preocupar, mas era... simples. Não tinha muito mistério.

— Vamos ter que resolver isso? — disse.

— Sim.

— Ah. Que bom. Eu gosto de resolver coisas.


Ron Velho Sujo era um membro do Grêmio dos Mendigos em boa situação. Era um Murmurador, e dos bons. Ele andava atrás das pessoas murmurando em sua própria linguagem particular até que lhe dessem dinheiro para parar. As pessoas achavam que ele era maluco, mas esse não era o caso, tecnicamente. Ele apenas estava em contato com a realidade em um nível cósmico e tinha um pouco de dificuldade de focar coisas menores, como outras pessoas, paredes e sabão (embora para coisas muito pequenas, como moedas, sua visão fosse de grau A).

Por isso não ficou surpreso quando uma jovem bonita passou por ele e tirou toda a roupa. Esse tipo de coisa acontecia o tempo todo, embora até aquele momento só dentro de sua cabeça.

Então viu o que aconteceu depois.

Observou enquanto a forma elegante e dourada aos poucos desaparecia.

— *Eu falei* pra eles! *Falei* pra eles! *Falei* pra eles! — disse Ron. — Vou mostrar pra eles só o que é o lado errado do trompete de um esfarrapado. Desgramados. Mão de milênio e camarão! Eu *falei*!


Gaspode balançou o que era tecnicamente um rabo quando Angua ressurgiu.

— Mudou pra uma coifa maif afeitável — disse ele, com a voz um pouco abafada por causa do osso. — Boa. Eu troufe efe pequeno prefente...

Deixou-o cair na calçada. Não parecia nada melhor aos olhos lupinos de Angua.

— Pra quê? — perguntou ela.

— Recheado com nutritiva geleia de medula, esse osso — disse ele, em tom de acusação.

— Esqueça isso — disse Angua. — Agora, como é que você normalmente entra no Grêmio dos Assassinos?

— E talvez mais tarde a gente possa meio que passear pelas estrumeiras da estrada Fedra? — disse Gaspode, com o toco de rabo ainda batendo no chão. — Há ratos ali que deixarão você de pelo em pé... Não, tudo bem, esqueça que eu mencionei isso — concluiu depressa, quando o fogo brilhou por um instante nos olhos de Angua.

Ele suspirou.

— Tem um bueiro perto da cozinha — disse ele.

— Grande o bastante para um humano?

— Nem para um anão. Mas isso não vale a pena. É espaguete esta noite. Você não consegue muitos ossos em espaguete...

— Vamos.

Ele mancou ao lado dela.

— Aquele era um bom osso — disse ele. — Mal tinha começado a ficar verde. Rá! Mas aposto que você não iria dizer não a uma caixa de chocolates do Sr. Gostosão.

Encolheu-se quando ela virou para ele.

— Do que você está falando?

— Nada! Nada!

Gaspode correu atrás dela, gemendo.

Angua não estava feliz, também. Era sempre um problema, pelo e presas crescendo toda lua cheia. Em todas as vezes anteriores que ela achou que tinha dado sorte, descobriu que poucos homens são felizes em um relacionamento em que sua parceira fica peluda e uiva. Tinha jurado: chega de complicações desse tipo.

Quanto a Gaspode, estava resignando-se a uma vida sem amor, ou pelo menos nada além do carinho prático experimentado até o momento, que consistira de uma chihuahua desavisada e uma breve ligação com a perna de um carteiro.

O pó No. 1 deslizou para o papel dobrado dentro do tubo de metal. Maldito Vimes! Quem teria pensado que ele chegaria a ir até a casa de ópera? Perdera um conjunto de tubos lá em cima, mas ainda sobravam três, embalados ordenadamente na cartucheira. Um saco de pó No. 1 e um conhecimento rudimentar da fundição de chumbo era tudo de que um homem necessitava para governar a cidade...

A bombarda estava na mesa. Havia um brilho azulado no metal. Ou, talvez, não tanto um brilho, mas um reluzir. E, claro, era apenas por causa do óleo. Era necessário acreditar que fosse apenas o óleo. A Bombarda era claramente uma coisa de metal. Não poderia estar viva.

E, ainda assim...

Ainda assim...

— Dizem que ela era só uma moça mendiga do Grêmio.

*Bem? E daí? Ela foi um alvo do acaso. Aquilo não foi culpa minha. Aquilo foi culpa sua. Eu sou apenas a bombarda. Bombardas não matam pessoas. Pessoas matam pessoas.*

— Você matou Hammerhock! O rapaz disse que você disparou sozinha! E ele tinha consertado você!

*Você espera gratidão? Ele teria feito outra bombarda.*

— Isso era razão para matá-lo?

*Certamente. Você não compreende.*

A voz estava em sua cabeça ou na arma? Não tinha certeza. Edward dissera que havia uma voz... que tudo o que você quisesse, ela poderia dar...

Entrar no Grêmio foi fácil para Angua, mesmo em meio às multidões furiosas. Alguns dos assassinos, os de casas nobres que colecionam grandes cães peludos da mesma forma que pessoas das casas menores colecionam tapetes, haviam levado os animais consigo. Além disso, Angua exalava pedigree. Atraía olhares admirados ao trotar entre os edifícios.

Encontrar o corredor certo foi fácil, também. Lembrando-se da vista do Grêmio vizinho, ela contou o número de andares. De qualquer forma, não precisou procurar muito. O fedor de fogos de artifício pairava no ar ao longo do corredor.

Havia uma multidão de assassinos naquele corredor, também. A porta do quarto fora arrombada. Quando Angua espiou pela esquina do corredor, viu Dr. Cruces surgir, com o rosto banhado de raiva.

— Sr. Downey?

Um assassino de cabelos brancos tomou a frente.

— Senhor?

— Quero que o encontrem!

— Sim, doutor...

— Na verdade, eu o quero inumado! Com Extrema Impolidez! E estou definindo a taxa em dez mil dólares; vou pagá-los pessoalmente, você entende? Sem impostos do Grêmio, também.

Vários assassinos começaram a se afastar da multidão tentando parecer indiferentes. Dez mil dólares sem impostos era um bom dinheiro.

Downey parecia pouco à vontade.

— Doutor, eu acho...

— Acha? Você não é pago para achar! Só os céus sabem onde o idiota se meteu. Eu ordenei que o Grêmio fizesse uma busca! Por que ninguém forçou essa porta?

— Desculpe, doutor, Edward nos deixou semanas atrás, e eu não achei...

— Você não *achou*? Para o que você é pago?

— Nunca vi o sujeito com tão nervoso — disse Gaspode.

Ouviu-se uma tosse atrás do líder dos assassinos. Dr. Carabranca emergira do quarto.

— Ah, doutor — disse o Dr. Cruces. — Acho que talvez seja melhor irmos discutir isso no meu estúdio, não?

— Eu realmente sinto muito, milorde...

— Não foi nada. O pequeno... diabo noz fez parecer bobos. Ah... nada pessoal, é claro. Sr. Downey, os Bobos e os Assassinos guardarão esse buraco até que possamos conseguir alguns pedreiros amanhã. *Ninguém* deve passar, você entende?

— Sim, doutor.

— Muito bem.

— Aquele é o Sr. Downey — disse Gaspode, quando o Dr. Cruces e o chefe dos palhaços desapareceram pelo corredor. — Segundo em comando dos assassinos. — Coçou a orelha. — Ele mataria o velho Cruces por dois centavos se não fosse contra as regras.

Angua trotou para a frente. Downey, que estava enxugando a testa com um lenço preto, olhou para baixo.

— Olá, você é nova — disse ele. Olhou para Gaspode. — E o vira-lata voltou, também.

— Au, au — disse Gaspode, com o toco de rabo batendo no chão. — Por acaso — acrescentou para Angua —, ele muitas vezes dá um pouco de hortelã-pimenta, se você o pega de bom humor. Ele já envenenou quinze pessoas esse ano. É quase tão bom com venenos quanto o velho Cruces.

— Preciso me lembrar disso? — perguntou Angua. Downey afagou-lhe a cabeça.

— Ah, assassinos não devem matar a menos que estejam sendo pagos. São essas pequenas dicas que fazem toda a diferença.

Agora Angua estava em posição de ver a porta. Havia um nome escrito em um cartão preso em um suporte de metal.

Edward d'Eath.

— Edward d'Eath — disse ela.

— Aí está um nome que me lembra algumas coisas — disse Gaspode. — A família vivia no alto do Caminho do Rei. Eram tão ricos quanto Creosote.

— Quem era Creosote?

— Algum estrangeiro desgraçado que era rico.

— Ah.

— Mas o bisavô dele tinha uma sede terrível, e o avô perseguia qualquer coisa que usasse vestido; o vestido dele, entende? Já o velho d'Eath pai, bem, ele era sóbrio e limpo, mas perdeu o que restava do dinheiro da família em virtude de ter um ponto cego quando se tratava de enxergar a diferença entre o número 1 e o número 11.

— Não consigo ver como isso faz você perder dinheiro.

— Faz, se você tenta jogar Aleije o Sr. Cebola com gente experiente valendo dinheiro.

O lobisomem e o cão voltaram de mansinho pelo corredor.

— Sabe alguma coisa sobre Mestre Edward? — perguntou Angua.

— Não. A casa foi penhorada recentemente. Dívidas de família. Não o tenho visto.

— Você é certamente uma mina de informações — disse ela.

— Eu ando por aí. Ninguém repara em cães. — Gaspode torceu o focinho. Parecia uma trufa ressecada. — Caramba. Um fedor de bombarda, não é?

— Sim. Há algo de estranho nisso.

— O quê?

— Algo não está certo.

Havia outros odores. Meias sujas, outros cães, a maquiagem do Dr. Carabranca, o jantar da noite anterior; os aromas tomavam o ar. Porém, o cheiro de fogos de artifício, que agora fazia Angua automaticamente pensar na bombarda, impregnava tudo, acre como ácido.

— O que não está certo?

— Não sei... Talvez seja o cheiro da bombarda...

— Nah. Isso começou aqui. A bombarda foi mantida aqui durante anos.

— Certo. Entendi. Bem, já temos um nome. Pode significar algo para Cenoura...

Angua trotou escada abaixo.

— Com licença... — disse Gaspode.

— Sim?

— Como você consegue voltar a ser mulher de novo?

— Só preciso sair do luar e... me concentrar. É assim que funciona.

— Uau. Só isso?

— Se for tecnicamente lua cheia, eu posso me transformar mesmo durante o dia, se quiser. Eu só *tenho que* me transformar quando estou sob o luar.

— Fala sério? E a mata-lobos?

— Mata-lobos? É uma planta. Um tipo de acônito, acho. O que tem ela?

— Não pode matar você?

— Olha, você não precisa acreditar em tudo que ouve sobre lobiso-mens. Nós somos humanos, assim como todo mundo. Quase sempre — acrescentou.

A essa altura estavam do lado de fora do Grêmio, seguindo na direção do beco. E de fato lá chegaram, mas faltava ao local certas características importantes que ele tinha quando estiveram lá pela última vez. A mais notável delas era o uniforme de Angua, mas havia também uma escassez perceptível de Ron Velho Sujo.

— Droga.

Olharam para o beco vazio e cheio de lama.

— Você tem alguma outra roupa? — perguntou Gaspode.

— Sim, mas só lá na rua Olmo. Esse é meu único uniforme.

— Você precisa colocar roupas quando é humana?

— Sim.

— Por quê? Eu achava que uma mulher nua ficaria à vontade em qualquer lugar, sem querer ofender.

— Eu prefiro roupas.

Gaspode farejou o chão.

— Vamos, então. — Suspirou. — É melhor encontrar Ron Velho Sujo antes que sua cota de malha vire uma garrafa de Abraçaurso, não?

Angua olhou em volta. O cheiro de Ron Velho Sujo era praticamente tangível.

— Certo. Mas vamos rápido com isso.

Mata-Lobos? Você não precisava de velhas ervas idiotas para que sua vida fosse cheia de problemas, bastava passar uma semana por mês com duas pernas extras e quatro mamilos a mais.


Havia multidões em volta do Palácio do Patrício e em frente ao Grêmio dos Assassinos. Um monte de mendigos estava pelas ruas. Com uma aparência horrível. Aparência horrível é o trunfo comercial de um mendigo, afinal. Aqueles tinham uma aparência mais horrível do que o necessário.

A milícia espiava por uma esquina.

— Há centenas de pessoas — disse Colon. — E um monte de trolls em frente à Sede da Vigilância Diurna.

— Onde está pior? — perguntou Cenoura.

— Onde estão os trolls — respondeu Colon. Lembrou-se da companhia. — Sem querer ofender — acrescentou.

— Muito bem — disse Cenoura. — Sigam-me todos.

A barulheira parou quando a milícia marchou, arrastou-se, trotou e arqueou-se até a Sede da Vigilância Diurna.

Dois trolls muito grandes bloqueavam o caminho. A multidão observava em um silêncio cheio de expectativa.

A qualquer momento, pensou Colon, alguém vai jogar alguma coisa. E então todos vamos morrer.

Olhou para cima. Lentamente e aos solavancos, cabeças de gárgula iam aparecendo ao longo das calhas. Ninguém queria perder uma boa luta.

Cenoura acenou para os dois trolls.

Estão todos cobertos de líquen, notou Colon.

— São Bluejohn e Bauxita, não é? — disse Cenoura.

Bluejohn, meio contra a vontade, assentiu. Bauxita foi mais durão e apenas olhou.

— Vocês são exatamente o tipo que eu estava procurando — continuou Cenoura.

Colon agarrou seu elmo como um molusco tamanho 10 tentando entrar em uma concha tamanho 1. Bauxita era uma avalanche com pés.

— Vocês estão convocados — disse Cenoura.

Colon espiou por debaixo da borda do elmo.

— Reportem ao cabo Nobbs para pegar suas armas. O policial-lanceiro Detritus vai administrar o juramento. — Deu um passo atrás. — Bem--vindos à Vigilância dos Cidadãos. Lembrem-se, cada policial-lanceiro tem um bastão militar em sua mochila.

Os trolls não se moveram.

— Não vou tá numa Vigilância — disse Bauxita.

— Oficiais natos, pelo que vejo — comentou Cenoura.

— Ei, você não pode colocá-los na Vigilância! — gritou um anão da multidão.

*Homens de Armas*   251

— Ora, olá, Sr. Braçoforte — disse Cenoura. — É bom ver os líderes da comunidade aqui. Por que eles não podem estar na milícia?

Todos os trolls ouviam atentamente. Braçoforte percebeu que de repente era o centro das atenções e hesitou.

— Bem... vocês só têm um anão, por exemplo...

— *Eu* sou um anão — disse Cenoura —, tecnicamente.

Braçoforte parecia um pouco nervoso. Toda a questão do anãonismo intensamente abraçado por Cenoura era difícil para os anões mais politizados.

— Você é um pouco grande — disse ele, sem convicção.

— Grande? O que tamanho tem a ver com ser um anão? — exigiu Cenoura.

— Hum... muito? — sussurrou Porrete.

— Está certo — disse Cenoura. — Esse é um bom ponto de vista. — Examinou os rostos em volta. — Certo. Precisamos de alguns anões honestos e cumpridores da lei... Você aí...

— Eu? — perguntou um anão incauto.

— Você tem alguma advertência?

— Bem, eu não sei... Gosto de aconselhar que um centavo salvo é um centavo ganho...

— Ótimo. E vou escolher... vocês dois... e você. Mais quatro anões, sim? Não pode mais se queixar sobre isso, hein?

— Não vou tá numa Vigilância — repetiu Bauxita, mas com uma entonação modulada pela incerteza.

— Vocês, trolls, não podem sair agora — disse Detritus. — Caso contrário, anões demais. Isso é *números*.

— Eu não vou entrar para Vigilância nenhuma! — gritou um anão.

— Não é homem o suficiente, hein? — desafiou Porrete.

— O quê? Eu sou tão bom quanto qualquer maldito troll!

— Certo, isso está resolvido, então — disse Cenoura, esfregando as mãos. — Policial-agente Porrete?

— Senhor?

— Ei — disse Detritus —, desde quando ele agente?

— Desde que virou o encarregado dos recrutas anões — afirmou Cenoura. — E você está encarregado pelos recrutas trolls, policial-agente Detritus.

— Eu policial-agente encarregado dos recrutas trolls?

— Claro. Agora, se puder sair do caminho, policial-lanceiro Bauxita...

Atrás de Cenoura, Detritus aspirou e tomou um grande e orgulhoso fôlego.

— Não vou...

— Policial-lanceiro Bauxita! Seu grande troll horroroso! Fica em pé em linha reta! Bata continência agora mesmo! Sai do caminho do cabo Cenoura! Vocês dois trolls, venham aqui! Um... dois... terês... quaaatro! Vocês na Vigilância agora! Aaargh, não posso acreditar o que olho está vendo! De onde você vem, Bauxita?

— Montanha da Fatia, mas...

— Montanha da Fatia! *Montanha da Fatia*? Só... — Detritus olhou para seus dedos por um instante e os escondeu atrás das costas. — Só duas coisas vêm da Montanha da Fatia! Rochas... e... e... — Agitou-se descontroladamente. — Outro tipo de rochas! Que tipo *você*, Bauxita?

— O que é que está acontecendo aqui?

A porta da Sede da Vigilância foi aberta. Capitão Quirke surgiu, de espada na mão.

— *Seus dois trolls desprezíveis! Levantem a mão direita agora, vocês repetem o juramento troll...*

— Ah, capitão — disse Cenoura. — Podemos ter uma palavra?

— Você está em apuros, *cabo* Cenoura — rosnou Quirke. — Quem você pensa que é?

— *Vou fazer o que disserem...*

— Não *quero* tá numa...

Bam!

— *Vou fazer o que disserem...*

— Apenas o homem presente no local, capitão — disse Cenoura alegremente.

— Bem, homem presente no local, eu sou o oficial superior aqui, e você pode muito bem...

*Homens de Armas*

— Ponto de vista interessante — disse Cenoura. Tirou seu livro preto do bolso. — Estou substituindo-o no comando.

— ... *caso contrário terei minha cabeça goohuloog chutada.*

— ... *caso contrário terei minha cabeça goohuloog chutada.*

— Que... Você está louco?

— Não, senhor, mas eu estou escolhendo acreditar que você esteja. Existem regras estabelecidas para esta eventualidade.

— Com que autoridade? — Quirke olhou para a multidão. — Rá! Imagino que vá dizer que essa multidão armada é a sua autoridade, hein?

Cenoura pareceu chocado.

— Não. As Leis e os Decretos de Ankh-Morpork, senhor. Está tudo aqui. Pode me dizer que provas você tem contra o prisioneiro Cara de Carvão?

— Aquele maldito troll? Ele é um troll!

— E?

Quirke olhou em volta.

— Olhe, eu não preciso lhe dizer com todos aqui...

— Na verdade, de acordo com a lei, você precisa. É por isso que é chamado de evidência. Significa "aquilo que é visto".

— Ouça! — sibilou Quirke, inclinando-se para Cenoura. — Ele é um *troll*. Ele é culpado de *alguma coisa*, inferno. Todos são!

Cenoura abriu um grande sorriso.

Colon conhecia aquele sorriso. O rosto do cabo parecia ficar encerado e reluzente quando ele sorria daquele jeito.

— E aí você o prendeu?

— Certo!

— Ah. Sim. Eu entendo agora.

Cenoura deu as costas a ele.

— Não sei o que você pensa que está... — começou Quirke.

As pessoas mal viram Cenoura se mover. Houve apenas um borrão, um som que mais parecia o de bife caindo na mesa, e o capitão estava deitado na calçada.

Dois membros da Vigilância Diurna apareceram cautelosamente na porta.

Todo mundo começou a ouvir o ruído de algo metálico. Nobby estava girando e girando o mangual, mas como a bola com espetos na corrente era muito pesada e a diferença entre Nobby e um anão era de espécie, não de altura, aconteceu de os dois começarem a se orbitar mutuamente. Se ele a soltasse, havia chances iguais de o alvo ser atingido por uma bola com espetos ou pelo cabo Nobbs. Nenhuma das duas opções era agradável.

— Solte isso, Nobby — chiou Colon —, não acho que eles vão criar problemas...

— Não posso soltar, Fred!

Cenoura colocou os nós dos dedos na boca.

— Você acha que isso se enquadra em "força mínima necessária", sargento? — perguntou, parecendo genuinamente preocupado.

— Fred! Fred! O que eu vou fazer?

Nobby era um borrão apavorado. Quando você está rodando uma bola com espetos em uma corrente, a única opção realista é manter-se em movimento. Ficar parado é uma demonstração interessante, mas breve, de como funciona uma espiral.

— Ele ainda está respirando? — perguntou Colon.

— Ah, sim. Eu segurei o soco.

— Me parece mínima o bastante, senhor — disse Colon lealmente.

— *Fredddd!*

Cenoura estendeu a mão distraidamente quando o mangual passou perto dele como um foguete e o pegou pela corrente. Então o jogou contra o muro, onde ficou preso.

— Vocês, homens aí dentro da Sede da Vigilância — disse ele —, saiam agora.

Cinco homens surgiram, dando a volta com cautela pelo capitão caído de bruços.

— Bom. Agora vão e tragam Cara de Carvão.

— Er... ele está com um pouco de mau humor, cabo Cenoura.

— Porque está acorrentado ao chão — adicionou outro guarda.

— Bem — disse Cenoura —, ele deve ser desacorrentado agora mesmo.

Os homens arrastaram os pés, nervosos, possivelmente lembrando um velho provérbio que se encaixava muito bem na ocasião.* Cenoura fez um gesto de aprovação.

— Não vou *pedir* que façam isso, mas vou sugerir que tirem algum tempo de folga — disse ele.

— Quirm é muito agradável nessa época do ano — sugeriu o sargento Colon, solícito. — Eles têm um relógio floral.

— Er... já que você mencionou... eu tenho uma licença médica pra tirar — disse um deles.

— Eu diria que terá mesmo, se vocês ficarem por aqui — disse Cenoura.

Os guardas da Vigilância Diurna escapuliram dali o mais rápido que a decência permitia. A multidão mal prestou atenção neles. Havia muito mais a ganhar observando Cenoura.

— Bem — disse o cabo. — Detritus, pegue alguns homens e vá buscar o prisioneiro.

— Eu não vejo por que... — começou um anão.

— Calado, seu homem desprezível — disse Detritus, com o poder tendo subido à cabeça.

Você poderia ter escutado o cair da guilhotina.

No meio da multidão, um número de mãos nodosas de diferentes tamanhos agarrou uma variedade de armas escondidas.

Todos olhavam para Cenoura.

Essa foi a coisa mais estranha, lembrou Colon mais tarde. Todo mundo olhou para Cenoura.

Gaspode farejou um poste de luz.

— Vejo que Shep Três-Pernas anda meio doente. E o velho Willy Filhote está de volta à cidade.

Para um cão, um poste de amarração ou de luz bem colocado é uma coluna social.

---

\* Ele diz assim: "É melhor que aquele que acorrenta um troll, principalmente se tiver tirado vantagem da situação para dar-lhe uns chutes, não seja aquele que o desacorrenta."

— Onde estamos? — perguntou Angua.

A trilha de Ron Velho Sujo era difícil de seguir. Havia muitos outros cheiros.

— Em algum lugar nas Sombras — disse Gaspode. — Alameda Queridinha, pelo cheiro. — Fungou por toda a área. — Ah, aqui está ele de novo, o pequeno...

— *Oiá, Gaspode...*

Era uma voz grave e rouca, uma espécie de sussurro com areia. Veio de algum lugar em um beco.

— *Quem é sua companheia, Gaspode?*

Ouviu um risinho.

— Ah — disse Gaspode. — Hum. Oi, pessoal.

Dois cães saíram do beco. Eram enormes. Sua espécie era indeterminada. Um deles era negro retinto e parecia uma cruza de pit bull terrier com uma máquina de picar. O outro... O outro parecia um cachorro cujo nome quase certamente seria "Butch". As presas superiores e inferiores eram tão grandes que ele parecia ver o mundo atrás das grades. Também tinha pernas arqueadas, embora provavelmente fosse uma péssima, senão fatal, decisão comentar sobre isso.

O rabo de Gaspode vibrava nervosamente.

— Estes são meus amigos Black Roger e...

— Butch? — sugeriu Angua.

— Como você sabia disso?

— Adivinhei.

Os dois enormes cães se aproximaram deles parando um de cada lado.

— Ora, ora, ora — disse Black Roger. — E quem é essa?

— Angua — disse Gaspode. — Ela é um...

— ... cão-lobo — disse Angua.

Os dois cães passeavam ao redor deles com um ar faminto.

— Grande Fido sabe dela? — perguntou Black Roger.

— Eu ia mesmo... — começou Gaspode.

— Bem, veja — disse Black Roger —, achei que você gostaria de vir conosco. Hoje é noite do Grêmio.

— Claro, claro — disse Gaspode. — Sem problema.

Eu certamente poderia lidar com qualquer um deles, pensou Angua. Mas não com os dois ao mesmo tempo.

*Homens de Armas* 257

Ser um lobisomem significava ter a destreza e a força na mandíbula para rasgar instantaneamente a jugular de um homem. Era um truque de seu pai que sempre irritara sua mãe, especialmente quando ele o fazia logo antes das refeições. Porém, Angua nunca tinha conseguido fazer isso. Ela preferia a opção vegetariana.

— Oiá — disse Butch em seu ouvido.

— Não se preocupe — gemeu Gaspode. — Eu e Grande Fido... nós somos assim.

— O que você está tentando fazer? Cruzar as garras? Eu não sabia que cães podiam fazer isso.

— Não podemos — disse Gaspode tristemente.

Outros cães saíram vagando das sombras enquanto os dois eram levados por longos caminhos que nem eram mais becos, mas apenas brechas entre muros. Saíram em dado momento em uma área vazia, nada mais do que um largo pátio para os prédios ao redor. Havia um grande barril virado de lado em um canto, com um pedaço de cobertor rasgado dentro dele. Uma variedade de cães estava esperando diante dele, parecendo na expectativa de algo; alguns tinham apenas um olho, alguns tinham apenas uma orelha, todos tinham cicatrizes e todos tinham dentes.

— Você — disse Black Roger —, espere aqui.

— Não tente fugir — disse Butch — porque ter os intestinos mastigados váias vezes costuma chatear.

Angua baixou a cabeça para olhar para Gaspode. O cãozinho estava tremendo.

— No que você me meteu? — rosnou ela. — Esse é o Grêmio dos Cães, certo? Um bando de cães perdidos?

— Shsssh! Não diga isso! Eles não são *perdidos*. Ah, céus. — Gaspode olhou em volta. — Não se aceita *qualquer* cão no Grêmio. Ah, céus, não. Estes são cães que foram... — baixou a voz — ... er... meninos maus.

— Meninos maus?

— Meninos maus. Seu cãozinho travesso. Vou te dar um tapa. Seu cão malvado — murmurou Gaspode, em uma ladainha horrível. — Todo cão que você está vendo por aqui, entende, cada um deles... fugiu. Fugiu de seu dono real.

— Só isso?

— Só? *Só?* Bem. Claro. Você não é exatamente um cão. Você não entenderia. Você não saberia como é. Mas Grande Fido… foi o que ele disse. Joguem fora suas trelas, falou ele. Mordam a mão que os alimenta. Levantem-se e uivem. Deu orgulho a eles — disse Gaspode, sua voz era uma mistura de medo e fascínio. — Ele falou: qualquer cachorro que eles encontrassem e não fosse um espírito livre… esse cachorro é um cachorro morto. Ele matou um dobermann na semana passada apenas por abanar o rabo quando um humano passou.

Angua olhou para alguns dos outros cães. Estavam todos desgrenhados. Também eram, de uma forma estranha, pouco caninos. Havia um pequeno e bem delicado poodle branco que ainda tinha algo perto de uma versão crescida de seu corte poodle, e um cachorrinho com os restos esfarrapados de um casaco xadrez ainda caindo do ombro. Porém, não corriam pelo local ou brigavam. Tinham um olhar atento e uniforme que ela já vira antes, embora nunca em cães.

Gaspode estava claramente tremendo. Angua escapuliu para perto do poodle. Ele ainda tinha uma coleira em forma de diamante visível sob o pelo crespo.

— Esse Grande Fido — disse ela — é algum tipo de lobo, ou o quê?

— Espiritualmente, todos os cães são lobos — disse o poodle —, mas separados de forma cínica e cruel de seu verdadeiro destino pelas manipulações da assim chamada humanidade.

Soou como uma citação.

— Grande Fido disse isso? — arriscou Angua.

O poodle virou a cabeça. Pela primeira vez ela viu seus olhos. Eram vermelhos e totalmente loucos. Qualquer coisa com aqueles olhos poderia matar o que quisesse, porque a loucura, loucura real, pode fazer um punho atravessar a madeira.

— Sim — disse Grande Fido.


Ele tinha sido um cão normal. Costumava pedir, rolar no chão, pular e pegar objetos. Todas as noites era levado para passear.

Não houve um raio de luz quando aconteceu. Ele apenas estava deitado em sua cesta certa noite, pensando sobre seu nome, que era Fido, e o nome na cesta, que era Fido. E ele pensou em seu cobertor com Fido escrito nele e em sua tigela com Fido escrito nela e, acima de tudo, meditou sobre a coleira com Fido escrito nela, e algo, em algum lugar no fundo de seu cérebro, fez um "clique". Ele comeu o cobertor, massacrou o dono e mergulhou para fora pela janela da cozinha. Na rua do lado de fora da casa, um labrador quatro vezes o tamanho de Fido riu de sua coleira e, trinta segundos depois, fugiu choramingando.

Isso foi apenas o início.

A hierarquia dos cães era uma questão simples. Fido simplesmente perguntou por aí, geralmente em uma voz abafada, porque tinha a perna de alguém nas mandíbulas, até localizar o líder da maior gangue de cães selvagens da cidade. Muita gente — ou seja, cães — ainda falava sobre a luta entre Fido e Arthur Latido Louco, um rottweiler com um só olho e um temperamento muito ruim. Porém, a maioria dos animais não luta até a morte, apenas até a derrota, e Fido era impossível de derrotar; ele era um desejo de matar pequeno e veloz com uma coleira. Agarrou-se a partes de Arthur latido Louco até que Louco desistisse, e, em seguida, para seu espanto, Fido o matou. Havia algo inexplicavelmente determinado naquele cão — você poderia dar-lhe uma sova por cinco minutos e o que restava ainda não teria desistido — *e era melhor não dar as costas para ele.*

Porque Grande Fido tinha um sonho.


— Algum problema? — perguntou Cenoura.

— Aquele *troll* insultou aquele *anão* — disse Braçoforte, o anão.

— Eu ouvi o policial-agente Detritus dar uma ordem ao policial-lanceiro... Hrolf Pyjama — disse Cenoura. — O que tem isso?

— Ele é um *troll*!

— E?

— Ele insultou um *anão*!

— Na verdade, é um termo técnico militar — disse o sargento Colon.

— Aquele maldito troll por acaso salvou a minha vida hoje — gritou Porrete.

— Por quê?

— Por quê? *Por quê?* Porque era a minha vida, por isso! Eu sou muito apegado a ela!

— Eu não quis dizer...

— Você cale a boca, Abba Braçoforte! O que você sabe sobre qualquer coisa, seu civil? Por que você é tão estúpido? Aargh! Eu sou pequeno demais para essa merda!

Uma sombra apareceu na porta. Cara de Carvão era basicamente uma forma horizontal, uma massa escura de linhas quebradas e superfícies íngremes. Seus olhos brilhavam vermelhos e cheios de suspeita.

— Agora vocês estão deixando que ele vá embora! — gemeu um anão.

— Isso é porque não temos razão alguma para mantê-lo preso — disse Cenoura. — Quem matou o Sr. Hammerhock era pequeno o suficiente para passar pela porta de um anão. Um troll do tamanho dele não poderia ter feito isso.

— Mas todo mundo sabe que ele é um troll *ruim*! — gritou Braçoforte.

— Nunca fiz nada — disse Cara de Carvão.

— Você não pode soltá-lo agora, senhor — chiou Colon. — Vão todos se juntar contra ele!

— Nunca fiz nada.

— É verdade, sargento. Policial-agente Detritus!

— Senhor?

— Recrute-o.

— Nunca fiz nada.

— Você não pode fazer isso! — gritou o anão.

— Não vou tá em Vigilância alguma — rosnou Cara de Carvão.

Cenoura se aproximou dele.

— Há uma centena de anões aí fora. Com grandes machados enormes — sussurrou.

Cara de Carvão piscou.

— Vou me alistar.

— Passe o juramento, policial-agente.

— Permissão para recrutar outro anão, senhor? Para manter a paridade?

— Vá em frente, policial-agente Porrete.

Cenoura tirou o elmo e enxugou a testa.

— Acho que é isso, então.

A multidão o encarava.

Ele abriu um grande sorriso.

— Ninguém precisa ficar aqui, a menos que queira — disse ele.

— Nunca fiz nada.

— Sim... mas... olha — disse Braçoforte. — Se ele não matou o velho Hammerhock, quem matou?

— Nunca fiz nada.

— Nossas investigações continuam.

— Você não sabe!

— Mas estou descobrindo.

— Ah é? E quando, afinal, você vai saber?

— Amanhã.

O anão hesitou.

— Está bem, então — disse ele, com extrema relutância. — Amanhã. Mas é melhor que *seja* amanhã.

— Tudo bem — disse Cenoura.

A multidão se dispersou ou, pelo menos, se espalhou um pouco. Seja troll, anão ou humano, um cidadão de Ankh-Morpork nunca está interessado em ir embora enquanto houver alguma cena na rua.

O policial-agente Detritus, com o peito tão inchado de orgulho e pompa que os nós dos dedos mal tocavam o chão, passou em revista suas tropas.

— Escutem, seus trolls desprezíveis!

Fez uma pausa, enquanto os próximos pensamentos assumiam suas posições.

— Vocês escutem bem agora! Vocês na Vigilância, rapaz! É um trabalho com oportunidade! — disse Detritus. — Eu só faço isso dez minutos e já promovido! Também tem educação e treinamento para um bom trabalho na rua Civil!

— Essa é a sua clava com um prego na ponta. Vocês vão comê-la. Vocês vão dormir nela! Quando Detritus diz pula, você diz... qual cor! Vamos fazer isso seguindo os números! E eu tenho um monte de números!

— Nunca fiz nada.

— Ô Cara de Carvão, você fica esperto, você tem um botão militar na mochila!

— Nunca roubei nada, também.

— Você desce agora e me paga 32! Não! Melhor, 64!

O sargento Colon beliscou a base do próprio nariz. Estamos vivos, pensou. Um troll insultou um anão na frente de um monte de outros anões. Cara de Carvão... Quero dizer, *Cara de Carvão*, quero dizer, Detritus é o Sr. Legalidade em comparação... é libertado e agora é um guarda. Cenoura nocauteou Maionese. Cenoura disse que vamos resolver tudo isso até amanhã, e já é noite. Mas estamos vivos.

O cabo Cenoura é louco.

Ouça só os cães. Está todo mundo no limite, com esse calor.


Angua escutou os outros cães uivando e pensou nos lobos.

Ela correu com a matilha algumas vezes e conhecia os lobos. Aqueles cães *não eram* lobos. Lobos eram criaturas pacíficas, no geral, e bastante simplórias. Pensando nisso, o líder da matilha era um pouco como Cenoura. Cenoura se encaixava na cidade da mesma forma que *ele* se encaixava nas altas florestas.

Cães eram mais espertos que lobos. Lobos não *precisavam* de inteligência. Eles tinham outras coisas. Mas cães... Eles tinham ganhado inteligência com os humanos. Quisessem ou não. Eram certamente mais cruéis do que lobos. Pegaram aquilo com os humanos, também.

Grande Fido estava moldando seu bando de animais vadios na forma que o ignorante pensava que uma matilha de lobos era. Uma espécie de máquina de matar com pelos.

Ela olhou em volta.

Cães grandes, cães pequenos, cães gordos, cães magros. Todos observando, com os olhos brilhando, enquanto o poodle falava.

Sobre Destino.

Sobre Disciplina.

Sobre a Superioridade Natural da Raça Canina. Sobre Lobos. Só que a visão que Grande Fido tinha dos lobos não batia com a dos lobos que

Angua conhecia. Eles eram maiores, mais ferozes, mais sábios, os lobos do sonho de Grande Fido. Eram Reis da Floresta, Terrores da Noite. Tinham nomes como Presa Rápida e Couro de Prata. Eram o que cada cão deveria aspirar a ser.

Grande Fido aprovara Angua. Ela se parecia muito com um lobo, disse ele.

Todos escutavam, totalmente em transe, um cãozinho que peidava nervosamente enquanto falava, dizendo-lhes que a forma natural para um cão era algo muito maior. Angua teria rido, se não fosse pelo fato de que duvidava muito de que sairia dali viva.

Então observou o que aconteceu com um pequeno vira-lata parecido com um rato que foi arrastado para o centro do círculo por dois terriers e acusado de ter ido buscar um graveto arremessado. Nem mesmo lobos faziam *isso* com outros lobos. Não havia código de comportamento entre lobos. Não precisava. Eles não precisavam de regras sobre como ser lobos.

Quando a execução terminou, ela encontrou Gaspode sentado em um canto tentando passar despercebido.

— Eles vão nos perseguir se escaparmos agora? — perguntou Angua.

— Acho que não. O encontro acabou.

— Vamos, então.

Entraram em um beco e, quando estavam certos de que não tinham sido notados, correram como o inferno.

— Deuses — disse Angua, quando já estavam a várias ruas de distância do bando de cães. — Ele é louco, não é?

— Não, louco é quando você espuma pela boca — disse Gaspode. — Ele é completamente insano. Isso é quando você espuma pelo cérebro.

— Todas aquelas coisas sobre lobos...

— Acho que um cão tem o direito de sonhar.

— Mas os lobos não são assim! Eles nem têm nomes!

— Todo mundo tem um *nome*.

— Lobos não têm. Por que teriam? Eles sabem quem são e sabem quem é o resto da alcateia. É tudo... uma imagem. Cheiro e sensação e forma. Lobos nem têm uma palavra para lobos! Não é *desse* jeito. Nomes são coisas humanas.

— Os cães têm nomes. *Eu* tenho um nome. Gaspode. É o meu nome — retrucou Gaspode, com certo tom de mau humor.

— Bem... não sei explicar por quê — disse Angua. — Mas lobos não têm.

A lua pairava alto agora, em um céu tão negro quanto uma xícara de café que nem era tão negro assim.

Seu luar transformava a cidade em uma rede de linhas prateadas e sombras.

Em tempos antigos, a Torre da Arte havia sido o centro da cidade, mas as cidades tendem a migrar suavemente com o tempo, e o centro de Ankh-Morpork agora era a várias centenas de metros de distância. A torre ainda dominava a cidade, contudo; sua forma negra se elevava contra o céu noturno, fazendo planos para parecer mais escura do que meras sombras poderiam sugerir.

Quase ninguém olhava para a Torre da Arte, porque ela estava sempre lá. Era apenas uma coisa. As pessoas quase nunca olham para coisas familiares.

Ouviu-se um tilintar muito fraco de metal sobre pedra. Por um momento, quem estivesse perto da torre, olhando exatamente para o lugar certo, poderia ter imaginado que um pedaço de trevas ainda mais escuras seguia de forma lenta, mas inexorável, em direção ao topo.

Por um momento, a luz da lua revelou um tubo fino de metal, pendurado nas costas da figura. E então o objeto voltou para a sombra em ascensão.

A janela estava resolutamente fechada.

— Mas ela sempre a deixa aberta — lamentou Angua.

— Deve ter fechado essa noite — disse Gaspode. — Tem um monte de pessoas estranhas na área.

— Mas ela *conhece* pessoas estranhas — disse Angua. — A maioria delas mora na casa!

Homens de Armas

— Você vai ter que mudar de volta para humana e quebrar a janela.

— Eu não posso fazer isso! Eu ficaria nua!

— Bem, você está nua agora, não?

— Mas eu sou um lobo! Isso é diferente!

— Eu nunca usei nada em toda a minha vida. Isso nunca *me* incomodou.

— A Sede da Vigilância — murmurou Angua. — Vai ter algo na Sede da Vigilância. Cota de malha de reposição, pelo menos. Um lençol ou algo assim. E a porta não fecha direito. Vamos.

Ela afastou-se rua abaixo, com Gaspode choramingando atrás dela.

Alguém estava cantando.

— Caramba — disse Gaspode —, olhe só para isso.

Quatro guardas passavam devagar. Dois anões, dois trolls. Angua reconheceu Detritus.

— Vamos, vamos, vamos! Vocês sem dúvida os recrutas mais horríveis que eu já vi! Aperta esse passo!

— Nunca fiz nada.

— Agora você tá fazendo algo pela primeira vez em sua vida horrível, policial-lanceiro Cara de Carvão! É uma vida de homem na Vigilância!

O esquadrão dobrou a esquina.

— O que está acontecendo? — perguntou Angua.

— Sei lá. Eu posso descobrir mais se um deles parar para fazer pipi.

Havia uma pequena multidão ao redor da Sede da Vigilância em Pseudópolis. Pareciam ser guardas, também. Sargento Colon estava de pé debaixo de uma lamparina tremeluzente, escrevendo em sua prancheta e conversando com um homenzinho bigodudo.

— E o seu nome, senhor?

— Silas! Cumberbatch!

— Você não era o pregoeiro público?

— Isso mesmo!

— Certo. Dê a ele o Xelim, policial-agente Porrete? Um para o seu esquadrão.

— Quem é policial-agente Porrete? — perguntou Cumberbatch.

— Aqui embaixo, senhor.

O homem olhou para baixo.

— MAS VOCÊ É! UM ANÃO! EU NUNCA...!

— Posição de sentido quando estiver falando com um oficial superierierior! — gritou Porrete.

— Não há anões, trolls ou humanos na Vigilância, entende? — disse Colon. — Apenas guardas, entende? Isso é o que o cabo Cenoura diz. Claro, se você gostaria de estar no esquadrão do policial-agente Detritus...

— EU GOSTO DE ANÕES! — disse Cumberbatch, apressadamente. — SEMPRE GOSTEI! NÃO QUE HAJA ALGUM NA VIGILÂNCIA, CLARO! — acrescentou, depois de pensar por menos de um segundo.

— Você aprende rápido. Ainda vai longe neste esquadrão — disse Porrete. — Qualquer dia desses pode ter um botão militar no seu lenço. AAAAaabbbb-tchutchim! Vamos, vamos, vamos...

— Quinto voluntário até agora — falou Colon para o cabo Nobbs, enquanto Porrete e o novo recruta sumiam na escuridão. — Até o Decano da Universidade tentou se alistar. Fantástico.

Angua olhou para Gaspode, que deu de ombros.

— Detritus está mesmo colocando-os na linha — disse Colon. — Em menos de dez minutos estão comendo na mão dele. Claro — acrescentou —, são mãos onde cabe bastante comida. Me lembra do sargento que a gente tinha quando eu entrei para o exército.

— Durão, é? — disse Nobby, acendendo um cigarro.

— Durão? Durão? Caramba! Foram treze semanas de pura miséria! Quinze quilômetros de corrida toda manhã, com lama até o pescoço na metade do tempo e ele gritando até ficar azul e xingando a gente a cada segundo! Uma vez ele me fez ficar acordado a noite toda limpando as privadas com uma escova de dentes! Ele batia na gente com um bastão com espinhos para nos tirar da cama! A gente era tratado que nem animais amestrados. Nós odiávamos o maldito e teríamos nos livrado dele se tivéssemos coragem, mas, é claro, ninguém teve. Ele nos fez passar por três meses de morte em vida. Mas... você sabe... depois do desfile militar... a gente se vendo nos uniformes novos e tudo, soldados de verdade enfim, vendo o que tínhamos virado... bem, nós o vimos no bar e, bem... não me importo de contar...

— Os cães observaram Colon enxugar a suspeita de uma lágrima. — Eu, Tonker Jackson e Hoggy Spuds esperamos por ele no beco e batemos nele como os sete infernos. Levou três dias para a minha mão parar de doer. — Colon assoou o nariz. — Dias felizes... Quer uma bala, Nobby?

— Viria a calhar, Fred.

— Dê uma ao cãozinho — disse Gaspode. Colon assim o fez e logo em seguida se perguntou por quê.

— Viu? — disse Gaspode, esmagando a bala com seus dentes horríveis. — Eu sou brilhante. *Brilhante.*

— Melhor você torcer pro Grande Fido não ficar sabendo — falou Angua.

— Nah. Ele não vai encostar em mim. Eu o deixo preocupado. Eu tenho o poder — coçou uma orelha vigorosamente. — Olha, você não precisa voltar lá, nós poderíamos ir...

— Não.

— História da minha vida — disse Gaspode. — Lá está o Gaspode. Dê um chute nele.

— Achei que você tivesse aquela grande família feliz para quem voltar — comentou Angua, enquanto empurrava a porta.

— Hã? Ah, sim. Certo — disse Gaspode apressadamente. — Sim. Mas eu gosto da minha, tipo, independência. Eu posso ir de volta para casa como um raio, a qualquer hora que eu quiser.

Angua subiu as escadas e empurrou com a pata a porta mais próxima.

Era o quarto de Cenoura. O cheiro dele, uma espécie de cor-de-rosa dourado, tomava-o de ponta a ponta.

Havia um desenho de uma mina de anões cuidadosamente fixado a uma parede. Outra parede tinha uma grande folha de papel barato no qual fora desenhado, em cuidadosas linhas de lápis, com muitas correções e borrões, um mapa da cidade.

Em frente à janela estava uma mesinha, no ponto certo onde uma pessoa escrupulosa poderia tirar o máximo proveito possível da luz disponível e não gastar muitas velas da cidade. Havia alguns papéis em cima dela, além de uma jarra com vários lápis. Havia ainda uma cadeira. Um pedaço de papel dobrado fora preso debaixo de uma perna bamba.

Fora isso, um baú de roupas completava a cena e ponto. Ela se lembrou do quarto de Vimes. Aquele era um lugar onde alguém ia dormir, não morar.

Angua se perguntou se alguma vez houve um momento em que alguém da Vigilância estivesse *realmente* de folga. Não podia imaginar o sargento Colon à paisana. Quando você era um guarda, era um guarda *o tempo todo*, o que era uma pechincha para a cidade, já que ela só pagava para que você fosse um guarda por dez horas diárias.

— Certo — disse ela. — Posso usar o lençol que está cobrindo a cama. Você fecha os olhos.

— Por quê? — perguntou Gaspode.

— Pela decência!

Gaspode pareceu confuso. E então falou:

— Ah, tá. Sim, entendo, claro. Céus, você não pode permitir que eu veja uma mulher nua, oh, não. Rá, rá. Posso ter ideias. Pobre de mim.

— Você sabe o que eu quero dizer!

— Não posso dizer que sei. Não posso dizer que sei. Roupa nunca foi o que você não chamaria de coisa de cachorro. — Gaspode coçou a orelha. — Tá, duas negativas na mesma frase aí. Desculpa.

— É diferente com você. Você sabe o que eu sou. De qualquer forma, cães são naturalmente nus.

— E humanos também…

Angua se transformou.

Gaspode achatou as orelhas na cabeça. Mesmo contra a vontade, ganiu.

Angua se alongou.

— Sabe a pior parte? — disse ela. — É o meu cabelo. Você mal consegue desemaranhar. E meus pés estão *cobertos* de lama.

Puxou um lençol da cama e o colocou em torno do corpo, como uma toga improvisada.

— Pronto — disse ela —, a gente vê coisa pior na rua todos os dias. Gaspode?

— O quê?

— Pode abrir os olhos agora.

Gaspode piscou. Era ok olhar para Angua em suas duas formas, mas os dois segundos intermediários, um sinal amorfo entre dois estados, não era uma visão para quem estava de estômago cheio.

— Pensei que você rolasse no chão gemendo e com o cabelo crescendo e se esticando — gemeu ele.

*Homens de Armas* 269

Angua olhou para seus cabelos no espelho enquanto sua visão noturna durava.

— Para quê?

— Isso... Essa coisa toda... dói?

— É um pouco como um espirro de corpo inteiro. Pensei que ele tivesse um pente, sabe? Quero dizer, um *pente*? Todo mundo tem um pente...

— Um espirro... bem... grande?

— Até uma escova de roupa já seria alguma coisa.

Congelaram quando a porta se abriu.

Cenoura entrou. Na escuridão, nem reparou neles e caminhou até a mesa. Houve um clarão e um fedor de enxofre quando ele acendeu um fósforo e em seguida uma vela.

Tirou o elmo e, em seguida, debruçou-se como se tivesse finalmente tirado um peso dos ombros.

Ouviram-no dizer:

— Isso não pode estar certo!

— O que não pode? — disse Angua.

Cenoura se virou.

— O que você está fazendo aqui?

— Seu uniforme foi roubado enquanto você estava espionando no Grêmio dos assassinos — sugeriu Gaspode.

— Meu uniforme foi roubado — disse Angua — enquanto eu estava no Grêmio dos Assassinos. Espionando. — Cenoura ainda estava olhando para ela. — Tinha um velho que ficava resmungando o tempo todo — continuou ela, desesperada.

— "Desgramados"? "Mão de milênio e camarão"?

— Sim, isso mesmo...

— Ron Velho Sujo. — Cenoura suspirou. — Provavelmente vendeu para comprar uma bebida. Mas eu sei onde ele mora. Me lembre de ir ter uma palavrinha com ele quando tiver tempo.

— Você não quer perguntar o que ela estava usando quando estava *no* Grêmio? — disse Gaspode, que se arrastara para debaixo da cama.

— Cale a boca! — disse Angua.

— O quê? — perguntou Cenoura.

— Eu descobri sobre o quarto — falou Angua rapidamente. — Alguém chamado...

— Edward d'Eath? — Cenoura se sentou na cama. As molas antigas fizeram *groing-groing-grink*.

— Como você sabia?

— Acho que d'Eath roubou a bombarda. Acho que ele matou Beano. Mas... assassinos matando sem ser pagos? É pior do que anões e ferramentas. É pior do que palhaços e rostos. Ouvi dizer que Cruces está realmente perturbado. Ele colocou assassinos procurando o menino pela cidade toda.

— Ah. Bem. Eu odiaria estar na pele de Edward quando eles o encontrarem.

— Eu odiaria estar na pele dele agora. E eu sei onde ela está, sabe. A pele. Está em seu pobre corpo. E *está* morta.

— Os assassinos o encontraram, então?

— Não. Outra pessoa encontrou. E então Porrete e Detritus encontraram. Se estou certo, ele está morto há vários dias. Entende? Isso não pode estar certo! Mas eu esfreguei para tirar a maquiagem de Beano e tirei o nariz vermelho e com certeza era ele. E a peruca é do tipo certo de cabelo vermelho. Ele deve ter ido direto até o Hammerhock.

— Mas... alguém atirou em Detritus. *E* matou a garota mendiga.

— Sim.

Angua sentou-se ao lado dele.

— E não poderia ter sido Edward...

— Rá! — Cenoura tirou seu peitoral e a camisa de cota de malha.

— Então estamos em busca de outra pessoa. Um terceiro homem.

— Mas não há pistas! Há apenas um homem com uma bombarda! Em algum lugar na cidade! Qualquer lugar! E estou cansado!

As molas fizeram *glink* de novo quando Cenoura se levantou e cambaleou até a cadeira e a mesa. Sentou-se, puxou um pedaço de papel, examinou um lápis, apontou-o em sua espada e, após pensar por um momento, começou a escrever.

Angua observou em silêncio. Cenoura estava com o colete de couro de mangas curtas que usava debaixo da cota de malha. Havia uma marca de nascença na parte superior do braço esquerdo dele. Em forma de coroa.

*Homens de Armas* 271

— Está anotando tudo, como fez o capitão Vimes? — disse ela, após algum tempo.

— Não.

— O que você está fazendo então?

— Estou escrevendo para minha mãe e meu pai.

— Sério?

— Eu sempre escrevo para minha mãe e meu pai. Prometi a eles. De qualquer forma, isso me ajuda a pensar. Eu sempre escrevo cartas para casa quando estou pensando. Meu pai me manda muitos bons conselhos também.

Havia uma caixa de madeira diante de Cenoura, com uma pilha de cartas dentro. O pai de Cenoura tinha o hábito de responder a Cenoura no verso das próprias cartas do filho, porque era difícil encontrar papel no fundo de uma mina de anões.

— Que tipo de conselho?

— Sobre mineração, geralmente. Como mover rochas. Você sabe. Apoiar e escorar. Você não pode fazer nada errado em uma mina. Você tem que fazer as coisas certas.

O lápis passeava pelo papel.

A porta ainda estava aberta, mas ouviu-se uma batida hesitante que dizia, em uma espécie de código morse metafórico, que quem batia podia ver muito bem que Cenoura estava em seu quarto com uma mulher seminua e estava tentando bater sem realmente ser ouvido.

O sargento Colon tossiu. A tosse tinha um quê de malícia.

— Sim, sargento? — disse Cenoura, sem se virar.

— O que quer que eu faça em seguida, senhor?

— Envie-os por aí em esquadrões, sargento. Pelo menos um humano, um anão e um troll em cada um.

— Sim, senhor. O que eles farão, senhor?

— Eles ficarão bem visíveis, sargento.

— Certo, senhor. Senhor? Um dos voluntários ainda agora... é o Sr. Bleakley, senhor. O da rua Olmo? Ele é um vampiro, bem, tecnicamente, mas ele trabalha no matadouro, por isso não é mesmo...

— Agradeça muito a ele por isso e o mande para casa, sargento.

Colon olhou de relance para Angua.

— Sim, senhor. Certo — disse ele relutantemente. — Mas ele não é um problema, ele só precisa desses homogoblins extras em seu...

— Não!

— Certo. Bem. Eu vou, er, vou dizer a ele para ir embora, então.

Colon fechou a porta. A *dobradiça* soou maliciosa.

— Eles o chamam de senhor — disse Angua. — Você percebe isso?

— Eu sei. Isso não está certo. As pessoas devem pensar por si mesmas, segundo o capitão Vimes. O problema é que as pessoas só pensam por si mesmas se você diz a elas para fazerem isso. Como se escreve "eventualidade"?

— Não sei.

— Certo. — Cenoura ainda estava e costas. — Vamos impedir a cidade de se fazer em pedaços pelo resto da noite, acho. Todo mundo recuperou o juízo.

Não, eles não recuperaram, disse Angua na privacidade de sua própria cabeça. Eles fizeram o que você disse. É como hipnotismo.

As pessoas vivem a sua visão. Você sonha, assim como o Grande Fido, só que ele sonhou um pesadelo e você sonha por todos. Você realmente acha que todo mundo é basicamente bom. E, apenas por um momento, enquanto estão perto de você, todo mundo acredita nisso também.

De algum lugar veio o som de punhos em marcha. A tropa de Detritus estava dando outra volta.

Ah, bem. Ele teria que ficar sabendo mais cedo ou mais tarde...

— Cenoura?

— Hmm?

— Você sabe... quando Porrete e o troll e eu nos juntamos à Vigilância; bem, você sabe por que fomos nós três, não?

— Claro. Representação de grupos minoritários. Um troll, um anão, uma mulher.

— Ah. — Angua hesitou. Ainda havia luar lá fora. Ela poderia contar a ele, correr escada abaixo, se transformar e estar bem longe da cidade ao amanhecer. Teria que fazer isso. Era uma especialista em fugir de cidades.

— Não foi exatamente assim — disse ela. — Sabe, há um monte de mortos-vivos na cidade, e o Patrício insistiu que...

— Dá um beijo nela — disse Gaspode, debaixo da cama.

Angua congelou. O rosto de Cenoura assumiu o olhar vagamente intrigado de alguém cujos ouvidos acabaram de escutar algo que o cérebro está programado para acreditar que não existe. Começou a enrubescer.

— Gaspode! — explodiu Angua, falando em canino.

— Eu sei o que tô fazendo. Um Homem, uma Mulher. É o Destino — disse Gaspode.

Angua se levantou. Cenoura ficou de pé também, tão rápido que sua cadeira caiu.

— Preciso ir — disse ela.

— Hã. Não vá...

— Agora é só se esticar... — disse Gaspode.

Isso nunca daria certo, disse Angua para si mesma. Nunca dá. Lobisomens têm que ficar com outros lobisomens, que são os únicos que *entendem*...

Mas...

Por outro lado... Já que teria que fugir de qualquer maneira...

Angua levantou um dedo.

— Só um instantinho — disse ela e, com um movimento, estendeu o braço debaixo da cama e tirou Gaspode, segurando-o pela nuca.

— Você precisa de mim! — gemeu o cão enquanto era levado até a porta. — Quero dizer, o que ele sabe? A ideia dele de diversão é mostrar o Colosso de Morpork! Me põe no...

A porta bateu. Angua se encostou nela.

— Isso vai acabar como em Pseudópolis e Quirm e...

— Angua? — disse Cenoura.

Ela se virou.

— Não diga nada — disse Angua. — E talvez fique tudo bem.

Após algum tempo, as molas da cama fizeram *glink*.

E logo depois disso, para o cabo Cenoura, o Discworld mudou. E nem se deu ao trabalho de cancelar as assinaturas de jornal.


Cabo Cenoura acordou por volta das quatro da manhã, aquela hora secreta conhecida apenas pelas pessoas da noite, como criminosos, policiais e outros desajustados. Deitou-se na metade da cama estreita e olhou para a parede.

Aquela *definitivamente* tinha sido uma noite interessante.

Embora ele fosse realmente simples, não era estúpido, e sempre tivera consciência de uma coisa que poderia ser chamada de *mecânica*. Estava familiarizado com várias jovens damas, e as levava por vários passeios revigorantes para ver fascinantes trabalhos de ferraria e interessantes prédios públicos até que elas inexplicavelmente perdiam o interesse. Às vezes ele patrulhava os Poços das Meretrizes, embora a Sra. Palma e o Grêmio das Costureiras estivessem tentando convencer o Patrício a renomear a área para "rua dos Afetos Negociáveis". Apesar de tudo isso, porém, ele nunca as enxergou em relação a si mesmo; nunca esteve muito certo, por assim dizer, de onde ele se encaixaria.

Provavelmente não escreveria aos pais sobre aquilo. Quase certamente eles já sabiam como funcionava.

Deslizou para fora da cama. O quarto estava quente e abafado com as cortinas fechadas.

Às suas costas, ouviu Angua rolar para o vazio deixado pelo seu corpo.

Então, com as duas mãos e considerável vigor, ele abriu as cortinas e deixou entrar a luz circular e branca da lua cheia.

Pensou ter ouvido Angua suspirar no sono.

Ouviu trovoadas ao longe, na planície. Cenoura pôde ver os relâmpagos costurando o horizonte e sentiu cheiro de chuva. Porém, o ar da cidade ainda estava calmo e abafado, mais quente ainda com a perspectiva de tempestades distantes.

A Torre da Arte da Universidade se avultou diante dele. Ele a via todos os dias. Ela dominava metade da cidade.

Às suas costas, a cama fez *glink*.

— Eu acho que vai... — começou ele, virando-se.

Por ter se virado, não reparou no reluzir de metal ao luar no topo da torre.


O sargento Colon estava sentado no banco do lado de fora da Sede da Vigilância, sob o ar abafado da madrugada.

Ouviu o ruído de marteladas vindo de algum lugar lá dentro. Porrete entrara dez minutos antes com um saco de ferramentas, dois elmos e

Homens de Armas

uma expressão determinada. Colon não fazia ideia do que o diabinho estava fazendo.

Contou de novo, muito lentamente, marcando nomes em sua prancheta. Nenhuma dúvida quanto a isso. A Vigilância Noturna tinha quase vinte membros agora. Talvez mais. Detritus tinha exagerado e feito o juramento com mais dois homens, outro troll e um manequim de madeira na frente da Roupas Elegantes da Tamanca.* Se aquilo continuasse, eles logo poderiam abrir as velhas Sedes da Vigilância perto dos portões principais, como nos velhos tempos.

Ele nem conseguia se *lembrar* de quando a Vigilância tivera vinte homens pela última vez.

Tudo aquilo parecia uma boa ideia no momento. E certamente estava controlando a situação, mas, pela manhã, o Patrício ficaria sabendo e exigiria ver o oficial superior.

Não estava muito claro para o sargento Colon quem *era* o oficial superior no momento. Sentia que deveria ser o capitão Vimes ou, de alguma forma que ele não conseguia definir, cabo Cenoura. No entanto, o capitão não estava por perto e o cabo Cenoura era apenas um cabo, e Fred Colon tinha a sensação terrível de que, quando lorde Vetinari convocasse alguém para ser irônico e dizer coisas como "Quem é que vai pagar os salários deles, me diga?", seria ele, Fred Colon, que então ficaria com lama até as Ankh.

Também estavam ficando sem vagas na hierarquia. Havia apenas quatro postos abaixo do posto de sargento. Nobby estava ficando irritado com o fato de qualquer outra pessoa poder ser promovida a cabo e vinha acontecendo certo congestionamento de carreiras. Além disso, alguns da

---

\* E essa foi a origem, muito depois dos eventos narrados aqui terem se passado, de uma canção popular de Ankh-Morpork escrita para assobio e fossas nasais:

"Passava eu descendo a rua Larga,
Quando o grupo de recrutadores veio pegando as pessoas pelos tornozelos e dizendo que elas se juntariam à Vigilância ou eles chutariam suas cabeças goohuloog.
Então desviei pela rua da Torta de Pêssego e pela Holofernes,
Cantando: Too-ra-li, etc."

A música nunca pegou.

Vigilância tinham colocado na cabeça que a maneira de ser promovido era recrutar mais meia dúzia de guardas. No ritmo atual, Detritus seria Altíssimo Major-General até o fim do mês.

E o que era ainda mais estranho era que Cenoura ainda era apenas um...

Colon levantou os olhos quando escutou o tilintar de vidro quebrado. Algo dourado e indistinto caiu por uma janela superior, aterrissou nas sombras e fugiu antes que ele pudesse ver o que era.

A porta da Sede da Vigilância escancarou-se e Cenoura surgiu, de espada na mão.

— Para onde ele foi? Para onde ele foi?

— Não sei. Que diabos era aquilo?

Cenoura parou.

— Hã. Não sei bem — disse ele.

— Cenoura?

— Sarja?

— Eu colocaria algumas roupas se fosse você, rapaz.

Cenoura ficou olhando para a escuridão da madrugada.

— Quero dizer, eu me virei e lá estava ele, e...

Olhou para a espada em sua mão, como se não tivesse percebido que a estava carregando.

— Ah, droga!

Correu de volta para o seu quarto e pegou as calças. Enquanto lutava para vesti-las, um pensamento veio à sua mente, claro como gelo.

Você é um otário, não é? Pegou a espada automaticamente, não é? Fez tudo errado! Agora ela fugiu e você nunca mais vai vê-la de novo!

Virou-se. Um cãozinho cinzento estava observando-o intensamente da porta.

Depois de um choque desses, ela pode nunca mais se transformar de volta de novo, diziam seus pensamentos. Quem se importa se é um lobisomem? Isso não o incomodava, antes de saber! Aliás, quaisquer biscoitos que tenha com você podem ser jogados para o cãozinho na porta, embora, pensando bem, as chances de ter um biscoito com você agora são muito pequenas, então esqueça que pensou isso. Caramba, você realmente estragou tudo, não foi?

... pensou Cenoura.

— Au, au — disse o cão.

Cenoura franziu a testa.

— É você, não é? — comentou ele, apontando a espada.

— Eu? Os cães não falam — disse Gaspode, apressadamente. — Escute, eu deveria saber. Eu *sou* um.

— Me diga para onde ela foi. Agora mesmo! Ou...

— É? Olha — disse Gaspode melancolicamente —, a primeira coisa que lembro na minha vida, certo, a primeira coisa, foi ser jogado no rio em um saco. Com um tijolo. Eu. Quer dizer, eu tinha as pernas bambas e uma orelha humoristicamente enviesada, quer dizer, eu era *fofo*. Bem, certo, o rio Ankh também era. Certo, então pude andar até a margem. Mas isso foi o início, e nunca ficou muito melhor. Quer dizer, eu andei para a margem *dentro* do saco, arrastando o tijolo. Levei três dias para mastigar o saco e abrir um buraco para sair. Vá em frente. Me ameace.

— Por favor? — disse Cenoura.

Gaspode coçou a orelha.

— Talvez eu pudesse rastreá-la — disse Gaspode. — Com o encorajamento certo, sabe.

Mexeu as sobrancelhas encorajadoramente.

— Se você encontrá-la, darei o que quiser — disse Cenoura.

— Ah, *bem. Se.* Certo. Ah, sim. Isso é ótimo, é um *se.* Que tal algo adiantado? Olhe para estas patas, hein? Desgastadas, cansadas. E este focinho não fareja sozinho. É um instrumento afinado.

— Se você não começar a procurar nesse segundo — disse Cenoura —, vou pessoalmente... — Hesitou. Nunca fora cruel com um animal em sua vida.

— Vou levar o assunto ao cabo Nobbs — disse ele.

— É disso que eu gosto — disse Gaspode amargamente. — Incentivo.

Ele pressionou o focinho manchado no chão. Era só pose, de qualquer forma. O cheiro de Angua pairava no ar como um arco-íris.

— Você pode realmente falar? — perguntou Cenoura.

Gaspode revirou os olhos.

— Claro que não — disse ele.

A figura tinha alcançado o topo da torre.

Lampiões e velas estavam acesos por toda a cidade. Espalhados aos seus pés, lá embaixo. Dez mil pequenas estrelas presas à terra... e ele poderia apagar qualquer uma que quisesse, bem fácil. Era como ser um deus.

Era incrível como os sons eram tão audíveis dali. Era como ser um deus. Ele podia ouvir o uivo dos cães, o ruído de vozes. De vez em quando um era mais alto do que os outros, elevando-se para o céu noturno.

*Aquilo* era poder. O poder que ele tinha lá embaixo, o poder de dizer: faça isso, faça aquilo... Era algo apenas humano, mas aquilo... aquilo era como ser um deus.

Pôs a bombarda em posição, encaixou uma fileira de seis balas em seu lugar e mirou uma luz aleatória. E então outra. E outra.

Ele realmente não deveria tê-la deixado atirar naquela menina mendiga. Não era aquele o plano. Os presidentes dos Grêmios, fora o plano do pobre Edward. Presidentes dos Grêmios, para começar. Deixar a cidade sem liderança e em crise, e então confrontar aquele candidato tolo dele e dizer: Vá em frente e governe: é o seu destino.

Era uma *velha* doença, esse tipo de pensamento. Você a pegava nas coroas, nas histórias tolas. Você acreditava... rá... você acreditava que algum truque como, como puxar uma espada de uma pedra, era de alguma forma uma qualificação para o ofício do rei. Uma espada de uma pedra? A bombarda era mais mágica do que *aquilo*.

Ele se deitou, acariciou a bombarda e esperou.

O dia raiou.

— Nunca toquei em nada — disse Cara de Carvão, virando-se em sua laje.

Detritus bateu na cabeça dele com o bastão.

— De pé, soldados! Chega de lerdeza e levanta essa pedra! É mais um belo dia na Vigilância! Policial-lanceiro Cara de Carvão, de pé, seu homenzinho desprezível!

Vinte minutos depois, um sargento Colon com os olhos turvos passava as tropas em revista. Estavam caídos sobre os bancos, com exceção do policial-agente Detritus, que estava sentado ereto com um ar de utilidade oficial.

— Certo, homens — começou Colon —, agora, enquanto vocês...

— Vocês, homens, ouçam bem agora! — ribombou Detritus.

— Obrigado, policial-agente Detritus — disse Colon, cansado. — O capitão Vimes vai se casar hoje. Vamos fornecer uma guarda de honra. Isso é o que sempre costumávamos fazer nos velhos tempos quando um guarda se casava. Então quero elmos e peitorais limpos e brilhantes. Tudo reluzente. Nem uma partícula de sujeira... Onde está o cabo Nobbs?

Ouviu-se um *dink* quando a mão do policial-agente Detritus bateu em seu novo elmo.

— Não vejo ele faz horas, senhor! — relatou.

Colon revirou os olhos.

— E algum de vocês pode... Onde está a policial-lanceira Angua?

*Dink.*

— Ninguém a viu desde ontem noite, senhor.

— Está certo. Conseguimos sobreviver a esta noite e vamos sobreviver a este dia. Cabo Cenoura diz que precisamos estar preparados.

*Dink.*

— Sim, senhor!

— Policial-agente Detritus?

— Senhor?

— O que é que você tem na sua cabeça?

*Dink.*

— Policial-agente Porrete fez para mim, senhor. É um elmo especial com mecanismo para pensamento.

Porrete tossiu.

— Estas partes grandes são aletas de refrigeração, vê? Pintadas de preto. Adaptei um mecanismo do meu primo, e esse ventilador aqui sopra o ar para... — Parou quando viu a expressão de Colon.

— Foi nisso que você esteve trabalhando a noite toda, não é?

— Sim, porque acho que os cérebros dos trolls ficam muito...

Com um gesto, o sargento pediu silêncio.

— Então temos um soldado bom com mecanismos, é? — disse Colon.

— Somos um exército modelo, se somos.


Gaspode estava geograficamente envergonhado. Sabia onde estava, mais ou menos. Estava em algum lugar além das Sombras, na rede de píeres e currais. Ainda que pensasse que toda a cidade pertencesse a ele, aquele não era o seu território. Havia ratos ali quase tão grandes quanto ele, e Gaspode tinha um formato basicamente de terrier — os ratos de Ankh-Morpork eram inteligentes o suficiente para reconhecer aquilo. Quase acabara chutado por dois cavalos e atropelado por uma carroça. E havia perdido o rastro do cheiro. Angua tinha andado em ziguezague, usado os telhados e atravessado o rio algumas vezes. Lobisomens eram instintivamente bons em evitar perseguidores; afinal, os sobreviventes eram descendentes daqueles que podiam correr mais que uma multidão enfurecida. Aqueles que *não podiam* nunca tiveram descendentes ou mesmo sepulturas.

Várias vezes o cheiro levava até um muro ou uma cabana de teto baixo, e Gaspode mancava em círculos até encontrá-lo de novo.

Pensamentos aleatórios irrompiam em sua mente de cãozinho esquizofrênico.

— Cão Inteligente Salva o Dia — murmurou. — Todo Mundo Diz: Bom Cãozinho. Não, só estou fazendo isso porque fui ameaçado. O Focinho Maravilhoso. Eu não queria fazer isso. Você Deveria Ganhar Um Osso. Sou apenas um náufrago no mar da vida. Quem É Um Bom Menino? Cale a boca.

O sol começava a subir. Lá embaixo, Gaspode prosseguia.


Willikins abriu as cortinas. A luz do sol derramou-se para dentro. Vimes gemeu e se sentou lentamente no que restava de sua cama.

— Céus, homem — murmurou. — Qual o nome desse tipo de horário?

— Quase nove da manhã, senhor — disse o mordomo.

— Nove da *manhã*? Que tipo de hora é *essa* para acordar? Eu normalmente só acordo depois que o último raio da tarde sumiu!

— Mas o senhor não está mais no trabalho, senhor.

Vimes olhou para o emaranhado de lençóis e cobertores. Estavam enrolados em suas pernas e amarrados. Então se lembrou do sonho. Nele, andava pela cidade.

Bem, talvez não tanto um sonho, mas uma lembrança. Afinal de contas, ele andava pela cidade todas as noites. Uma parte dele não estava desistindo; alguma parte de Vimes estava aprendendo a ser um civil, mas uma parte antiga estava marchando, não, *procedendo* a um ritmo diferente. *Achou* que o lugar parecia mais deserto e mais difícil de caminhar do que o habitual.

— O senhor deseja que eu o barbeie ou fará isso sozinho?

— Eu fico nervoso se as pessoas colocam lâminas perto do meu rosto — disse Vimes. — Mas, se preparar o cavalo e a carroça, vou tentar chegar ao outro lado do banheiro.

— Muito engraçado, senhor.

Vimes tomou outro banho, só pela novidade. A julgar pelo ruído de fundo, a mansão já se ocupava em se preparar para a grande hora. Lady Sybil estava dedicando ao casamento toda a franqueza de pensamento que normalmente aplicava à criação de dragões do pântano, como a implementação de uma nova raça que tivesse orelhas caídas. Meia dúzia de cozinheiros estava ocupada na cozinha já fazia três dias. Estavam assando um boi inteiro e fazendo coisas incríveis com frutas raras. Até então, a ideia que Sam Vimes tinha de uma boa refeição era fígado sem os tubos. Para ele, *haute cuisine* eram pedaços de queijo no espeto com metade de uma toranja.

Sabia vagamente que os futuros noivos não deveriam ver as noivas na manhã do casamento, possivelmente para o caso de darem no pé. Era uma pena. Ele gostaria de conversar com alguém. Se pudesse conversar com alguém, tudo poderia fazer sentido.

Pegou a navalha e olhou no espelho para o rosto do capitão Samuel Vimes.

*

Colon bateu continência e olhou para Cenoura.

— Você está bem, senhor? Parece mal ter dormido.

As dez horas da manhã, ou suas várias tentativas, começaram a bater pela cidade. Cenoura se afastou da janela.

— Estive pelas ruas numa busca — disse ele.

— Mais três recrutas esta manhã, já — disse Colon. Eles tinham sido convidados a integrar o "exército do Sr. Cenoura". O sargento estava um pouco preocupado com isso.

— Bom.

— Detritus está dando a eles um treinamento bem básico — disse Colon. — Funciona, aliás. Após uma hora dele gritando em seus ouvidos, acabam fazendo qualquer coisa que eu pedir.

— Quero todos os homens de que pudermos dispor nos telhados entre o Palácio e a Universidade.

— Há assassinos lá em cima já. E o Grêmio dos Ladrões também pôs homens nesses lugares.

— Eles são ladrões e assassinos. Nós, não. Certifique-se de que alguém esteja no topo da Torre de Arte, também.

— Senhor?

— Sim, sargento?

— Nós temos conversado… Eu e os rapazes… E, bem…

— Sim?

— Pouparia um monte de problemas se fôssemos até os magos e pedíssemos a eles para…

— Capitão Vimes nunca quis lidar com magia.

— Não, mas…

— Sem magia, sargento.

— Sim, senhor.

— A guarda de honra está pronta?

— Sim, senhor. Todos brilhando em roxo e dourado, senhor.

— Sério?

— Muito importante, senhor, que as tropas estejam limpas. Assusta ainda mais o inimigo.

— Bom.

— Mas não consigo encontrar o cabo Nobbs, senhor.

— Isso é um problema?

— Bem, isso significa que a guarda de honra será um pouco mais inteligente, senhor.

— Eu o mandei em uma missão especial.

— Er... não consigo encontrar a policial-lanceira Angua, também.

— Sargento?

Colon se preparou. Lá fora, os sinos morriam a distância.

— *Você* sabia que ela era um lobisomem?

— Hã... Capitão Vimes meio que deu a entender, senhor...

— Como ele deu a entender?

Colon deu um passo atrás.

— Ele meio que disse "Fred, ela é um maldito lobisomem. Eu não gosto disso tanto quanto você, mas Vetinari diz que temos que ter um deles também, e um lobisomem é melhor do que um vampiro ou um zumbi, e isso é tudo". Foi o que ele deu a entender.

— *Certo.*

— Er... lamento por isso, senhor.

— Vamos tentar chegar ao fim deste dia, Fred. Isso é tudo...

— *... abing, abing, a-bing-bong...*

— Nós nem chegamos a dar o relógio de presente ao capitão — disse Cenoura, tirando-o do bolso. — Ele deve ter ido embora achando que a gente não se importava. Provavelmente estava esperando que a gente lhe desse um relógio. Sei que sempre foi a tradição.

— Foram dias bem cheios, senhor. De qualquer forma, podemos dar o relógio a ele depois do casamento.

Cenoura colocou o relógio de volta em sua sacola.

— Imagino que sim. Bem, vamos nos organizar, sargento.

O cabo Nobbs trabalhava na escuridão sob a cidade. Seus olhos já tinham se acostumado com o breu. Estava morrendo de vontade de fumar, mas Cenoura o alertara quanto a isso. Bastava levar o saco, seguir a trilha e trazer de volta o corpo. E não pegar joia alguma.

As pessoas já estavam chegando ao Grande Salão da Universidade Invisível.

Vimes fora firme em relação àquilo. Fora a única coisa na qual insistira. Não era exatamente ateu, porque ateísmo não era uma característica adequada para a sobrevivência em um mundo com milhares de deuses. Ele só não gostava muito de nenhum deles e não via o que eles tinham a ver com o fato de ele estar se casando. Recusara qualquer um dos templos e igrejas, mas o Grande Salão era bem parecido com uma igreja, que era o que as pessoas queriam em ocasiões como aquela. Na verdade, o comparecimento dos deuses não era essencial, mas eles deveriam se sentir em casa caso quisessem fazê-lo.

Vimes caminhou até lá mais cedo, porque não há nada mais inútil no mundo do que um noivo pouco antes do casamento. Emmas intercambiáveis haviam tomado a casa.

Já havia dois porteiros no lugar, prontos para perguntar aos convidados de que lado ficariam.

E havia um número razoável de magos veteranos por ali. Eram automaticamente convidados para um casamento da sociedade e certamente para a festa que vinha depois. Provavelmente um boi assado não seria suficiente.

Apesar de sua profunda desconfiança da magia, ele até gostava dos magos. Eles não causavam problemas. Pelo menos, não causavam o *seu* tipo de problema. Claro, ocasionalmente fraturavam o continuum espaço/tempo ou levavam a canoa da realidade até perto demais das águas brancas do caos, mas nunca quebravam a *lei*.

— Bom dia, Reitor — cumprimentou.

O reitor Mustrum Ridcully, líder supremo de todos os magos de Ankh-Morpork sempre que eles podiam ser incomodados, deu-lhe um aceno alegre.

— Bom dia, capitão — disse ele. — Devo dizer que você escolheu um belo dia para casar!

— Rárárá, um belo dia para casar! — riu o Tesoureiro.

— Eita — disse Ridcully —, ele pirou de novo. Não é possível entender esse homem. Alguém tem pílulas de rã seca?

# Homens de Armas

Era um completo mistério para Mustrum Ridcully, um homem projetado pela Natureza para viver ao ar livre e alegremente abater qualquer coisa que tossisse no meio do mato, por que o Tesoureiro (um homem projetado pela Natureza para se sentar em uma salinha em algum lugar fazendo contas) estava tão nervoso. Ele tentara todos os tipos de coisas para, como ele dizia, animá-lo. Essas brincadeiras incluíam pregar-lhe peças, marcar corridas surpresa para as primeiras horas da manhã, e saltar para a frente dele por trás das portas usando máscaras de Willie, o Vampiro, para, como afirmava, tirá-lo de si mesmo.

O serviço em si seria realizado pelo Decano, que cuidadosamente inventara um; não havia serviço de casamento civil oficial em Ankh-Morpork, ao menos não além de um mero "Ah, tudo bem então, se é o que você realmente quer". Ele deu um entusiasmado aceno de cabeça para Vimes.

— Limpamos nosso órgão especialmente para a ocasião — disse ele.

— Rárárá, órgão! — disse o Tesoureiro.

— E é um órgão bem poderoso... — Ridcully parou e sinalizou para dois magos estudantes. — Levem o Tesoureiro daqui e façam-no se deitar por algum tempo, está bem? — disse. — Acho que alguém andou deixando ele comer carne de novo.

Ouviu-se um silvo na outra ponta do Grande Salão e depois um guincho abafado. Vimes olhou para o conjunto monstruoso de tubos.

— Tem oito estudantes bombeando o fole — explicou Ridcully, sob um pano de fundo de chiados. — Ele tem três teclados e uma centena de botões extras, incluindo doze com "?" escrito neles.

— Parece impossível de ser tocado por um homem — disse Vimes educadamente.

— Ah. Tivemos um golpe de sorte aí...

Houve por um momento um som tão alto que os nervos auditivos se fecharam. Quando se abriram de novo, em algum lugar na limiar da dor, só podiam identificar a abertura e as notas extremamente dobradas da "Marcha Nupcial" de Fondel, tocada com gosto por alguém que descobrira que o instrumento não tinha só três teclados, mas toda uma gama de efeitos acústicos especiais, que iam desde Flatulência até

Canto de Galo Cômico. O ocasional "oook!" podia ser ouvido em meio à explosão sônica.

Em algum lugar debaixo da mesa, Vimes gritou para Ridcully:

— Fantástico! Quem construiu isso?

— Não sei! Mas tem o nome M. E. Johnson na tampa do teclado!

Houve um gemido descendente, um último Efeito Sanfona, e então o silêncio.

— Os rapazes ficaram vinte minutos bombeando os reservatórios — disse Ridcully, limpando-se enquanto ficava de pé. — Vá mais leve na parada Vox Dei, bom rapaz!

— Ook!

O Reitor voltou-se para Vimes, que usava a careta pré-nupcial padrão. O salão começava a encher bastante.

— Eu não sou um perito nesse tema — disse ele —, mas você tem a aliança, não?

— Sim.

— Quem acompanhará a noiva?

— Seu tio Lofthouse. Ele é meio gagá, mas ela insistiu.

— E o padrinho?

— O quê?

— O padrinho. Sabe? Ele entrega a você a aliança e tem que casar com a noiva se você fugir e assim por diante. O Decano andou lendo sobre isso, não foi, Decano?

— Ah, sim — disse o Decano, que passara todo o dia anterior com o *Livro de Etiqueta de Lady Deirdre Waggon*. — Ela tem que se casar com *alguém* uma vez que aparecer. Você não pode ter noivas solteiras por aí; seria um perigo para a sociedade.

— Eu esqueci completamente do padrinho! — disse Vimes.

O Bibliotecário, que tinha desistido do órgão até que tivesse um pouco mais de sopro, animou-se.

— Ook?

— Bem, vá e encontre um — disse Ridcully. — Você tem quase meia hora.

— Não é tão fácil assim, é? Eles não crescem em árvores!

— Oook?

— Eu não sei a quem pedir!

— *Oook.*

O Bibliotecário gostava de ser padrinho. Você era autorizado a beijar as damas de honra, e elas não eram autorizadas a fugir. Ficou realmente desapontado quando Vimes o ignorou.

O policial-agente Porrete subia laboriosamente os degraus internos da Torre da Arte, resmungando sozinho. Sabia que não podia reclamar. Haviam tirado no palitinho porque, disse Cenoura, não se deve pedir aos homens que façam algo que você mesmo não faria. E ele tirou o palitinho mais curto, rárá, o que significava o prédio mais alto. Isso significava que, se houvesse algum problema, ele estaria de fora.

Não prestou atenção à corda fina que estava pendurada no alçapão muito acima. Mesmo que tivesse reparado... e daí? Era apenas uma corda.

Gaspode olhou para as sombras.

Ouviu um rugido vindo de algum lugar na escuridão. Não era um rosnado de cachorro comum. O homem primitivo ouvia sons assim nas cavernas profundas.

Gaspode se sentou. Sua cauda batia, incerta.

— Sabia que ia encontrar você mais cedo ou mais tarde — disse ele.

— O velho focinho, hein? A melhor ferramenta de um cão.

Ouviu outro grunhido. Choramingou um pouco.

— O que acontece é — disse ele —, o que acontece é... Na verdade o que acontece é que, sabe... A coisa que eu fui enviado para fazer...

Espécies de homens já extintas ouviam sons como aquele, também. Pouco antes de ficarem extintas.

— Posso ver que você... Não quer falar agora — disse Gaspode. — Mas o que acontece é que... agora, eu sei o que você está pensando, esse é *Gaspode* obedecendo ordens de um *humano*?

Gaspode olhou de forma desconfiada por cima do ombro, como se pudesse haver algo pior do que o que estava diante dele.

— Esse é todo o problema em ser um cão, sabe? Essa é a coisa que Grande Fido não consegue entender, sabe? Você viu os cães no Grêmio, certo? Você ouviu eles uivarem. Ah, sim, Morte aos Humanos, *tudo bem*. Mas debaixo daquilo tudo há o *medo*. Há a voz dizendo: "Menino mau." E isso não vem de lugar algum, vem de dentro, dos próprios ossos, porque os humanos criaram os cães. Eu sei disso. Eu queria não saber, mas sei. Esse é o Poder, saber. Eu li livros, sabe. Bem, mastiguei livros.

A escuridão ficou em silêncio.

— E você é lobo e humana ao mesmo tempo, certo? Complicado, isso. Posso ver. Meio que uma dicotomia, esse tipo de coisa. Faz de você uma espécie de cão. Porque isso é o que um cão é, na verdade. Metade lobo e metade humano. Você estava certa sobre isso. Nós até temos nomes. Rá! Assim nossos corpos nos dizem uma coisa, nossas cabeças nos dizem outra. É uma vida de cão, ser um cão. E aposto que *você* não pode fugir *dele*. Na verdade, não. Ele é seu mestre.

A escuridão ficou mais silenciosa. Gaspode pensou ter ouvido um movimento.

— Ele quer que você volte. A coisa é, se ele a encontrar, ele vai falar, e você vai ter que obedecer. Mas se você volta pela sua própria vontade, então é a decisão terá sido *sua*. Você seria mais feliz como humana. Quer dizer, o que eu posso lhe oferecer além de ratos e algumas pulgas? Quer dizer, eu não sei, eu não vejo isso como um grande problema, você só tem que ficar dentro de casa seis ou sete noites por mês...

Angua uivou.

Os pelos que ainda permaneciam nas costas de Gaspode ficaram de pé. Tentou se lembrar de qual era sua veia jugular.

— Eu não quero ter que entrar aí e pegar você — disse ele. Cada palavra exalava a mais pura verdade.

— Mas a coisa é... a coisa é que... eu vou — acrescentou, tremendo. — É uma droga, ser um cão.

Pensou um pouco mais e suspirou.

— Ah, lembrei. É a da garganta — disse ele.

Vimes saiu para a luz do sol, mas não restava muito dela. Nuvens estavam soprando do Centro. E...

— Detritus?

*Dink.*

— Capitão Vimes, senhor!

— Quem são todas essas pessoas?

— Guardas, senhor.

Vimes olhou com perplexidade para a meia dúzia de guardas variados.

— Quem é você?

— Policial-lanceiro Hrolf Pyjama, senhor.

— E v... *Cara de Carvão?*

— Nunca fiz nada.

— Nunca fiz nada, *senhor!* — gritou Detritus.

— *Cara de Carvão?* Na *Vigilância?*

*Dink.*

— Cabo Cenoura diz que tem coisa boa enterrada em algum lugar em todo mundo — disse Detritus.

— E qual é o seu trabalho, Detritus?

*Dink.*

— Engenheiro a cargo das operações profundas de mineração, senhor!

Vimes coçou a cabeça.

— Isso foi meio que uma piada, não foi? — disse ele.

— É este novo elmo que meu camarada Porrete fez para mim, senhor. Rá! As pessoas não podem dizer, lá vai o troll estúpido. Elas têm que dizer, quem é aquele troll militar bonitão ali, que já é policial-agente, grande futuro pela frente, tem Destino escrito nele que nem coisa escrita.

Vimes digeriu aquilo. Detritus sorriu para ele.

— E onde está o sargento Colon?

— Aqui, capitão Vimes.

— Eu preciso de um padrinho, Fred.

— Certo, senhor. Vou chamar o cabo Cenoura. Ele está checando os telhados...

— Fred! Eu conheço você há mais de vinte anos! Céus, você só precisa ficar ali parado. Fred, você é *bom* nisso!

Cenoura apareceu, apressado.

— Desculpe o atraso. Capitão Vimes. Er. Nós realmente queríamos que isso fosse uma surpresa...

— O quê? Que tipo de surpresa?

Cenoura tirou algo do bolso.

— Bem, capitão... em nome da Vigilância... quer dizer, da maior parte da Vigilânci...

— Espere um minuto — disse Colon —, aí vem milorde.

O bater dos cascos e o barulho de chicote sinalizavam a aproximação da carruagem de lorde Vetinari.

Cenoura olhou de relance para ela. Então, tornou a olhar. E olhou para cima.

Havia um brilho de metal sobre o telhado da Torre.

— Sargento, quem está na Torre? — disse ele.

— Porrete, senhor.

— Ah. Certo. — Tossiu. — Enfim, capitão... Nos reunimos e... — hesitou. — O policial-agente Porrete, certo?

— Sim. Ele é confiável.

A carruagem do Patrício estava a meio caminho da Praça Sator. Cenoura podia ver a figura escura e magra no banco de trás.

Olhou depressa para a grande massa cinzenta da torre.

Começou a correr.

— O que está acontecendo? — disse Colon. Vimes começou a correr, também.

Os nós dos dedos de Detritus bateram no chão quando ele virou e foi atrás dos outros.

E então algo se abateu sobre Colon; uma espécie de formigamento frenético, como se alguém tivesse soprado em seu cérebro aberto.

— Ah, merda — disse em voz baixa.


Garras arranhavam a terra.

— *Ele sacou a espada!*

— O que você esperava? Num minuto o rapaz está no topo do mundo, tem todo um novo interesse na vida, algo provavelmente ainda melhor do que sair para caminhar, e então ele se vira e o que ele vê é, basicamente, um lobo. Você poderia ter dado uma dica. É aquela época do mês, esse tipo de coisa. Você não pode culpá-lo por ter ficado surpreso, na verdade.

Gaspode se levantou.

— Agora, você vai vir pra cá ou tenho que entrar aí e ser brutalmente atacado?

Lorde Vetinari se levantou quando viu a Vigilância correndo em sua direção. Foi por isso que o primeiro tiro atravessou sua coxa, em vez de seu peito.

Então Cenoura abriu a porta da carruagem e se atirou contra ele, e foi por isso que o próximo tiro atravessou Cenoura.

Angua saiu bem devagar.

Gaspode relaxou um pouco.

— Eu não posso voltar — disse Angua. — Eu...

Ela congelou. Suas orelhas tremeram.

— O quê? O quê?

— Ele está ferido!

Angua saltou para longe.

— Aqui! Espere por mim! — gritou Gaspode. — Aí é o caminho para as Sombras!

Um terceiro tiro arrancou uma lasca de Detritus, que se chocou contra a carruagem, fazendo-a tombar para o lado e cortando os arreios. Os cavalos fugiram para longe. O cocheiro já tinha feito uma comparação relâmpago entre as condições de trabalho atuais e suas taxas de remuneração e desaparecido no meio da multidão.

Vimes desacelerou até parar atrás da carruagem virada. Outro tiro acertou as pedras do pavimento perto de seu braço.

— Detritus?

— Senhor?

— Como você está?

— Um pouco zonzo, senhor.

Um tiro atingiu a roda da carruagem logo acima da cabeça de Vimes, fazendo-a girar.

— Cenoura?

— Atravessou meu ombro, senhor.

Vimes deixou os ombros caírem de alívio.

— Bom dia, milorde — disse, transtornado. Tirou do bolso um charuto amassado. — Tem fogo?

O Patrício abriu os olhos.

— Ah, capitão Vimes. E o que acontece agora?

Vimes sorriu. Engraçado, pensou, como eu nunca me sinto realmente vivo até alguém tentar me matar. É aí que você percebe que o céu é azul. Na verdade, não muito azul agora. Há grandes nuvens lá em cima. Mas estou percebendo-as também.

— Vamos esperar por mais um tiro — disse ele. — E então corremos para um esconderijo adequado.

— Eu pareço… estar perdendo muito sangue — falou lorde Vetinari.

— Quem teria imaginado que havia isso dentro de você — disse Vimes, com a franqueza das pessoas provavelmente prestes a morrer. — E você, Cenoura?

— Eu posso mover minha mão. Dói como. . o diabo, senhor. Mas você parece pior.

Vimes olhou para baixo.

Havia sangue por todo o seu casaco.

— Um pedaço de pedra deve ter me acertado — disse ele. — Eu nem senti!

Tentou formar uma imagem mental da bombarda.

Seis tubos, todos alinhados. Cada um com seu pedaço de chumbo e carga de pó No. 1, disparados pela bombarda como flechas de uma besta. Imaginou quanto tempo levaria para encaixar mais seis…

Mas ele está onde queremos! Há apenas um caminho para fora da Torre!

Sim, podemos estar sentados aqui em campo aberto com ele atirando bolinhas de chumbo em nós, mas ele está exatamente onde queremos!

Chiando e peidando nervosamente, Gaspode corria cambaleante pelas Sombras quando viu, com um coração que acelerou ainda mais, um amontoado de cães à sua frente.

Empurrou e se espremeu pelo emaranhado de patas.

Angua estava encurralada em um círculo de dentes.

Os latidos pararam. Dois cães de grande porte deram um passo para o lado, e Grande Fido avançou delicadamente.

— Então — disse ele —, o que temos aqui não é um cão. Uma espiã, talvez? Há sempre um inimigo. Em toda parte. Eles se parecem com cães, mas, por dentro, não são. O que você estava fazendo?

Angua rosnou.

— Ah, céus — pensou Gaspode. Ela provavelmente poderia derrubar alguns deles, mas estes são cães *de rua*.

Ele se contorceu sob alguns corpos e emergiu no círculo. Grande Fido voltou seus olhos vermelhos para ele.

— E Gaspode, também — disse o poodle. — Eu devia ter imaginado.

— Deixe-a em paz — disse Gaspode.

— Ah? Você vai lutar contra todos nós por ela, não é? — disse Grande Fido.

— Eu tenho o Poder — disse Gaspode. — Você sabe disso. Eu vou em frente. Vou usá-lo.

— Não há tempo! — rosnou Angua.

— Você não vai fazer uma coisa dessas — disse Grande Fido.

— Vou.

— Cada pata canina se voltará contra você...

— Eu tenho o Poder. Recuem, todos vocês.

— Que poder? — perguntou Butch. Estava babando.

— Grande Fido sabe — falou Gaspode. — Ele *estudou*. Agora, eu e ela vamos sair daqui, certo? Com calma e lentamente.

Os cães olharam para Grande Fido.

— Peguem-nos — disse ele.

Angua mostrou os dentes.

Os cães hesitaram.

— Um lobo tem uma mandíbula quatro vezes mais forte que a de qualquer cão — disse Gaspode. — E isso, um lobo *comum*...

— O que vocês são? — disparou Grande Fido. — Vocês são a matilha! Sem piedade! *Peguem-nos*!

Porém, uma matilha não age daquele jeito, dissera Angua. Uma matilha é uma associação de indivíduos livres. Uma matilha não pula porque mandaram; uma matilha pula porque cada indivíduo, de uma vez só, decide pular.

Alguns dos cães maiores se agacharam... Angua moveu a cabeça de um lado para o outro, esperando o primeiro ataque...

Um cão raspou o chão com a pata...

Gaspode respirou fundo e ajustou sua mandíbula.

Cães saltaram.

— Sentados! — disse Gaspode, em humanês bem aceitável.

O comando reverberou pelo beco e cinquenta por cento dos animais obedeceram. Desses, quase todos eram mancos. Cães em pleno ataque viram suas pernas vacilando sob eles...

— Menino mau!

... e isso foi seguido por um sentimento avassalador de vergonha racial que os fez estremecer automaticamente, parados em pleno ar.

Gaspode olhou para Angua enquanto cães perplexos choviam ao seu redor.

— Eu disse que tinha o Poder, não disse? *Agora* corre!

Cães não são como gatos, que divertidamente toleram os seres humanos apenas até alguém inventar um abridor de latas que possa ser operado com uma pata. Homens fizeram os cães; pegaram os lobos e deram a eles coisas humanas: inteligência desnecessária, nomes, um desejo de ser incluído e um complexo de inferioridade excruciante. Todos os cães sonham sonhos de lobo, e sabem que estão sonhando em morder seu Criador. Cada cão sabe, no fundo de seu coração, que é um Menino Mau...

*Homens de Armas*   295

Então, o latido furioso de Grande Fido quebrou o feitiço.

— Peguem-nos!

Angua galopava sobre os paralelepípedos. Havia uma carroça na outra extremidade do beco. E, depois da carroça, um muro.

— Por aí não! — choramingou Gaspode.

Os cães se amontoavam atrás deles. Angua saltou para a carroça.

— Eu não consigo subir aí! — disse Gaspode. — Não com a minha pata!

Ela desceu, pegou-o pela nuca e saltou de volta. Havia o telhado de um galpão atrás da carroça, uma saliência acima disso e — algumas telhas deslizaram sob suas patas e caíram no beco — uma casa.

— Vou vomitar!

— Caa a oca!

Angua correu ao longo do topo do telhado e pulou, atravessando o beco e aterrissando pesadamente em um teto velho de palha.

— Aargh!

— Caa a oca!

Mas os cães os seguiam. Não era como se os becos das Sombras fossem lá muito largos.

Outro beco estreito passou abaixo deles.

Gaspode pendia perigosamente das mandíbulas da lobisomem.

— Eles ainda estão atrás de nós!

Gaspode fechou os olhos quando Angua flexionou os músculos.

— Ah, não! Não a estrada da Mina do Melaço!

Houve uma explosão de aceleração seguida por um momento de calma. Gaspode fechou os olhos...

... Angua pousou. Suas patas rasparam no telhado molhado por um instante. Telhas de ardósia caíram em cascata na rua; então, ela foi pulando até o cume.

— Pode me soltar agora — disse Gaspode. — Nesse minuto! Lá vêm eles!

Os cães à frente chegaram ao telhado oposto, viram o espaço vazio e tentaram voltar. As garras deslizaram sobre as telhas.

Angua virou, sem fôlego. Ela tentara não respirar durante essa primeira corrida louca. Teria acabado respirando Gaspode.

Ouviram os latidos raivosos de Grande Fido.

— Covardes! Isso não são nem cinco metros de distância! Não é nada para um lobo!

Os cães mediam a distância, duvidosos. Às vezes um cão tem que parar e se perguntar: de que espécie eu sou?

— É fácil! Eu vou mostrar! Vejam!

Grande Fido tomou distância, parou, virou-se, correu... e saltou.

Foi uma trajetória praticamente sem curva. O pequeno poodle acelerou para o espaço, alimentado menos pelos músculos do que pelo que ardia em sua alma.

Suas patas dianteiras tocaram nas telhas, agarraram-se por um instante na superfície lisa e não encontraram apoio. Em silêncio, ele derrapou para trás pelo telhado, sobre o vão...

... e ficou pendurado.

Olhou para cima, para o cão que o segurava.

— Gaspode? Isso é você?

— Ffim — disse Gaspode, de boca cheia.

O poodle quase não pesava, mas, bem, Gaspode também não. Ele tinha se lançado para a frente e apoiado as patas para sustentar o peso, mas não havia muito no que se apoiar. Deslizou inexoravelmente até as patas da frente estarem na calha, que começou a ranger.

Gaspode tinha uma visão espantosamente clara da rua, três andares abaixo.

— Ah, *inferno*! — disse Gaspode.

Presas agarraram seu rabo.

— Solte — disse Angua indistintamente.

Gaspode tentou sacudir a cabeça.

— Pafe de fe ffacudir — disse ele, com o canto da boca. — Cão Corafoso Falva O Dia! Caforro Valente Em Refgate No Telhado! Não!

A calha rangeu de novo.

Isso vai se soltar, pensou. História da minha vida...

Grande Fido se debatia.

— Pelo que você está me segurando?

— Fua coleira — disse Gaspode, entre os dentes.

*Homens de Armas*

— O quê? Para o inferno com *isso!*

O poodle tentou se contorcer, agitando-se violentamente no ar.

— Pafa com ifo, feu defgrafado! Focê fai derrubar a fente! — rosnou Gaspode. No telhado oposto, o bando de cães observava tudo com horror. A calha rangeu de novo.

As garras de Angua raspavam linhas brancas sobre as telhas.

Grande Fido se retorcia e girava, lutando contra o aperto da coleira.

Que, finalmente, arrebentou.

O cão girou no ar por um instante antes de ser pego pela gravidade.

— Livre!

E então caiu.

Gaspode foi puxado quando as patas de Angua escorregaram e caiu mais para trás no telhado, as pernas girando. Os dois chegaram à crista de telhas e se agarraram ali, ofegantes.

Então Angua disparou e pulou sobre o beco seguinte antes de Gaspode parar de ver uma névoa vermelha diante de seus olhos.

Cuspiu a coleira de Grande Fido, que deslizou telhado abaixo e desapareceu pela beirada.

— Ah, obrigado! — gritou ele. — Muito obrigado! Sim! Me deixe aqui, está bem! Eu com apenas três patas boas! Não se preocupe comigo! Se eu tiver sorte vou cair antes de morrer de fome! Ah, sim! História da minha vida! Você e eu, garota! Juntos! Nós poderíamos ter feito isso tudo dar certo!

Virou-se e olhou para os cães que se alinhavam nos telhados do outro lado da rua.

— Vocês aí! Pra casa! MENINO MAU! — gritou.

Deslizou para o outro lado do telhado. Havia um beco ali, mas era uma queda enorme. Arrastou-se ao longo do telhado para o prédio ao lado, mas não havia como descer. Havia uma sacada no andar logo abaixo, no entanto.

— Pensamento lateral — murmurou. — Essa é a coisa. Agora, um lobo, um simples lobo, ele pularia, e, se não pudesse pular ele ficaria preso aqui em cima. Ao passo que eu, por conta de uma inteligência superior, posso avaliar toda a situação e chegar a uma solução através da aplicação de processos mentais.

Cutucou a gárgula de cócoras no canto da calha.

— O e oê er?

— Se não me ajudar a descer até aquela sacada, vou fazer xixi no seu ouvido.

Grande Fido?

— Sim?

Sentado.

Surgiram, mais tarde, duas teorias sobre o fim de Grande Fido.

A proposta pelo cão Gaspode, com base em evidências observadas, era a de que seus restos mortais foram recolhidos por Ron Velho Sujo e vendidos cinco minutos depois a um peleiro, e que Grande Fido em dado momento viu a luz do dia de novo como dois abafadores para orelhas e um par de luvas felpudas.

A teoria na qual os outros cães acreditavam, com base no que pode ser chamado de verdade de seus corações, era uma em que ele havia sobrevivido à queda, fugido da cidade e, enfim, liderado uma enorme alcateia da montanha que à noite infligia o terror a fazendas isoladas. Isso fazia com que remexer nas estrumeiras e esperar nas portas dos fundos em busca de restos fosse mais... Bem, mais suportável. Afinal, só fariam isso até o dia em que Grande Fido voltasse.

Sua coleira foi mantida em um local secreto e era visitada regularmente pelos cães, até que eles se esqueceram dela.

O sargento Colon empurrou a porta com a ponta de sua lança.

A Torre tivera andares, muito tempo antes. Agora era oca até o topo, atravessada por veios de luz dourada de antigas frestas que serviam de janelas.

Um desses veios, tomado por brilhantes partículas de poeira, iluminava o que, não muito tempo antes, fora o policial-agente Porrete.

Colon deu ao corpo um empurrão cauteloso. Não se mexeu. Nada com aquela aparência deveria se mexer. Um machado retorcido estava ao seu lado.

— Ah, não — suspirou.

Havia uma corda fina, do tipo usado pelos assassinos, pendendo do alto. Estava tremendo. Colon olhou para a névoa e sacou a espada.

Podia ver tudo até o topo, e não havia ninguém na corda. O que significava...

Ele nem mesmo olhou em volta, o que salvou sua vida.

Seu mergulho para o chão e a explosão da bombarda às suas costas aconteceram exatamente ao mesmo tempo. Ele jurou mais tarde ter sentido o vento do projétil quando passou sobre sua cabeça.

Então uma figura atravessou a fumaça e o golpeou com muita força antes de escapar pela porta aberta e sumir na chuva.


POLICIAL-AGENTE PORRETE?

Porrete tirou a poeira do corpo.

— Ah — disse ele. — Entendo. Bem que não achei que fosse sobreviver a isso. Não depois dos primeiros trinta metros.

VOCÊ ESTAVA CORRETO.

O mundo irreal dos vivos já estava desaparecendo, mas Porrete olhou de relance para os restos retorcidos do próprio machado. Isso pareceu preocupá-lo muito mais do que os restos retorcidos de Porrete.

— Ah, veja só — disse ele. — Meu pai fez esse machado para mim! Uma arma muito boa para levar para a vida após a morte, eu acho!

ISSO É ALGUM TIPO DE COSTUME FUNERÁRIO?

— Você não sabe? Você *é* a Morte, não é?

ISSO NÃO SIGNIFICA QUE EU TENHO QUE SABER OS COSTUMES FUNERÁRIOS. GERALMENTE, EU ENCONTRO AS PESSOAS *ANTES* DE ELAS SEREM ENTERRADAS. AS QUE EU ENCONTRO DEPOIS DISSO TENDEM A ESTAR MEIO NERVOSAS E SEM VONTADE DE CONVERSAR.

Porrete cruzou os braços.

— Se eu não for devidamente enterrado — disse ele —, eu não vou. Minha alma torturada vai perambular pelo mundo em tormento.

ELA NÃO PRECISA.

— Ela pode, se *quiser* — retrucou o fantasma de Porrete.

— Detritus! Você não tem tempo para ficar zonzo! Vá até a Torre! Leve algumas pessoas com você!

Vimes chegou à porta do Grande Salão com o Patrício no ombro e Cenoura cambaleando logo atrás. Os magos estavam agrupados em torno da porta. Pesadas e grandes gotas de chuva começavam a cair, sibilando sobre as pedras quentes.

Ridcully arregaçou as mangas.

— Sinos do inferno! O que fez isso com sua perna?

— A bombarda! Dê um jeito nele! E no cabo Cenoura também!

— Não há necessidade — disse Vetinari, tentando sorrir e ficar de pé. — É apenas a carne...

A perna fraquejou.

Vimes piscou. Não esperava aquilo. O Patrício era o homem que sempre tinha as respostas, que nunca se surpreendia. Vimes teve a sensação de que a própria História estava saindo do controle...

— Podemos lidar com isso, senhor — disse Cenoura. — Eu tenho homens nos telhados, e...

— Cale-se! Fique aqui! É uma ordem! — Vimes mexeu em sua bolsa e pendurou seu distintivo no casaco rasgado. — Ei, você... Pyjama! Preciso de uma espada!

Pyjama parecia mal-humorado.

— Eu só recebo ordens do cabo Cenoura...

— Me dê uma espada agora, seu homenzinho desprezível! Certo! Obrigado! Agora vamos para a Tor...

Uma sombra apareceu à porta.

Detritus entrou.

*Homens de Armas*

Olharam para a forma frouxa em suas mãos.

Ele a colocou cuidadosamente em um banco, sem dizer uma palavra, e foi sentar-se em um canto. Enquanto os outros se reuniam em volta dos restos mortais do policial-agente Porrete, o troll tirou o elmo de refrigeração caseira e ficou olhando para ele, virando-o nas mãos.

— Ele estava no chão — disse o sargento Colon, encostado no batente da porta. — Deve ter sido empurrado bem no topo das escadas. Alguém mais esteve lá, também. Deve ter escorregado por uma corda e me acertou com força no lado da cabeça.

— Nenhum xelim vale ser empurrado Torre abaixo — disse Cenoura, vagamente.

Era melhor com o dragão, pensou Vimes. Depois que matava alguém, ele, pelo menos, ainda era um dragão. Poderia até fugir para outro lugar, mas você diria: foi um dragão, só isso. Não podia sumir de repente e se tornar outra pessoa. Você sempre sabia o que estava enfrentando. Você não tinha que...

— O que é isso na mão de Porrete? — disse ele. Percebeu que estava olhando para aquilo sem perceber já havia algum tempo.

Puxou-o. Era uma tira de pano preto.

— Assassinos usam isso — disse Colon sem expressão.

— Assim como muitas outras pessoas — disse Ridcully. — Preto é preto.

— Você está certo — disse Vimes. — Tomar qualquer ação com base nisso seria prematuro. Provavelmente me demitiriam, sabe?

Balançou o pano na frente de lorde Vetinari.

— Assassinos em toda parte — disse ele — fazendo guarda. E parece que eles não notaram nada, né? Você deu a maldita bombarda para eles, porque achou que fossem a melhor opção para guardá-la! Você nunca pensou em deixá-la com os guardas!

— Não vamos dar perseguição, cabo Cenoura? — perguntou Pyjama.

— Perseguir quem? Perseguir aonde? — disse Vimes. — Ele acertou o velho Fred na cabeça e saiu correndo. Pode ter se escondido em algum canto, enfiado a bombarda em um buraco na parede e pronto, quem saberia? Nós não sabemos quem estamos procurando!

— Eu sei — disse Cenoura.

Ficou de pé, segurando o ombro.

— Correr é fácil — disse ele. — Nós corremos boa parte do tempo. Mas não é assim que se caça. Você caça ficando parado no lugar certo. Capitão, eu quero que o sargento vá lá fora e diga às pessoas que temos o assassino.

— O quê?

— Seu nome é Edward d'Eath. Diga que o temos sob custódia. Diga que ele foi capturado e está gravemente ferido, mas está vivo.

— Mas nós não pegamos...

— Ele é um assassino.

— Nós não pegamos...

— Sim, capitão. Eu não gosto de contar mentiras. Mas pode valer a pena. De qualquer forma, não é seu problema, senhor.

— Não é? Por que não?

— Você estará se aposentando em menos de uma hora.

— Eu ainda sou o capitão agora, cabo. Então você tem que me dizer o que está acontecendo. É assim que as coisas funcionam.

— Nós não temos tempo, senhor. Faça isso, sargento Colon.

— Cenoura, *eu* ainda comando a Vigilância! Eu devo dar as ordens.

Cenoura baixou a cabeça.

— Desculpe, capitão.

— Certo. Desde que isso fique claro. Sargento Colon?

— Senhor?

— Espalhe a notícia de que prendemos Edward d'Eath. Quem quer que seja.

— Sim, senhor.

— E seu próximo movimento, Sr. Cenoura? — disse Vimes. Cenoura olhou para os magos reunidos.

— Com licença, senhor?

— Ook?

— Primeiro, precisamos entrar na biblioteca...

— *Primeiro* — disse Vimes —, alguém pode me emprestar um elmo? Eu não sinto que estou no trabalho sem um elmo. Obrigado, Fred. Certo... Elmo... Espada... Distintivo. *Agora...*

Havia um som sob a cidade. Era filtrado por todo tipo de abertura até lá embaixo, mas era indistinto, um ruído de colmeia.

E havia o mais fraco dos brilhos. As águas do Ankh, para empregar este elemento em seu sentido mais amplo, tinham lavado, para dobrar esta definição até seu limite extremo, aqueles túneis durante séculos.

Agora havia um som extra. Passos macios sobre o lodo, quase imperceptíveis, a não ser para ouvidos acostumados ao ruído de fundo. E uma forma indistinta andando pela escuridão até parar em um círculo de trevas que levava a um túnel menor...

— Como se sente, milorde? — perguntou o cabo Nobbs, ascendendo socialmente.

— Quem é você?

— Cabo Nobbs, senhor! — disse Nobby, batendo continência.

— Nós o empregamos?

— Sim, senhor!

— Ah. Você é o anão, não é?

— Não, senhor. Esse era o falecido Porrete, senhor! Eu sou um dos seres humanos, senhor!

— Você não está empregado como resultado de nenhum... procedimento especial de contratação?

— Não, senhor — disse Nobby, com orgulho.

— Céus — disse o Patrício. Estava se sentindo um pouco tonto devido à perda de sangue.

O Reitor também dera a ele um longo gole de alguma coisa que ele disse ser um remédio maravilhoso, embora sem especificar o que curava. Verticalidade, parece. Era melhor permanecer sentado. Era uma boa ideia ser visto vivo. Um monte de pessoas curiosas espiava pela porta.

Era importante garantir que os rumores de sua morte eram extremamente exagerados.

O autoproclamado humano cabo Nobbs e alguns outros guardas haviam cercado o Patrício, por ordem do capitão Vimes. Alguns deles eram muito mais volumosos do que o soberano se lembrava.

— Você aí, meu homem. Já pegou o Xelim do Rei? — perguntou a um deles.

— Nunca peguei nada.

— Certíssimo, muito bem.

E então as multidões se dispersaram. Algo dourado e vagamente canino surgiu no meio dela, rosnando, com o focinho junto ao chão. E sumiu de novo, percorrendo o caminho até a biblioteca em passos largos e fáceis. O Patrício ouvia uma conversa.

— Fred?

— Sim, Nobby?

— Aquilo lhe é um pouco familiar?

— Sei o que quer dizer.

Nobby se remexeu desajeitadamente.

— Você deveria ralhar com ela por não estar de uniforme — disse ele.

— Meio complicado, isso.

— Se eu entrasse correndo por aqui sem roupas, você me multaria em meio dólar por estar inapropriadamente vestido...

— Aqui está meio dólar, Nobby. Agora cale a boca.

Lorde Vetinari sorriu para eles. E também havia o guarda no canto, outro dos grandões...

— Ainda tudo bem, milorde? — perguntou Nobby.

— Quem é aquele cavalheiro?

Seguiu o olhar do Patrício.

— Aquele é Detritus, o troll, senhor.

— Por que ele está sentado daquele jeito?

— Ele está pensando, senhor.

— Ele não se move há algum tempo.

— Ele pensa devagar, senhor.

Detritus se levantou. Havia algo na maneira como o fez, algum indício de um poderoso continente começando um movimento tectônico que terminaria na criação temível de alguma cordilheira intransponível, que fez as pessoas pararem e olharem. Nenhum dos observadores estava familiarizado com a experiência de assistir à construção de uma montanha, mas agora tinham uma vaga ideia de como era: era como Detritus ficando de pé, com o machado retorcido de Porrete na mão.

— Mas, às vezes, profundamente — disse Nobby, olhando para possíveis rotas de fuga.

O troll olhou para a multidão como se imaginando o que estavam fazendo ali. Então, balançando os braços, começou a andar para a frente.

— Policial-agente Detritus... er... como você estava... — arriscou Colon.

Detritus o ignorou. Estava andando bem rápido agora, da maneira ardilosa como se movia a lava. Chegou à parede e a socou para fora do caminho.

— Alguém deu enxofre a ele? — perguntou Nobby.

Colon olhou para os guardas.

— Policial-lanceiro Bauxita! Policial-lanceiro Cara de Carvão! Apreendam o policial-agente Detritus!

Os dois trolls olharam primeiro para a forma de Detritus, que se afastava, depois um para o outro e, finalmente, para o sargento Colon.

Bauxita conseguiu bater continência.

— Permissão para assistir ao funeral da minha avó, senhor?

— Por quê?

— É ela ou eu, sargento.

— Ele vai chutar nossas cabeças goohuloog — disse Cara de Carvão, o pensador menos tortuoso dos dois.


Um fósforo foi aceso. Nos esgotos, sua luz era como uma supernova.

Vimes acendeu primeiro seu charuto e, em seguida, um lampião.

— Dr. Cruces? — disse.

O chefe dos assassinos congelou.

— O cabo Cenoura aqui tem uma besta também — disse ele. — Não sei se ele a usaria. Ele é um bom homem. Acha que todo mundo é um bom homem. Eu não. Eu sou cruel, desagradável e estou cansado. E agora, doutor, você teve tempo para pensar, você é um homem inteligente... O que estava fazendo aqui embaixo, por favor? Não pode ter sido para procurar os restos mortais do jovem Edward, porque o nosso cabo Nobbs o levou para o necrotério esta manhã, provavelmente coletando pequenos artigos de joalheria pessoal que estivessem no corpo; é uma peculiaridade de Nobby. Ele tem uma mente criminosa, o nosso Nobby. Mas direi isso em favor dele: ele não tem uma alma criminosa.

"Espero que Nobby tenha tirado a maquiagem de palhaço do coitado. Céus. Você o usou, não? Ele matou o pobre e velho Beano e pegou a bombarda, estava lá quando a coisa matou Hammerhock, até deixou um pouco da peruca de Beano que estava usando na madeira da porta, e justo quando poderia ter escutado alguns bons conselhos, tais como se entregar, você o matou. O detalhe, o detalhe interessante, é que o jovem Edward não poderia ter sido o homem na Torre pouco tempo antes. Não com a ferida de facada no coração dele e todo o resto. Eu sei que estar morto não é sempre uma barreira à calma apreciação desta cidade, mas não acho que o jovem Edward tenha andado muito por aí. O pedaço de pano foi um bom toque. Mas, sabe, eu nunca acreditei nessas coisas; pegadas no canteiro de flores, botões reveladores, coisas assim. As pessoas pensam que essas coisas são o trabalho policial. Não são. O trabalho policial é sorte e esforço, na maior parte do tempo. Mas muitas pessoas teriam acreditado. Quero dizer, ele está morto... o que... não tem dois dias, e é tranquilo e fresco aqui embaixo... você poderia levá-lo para cima, ouso dizer que você poderia enganar pessoas que não olham muito de perto depois que a pessoa está num caixão, e aí seria você que teria dado um jeito no homem que atirou no Patrício. Claro, a essa altura metade da cidade estaria lutando contra a outra metade, eu diria. Haveria algumas mortes a mais. Me pergunto se você se importaria. — Hesitou. — Você ainda não disse nada."

— Você não entende nada — disse Cruces.

— Ah, é?

— D'Eath estava certo. Ele era louco, mas estava certo.

— Sobre o que, Dr. Cruces?

E então o assassino desapareceu, mergulhando em uma sombra.

— Ah, não — disse Vimes.

Um sussurro ecoou na caverna criada pelo homem.

— Capitão Vimes? Uma coisa que um bom assassino aprende é...

Houve uma explosão ensurdecedora, e o lampião se desfez.

— ... nunca fique perto da luz.

Vimes caiu no chão e rolou. Outro tiro bateu a trinta centímetros dele, que sentiu o respingo de água fria.

Havia água sob ele, também.

O Ankh estava subindo e, de acordo com leis mais velhas do que as da cidade, a água estava reencontrando seu caminho para os túneis.

— Cenoura — sussurrou Vimes.

— Sim? — A voz veio de algum ponto na escuridão à sua direita.

— Não consigo ver nada. Perdi minha visão noturna acendendo aquele maldito lampião.

— Eu posso sentir a água entrando.

— Nós... — começou Vimes, mas parou assim que formou uma imagem mental de Cruces escondido e mirando na origem das vozes.

Eu devia ter atirado nele primeiro, pensou. Ele é um assassino!

Teve que se levantar um pouco para manter o rosto fora da água, que subia.

Então ouviu um barulho suave na água. Cruces estava caminhando na direção deles.

Houve um ruído de arranhão e então uma luz. Cruces tinha acendido uma tocha, e Vimes olhou para cima e viu sua forma magra contra o brilho. A outra mão estava firmando a bombarda.

Uma coisa que Vimes aprendera em seu tempo de jovem guarda veio à mente. Se você *tem* que encarar a extensão de uma flecha pelo lado errado, se um homem tem você inteiramente à sua mercê, então torça com toda a força para que este homem seja um homem mau. Porque o mal gosta de poder, poder sobre as pessoas, e ele quer vê-lo com medo. Querem que você *saiba* que vai morrer. Então eles vão falar. Vão se gabar.

Vão observá-lo *se contorcer*. Vão adiar o momento do assassinato como outro homem adiaria um bom charuto.

Então torça com toda a força para que seu captor seja um homem mau. Um homem bom vai matá-lo sem quase dizer uma palavra.

Então, para seu horror eterno, ele ouviu Cenoura se levantar.

— Dr. Cruces, eu o prendo pelo assassinato de Bjorn Hammerhock, Edward d'Eath, Beano, o palhaço, Lettice Knibbs e o policial-agente Porrete, da Vigilância Municipal.

— Nossa, todos esses? Temo que Edward tenha matado o Irmão Beano. Isso foi ideia dele, o pequeno tolo. Ele *disse* que não teve a intenção. E, pelo que sei, Hammerhock foi morto acidentalmente. Um estranho acidente. Ele estava mexendo na coisa, a carga se incendiou e o projétil ricocheteou em sua bigorna e o matou. Foi o que Edward disse. Ele veio me ver logo depois. Estava muito irritado. Fez uma confissão completa da coisa toda, sabe? Então eu o matei. Bem, o que mais eu poderia fazer? Ele estava completamente louco. Não há como lidar com esse tipo de pessoa. Posso sugerir que dê um passo atrás, senhor? Eu prefiro não atirar em você. Não! A não ser que eu precise!

Parecia a Vimes que Cruces estava discutindo consigo mesmo. A bombarda balançou violentamente.

— Ele estava balbuciando — disse Cruces. — Disse que a bombarda matou Hammerhock. Eu perguntei: foi um acidente? E ele disse não, não um acidente, a bombarda matou Hammerhock.

Cenoura deu mais um passo à frente. Cruces parecia estar em seu próprio mundo agora.

— Não! A bombarda matou a menina mendiga, também. Não fui eu! Por que eu faria uma coisa assim?

Cruces deu um passo atrás, mas a bombarda virou-se na direção de Cenoura. Vimes teve a impressão de que ela se movia por vontade própria, como um animal farejando o ar...

— Abaixe-se! — chiou Vimes. Estendeu a mão e tentou encontrar sua besta.

— Ele disse que a bombarda estava com ciúmes! Hammerhock teria feito mais bombardas! Pare onde está!

Cenoura deu mais um passo.

— Eu tinha que matar Edward! Ele era um romântico, teria feito tudo errado! Mas Ankh-Morpork precisa de um rei!

A arma sacudiu e disparou no mesmo instante em que Cenoura saltou para o lado.

Os túneis brilhavam com aromas, principalmente os amarelos acres e os alaranjados cor de terra dos antigos drenos. E praticamente não havia correntes de ar para perturbar as coisas; a linha que era Cruces serpenteava pelo ar pesado. E havia o cheiro da bombarda, tão vívido como uma ferida.

Eu farejei a bombarda no Grêmio, pensou ela, logo depois de Cruces passar. E Gaspode disse que estava tudo bem, porque a bombarda tinha estado no Grêmio; mas não tinha sido *disparada* no Grêmio. Eu senti o cheiro porque alguém de lá disparara a coisa.

Ela patinhou pela água até a grande caverna e viu, com seu focinho, os três: a figura indistinta que cheirava como Vimes, a figura caída que era Cenoura, a forma se mexendo com a bombarda...

E então ela parou de pensar com a cabeça e deixou o corpo assumir. Seus músculos de lobo levaram-na para a frente e para cima com um salto, gotas de água voavam de sua juba, os olhos fixos no pescoço de Cruces.

A bombarda disparou, quatro vezes. Não errou uma. Ela bateu no homem fortemente, lançando-o para trás.

Vimes levantou-se, erguendo água como uma explosão.

— Seis tiros! Com isso foram seis tiros, seu desgraçado! Peguei você agora!

Cruces virou quando Vimes chapinhou em direção a ele e correu para um túnel, espirrando mais água.

Vimes pegou a besta de Cenoura, mirou desesperadamente e puxou o gatilho. Nada aconteceu.

— Cenoura! Seu idiota! Você não armou essa porcaria!

Vimes se virou.

— Vamos lá, homem! Não podemos deixá-lo fugir!

310                    TERRY PRATCHETT

— É Angua, capitão.

— O quê?

— Ela está morta!

— Cenoura! *Escute.* Você pode encontrar a saída dessa coisa? *Não!* Então venha comigo!

— Eu... não posso deixá-la aqui. Eu...

— *Cabo Cenoura! Me siga!*

Vimes meio correu, meio nadou pela água que subia na direção do túnel que engolira Cruces. Era um declive para cima; podia sentir a água diminuindo enquanto corria.

Nunca dê à presa tempo para descansar. Aprendera isso em seu primeiro dia na Vigilância. Se *tivesse* que perseguir alguém, então que ficasse colado. Dê tempo para o perseguido parar e pensar e você vai dar de cara com um pé de meia cheio de areia ao dobrar uma esquina.

As paredes e o teto estavam se aproximando.

Havia outros túneis ali. Cenoura tinha razão. Centenas de pessoas deviam ter trabalhado durante anos para construir aquilo. Ankh-Morpork fora construída sobre Ankh-Morpork.

Vimes parou.

Não havia barulho de água, e viu várias bocas de túneis à sua volta.

Então viu um lampejo de luz, por um túnel lateral. Vimes correu até ele e viu duas pernas contra um raio de luz em um alçapão aberto.

Lançou-se contra elas e agarrou uma bota que já desaparecia na sala acima. A bota chutou, e ele ouviu Cruces bater no chão.

Vimes agarrou a beirada do alçapão e lutou para passar por ele.

Aquilo não era um túnel. Parecia um porão. Ele escorregou na lama e bateu em uma parede cheia de limo. Sobre o que Ankh-Morpork fora construída? Certo...

Cruces estava a apenas alguns metros de distância, lutando para subir por um lance de degraus escorregadios. No topo tinha existido uma porta, apodrecida havia muito.

Havia mais degraus e mais salas. Fogo e inundações, enchentes e reconstruções. Os quartos tinham virado porões, porões tinham virado fundações. Não era uma perseguição elegante; os dois homens escorre-

Homens de Armas

gavam e caíam, levantavam de novo, lutavam para abrir caminho por cortinas de limo. Cruces tinha deixado velas aqui e ali. Forneciam luz suficiente apenas para fazer Vimes desejar que não existissem.

E então havia pedra seca sob seus pés e *algo* que não era uma porta, mas um buraco aberto numa parede. E havia barris, e peças de mobiliário, coisas antigas trancadas e esquecidas.

Cruces estava caído alguns metros adiante, lutando para respirar e martelando outro conjunto de tubos na bombarda. Vimes conseguiu apoiar-se sobre as mãos e os joelhos, e aspirou bem o ar. Havia uma vela encravada na parede próxima.

— Peguei... você — disse, ofegante.

Cruces tentou ficar de pé, ainda segurando a bombarda.

— Você está... muito velho... para correr... — disse Vimes.

Cruces se firmou na posição vertical e tentou correr para longe.

Vimes pensou naquilo.

— *Eu* estou muito velho para correr — acrescentou, e saltou.

Os dois homens rolaram na terra, a bombarda entre eles. Pareceu a Vimes, muito mais tarde, que a última coisa que qualquer homem de bom senso faria seria lutar com um assassino. Eles tinham armas escondidas em todos os lugares, mas Cruces não queria soltar a bombarda. Segurou-a ferozmente com as duas mãos, tentando acertar Vimes com o cano ou a coronha.

O curioso era que assassinos quase não aprendiam combate desarmado. Eles geralmente eram bons o bastante no combate armado para não precisar chegar a esse ponto. Cavalheiros portavam armas; apenas as classes mais baixas usavam as mãos.

— Eu *peguei* você — ofegou Vimes. — Você está *preso*. Renda-se, está bem?

Porém, Cruces não faria isso. Vimes não se atrevia a soltá-lo; a bombarda seria torcida para fora do seu controle. Era puxada para a frente e para trás entre eles em desesperada concentração.

A bombarda explodiu.

Houve uma língua de fogo vermelho, um fedor de fogos de artifício e um barulho de *zing-zing* vindo de três das paredes. Algo atingiu o elmo de Vimes e fez *zing* na direção do teto.

Vimes olhou para as feições contorcidas de Cruces. Em seguida, abaixou a cabeça e puxou a bombarda com força.

O assassino gritou e a soltou, agarrando o nariz. Vimes rolou para trás, segurando a bombarda com as duas mãos.

Ela se mexeu. De repente, o cabo estava contra o seu ombro e seu dedo estava no gatilho.

*Você é meu.*

*Não precisamos mais dele.*

O choque da voz foi tão grande que ele gritou.

Mais tarde ele jurou que não tinha puxado o gatilho. Ele se moveu por vontade própria, empurrando seu dedo junto. A bombarda bateu em seu ombro e um buraco de quinze centímetros apareceu na parede na altura da cabeça do assassino, levantando uma nuvem de reboco.

Vimes vagamente enxergou, através da névoa vermelha que subia em sua visão, Cruces cambalear até a porta, passar por ela mancando e batê-la ao passar.

*Tudo o que você odeia, tudo o que está errado; eu posso consertar.*

Vimes alcançou a porta e tentou a maçaneta. Estava trancada.

Levantou a bombarda, sem pensar, e deixou o gatilho puxar o dedo de novo. Uma grande área da porta virou um buraco cheio de lascas.

Vimes chutou o resto para longe e seguiu a bombarda.

Estava em um corredor. Uma dúzia de jovens olhava para ele com espanto, por portas entreabertas. Todos estavam vestidos de preto.

Estava dentro do Grêmio dos Assassinos.

Um estagiário de assassino olhou para Vimes de nariz em pé.

— Quem é você, posso saber?

A bombarda balançou na direção dele. Vimes conseguiu puxar o cano para cima no mesmo instante em que ela disparou, e o tiro arrancou um pedaço do teto.

— A *lei*, seus filhos da *mãe*! — gritou ele.

Eles congelaram o olhar nele.

*Atire em todos eles. Limpe o mundo.*

— Cale a boca! — Vimes, de olhos vermelhos, sujo de terra, gotejando lodo como alguma coisa de fora deste mundo, encarou o estudante que não parava de tremer.

*Homens de Armas*

— Para onde foi Cruces? — A névoa girava em torno de sua cabeça. Sua mão rangia com o esforço para não disparar.

O jovem sacudiu um dedo com urgência na direção de um lance de escadas. Vimes estava bem perto dele quando a bombarda disparou. Pó de reboco caiu nele como a caspa do diabo.

A bombarda apressou o passo de novo, arrastando Vimes para além dos rapazes e escada acima, onde um rastro de lama negra desaparecia. Havia outro corredor lá. Portas estavam se abrindo. Portas voltaram a se fechar depois que a bombarda disparou de novo, quebrando um candelabro.

O corredor dava para um largo espaço no topo de um lance de escadas muito mais impressionantes e, do lado oposto, uma grande porta de carvalho.

Vimes arrancou a tranca com um tiro, chutou a porta e lutou contra a bombarda por tempo suficiente para se agachar. Uma flecha de besta zumbiu sobre sua cabeça e acertou em alguém na outra ponta do corredor.

*Atire nele!* Atire nele!

Cruces estava de pé ao lado da escrivaninha, febrilmente tentando encaixar outra flecha na besta...

Vimes tentou silenciar a ladainha em seus ouvidos. Mas... Por que não? Por que não atirar? Quem era aquele homem? Ele sempre quis tornar a cidade um lugar mais limpo e poderia muito bem começar por ali. E então as pessoas descobririam o que era a lei...

Limpar o mundo.

Bateu o meio-dia.

O sino rachado de bronze no Grêmio dos Professores começou a dobrar e teve o meio-dia só para ele durante pelo menos sete badaladas antes que o relógio do Grêmio dos Padeiros, correndo, o alcançasse.

Cruces ajeitou o corpo e foi se proteger atrás de um dos pilares de pedra.

— Você não pode atirar em mim — disse ele, observando a bombarda.

— Eu conheço a lei. Você também. E você é um guarda. Você não pode simplesmente atirar em mim a sangue frio.

Vimes olhou ao longo do cano da arma.

Seria tão fácil. O gatilho puxava seu dedo.

Um terceiro sino começou a badalar.

— Você não pode simplesmente me matar. Essa é a lei. E você é um guarda — repetiu o Dr. Cruces. Ele lambeu os lábios ressecados.

O cano baixou um pouco. Cruces quase relaxou.

— Sim. Eu sou um guarda.

O cano subiu de novo, apontado para a testa de Cruces.

— Mas quando os sinos pararem — disse Vimes, calmamente — eu não serei mais.

*Atire nele!* ATIRE NELE!

Vimes prendia a coronha debaixo de seu braço, de modo que tinha uma das mãos livre.

— Vamos fazer isso de acordo com as regras — disse ele. — As regras. Tem que ser de acordo com as regras.

Sem olhar para baixo, puxou o distintivo dos restos de seu paletó. Mesmo no meio da lama, ele ainda tinha um brilho. Vimes sempre o mantivera polido. Girou-o uma ou duas vezes, como uma moeda, e o cobre refletiu a luz.

Cruces observava como um gato.

Os sinos foram diminuindo. A maioria das torres tinha parado. Agora havia apenas o som do gongo no Templo dos Pequenos Deuses e os sinos do Grêmio dos Assassinos, que, como sempre, estavam atrasados.

O gongo parou.

Dr. Cruces colocou a besta, de forma ordeira e meticulosa, sobre a mesa ao seu lado.

— Pronto! Eu larguei minha arma!

— Ah — disse Vimes. — Mas quero garantir que você não a pegue de novo.

O sino negro do Grêmio dos Assassinos anunciou o meio-dia.

E parou.

O silêncio caiu como um trovão.

O pequeno som metálico do distintivo de Vimes despencando no chão tomou a sala de ponta a ponta.

Ele levantou a bombarda e, delicadamente, deixou a tensão diminuir em sua mão.

Um sino começou.

Era uma melodiazinha alegre e metálica, que mal podia ser ouvida naquela piscina de silêncio...

*Cling, bing, a-bing, bong...*

... mas muito mais acurada do que ampulhetas, relógios de água e pêndulos.

— Abaixe a bombarda, capitão — disse Cenoura, subindo lentamente as escadas.

Ele segurava a espada em uma das mãos e o relógio na outra.

*... bing, bing, a-bing, cling...*

Vimes não se mexeu.

— Solte-a. Solte-a agora, capitão.

— Eu posso esperar mais um sino — disse Vimes.

*... a-bing, a-bing...*

— Não posso deixá-lo fazer isso, capitão. Seria assassinato.

*... clong, a-bing...*

— Você vai me impedir, é?

— Sim.

*... bing... bing...*

Vimes virou a cabeça ligeiramente.

— Ele matou Angua. Isso não significa nada para você?

*... bing... bing... bing... bing...*

Cenoura assentiu.

— Sim. Mas pessoal não é o mesmo que importante.

Vimes olhou ao longo de seu braço. O rosto do Dr. Cruces, com a boca aberta de terror, rodeava a ponta do cano.

*... bing... bing... bing... bing... bing...*

— Capitão Vimes?

*... bing.*

— Capitão? Distintivo 177, capitão. Nunca teve mais do que poeira nele.

O espírito pulsante da bombarda fluiu pelos braços de Vimes até encontrar os exércitos de pura cabeça-dura vimésica que vinham pelo lado oposto.

— Eu soltaria isso, capitão. Você não precisa disso — disse Cenoura, como alguém falando com uma criança.

Vimes olhou para a coisa em suas mãos. Os gritos haviam silenciado.

— Largue isso agora, guarda! É uma ordem!

A bombarda bateu no chão. Vimes bateu continência e então percebeu o que estava fazendo. Piscou várias vezes olhando para Cenoura.

— Pessoal não é o mesmo que *importante*? — indagou ele.

— Escutem — disse Cruces —, sinto muito sobre a... a menina, aquilo foi um acidente, mas eu só queria... Há evidências! Há uma...

Cruces mal prestava atenção aos guardas. Puxou uma sacola de couro da mesa e a balançou para eles.

— Está aqui! Tudo aqui, senhor! Evidência! Edward era estúpido, ele achava que era tudo uma questão de coroas e cerimônia, ele não fazia ideia do que tinha encontrado! E então, na noite passada, foi como se...

— Eu não estou interessado — murmurou Vimes.

— A cidade precisa de um rei!

— Ela não precisa de assassinos — disse Cenoura.

— Mas...

Foi então que Cruces mergulhou para a bombarda e a pegou.

Num instante Vimes tentava reorganizar seus pensamentos, e, no outro eles fugiam para cantos distantes de sua consciência. Estava olhando para o cano da bombarda. Ela sorria para ele.

Cruces se chocou contra o pilar, mas a bombarda manteve-se estável, *apontando-se* para Vimes.

— Está tudo aí, milorde — anunciou o assassino. — Tudo registrado. A coisa toda. Marcas de nascença, profecias e genealogia e tudo. Até a sua espada. É *a* espada!

— Sério? — disse Cenoura. — Posso ver?

Cenoura baixou a espada e, para horror de Vimes, aproximou-se da mesa e puxou o maço de documentos para fora da bolsa. Cruces acenou com a cabeça em aprovação, como que em recompensa a um bom menino.

Cenoura leu uma página e virou para a seguinte.

— Isso *é* interessante — disse ele.

Homens de Armas      317

— Exatamente. Mas agora temos que remover esse policial irritante — disse Cruces.

Vimes sentiu que podia enxergar todo o caminho ao longo do cano, até o pequeno projétil de metal que estava prestes a lançar-se sobre ele...

— É uma pena — disse Cruces —, se você ao menos tivesse...

Cenoura deu um passo e parou na frente da bombarda. Seu braço se moveu em um borrão. Quase não houve som.

Torça para nunca enfrentar um homem bom, pensou Vimes. Ele vai matá-lo quase sem qualquer palavra.

Cruces olhou para baixo. Havia sangue em sua camisa. Ele levantou a mão até o cabo da espada saindo de seu peito e olhou de novo no fundo dos olhos de Cenoura.

— Mas por quê? Você poderia ter sido...

E morreu. A bombarda caiu de suas mãos e disparou no chão.

Fez-se silêncio.

Cenoura agarrou o cabo da espada e a puxou de volta. O corpo tombou.

Vimes se apoiou sobre a mesa e lutou para recuperar o fôlego.

— Maldito... seja — ofegou.

— Senhor?

— Ele... ele o chamou de milorde. O que estava nesse...

— Você está atrasado, capitão — disse Cenoura.

— Atrasado? Atrasado? O que quer dizer? — Vimes lutou para impedir que seu cérebro se afastasse da realidade.

— Você deveria ter se casado... — Cenoura olhou para o relógio, então o fechou e entregou a Vimes — faz uns dois minutos.

— Sim, sim. Mas ele o chamou de milorde. Eu escutei quando...

— Apenas um truque do eco, imagino, Sr. Vimes.

Um pensamento chamou a atenção de Vimes. A espada de Cenoura tinha uns sessenta centímetros de comprimento. Ela deveria ter atravessado Cruces completamente. Mas Cruces tinha ficado de pé, de costas para...

Vimes olhou para o pilar. Era de granito, e com trinta centímetros de espessura. Não havia rachaduras. Havia apenas um buraco em forma de lâmina, de um lado a outro.

— Cenoura...

— E você está com uma aparência péssima, senhor. Precisamos limpá-lo.

O cabo puxou a sacola de couro em sua direção e a pendurou no ombro.

— *Cenoura...*

— Senhor?

— Eu ordeno que me entregue...

— Não, senhor. Não pode me dar ordens. Porque você agora, senhor, sem querer ofender, é um civil. É uma nova vida.

— Um *civil*?

Vimes esfregou a testa. Tudo colidia em seu cérebro agora; a bombarda, os esgotos, Cenoura e o fato de que estivera agindo por pura adrenalina, que não tarda em apresentar a conta e não aceita fiado. Ele deixou os ombros caírem.

— Mas esta *é* a minha vida. Cenoura! Este é o meu *trabalho*.

— Um banho quente e uma bebida, senhor. É disso que você precisa — disse Cenoura. — Vai lhe fazer um bem enorme. Vamos.

O olhar de Vimes encontrou o corpo caído de Cruces e, em seguida, a bombarda. Aproximou-se para pegá-la e parou a tempo.

Nem mesmo os magos tinham algo parecido com aquilo. Uma explosão de um cajado e eles tinham que ir se deitar.

Não admirava que ninguém a tivesse destruído. Você não podia destruir algo tão perfeito assim. A coisa chamava por algo no fundo de sua alma. Bastava segurá-la na mão e você tinha *poder*. Mais poder do que qualquer arco ou lança; essas duas armas apenas armazenavam o poder dos seus próprios músculos, pensando bem. A bombarda, por outro lado, lhe dava poder, externo. Você não a usava, ela usava você. Cruces provavelmente fora um bom homem. Ele provavelmente escutara Edward de forma gentil, tomara a bombarda e se tornara pertencente a ela também.

— Capitão Vimes? Acho que é melhor tirarmos isso daqui — disse Cenoura, abaixando-se.

— Faça o que fizer, não toque nela! — avisou Vimes.

— Por que não? É apenas um dispositivo — disse Cenoura.

Pegou a bombarda pelo cano, examinou-a por um momento e depois a esmagou contra a parede. Pedaços de metal quicaram para longe.

— Uma coisa única — disse ele. — Uma coisa única é sempre especial, meu pai costumava dizer. Vamos indo.

Abriu a porta.

Fechou a porta.

— Há cerca de cem assassinos ao pé da escada — disse ele.

— Quantas flechas você tem para a sua besta? — perguntou Vimes. Ainda estava olhando para a bombarda retorcida.

— Uma.

— Você não terá chance de recarregá-la, mesmo.

Ouviram uma batida educada na porta.

Cenoura olhou para Vimes, que deu de ombros. Abriu a porta.

Era Downey. Ele levantou uma mão vazia.

— Podem baixar as armas. Garanto que não serão necessárias. Onde está o Dr. Cruces?

Cenoura apontou.

— Ah. — Olhou para os dois guardas.

— Podem, por favor, deixar o corpo dele conosco? Vamos inumá-lo em nossa cripta.

Vimes apontou para o corpo.

— Ele *matou*...

— E agora está morto. E devo pedir-lhes que partam.

Downey abriu a porta. Assassinos cobriam os dois lados das largas escadas. Não havia uma arma à vista. Mas, com assassinos, não precisa haver.

Ao pé das escadas jazia o corpo de Angua. Os guardas desceram bem devagar, e Cenoura se ajoelhou e o pegou.

Acenou com a cabeça para Downey.

— Logo estaremos enviando alguém para recolher o corpo do Dr. Cruces — disse ele.

— Mas pensei que tínhamos combinado que...

— Não. Deve ser visto que ele está morto. As coisas devem ser vistas. As coisas não devem acontecer no escuro ou atrás de portas fechadas.

320 TERRY PRATCHETT

— Temo que eu não possa acatar o seu pedido — disse o assassino com firmeza.

— Não foi um pedido, senhor.

Dezenas de assassinos os observaram cruzar o pátio.

Os portões negros estavam fechados.

Ninguém parecia prestes a abri-los.

— Eu concordo com você, mas talvez você devesse ter colocado isso de outra forma — disse Vimes. — Eles não parecem muito felizes...

Os portões foram destroçados. Uma flecha de ferro de quase dois metros passou por Cenoura e Vimes e removeu uma grande parte do muro do outro lado do pátio.

Dois outros golpes derrubaram o resto dos portões, e Detritus entrou. Ele olhou para os assassinos reunidos com um brilho vermelho nos olhos. E rosnou.

Ocorreu aos assassinos mais inteligentes que não havia nada em seu arsenal que pudesse matar um troll. Eles tinham punhais elegantes, mas precisariam de marretas.

Tinham dardos armados com venenos requintados, nenhum dos quais faria efeito em um troll. Ninguém nunca tinha pensado que os trolls eram importantes o suficiente para serem assassinados. De repente, Detritus era *muito* importante. Ele tinha o machado de Porrete em uma das mãos e sua poderosa besta na outra.

Alguns dos assassinos mais inteligentes se viraram e correram. Alguns não eram tão brilhantes. Duas flechas ricochetearam em Detritus. Seus donos viram o rosto do troll virar-se em sua direção e deixaram cair os arcos.

Detritus ergueu seu tacape.

— *Policial-agente Detritus!*

As palavras ecoaram por todo o pátio.

— *Policial-agente Detritus! Aten-ção!*

Detritus muito lentamente levantou a mão.

*Dink.*

— *Escute bem*, policial-agente Detritus — disse Cenoura. — Se há um paraíso dos guardas, e, pelos deuses, espero que haja, então o policial--agente Porrete está lá agora, bêbado como um maldito macaco, com um

## Homens de Armas

rato em uma mão e um litro de Abraçaurso na outra, e ele está olhando para cima* para nós agora e está dizendo: meu amigo policial-agente Detritus não vai esquecer que é um guarda. Não Detritus.

Houve um longo e perigoso momento e então outro *dink*.

— Obrigado, policial-agente. Você escoltará o Sr. Vimes até a Universidade. — Cenoura olhou para os assassinos. — Boa tarde, cavalheiros. Nós voltaremos.

Os três guardas passaram por cima dos destroços.

Vimes não disse nada até estarem bem no meio da rua, quando então se virou para Cenoura.

— *Por que* ele chamou você de...

— Se me der licença, vou levá-la para a Sede da Vigilância.

Vimes olhou para o cadáver de Angua e sentiu uma linha de pensamento descarrilhar-se. Algumas coisas eram muito difíceis para se pensar. Queria uma hora tranquila e quieta em algum lugar para colocar tudo isso junto. *Pessoal não é o mesmo que importante.* Que tipo de pessoa pensaria assim? E pensou de repente que, enquanto Ankh, no passado, tivera a sua quota de governantes cruéis e simplesmente governantes ruins, nunca estivera sob o jugo de um bom governante. Esse talvez fosse o pensamento mais terrível de todos.

— Senhor? — disse Cenoura, educadamente.

— Er. Nós vamos enterrá-la no Pequenos Deuses, que tal? — disse Vimes. — É uma espécie de tradição da Vigilância...

— Sim, senhor. Vá agora com Detritus. Ele é ótimo quando recebe ordens. Se não se importa, acho que não vou estar presente no casamento. Você entende...

— Sim. Sim, claro. Hã. Cenoura? — Vimes piscou, para afastar quaisquer suspeitas. — Não devemos ser duros demais com Cruces. Eu odiava o desgraçado com todas as minhas forças, então quero ser justo com ele. Eu sei o que a bombarda faz com as pessoas. Nós somos todos iguais para a bombarda. Eu teria sido igual a ele.

— Não, capitão. *Você* a soltou.

---

\* Para os trolls, o paraíso fica embaixo.

Vimes exibiu um sorriso pálido.

— Me chamam de *senhor* Vimes — disse ele.

Cenoura caminhou de volta para a Sede da Vigilância e colocou o corpo de Angua na laje do necrotério improvisado. O rigor mortis já estava começando.

Pegou um pouco de água e limpou o pelo dela o melhor que pôde.

O que ele fez em seguida teria surpreendido, digamos, um troll ou um anão ou qualquer pessoa que não conhecesse a reação da mente humana sob circunstâncias estressantes.

Ele escreveu seu relatório. Varreu o chão da sala principal; havia um rodízio, e era a vez dele. Lavou-se. Trocou de camisa e pôs um curativo na ferida em seu ombro; limpou a armadura, esfregando-a com palha de aço e uma série de pedaços de pano até que pudesse, mais uma vez, ver o rosto nela.

Ouviu, ao longe, a "Marcha Nupcial" de Fondel executada por Órgão Monstruoso com acompanhamento de Ruídos Diversos de Fazenda. Tirou meia garrafa de rum do que o sargento Colon pensara ser um esconderijo seguro, serviu-se de uma quantidade muito pequena e brindou ao som, dizendo "Ao Sr. Vimes e lady Ramkin!" com uma voz clara e sincera que teria embaraçado severamente quem ouvisse.

Ouviu um arranhão na porta. Deixou Gaspode entrar. O cãozinho se esgueirou para debaixo da mesa, sem dizer nada.

Então Cenoura subiu para o quarto, sentou-se na cadeira e olhou pela janela.

A tarde terminava. A chuva parou por volta da hora do chá.

Luzes se acenderam por toda a cidade.

Em dado instante, a lua nasceu.

A porta se abriu. Angua entrou, andando levemente.

Cenoura se virou e sorriu.

— Eu não tinha certeza — disse ele. — Mas pensei: bem, não são só as de prata que podem matá-los? Eu só precisava ter esperança.

Foi dois dias depois. A chuva voltara de vez. Ela não caía; era jogada pelas nuvens cinzentas, correndo em riachos através da lama. Encheu o Ankh, que gorgolejou mais uma vez pelo seu reino subterrâneo. Era vertida pelas bocas das gárgulas. Batia no chão com tanta força que havia uma espécie de névoa de respingos.

Tamborilava sobre as lápides no cemitério atrás do Templo dos Pequenos Deuses e dentro da pequena cova cavada para o policial-agente Porrete.

Sempre havia apenas guardas no funeral de um guarda, Vimes dissera para si mesmo. Ah, às vezes havia parentes, como lady Ramkin e Rubi, mulher de Detritus, presentes ali naquele dia, mas nunca *multidões*. Talvez Cenoura estivesse certo. Quando você se tornava um guarda, deixava de ser todo o resto.

Porém, *havia* outras pessoas naquele dia, de pé em silêncio nas grades ao redor do cemitério. Não estavam *no* funeral, mas assistiam a ele.

Havia um pequeno sacerdote que tinha prestado o serviço genérico insira-o-nome-do-falecido-aqui, projetado para ser vagamente satisfatório para quaisquer deuses que pudessem estar ouvindo. Então Detritus baixou o caixão até a sepultura e o sacerdote jogou um punhado cerimonial de terra sobre o caixão. Em vez do som de terra sobre o solo, ouviu-se um *som molhado* bem definitivo.

E Cenoura, para surpresa de Vimes, fez um discurso. As palavras ecoaram pelo chão encharcado e pelas árvores que gotejavam água da chuva. Era baseado no único texto que você pode usar nesta ocasião: ele era meu amigo, ele era um de nós, ele era um bom policial.

Ele era um bom policial. Isso fora dito em todos os funerais de guardas a que Vimes tinha assistido. Provavelmente seria dito até no funeral do cabo Nobbs, apesar de que todos estariam com os dedos cruzados atrás das costas. Era o que você precisava dizer.

Vimes olhou para o caixão. E então uma sensação estranha veio rastejando sobre ele, como a chuva que insidiosamente escorria pela sua nuca. Não era exatamente uma suspeita. Se ficasse em sua mente por tempo suficiente seria uma suspeita, mas agora era apenas o leve formigamento de um palpite.

Ele tinha que perguntar. Nunca pararia de pensar nisso se não perguntasse, pelo menos.

Assim, quando estavam se afastando da sepultura, ele disse:

— Cabo?

— Sim, senhor?

— Ninguém encontrou a bombarda, então?

— Não, senhor.

— Alguém disse que você esteve com ela por último.

— Devo ter colocado em algum lugar. Você sabe como aquele dia foi corrido.

— Sim. Ah, sim. Tenho quase certeza que o vi carregando a maior parte do que sobrou dela para fora do Grêmio...

— Devo ter feito isso, senhor.

— Sim. Er. Espero que a tenha colocado em algum lugar seguro, então. Você, er, você acha que a deixou em algum lugar seguro?

Atrás deles, o coveiro começou a mover o barro molhado e grudento de Ankh-Morpork para o buraco.

— Acho que devo ter feito isso, senhor. Não acha? Tendo em vista que ninguém a encontrou. Quero dizer, nós logo saberíamos se alguém tivesse encontrado.

— Talvez seja melhor assim, cabo Cenoura.

— Espero que seja.

— Ele era um bom policial.

— Sim, senhor.

Vimes disse, de repente:

— E... me pareceu, enquanto nós carregávamos o pequeno caixão... um pouco mais pesado...?

— Mesmo, senhor? Eu realmente acho que não reparei.

— Mas pelo menos ele teve um enterro de anão adequado.

— Ah, sim. Fiz questão de garantir isso, senhor — disse Cenoura.


A chuva borbulhava nos telhados do Palácio. As gárgulas haviam retomado suas posições em cada esquina, filtrando mosquitos e moscas pelos ouvidos.

*Homens de Armas*

Cabo Cenoura sacudiu as gotas da capa de chuva de couro e trocou continências com o troll que estava de guarda. Passou pelos funcionários nas salas exteriores e bateu respeitosamente na porta do Salão Oblongo.

— Entre.

Cenoura entrou, marchou até a mesa, bateu continência e ficou à vontade.

Lorde Vetinari ficou muito ligeiramente tenso.

— Ah, sim — disse ele. — Cabo Cenoura. Eu estava esperando... Algo assim. Tenho certeza de que veio me pedir... alguma coisa?

Cenoura desdobrou um pedaço de papel sujo e pigarreou.

— Bem, senhor... Poderíamos ganhar um alvo para jogar dardos. Você sabe. Para quando estivermos de folga?

O Patrício piscou. Não era sempre que ele piscava.

— Perdão?

— Um novo alvo para jogar dardos, senhor. Isso ajuda os homens a relaxar após o fim do turno, senhor.

Vetinari recuperou-se um pouco.

— *Outro?* Mas vocês ganharam um no ano passado!

— É o Bibliotecário, senhor. Nobby o deixa jogar, mas ele apenas se inclina um pouco e martela os dardos no alvo com a mão. Isso estraga o alvo. De qualquer forma, Detritus jogou um dardo que o atravessou. E atravessou a parede logo atrás, também.

— De acordo. E?

— Bem... O policial-agente Detritus precisa ser anistiado da multa pelos cinco buracos em seu peitoral.

— Feito. Diga-lhe para que isso não se repita.

— Sim, senhor. Bem, acho que é isso. Ah, e uma nova chaleira.

A mão do Patrício cobriu seus lábios. Ele tentava não sorrir.

— Céus. Outra chaleira também? O que aconteceu com a velha?

— Ah, nós ainda a usamos, senhor, ainda a usamos. Mas vamos precisar de outra por causa dos novos arranjos.

— Como? *Quais* novos arranjos?

Cenoura desdobrou um segundo papel, este bem maior.

— Que a Vigilância ganhe o efetivo fixo de 56 guardas; que as velhas Sedes da Vigilância no Portão do Rio, Portão Deosil e Portão do Centro sejam reabertas e mantidas em funcionamento 24 horas por dia...

O sorriso do Patrício continuou, mas seu rosto pareceu afastar-se dele, deixando-o sozinho e preso a este mundo.

— ... um departamento para, bem, nós não temos um nome para ele ainda, mas para procurar pistas e coisas como cadáveres, por exemplo, há quanto tempo eles estão mortos, e, para começar vamos precisar de um alquimista e possivelmente um ghoul, desde que ele prometa não levar nada para comer em casa; uma unidade especial de cães, o que pode ser muito útil, e a policial-lanceira Angua pode cuidar disso já que ela é, hã, sua própria cuidadora; tem um pedido aqui do cabo Nobbs para que os guardas tenham permissão de portar todas as armas que puderem carregar, mas eu agradeceria se o senhor dissesse não para isso; um...

Lorde Vetinari levantou a mão.

— Está bem, está bem — disse ele. — Já entendi. E supondo que eu diga não?

Houve outra daquelas longas, longas pausas, em que podem ser vistas as possibilidades de vários futuros diferentes.

— Sabe, senhor, que eu nunca sequer *considerei* a hipótese de você dizer não?

— Você não considerou?

— Não, senhor.

— Estou intrigado. Por que não?

— É tudo para o bem da cidade, senhor. Sabe de onde vem a palavra "policial"? Significa "homem da cidade", senhor. Da antiga palavra *polis*.

— Sim. Eu sei.

O Patrício olhou para Cenoura. Parecia estar embaralhando futuros em sua cabeça. Então:

— Sim. Eu concedo todos os pedidos, exceto o que envolve o cabo Nobbs. E você, penso eu, deve ser promovido a capitão.

— Si-im. Concordo, senhor. Isso seria uma coisa boa para Ankh--Morpork. Mas eu não comandarei a Vigilância, se é isso que quer dizer.

— Por que não?

*Homens de Armas*

— Porque eu *poderia* comandar a Vigilância. Porque... as pessoas devem fazer as coisas porque um oficial assim orientou. Não só porque o cabo Cenoura disse. Só porque o cabo Cenoura é... bom em ser obedecido. — O rosto de Cenoura estava cuidadosamente inexpressivo.

— Um ponto de vista interessante.

— Mas costumava haver um posto, nos velhos tempos. Comandante da Vigilância. Sugiro Samuel Vimes.

O Patrício reclinou-se na cadeira.

— Ah, sim — disse ele. — Comandante da Vigilância. Claro, esse se tornou um cargo bastante impopular, depois de todo aquele negócio com Lorenzo, o Gentil. Era um Vimes quem ocupava o cargo naqueles dias. Eu nunca cheguei a perguntar a ele se era um antepassado.

— Era, senhor. Eu pesquisei.

— Ele aceitaria?

— O Sumo Sacerdote é offliano? Um dragão explode na floresta?

O Patrício juntou os dedos e olhou para Cenoura por sobre eles. Era um maneirismo que enervava muita gente.

— Mas, veja você, capitão, o problema com Sam Vimes é que ele perturba muitas pessoas importantes. E acho que um Comandante da Vigilância teria que circular por ambientes muito exaltados, participar de cerimônias dos Grêmios...

Trocaram olhares. O Patrício saiu-se melhor nessa barganha, já que o rosto de Cenoura era maior. Ambos estavam tentando não sorrir.

— Uma excelente escolha, na verdade — concluiu o Patrício.

— Eu tomei a liberdade, senhor, de esboçar uma carta para o cap... para o Sr. Vimes em seu nome. Apenas para poupar-lhe tempo. Talvez o senhor queira dar uma olhada.

— Você pensa em tudo, não é?

— Espero que sim, senhor.

Lorde Vetinari leu a carta. Sorriu uma ou duas vezes. Então pegou a caneta, assinou na parte inferior e a devolveu.

— E esta é a última das suas exigê... dos seus pedidos?

Cenoura coçou a orelha.

— Há mais um, na verdade. Preciso de uma casa para um cãozinho. Precisa ter um grande jardim, um local quente perto da lareira e crianças felizes e sorridentes.

— Pelos céus. Sério? Bem, acho que podemos encontrar uma.

— Obrigado, senhor. Isso é tudo, acho.

O Patrício se levantou e foi mancando até a janela. Lá fora, havia o crepúsculo. Luzes se acendiam por toda a cidade.

De costas para Cenoura, ele disse:

— Diga-me, capitão... esses boatos sobre a existência de um herdeiro para o trono... O que pensa disso?

— Eu não penso nisso, senhor. Isso de espada na pedra é tudo bobagem. Reis não vêm do nada, brandindo uma espada e resolvendo todos os problemas. Todo mundo sabe disso.

— Mas houve certos rumores a respeito de... *evidência*?

— Ninguém parece saber onde está, senhor.

— Quando falei com o capitão... com o comandante Vimes, ele disse que estava com você.

— Então eu devo ter colocado em algum lugar. Tenho certeza de que não poderia dizer o local, senhor.

— Bem, espero que tenha distraidamente colocado em algum lugar seguro.

— Tenho certeza de que está... bem guardada, senhor.

— Acho que você aprendeu *muito* com o capi... *comandante* Vimes, capitão.

— Senhor. Meu pai sempre disse que eu aprendia rápido, senhor.

— Talvez a cidade *precise* de um rei, afinal. Já pensou nisso?

— Como um peixe precisa de um... er... alguma coisa que não funciona debaixo d'água, senhor.

— No entanto, um rei pode apelar para as emoções de seus súditos, capitão. De... uma forma muito parecida com a que o senhor fez recentemente, pelo que entendi.

— Sim, senhor. Mas o que ele faria no dia seguinte? Não se pode tratar as pessoas como fantoches. Não, senhor. O Sr. Vimes sempre disse que um homem tem que conhecer seus limites. Se houvesse um rei, então a melhor coisa que ele poderia fazer seria ter um dia decente de trabalho...

## Homens de Armas

— De fato.

— *Mas* se houvesse alguma necessidade inevitável... então talvez ele pudesse mudar de ideia. — Cenoura animou-se. — É um pouco como ser um guarda, na verdade. Quando você precisa de nós, você realmente precisa de nós. E quando não precisa... bem, o melhor que podemos fazer é apenas passear pelas ruas e gritar "Tudo está bem". Desde que tudo *esteja* bem, é claro.

— Capitão Cenoura — disse lorde Vetinari —, já que nos entendemos tão bem, e acho que *de fato* nos entendemos bem... há algo que eu gostaria de lhe mostrar. Venha por aqui.

Ele o guiou pelo caminho até a sala do trono, que estava vazia no momento. Enquanto mancava pelo largo salão, apontou para a frente.

— Imagino que saiba o que é isso, capitão.

— Ah, sim. O trono de ouro de Ankh-Morpork.

— E ninguém se senta nele há muitas centenas de anos. Você já pensou a respeito?

— O que você quer dizer exatamente, senhor?

— Tanto ouro, quando até mesmo o bronze foi retirado da Ponte de Bronze? Dê uma olhada *atrás* do trono, sim?

Cenoura subiu os degraus.

— Céus!

O Patrício olhou por cima do ombro dele.

— É apenas madeira folheada a ouro...

— Isso mesmo.

E mal era de madeira mais. A podridão e os vermes tinham lutado entre si até chegar a um impasse quanto ao último fragmento biodegradável. Cenoura cutucou a madeira com a espada, e parte dela saiu suavemente flutuando para longe em uma nuvem de poeira.

— O que pensa sobre isso, capitão?

Cenoura se levantou.

— No todo, senhor, é provavelmente melhor que as pessoas não saibam.

— Foi o que eu sempre pensei. Bem, não vou ocupar mais do seu tempo. Tenho certeza de que tem muita coisa para organizar.

Cenoura bateu continência.

— Obrigado, senhor.

— Percebi que você e, er, a policial Angua estão se dando bem.

— Nós nos entendemos muito bem, senhor. Claro, haverá algumas dificuldades menores — acrescentou Cenoura —, mas, vendo pelo lado positivo, encontrei alguém que está sempre pronta para dar uma volta pela cidade.

Quando Cenoura já estava com a mão na maçaneta da porta, lorde Vetinari o chamou.

— Sim, senhor?

Cenoura olhou para o homem alto e magro, de pé na grande sala vazia ao lado do trono de ouro apodrecido.

— Vejo que você é um homem interessado em palavras, capitão. Acabei de pensar em convidá-lo a considerar algo que seu predecessor nunca compreendeu totalmente.

— Senhor?

— Alguma vez já se perguntou de onde vem a palavra "político"? — indagou o Patrício.


— E também há o comitê do Santuário Brilho do Sol — disse lady Ramkin, de seu lado da mesa de jantar. — Temos que incluí-lo nesse. E a Associação dos Proprietários de Terras Rurais. E a Liga dos Lança--chamas Amigáveis. Anime-se. Você verá que seu tempo será preenchido como nunca.

— Sim, querida — disse Vimes. Os dias se estendiam à sua frente, cheios de comitês, trabalhos de caridade e... cheios. Provavelmente era melhor do que andar pelas ruas. Lady Sybil e o Sr. Vimes.

Ele suspirou.

Sybil Vimes, anteriormente Ramkin, olhou para ele com uma expressão de leve preocupação. Desde que ela o conhecera, Sam Vimes vibrava com a raiva interna de um homem que quer prender os deuses por não fazerem as coisas direito, e então entregou o distintivo e... bem, não era mais exatamente Sam Vimes.

*Homens de Armas*

O relógio no canto bateu oito horas. Vimes tirou seu relógio de bolso e o abriu.

— Esse relógio está cinco minutos adiantado — disse ele, sobre os sinos que tilintavam. Fechou a tampa e leu de novo as palavras sobre ela: "Um Relógio dos, Seus Velhos Companhieros das Boas Horas".

Cenoura estava por trás daquilo, com certeza. Vimes já reconhecia a mania de colocar as palavras em maiúsculas, a inversão de posições das letras I e E e a crueldade desenfreada com a vírgula.

Eles lhe disseram adeus, tiraram o sentido dos seus dias e lhe deram um relógio...

— Com licença, milady?

— Sim, Willikins?

— Há um guarda na porta, minha senhora. Na entrada de mercadores.

— Você enviou um guarda para a entrada de mercadores? — disse lady Sybil.

— Não, milady. Ele que bateu nessa porta. É o capitão Cenoura.

Vimes pôs a mão sobre os olhos.

— Ele é promovido a capitão e vem pela porta dos fundos — disse ele. — Com certeza é o Cenoura. Deixe que ele entre.

Vimes não percebeu, mas o mordomo olhou para lady Ramkin em busca de confirmação.

— Faça como seu mestre diz — disse ela, galantemente.

— Eu não sou mes... — começou Vimes.

— Ora, Sam — disse lady Ramkin.

— Bem, eu não sou — falou Vimes, emburrado.

Cenoura entrou marchando e pôs-se de prontidão. Como de costume, o cômodo sutilmente virou mero pano de fundo para ele.

— Está tudo bem, rapaz — disse Vimes, do jeito mais agradável que conseguiu. — Você não precisa bater continência.

— Sim, eu preciso, senhor — disse Cenoura. Entregou a Vimes um envelope. Tinha o selo do Patrício nele.

Vimes pegou uma faca e rompeu o selo.

— Provavelmente me cobrando cinco dólares pelo desgaste desnecessário da minha cota de malha — comentou ele.

Seus lábios se moviam enquanto lia.

— Caramba — disse, finalmente. — Cinquenta e seis?

— Sim, senhor. Detritus está ansioso para treiná-los.

— Incluindo mortos-vivos? Aqui diz aberto a todos, independente de espécie ou estado mortal...

— Sim, senhor — disse Cenoura, com firmeza. — Todos são cidadãos.

— Quer dizer que dará para ter *vampiros* na Vigilância?

— Muito bons para o serviço noturno, senhor. E vigilância aérea.

— E sempre úteis quando as coisas parecem ter estaqueado.

— Senhor?

Vimes viu o fraco trocadilho passar direto pela cabeça de Cenoura sem acionar seu cérebro. Voltou para o papel.

— Humm. Pensões para viúvas, vejo.

— Sim, senhor.

— Reabertura das velhas Sedes da Vigilância?

— É o que ele diz, senhor.

Vimes continuou lendo:

*Consideramos particularmente que, esta Vigilância maior precisará de um homem expereinte no comando que, seja tido em grande estima por todas as partes da soceidade e, estamos convencidos de que você deva cumprir este Papel. Assumirá portanto suas Funções imediatamente como, Comandante da Vigilância Municipal de Ankh-Morpork. Este posto tradicionalmente Carrega com ele o grau de Cavaleiro que, estamos prontos para ressuscitar nesta ocasião.*

*Esperando que esta o encontre em boa saúde, Sinceramente*

*Havelock Vetinari (Patrício)*

Vimes leu de novo.

Tamborilou com os dedos na mesa. Não havia dúvida de que a assinatura era genuína. Mas...

— Cab... Capitão Cenoura?

— Senhor! — Cenoura olhava para além dele com o ar brilhante de alguém exultante de dever, eficiência e uma determinação absoluta de evitar quaisquer perguntas diretas que lhe fossem colocadas.

*Homens de Armas* 333

— Eu... — Vimes pegou o papel de novo, colocou-o sobre a mesa, pegou e então passou para Sybil.

— Céus! — exclamou ela. — Um título de cavaleiro? E já não era sem tempo, aliás!

— Ah não! Eu não! Você sabe o que eu penso sobre os chamados aristocratas *desta* cidade; tirando você, Sybil, é claro.

— Talvez seja a hora de renovar o estoque, então — retrucou lady Ramkin.

— Lorde Vetinari disse — explicou Cenoura — que nenhuma parte do pacote era negociável, senhor. Quero dizer, é tudo ou nada, se você me entende.

— Tudo...?

— Sim, senhor.

— ... ou nada.

— Sim, senhor.

Vimes tamborilou com os dedos na mesa.

— Você venceu, não é? — falou. — Você *venceu*.

— Senhor? Não entendo o que quer dizer, senhor — falou Cenoura, irradiando pura ignorância honesta.

Houve outro silêncio perigoso.

— Mas, é claro — disse Vimes —, eu não tenho como supervisionar esse tipo de coisa.

— O que quer dizer, senhor?

Vimes puxou o candelabro em direção a ele e bateu com um dedo no papel.

— Bem, veja o que diz aqui. Quero dizer, abrir aquelas velhas Sedes da Vigilância? Nos portões? Qual é o sentido disso? Bem lá na fronteira?

— Ah, estou certo de que questões de detalhes de organização podem ser alteradas, senhor.

— Manter uma guarda geral no portão, sim, mas, se você quiser realmente ficar de olho no... olha, você precisaria de uma em algum lugar da rua Olmo, perto das Sombras e das docas, e outro a meio caminho da rua Curta, talvez uma menor no Caminho do Rei. Em algum lugar lá em cima, pelo menos. Você tem que pensar em centros populacionais. Quantos homens baseados em cada Sede da Vigilância?

— Eu pensei em dez, senhor. Permitindo turnos.

— Não, não dá para fazer isso. Use seis no máximo. Um cabo, por exemplo, e mais um homem por turno. O *restante* você vai movimentar por, ah, por um rodízio mensal. Você quer manter todos eles na linha, sim? E dessa forma todo mundo pode caminhar por todas as ruas. Isso é muito importante. E... queria ter um mapa aqui... ah... obrigado, querida. Certo. Agora, veja aqui. Você tem uma força de 56, em tese, certo? Mas você está assumindo a Vigilância Diurna também, e além disso temos que levar em conta os dias de folga, dois funerais de avós por ano por homem (deuses sabem como seus mortos-vivos vão se resolver com *isso*, talvez eles usem o tempo de folga para ir aos seus *próprios* funerais) e também tem doenças e assim por diante. Então... nós queremos quatro turnos, escalonados por toda a cidade. Tem fogo? Obrigado. Nós não queremos que toda a Vigilância mude de turno ao mesmo tempo. Por outro lado, você tem que permitir que cada oficial das Sedes da Vigilância tenha certa iniciativa. Mas devemos manter um esquadrão especial em Pseudópolis para emergências... olha, me dê esse lápis. Agora me dê esse bloco. Certo...

A fumaça de charuto tomou a sala. O pequeno relógio tocava a cada quarto de hora, totalmente ignorado.

Lady Sybil sorriu, fechou a porta ao sair e foi alimentar os dragões.


"Caríssimos Mamãe e Papai,

Bem, aqui vai uma notícia Fantástica, porque virei Capitão!! Foi uma Semana muito ocupada e variada, como agora vou contar..."


E só mais uma coisa...

Havia uma grande casa em uma das áreas mais agradáveis de Ankh, com um amplo jardim, uma casa na árvore e, muito provavelmente, um local quente perto da lareira.

E uma janela, quebrando-se...

Gaspode pousou no gramado e correu a toda na direção da cerca. Bolhas com perfume de flores voavam de seu pelo. Ele estava usando uma fita com um laço e carregando na boca uma tigela com as palavras SR. CARINHO.

Ele cavou freneticamente, passou por baixo da cerca e se contorceu até chegar à estrada.

Uma pilha fresca de excrementos de cavalo cuidou do aroma floral, e cinco minutos se coçando removeram a fita.

— Não sobrou nem uma maldita pulga — gemeu, deixando cair a tigela. — E eu já tinha quase a coleção completa. U-huuuu! Escapei *daquilo*. Rá!

Gaspode se animou. Era terça-feira. Isso significava bife-e-órgãos-suspeitos no Grêmio dos Ladrões, e o chefe da cozinha de lá era conhecido por ser suscetível a um rabo balançando e um olhar penetrante. Ir até lá segurando uma tigela vazia na boca com uma cara patética era vitória na certa, se Gaspode entendia alguma coisa sobre aquilo. Não devia demorar muito pra raspar fora o SR. CARINHO com as garras.

Talvez não fosse aquele o jeito que devesse ser, mas era o jeito que era.

No geral, refletiu Gaspode, poderia ter sido muito pior.

Impresso no Brasil pelo
Sistema Cameron da Divisão Gráfica da
DISTRIBUIDORA RECORD DE SERVIÇOS DE IMPRENSA S.A.
Rua Argentina, 171 – Rio de Janeiro, RJ – 20921-380 – Tel.: (21)2585-2000